ALICE HOFFMAN

Zauberhafte Schwestern

Buch

Sally und Gillian sind so verschieden wie Tag und Nacht. Während die eine alles gewissenhaft und vernünftig angeht, lebt Gillian sorglos in den Tag hinein. Unbekümmert läßt sie als junge Frau ihre Verehrer genauso im Stich wie die Schwester, die allein in dem alten Haus an der Magnolia Street zurückbleibt. Mit den schwarzen Katzen, dem verwunschenen Garten und den beiden alten Tanten, die in der ganzen Stadt als Hexen verrufen sind. Und doch holen sich viele verzweifelte Frauen bei ihnen Rat – besonders in allen Fragen der Liebe. Kein Wunder, daß Sally später ihr Herz bewußt vor jeder Laune der Leidenschaft verschließt. Zu sehr hat sie als Kind schon miterleben müssen, wie die Liebe manche Frauen um Herz und Verstand gebracht hat.

Dann steht eines Tages Gillian wieder vor ihrer Tür, mit drei gescheiterten Ehen hinter sich und ihrem nichtsnutzigen Liebhaber Jimmy im Auto. Und der ist tot. Da entscheidet die praktische Sally, Jimmy heimlich im Garten zu vergraben, unter dem Fliederbusch, der ab diesem Augenblick üppige Blüten hervorbringt und mit seinem betörenden Duft die Frauen in der Nachbarschaft zum Weinen bringt. Aber der Tote im Garten ist nicht das einzige, was Sallys und Gillians Leben für immer verändern wird …

Zauberhafte Schwestern ist eine wunderbar poetische Parabel über die Zaubermacht der Liebe und über die Gefühle zwischen Mann und Frau, zwischen Geschwistern, zwischen Eltern und Kindern. In eindringlichen Bildern beschwört Alice Hoffman eine Welt, in der sich Magie und Wirklichkeit auf das zauberhafteste mischen. Wie keine andere amerikanische Autorin versteht sie es, hinter der dringlichen Wirklichkeit eine unsichtbare zweite Ebene entstehen zu lassen, die doch sehr real ist.

Von Alice Hoffman ist bei Goldmann außerdem erschienen:

Das erste Kind (09784)
Das ganze und das halbe Leben (41349)
Der siebte Himmel (41029)
Die Nacht der tausend Lichter (09378)
Herzensbrecher (42181)
Wo bleiben Vögel im Regen (09379)
Wolfsnacht (43373)
Hier auf Erden (Goldmann Hardcover 30765)

Alice Hoffman

Zauberhafte Schwestern

(Im Hexenhaus)

Roman

Verfilmt mit
Sandra Bullock und Nicole Kidman

Deutsch von Elke vom Scheidt

GOLDMANN

Die amerikanische Originalausgabe erschien 1995
unter dem Titel »Practical Magic«
bei G.P. Putnam's, New York

Dieser Roman ist bereits unter dem Titel
Im Hexenhaus
als Goldmann Taschenbuch Nr. 43945 erschienen.

Umwelthinweis:
Alle bedruckten Materialien dieses Taschenbuches
sind chlorfrei und umweltschonend.
Das Papier enthält Recycling-Anteile.

Neuausgabe 11/98

Umschlaggestaltung: Design Team München

Druck: Elsnerdruck, Berlin
Verlagsnummer: 44355
CV · Herstellung: Sebastian Strohmaier
Made in Germany
ISBN 3-442-44355-5

1 3 5 7 9 10 8 6 4 2

Für Libby Hodges

Für Carol DeKnight

For every evil under the sun
There is a remedy, or there is none.
If there be one, seek till you find it,
If there is none, never mind it.

Mother Goose

Aberglaube

Über zweihundert Jahre lang schob man die Schuld an allem, was in der Stadt schiefging, den Owens-Frauen zu. Wenn der Frühling feucht war, wenn die Kühe auf der Weide mit Blut durchsetzte Milch gaben, wenn ein Fohlen an Koliken starb oder ein Baby mit einem roten Muttermal auf der Wange geboren wurde, dann glaubten alle, dem Schicksal sei von diesen Frauen drüben in der Magnolia Street zumindest ein bißchen nachgeholfen worden. Es spielte keine Rolle, worin das Problem bestand, ob Blitzschlag oder Wanderheuschrecken oder Tod durch Ertrinken. Es spielte keine Rolle, ob sich die Situation logisch erklären ließ oder einfach schlichtes Pech bedeutete. Gab es auch nur das leiseste Anzeichen von irgendwelchen Schwierigkeiten oder einem Mißgeschick, fingen die Leute an, mit den Fingern zu zeigen und Schuldzuweisungen zu verteilen. Es dauerte nicht lange, bis sie sich selbst eingeredet hatten, es sei gefährlich, nach Einbruch der Dunkelheit am Haus der Owens' vorbeizugehen, und nur die einfältigsten Nachbarn wagten es, über den schwarzen schmiedeeisernen Zaun zu spähen, der den Garten umkreiste wie eine Schlange.

Im Innern des Hauses gab es weder Uhren noch Spiegel, dafür aber an jeder einzelnen Tür drei Schlösser. Mäuse nisteten in den Kommodenschubladen und zernagten die bestickten Tischtücher und die Spitzeneinfassungen der leinenen Platzdeckchen. Für die Fensterbänke und Kaminsimse waren fünfzehn verschiedene Holzarten verwendet worden, darunter Goldeiche, Silberesche und eine bestimmte Sorte Kirschholz, die sogar im tiefsten Winter, wenn draußen alle Bäume nur knorrige schwarze Stöcke waren, nach reifen Früchten rochen. Ganz gleich, wieviel Staub im restlichen Haus lag, das Holzwerk brauchte nie poliert zu werden. Wenn man zwinkerte, konnte man sein Spiegelbild in der Täfelung des Eßzimmers sehen oder in dem Geländer, an dem man sich festhielt, wenn man die Treppen hochlief. In allen Zimmern war es dunkel, sogar mittags, und selbst in der Julihitze blieb es kühl. Jeder, der es wagte, sich auf die Veranda zu stellen, wo wild der Efeu wucherte, konnte stundenlang durch die Fenster spähen, ohne etwas zu sehen. Genauso war es, wenn man hinausschaute; die grün getönten Fensterscheiben waren so alt, daß alles auf der anderen Seite wie ein Traum erschien, sogar der Himmel und die Bäume.

Die kleinen Mädchen, die oben unter dem Dach wohnten, waren Schwestern und im Alter nur dreizehn Monate auseinander. Niemals sagte man ihnen, sie sollten vor Mitternacht zu Bett gehen, niemand ermahnte sie, sich die Zähne zu putzen. Keiner kümmerte sich darum, ob ihre Kleider zerknittert waren oder ob sie auf die Straße spuckten. Während ihrer ganzen Kindheit erlaubte man diesen kleinen Mädchen, mit den Schuhen an den Füßen zu schlafen und mit schwarzen Stiften lustige Gesichter an die Wände ihres Schlafzimmers zu malen. Sie konnten zum Frühstück kalte Dr.-Pepper-Limonade trinken, wenn sie Lust darauf hatten, oder zum Abendessen Marshmallows verspeisen. Sie konnten aufs Dach klettern und auf dem schiefernen First hocken, so weit wie möglich zurückgelehnt, um den ersten Stern zu erspähen. Dort kauerten sie an windigen Märzabenden oder in feuchten Augustnächten und stritten sich flüsternd darum, ob es möglich sei, daß auch nur der kleinste Wunsch jemals in Erfüllung gehe.

Die Mädchen wurden von ihren Tanten erzogen, die, sosehr sie sich das vielleicht auch gewünscht hätten, es einfach nicht fertigbrachten, ihre Nichten wegzugeben. Schließlich waren die Kinder Waisen, deren sorglose Eltern so verliebt gewesen waren, daß sie den Qualm nicht bemerkten, der durch die Türritzen des Bungalows drang, in dem sie ihre zweiten Flitterwochen genießen wollten, nachdem sie die Mädchen zu Hause unter der Obhut eines Babysitters zurückgelassen hatten. Kein Wunder, daß die Schwestern bei Gewittern immer in einem Bett schliefen; beide hatten schreckliche Angst vor Donner und konnten nie lauter als im Flüsterton sprechen, wenn der Himmel zu grollen begann. Wenn sie endlich einschlummerten, die Arme umeinander geschlungen, hatten sie häufig exakt die gleichen Träume. Es gab Zeiten, da konnte die eine die Sätze der anderen zu Ende sprechen, und wenn sie die Augen schloß, wußte sie genau, was die Schwester sich am meisten zum Nachtisch wünschte.

Trotz ihrer Nähe aber waren die beiden Schwestern in Aussehen und Temperament völlig verschieden. Abgesehen von den schönen grauen Augen, für die alle Owens-Frauen bekannt waren, wäre niemand auf die Idee gekommen, sie für Verwandte zu halten. Gillian war hell und blond, Sallys Haar dagegen so schwarz wie das Fell der ungezogenen Katzen, denen die Tanten gestatteten, durch den Garten zu schleichen und sich an den Draperien im

Salon festzukrallen. Gillian war faul und schlief gern bis nach Mittag. Sie sparte ihr Taschengeld an und bezahlte dann Sally dafür, daß sie ihre Mathematikaufgaben löste und ihre Partykleider bügelte. Sie trank flaschenweise Yoo Hoo und aß süße Riegel von Hershey's, während sie auf dem Boden des kühlen Kellers lag und zufrieden beobachtete, wie Sally die Metallregale abstaubte, in denen die Tanten Gläser mit eingelegtem Gemüse lagerten. Gillians liebste Beschäftigung auf Erden bestand darin, auf dem samtgepolsterten Fenstersitz oben auf dem Treppenabsatz zu liegen, wo die Draperien aus Damast waren und wo ein Porträt von Maria Owens, die vor langer Zeit das Haus erbaut hatte, in einer Ecke Staub ansammelte. Dort verweilte sie an Sommernachmittagen, so träge, daß Motten sich auf ihr niederließen, weil sie sie irrtümlich für ein Kissen hielten, und winzige Löcher in ihre T-Shirts und Jeans fraßen.

Sally, dreihundertsiebenundneunzig Tage älter als ihre Schwester, war so gewissenhaft, wie Gillian müßig war. Sie glaubte niemals an etwas, das nicht durch Fakten und Zahlen zu beweisen war. Wenn Gillian auf eine Sternschnuppe wies, war Sally diejenige, die sie daran erinnerte, daß da nicht mehr zur Erde fiel als ein alter Stein, erhitzt von seinem Sturz durch die Atmosphäre. Sally war von Anfang an die Art Person, die Verantwortung übernimmt; sie mochte weder Verwirrung noch Unordnung, und mit beiden war das alte Haus der Tanten in der Magnolia Street übervoll.

Seit sie die dritte Klasse besuchte und Gillian die zweite, war Sally diejenige, die gesunde Mahlzeiten aus Hackbraten, frischen grünen Bohnen und Gerstensuppe zubereitete; sie kochte nach Rezepten aus einem Exemplar von

Freude am Kochen, das ins Haus zu schmuggeln ihr gelungen war. Jeden Morgen richtete sie für sich und ihre Schwester die Schulbrote her, belegte Vollkornbrot mit Truthahn und Tomaten, füllte die Pausenbox mit in Stäbchen geschnittenen Karotten und Buchweizenkeksen; all das warf Gillian sofort in den Papierkorb, wenn Sally sie in ihrem Klassenzimmer abgeliefert hatte, da sie die Süßigkeiten bevorzugte, die in der Schulcafeteria verkauft wurden. Oft hatte sie aus den Manteltaschen der Tanten genügend Quarters und Dimes stibitzt, um sich zu kaufen, was immer ihr Herz begehrte.

Die Tanten nannten sie *Nacht* und *Tag,* und obwohl keines der Mädchen über diesen kleinen Scherz lachte oder ihn auch nur im geringsten lustig fand, erkannten sie die Wahrheit darin und konnten früher als die meisten Schwestern begreifen, daß der Mond immer neidisch ist auf die Hitze des Tages, genau, wie sich die Sonne immer nach etwas Dunklem und Tiefem sehnt. Sie waren fähig, ihre gegenseitigen Geheimnisse gut zu hüten; sie bekreuzigten sich und wollten sterben, sollten sie je versehentlich etwas verraten, selbst wenn das Geheimnis nur darin bestand, daß sie eine Katze am Schwanz gezogen oder aus dem Garten der Tanten einen Strauß Veilchen gestohlen hatten.

Vielleicht hätten die Schwestern sich zerstritten, weil sie so verschieden waren, wären aufeinander böse geworden und hätten sich auseinandergelebt, wenn sie nur irgendwelche Freunde gehabt hätten, doch die anderen Kinder der Stadt gingen ihnen aus dem Weg. Niemand wagte es, mit den Schwestern zu spielen, und die meisten Mädchen und Jungen kreuzten die Finger, wenn Sally und Gillian nahten, als biete das irgendeinen Schutz. Die tapfersten und wildesten Jungen folgten den Schwestern zur Schule, hielten genau den richtigen Abstand, der ihnen gestattete, notfalls umzukehren und wegzurennen. Diese Jungen warfen gern mit Holzäpfeln und Steinen nach den Mädchen, aber selbst die besten Sportler, selbst die, welche die Stars ihrer kleinen Jugendmannschaften waren, trafen nie, wenn sie auf die Owens-Schwestern zielten. Jeder Stein und jeder Apfel landete unweigerlich zu Füßen der Mädchen.

Für die Owens-Schwestern war jeder Tag mit kleinen Demütigungen angefüllt: Kein Kind wollte einen Federhalter oder Stift benutzen, nachdem ein Owens-Mädchen ihn berührt hatte. Niemand wollte in der Cafeteria oder bei Versammlungen neben einer der Schwestern sitzen, und einige Mädchen kreischten tatsächlich, wenn sie die Mädchentoilette betraten, um zu pinkeln oder zu plaudern oder sich das Haar zu bürsten, und dabei zufällig auf eine der Schwestern stießen. Sally und Gillian wurden im Sport nie in Mannschaften gewählt, obwohl Gillian die schnellste Läuferin der Stadt war und einen Ball über das Dach der Schule bis auf die Endicott Street schlagen konnte. Niemals lud man sie zu Partys oder Treffen der Pfadfinderinnen ein, und keiner forderte sie auf, mit den anderen Himmel und Hölle zu spielen oder auf einen Baum zu klettern.

»Scheiß auf sie alle«, pflegte Gillian zu sagen und ihre hübsche kleine Nase in die Luft zu recken, wenn die Jungen beim Vorbeigehen der Schwestern in den Schulfluren unheimliche Koboldgeräusche machten. »Sollen sie Dreck fressen. Warten wir's ab. Eines Tages werden sie darum betteln, daß wir sie nach Hause einladen, und dann werden wir ihnen ins Gesicht lachen.«

Manchmal, wenn sie besonders schlechter Laune war, drehte Gillian sich plötzlich um und schrie *buuh,* und irgendein Junge machte sich immer in die Hosen und blamierte sich heillos. Doch Sally hatte nicht den Mut, sich zu wehren. Sie kleidete sich dunkel und versuchte, sich unauffällig zu machen. Sie tat so, als sei sie dumm, und hob in der Klasse nie die Hand. Sie verbarg ihre wahre Natur so gut, daß sie nach einer Weile an ihren eigenen Fähigkeiten zweifelte. Mittlerweile war sie so still wie eine Maus. Wenn sie im Unterricht den Mund aufmachte, konnte sie nur falsche Antworten piepsen; mit der Zeit sorgte sie dafür, daß sie ganz hinten saß, und hielt den Mund fest geschlossen.

Dennoch ließ man sie nicht in Ruhe. Als Sally in der vierten Klasse war, legte jemand einen offenen Behälter mit Ameisen in ihren Spind, so daß sie wochenlang zerquetschte Ameisen zwischen den Seiten ihrer Bücher fand. In der fünften Klasse versteckte eine Jungenbande eine tote Maus in ihrem Pult. Eines der grausamsten Kinder hatte der Maus ein Namensschild auf den Rücken geklebt, darauf stand in ungelenken Buchstaben *Sali,* doch Sally konnte sich über die falsche Schreibweise ihres Namens nicht amüsieren. Sie weinte über den kleinen, zusammengerollten Körper mit seinen winzigen Schnurrbarthaaren und den vollkommenen Pfötchen, doch als ihre Lehrerin sie fragte, was los sei, zuckte sie nur mit den Achseln, als habe sie die Fähigkeit zu sprechen verloren.

An einem schönen Apriltag, als Sally die sechste Klasse besuchte, folgten ihr sämtliche Katzen der Tanten zur Schule. Danach wollten sogar die Lehrer in einem leeren Korridor nicht mehr an ihr vorbeigehen und fanden einen Vorwand, um eine andere Richtung einschlagen zu können. Dabei lächelten sie sie merkwürdig an, und vielleicht hatten sie Angst, das nicht zu tun. Manche Leute reagieren so auf schwarze Katzen; sie werden ganz zittrig und ängstlich und müssen an dunkle, böse Nächte denken. Die Katzen der Tanten waren jedoch gar nicht sonderlich furchterregend. Sie waren verwöhnt, schliefen gern auf Sofas und trugen Vogelnamen: Da gab es Krähe, Rabe und Gans. Ein tölpelhaftes Katzenjunges hieß Taube, und ein boshafter alter Kater namens Elster fauchte alle anderen an und hielt sie auf Abstand. Es ist schwer zu glauben, daß ein so bunter Haufen von Kreaturen den Plan ausgeheckt hatte, Sally zu demütigen, doch genau das war anscheinend passiert. Aber vielleicht waren sie ihr an jenem Tag auch einfach deshalb gefolgt, weil sie sich für die Pause ein Sandwich mit Thunfisch hergerichtet hatte, nur für sich allein; Gillian nämlich tat so, als habe sie eine Halsentzündung, und lag daheim im Bett, wo sie für den größten Teil der Woche blieb, Zeitschriften las und Schokoriegel futterte, ohne auf Schokoladenflecken auf den Laken zu achten. Schließlich war Sally diejenige, die die Verantwortung für die Wäsche trug.

An diesem Morgen hatte Sally nicht einmal gemerkt, daß die Katzen ihr folgten, bis sie sich an ihr Pult setzte. Einige ihrer Klassenkameraden lachten, aber drei Mädchen waren auf die Heizung gesprungen und kreischten. Man hätte denken können, eine Bande von Dämonen habe den Raum betreten, und dabei waren es nur diese von Flöhen geplagten Kreaturen. Da saßen sie, schwarz wie die Nacht und fauchend wie unheilbringende Geister. Sally versuchte sie zu verscheuchen, doch die Katzen ließen sich nicht beirren, spazierten vor ihr auf und ab, die Schwänze in die Luft gereckt, und miauten mit so gräßlichen Stimmen, daß die Töne Milch hätten sauer werden lassen können.

»Hau ab«, flüsterte Sally, als Elster ihr auf den Schoß sprang und begann, seine Krallen in ihr schönstes blaues Kleid zu schlagen. »Verschwinde«, flehte sie ihn an.

Doch selbst als Miss Mullins hereinkam, mit einem Lineal auf ihr Pult klopfte und mit ihrer allerstrengsten Stimme Sally befahl, die Katzen aus dem Raum zu schaffen – *tout de suite*, sonst müsse sie nachsitzen –, wollten die schrecklichen Tiere nicht weichen. Panik breitete sich aus, und die hysterischeren von Sallys Klassenkameraden flüsterten bereits etwas von Hexerei. Hexen wurden schließlich häufig von einem Vertrauten begleitet, einem Tier, das ihrem bösesten Befehl gehorchte. Einige Kinder waren in Ohnmacht gefallen, andere bekamen für den Rest ihres Lebens eine Katzenphobie. Man schickte nach dem Turnlehrer, der mit einem Besen herumfuchtelte, aber die Katzen wollten noch immer nicht gehen.

Ein Junge aus den hinteren Bänken, der seinem Vater gerade an diesem Morgen eine Schachtel Streichhölzer gestohlen hatte, nutzte jetzt das Chaos im Klassenzimmer, um Feuer an Elsters Schwanz zu legen. Rasch füllte der Geruch von brennendem Fell das Zimmer, noch bevor Elster zu kreischen begann. Sally rannte zu dem Kater; ohne nachzudenken kniete sie nieder und erstickte die Flammen mit ihrem blauen Lieblingskleid.

»Ich hoffe, dir passiert etwas Schreckliches!« rief sie dem Jungen zu, der Elster angezündet hatte. Sie stand auf, den Kater wie ein Baby in den Armen, Gesicht und Kleid rußgeschwärzt. »Dann siehst du, wie das ist. Dann weißt du, wie es sich anfühlt.«

Genau in diesem Augenblick begannen die Kinder in

dem Klassenzimmer direkt über ihren Köpfen mit den Füßen zu stampfen – aus Freude, denn soeben hatte sich herausgestellt, daß ihre Diktate von der englischen Bulldogge des Lehrers gefressen worden waren –, und eine Dämmplatte löste sich aus der Decke und fiel dem bösen Knaben auf den Kopf. Er brach auf dem Fußboden zusammen, und trotz seiner Sommersprossen war sein Gesicht aschfahl.

»Das hat sie getan!« schrien einige der Kinder, und der Rest sperrte den Mund weit auf und die Augen noch weiter.

Sally rannte aus dem Raum, Elster in den Armen, alle anderen Katzen hinterher. Auf dem ganzen Heimweg strichen sie ihr um die Füße, die Endicott Street und die Peabody Street entlang, durch die Haustür und die Treppe hinauf, und den ganzen Nachmittag lang kratzten sie an Sallys verschlossener Zimmertür.

Sally weinte zwei Stunden lang ununterbrochen. Ihr Problem war, daß sie die Katzen liebte. Sie stellte ihnen Untertassen mit Milch hin und trug sie in einem Strickbeutel zum Tierarzt in der Endicott Street, wenn sie gekämpft oder sich gekratzt hatten und ihre Wunden sich entzündeten. Sie betete diese gräßlichen Katzen an, vor allem Elster, und doch hätte sie, als sie in ihrer Klasse saß und sich vor Verlegenheit wand, freudig zugesehen, wie jede einzelne in einem Eimer mit eiskaltem Wasser ertränkt oder mit einem Jagdgewehr erschossen wurde. Obwohl sie, sobald sie sich wieder gefaßt hatte, hinausging, um Elster zu verarzten, seinen Schwanz reinigte und mit Mullbinden umwickelte, wußte sie, daß sie ihn in ihrem Herzen verraten hatte. Von diesem Tag an hatte Sally eine schlechte Meinung von sich selbst. Sie bat die Tanten nicht mehr um kleine Gefallen und forderte nicht einmal mehr die geringfügigen Belohnungen, die sie verdiente. Sally hätte keinen unnachsichtigeren und kompromißloseren Richter finden können; sie selbst war zu dem Schluß gekommen, daß es ihr an Mitgefühl und Standhaftigkeit fehlte, und von diesem Augenblick an verleugnete sie sich selbst. Das war ihre Strafe.

Nach dem Vorfall mit den Katzen wurden Sally und Gillian gemieden; die anderen Mädchen in der Schule neckten sie nicht mehr, sondern machten sich schnell und mit niedergeschlagenen Augen davon, wenn die Owens-Schwestern vorbeikamen, Gerüchte über Hexerei wurden verbreitet, auf Zetteln, die von Bank zu Bank gingen; in Korridoren und Toiletten wurden flüsternd Beschuldigungen erhoben. Kinder, die selbst schwarze Katzen zu Hause hatten, bettelten ihre Eltern um ein anderes Haustier an, einen Collie oder ein Meerschweinchen oder sogar einen Goldfisch. Wenn die Footballmannschaft verlor oder im Zeichensaal ein Brennofen explodierte, schauten alle die Owens-Mädchen an. Selbst die rüpelhaftesten Jungen wagten nicht, in der Pause mit Springbällen nach ihnen zu werfen oder in ihre Richtung zu spucken; kein einziger schleuderte mehr Äpfel oder Steine. Bei Pyjamapartys und Pfadfinderinnentreffen gab es Kinder, die schworen, Sally und Gillian könnten einen mit einem einzigen Wort oder einem Kopfnicken verhexen und jemanden so hypnotisieren, daß er belle wie ein Hund oder auf Kommando von einem Felsabhang springe. Sei eine der Schwestern wirklich wütend, so brauche sie nur die Multiplikationstabellen rückwärts aufzusagen, schon sei man am Ende. Die Augen im Kopf würden einem schmelzen, und Fleisch und Knochen würden zu Pudding. Am nächsten Tag würden sie einen in der Schulcafeteria servieren, und keiner würde es merken.

Die Kinder in der Stadt mochten Gerüchte verbreiten, soviel sie wollten; die Wahrheit war, daß die meisten ihrer Mütter mindestens einmal in ihrem Leben die Tanten besucht hatten. Gelegentlich erschien vielleicht jemand, der Tee aus roten Paprikaschoten für einen empfindlichen Magen oder Schmetterlingskraut für die Nerven wollte, doch jede Frau in der Stadt kannte die wirkliche Spezialität der Tanten: die Liebe. Die Tanten wurden nicht gebeten, Wohltätigkeitsessen zu geben oder Geld für die Bibliothek zu sammeln, aber wenn eine Frau in der Stadt mit ihrem Liebhaber stritt, wenn sie von jemandem schwanger war, der nicht ihr Ehemann war, oder wenn sie entdeckte, daß der Mann, den sie geheiratet hatte, sich benahm wie ein läufiger Jagdhund, dann fand sie sich an der Hintertür der Owens ein, gleich nach der Dämmerung, in jener Stunde, in der die Schatten die Gesichtszüge verbargen, so daß niemand sie erkannte, wenn sie unter der Glyzinie stand, die sich schon länger um die Tür rankte als irgend jemand in der Stadt am Leben war.

Es spielte keine Rolle, ob die Frau Lehrerin der fünften Klasse in der Grundschule war oder die Ehefrau des Pastors oder vielleicht die langjährige Freundin des Kieferorthopäden in der Peabody Street. Es spielte keine Rolle, daß Leute schworen, schwarze Vögel stürzten vom Himmel, bereit, einem die Augen auszuhacken, wenn man sich dem Haus der Owens' von Osten her näherte. Das Begehren flößte den Menschen merkwürdigen Mut ein. Nach Meinung der Tanten konnte es eine erwachsene Frau ergreifen und sie von einem vernünftigen Geschöpf in etwas verwandeln, das so dumm war wie eine Fliege, die ständig denselben alten Hund verfolgt. Sobald eine den Entschluß gefaßt hatte, an die Hintertür zu kommen, war sie bereit, Tee aus Poleiminze zu trinken, vermischt mit Zutaten, die man nicht einmal laut aussprechen konnte, und der gewiß noch in derselben Nacht Blutungen auslösen würde. Und sie hatte sich schon entschieden, sich von einer der Tanten mit einer Silbernadel in den dritten Finger der linken Hand stechen zu lassen, wenn das erforderlich war, um ihren Liebsten wieder zurückzubringen.

Die Tanten gackerten wie Hühner, wann immer eine Frau den Plattenweg aus blauem Tonsandstein heraufkam. Verzweiflung spürten sie auf eine halbe Meile Entfernung. Eine Frau, die den Kopf verloren hatte und sich vergewissern wollte, daß ihre Liebe erwidert wurde, würde gerne eine Kamee hergeben, die seit Generationen ihrer Familie gehörte; eine, die betrogen worden war, würde noch mehr bezahlen. Am schlimmsten aber waren die Frauen, die den Ehemann einer anderen wollten. Sie würden für die Liebe absolut alles tun. Von der bloßen Hitze ihres Verlangens waren sie ganz verdreht wie Gummibänder und pfiffen auf Konventionen und gute Manieren. Sobald die Tanten eine dieser Frauen den Weg entlangkommen sahen, schickten sie die Mädchen schnurstracks zu Bett, sogar an Dezembertagen, an denen die Dämmerung am späten Nachmittag hereinbrach.

An solchen trüben Abenden protestierten die Schwestern nie, es sei noch zu früh oder sie seien noch nicht müde. Hand in Hand gingen sie auf Zehenspitzen die Treppe hinauf. Vom Treppenabsatz aus, unter dem nachgedunkelten Porträt der Maria Owens, wünschten sie laut eine gute Nacht, zogen sich die Nachthemden über die Köpfe und gingen schnurstracks zur hinteren Treppe, damit sie sich wieder nach unten schleichen, die Ohren an die Tür pressen und jedes Wort belauschen konnten. Manchmal, wenn es ein besonders dunkler Abend war und Gillian sich besonders mutig fühlte, stieß sie die Tür mit dem Fuß einen Spalt auf, und Sally wagte nicht, sie wieder zuzumachen, weil sie fürchtete, sie könne knarren und sie verraten.

»Das ist so albern«, pflegte Sally zu flüstern. »Völliger Blödsinn.«

»Dann geh doch ins Bett«, flüsterte Gillian in solchen Fällen. »Geh doch«, schlug sie vor, da sie wußte, daß Sally sich nichts von dem entgehen lassen wollte, was als nächstes passierte.

Von ihrem Platz aus konnten die Mädchen den alten schwarzen Herd und den Tisch und den gehäkelten Teppich sehen, auf dem die Kundinnen der Tanten oft auf und ab gingen. Sie konnten sehen, wie die Liebe einen beherrschen konnte, von Kopf bis Fuß, von den einzelnen Teilen dazwischen ganz zu schweigen.

Deshalb wußten Sally und Gillian Dinge, die die meisten Kinder ihres Alters nicht wußten: Daß es immer weise ist, abgeschnittene Fingernägel des Geliebten zu sammeln, nur für den Fall, daß es ihm je in den Sinn kommen sollte, auf Abwege zu geraten. Daß eine Frau einen Mann so sehr begehren kann, daß sie sich in das Spülbecken in der Küche erbricht oder so heftig weint, daß Blut in ihre Augenwinkel tritt.

An manchen Abenden, wenn am Himmel schon der orangefarbene Mond aufging und irgendeine Frau in ihrer Küche weinte, pflegten die Schwestern ihre kleinen Finger zu verschränken und zu geloben, sich niemals von ihren Leidenschaften beherrschen zu lassen.

»Wir nicht«, flüsterten die Mädchen einander zu, wenn eine Kundin ihrer Tanten weinte oder die Bluse hob, um die wunde Haut zu zeigen, wo sie sich mit einem Rasiermesser den Namen ihres Liebsten in die Haut geritzt hatte. »Wir nicht.«

In dem Winter, in dem Sally zwölf und Gillian beinahe elf war, lernten sie, daß es in Liebesdingen das allergefährlichste sein kann, wenn einem der Herzenswunsch erfüllt wird. Das war der Winter, in dem eine junge Frau, die im Drugstore arbeitete, in die Magnolia Street kam. Seit Tagen war die Temperatur gefallen. Der Motor des Ford-Kombi der Tanten spuckte und wollte nicht anspringen, und die Reifen waren auf dem Zementboden der Garage festgefroren. Mäuse wagten es nicht, die Wärme der Schlafzimmerwände zu verlassen, Schwäne im Park rupften an vereisten Gräsern und blieben doch hungrig. Die Jahreszeit war so kalt und der Himmel so herzlos und purpurn, daß junge Mädchen erschauerten, wenn sie nur nach oben blickten.

Die Kundin, die an einem kalten Abend kam, war nicht hübsch, aber bekannt für ihre Freundlichkeit. Sie lieferte den Alten an Feiertagen Mahlzeiten ins Haus, sang mit Engelsstimme im Chor und gab immer einen Extraschuß Sirup ins Glas, wenn Kinder in der Eisdiele Cola mit Vanille bestellten. Aber als sie in der Dämmerung ankam, litt dieses einfache, nette Mädchen solche Qualen, daß sie sich auf dem handgehäkelten Teppich wand; ihre Fäuste waren so fest geballt, daß sie den Pfoten einer Katze glichen. Sie warf den Kopf zurück, und das glänzende Haar fiel wie ein Vorhang über ihr Gesicht. Sie biß sich auf die Lippen, bis das Fleisch blutete. Sie wurde von Liebe bei lebendigem Leib verzehrt und hatte schon dreißig Pfund verloren. Deswegen schienen die Tanten Mitleid mit ihr zu haben, was bei ihnen selten vorkam. Obwohl das Mädchen nicht viel Geld hatte, gaben sie ihr den stärksten Aufguß, den sie besaßen, mit genauen Anweisungen, wie sie den Ehemann einer anderen Frau in sich verliebt machen konnte. Und dann warnten sie das Mädchen, das sei nie wieder rückgängig zu machen, und daher müsse sie ihrer Sache ganz sicher sein.

»Ich bin sicher«, sagte das Mädchen mit ihrer ruhigen, schönen Stimme, und die Tanten waren anscheinend zufrieden, denn sie gaben ihr das Herz einer Taube auf einer ihrer besten Untertassen, der, die mit den blauen Weiden und dem Fluß aus Tränen verziert war.

Sally und Gillian saßen im Dunkeln auf der Hintertreppe. Sie zitterten vor Kälte, aber dennoch grinsten sie einander an und flüsterten im Chor mit den Tanten einen Zauberspruch, den sie so gut kannten, daß sie ihn im Schlaf hätten aufsagen können: »Meines Liebsten Herz wird diese Nadel spüren, und seine Zuneigung wird mir gehören. Weder Ruh noch Schlaf sei ihm vergönnt, bis er mir seine Liebe bekennt. Erst wenn er mich von Herzen liebt, es für ihn wieder Ruhe und Frieden gibt.« Gillian vollführte kleine, stechende Bewegungen, denn das sollte das Mädchen mit dem Herz der Taube tun, wenn sie an sieben Abenden hintereinander vor dem Schlafengehen diese Worte wiederholte.

»Es wird niemals wirken«, flüsterte Sally hinterher, als sie sich im Dunkeln ihren Weg die Treppe hinauf und über den Gang zu ihren Zimmern ertasteten.

»Es könnte wirken«, flüsterte Gillian zurück. »Selbst wenn sie nicht hübsch ist, liegt es doch im Bereich des Möglichen.«

Sally richtete sich auf; sie war älter und größer und wußte immer alles besser. »Das werden wir ja sehen.«

Fast zwei Wochen lang beobachteten Sally und Gillian das liebeskranke Mädchen. Wie kleine Detektive saßen sie stundenlang im Drugstore an der Theke und gaben ihr ganzes Taschengeld für Cola und Pommes frites aus, um sie im Auge behalten zu können. Sie schlenderten ihr nach, wenn sie nach Hause in das Apartment ging, das sie mit einem anderen Mädchen, einer Angestellten der Reinigung, teilte. Je länger sie ihr folgten, desto mehr bekam Sally das Gefühl, sie drängten sich in das Privatleben des Mädchens, doch die Schwestern glaubten weiterhin, wichtige Recherchen durchzuführen, obwohl Gillian hin und wieder nicht mehr recht wußte, was sie damit eigentlich bezweckten.

»Das ist ganz einfach«, erklärte Sally ihr. »Wir müssen beweisen, daß die Tanten keinerlei Kräfte haben.«

»Wenn die Tanten bloß Unsinn verzapfen...«, grinste Gillian, »dann sind wir wie alle anderen.«

Sally nickte. Sie konnte gar nicht ausdrücken, wie wichtig diese Sache war, denn ihr persönlicher Herzenswunsch bestand eben darin, so zu sein wie alle anderen. Nachts träumte Sally von Ranchhäusern mit weißen Holzzäunen, und wenn sie morgens aufwachte und die schwarzen Metallspitzen sah, die sie umgaben, traten Tränen in ihre Augen. Andere Mädchen, das wußte sie, wuschen sich mit Ivory- und süß duftender Dove-Seife, während sie und Gillian gezwungen waren, die schwarze Seife zu benutzen, die die Tanten zweimal im Jahr auf dem hinteren Brenner ihres Herdes herstellten. Andere Mädchen hatten Mütter und Väter, die sich nicht um Sehnsucht und Leidenschaft scherten, und in keinem anderen Haus in der ganzen

Stadt gab es eine Schublade voller Kameen, mit denen erfüllte Wünsche bezahlt worden waren.

Alles, was Sally sich erhoffte, war, daß ihr Leben vielleicht doch nicht ganz so abnorm war, wie es aussah. Wenn der Liebeszauber bei dem Mädchen aus dem Drugstore nicht wirkte, dann taten die Tanten vielleicht nur so, als besäßen sie übersinnliche Kräfte. Also warteten die Schwestern und beteten, daß nichts geschah. Und als sicher schien, daß nichts geschehen würde, parkte in der Dämmerung der Direktor ihrer Schule, Mr. Halliwell, seinen Volvo draußen vor dem Apartment des Mädchens. Lässig betrat er das Haus, aber Sally beobachtete, daß er sich verstohlen umsah; seine Augen waren trübe, als habe er sieben Nächte nicht geschlafen.

An diesem Abend gingen die Mädchen nicht zum Essen nach Hause, obwohl Sally den Tanten versprochen hatte, sie würde Lammkoteletts und gebackene Bohnen auftischen. Der Wind frischte auf, und eiskalter Regen fiel, doch die Mädchen standen noch immer da, dem Haus gegenüber. Mr. Halliwell kam erst nach neun Uhr wieder heraus, und er hatte einen seltsamen Ausdruck im Gesicht, als wisse er nicht genau, wo er sich befand. Er ging an seinem Volvo vorbei, ohne ihn zu erkennen, und erst auf halbem Weg zu seinem Haus fiel ihm ein, daß er seinen Wagen irgendwo geparkt hatte, und dann brauchte er fast eine Stunde, um ihn wiederzufinden. Danach erschien er jeden Abend um genau die gleiche Zeit. Einmal hatte er den Nerv, zur Mittagszeit in den Drugstore zu kommen und einen Cheeseburger und eine Cola zu bestellen, obwohl er keinen Bissen aß und sehnsüchtig das Mädchen anstarrte, das ihn verzaubert hatte. Er saß auf dem allerersten Hocker in der Reihe, so heiß und verliebt, daß die

Linoleumtheke, auf die er die Ellbogen gestützt hatte, Blasen zu werfen begann. Als er endlich merkte, daß Sally und Gillian ihn beobachteten, forderte er die Mädchen auf, wieder in die Schule zurückzugehen, und griff nach seinem Cheeseburger, aber noch immer konnte er die Augen nicht von der jungen Frau wenden. Etwas hatte ihn tatsächlich getroffen; die Tanten hatten ihn so sicher erwischt, als hätten sie ihn mit Pfeil und Bogen erlegt.

»Zufall«, behauptete Sally.

»Weiß ich nicht.« Gillian zuckte mit den Achseln. Jeder konnte sehen, daß das Mädchen aus dem Drugstore aussah wie von innen erleuchtet, wenn sie heiße Sundaes herrichtete und Rezepte für Antibiotika und Antibabypillen einlöste. »Sie hat bekommen, was sie wollte. Wie immer das passiert ist.«

Doch wie sich herausstellte, hatte das Mädchen nicht ganz das bekommen, was sie wollte. Sie kam zu den Tanten zurück, aufgewühlter denn je. Liebe war eine Sache, Heirat eine ganz andere. Anscheinend war Mr. Halliwell nicht sicher, daß er seine Frau verlassen konnte.

»Ich glaube nicht, daß du dabei zusehen willst«, flüsterte Gillian Sally zu.

»Woher weißt du das?«

Die Mädchen flüsterten einander direkt in die Ohren und spürten eine Angst, die sie sonst nicht hatten, wenn sie aus der sicheren Position auf der Treppe spionierten.

»Ich habe es einmal gesehen.« Gillian sah blaß aus, und ihr helles Haar stand wie eine Wolke vom Kopf ab.

Sally rückte von ihrer Schwester ab. Sie verstand, warum Leute sagten, Glut könne zu Eis werden. »Ohne mich?«

Gillian kam oft ohne ihre Schwester zur Hintertreppe,

um sich selbst zu testen und um festzustellen, wie furchtlos sie sein konnte. »Ich dachte, du würdest nicht wollen. Ein paar von den Sachen, die sie machen, sind ziemlich derb. Damit wirst du nicht fertig.«

Danach mußte Sally neben ihrer jüngeren Schwester auf der Treppe bleiben, und sei es nur, um zu beweisen, daß sie dazu fähig war.

»Wir werden ja sehen, wer damit fertig wird und wer nicht«, flüsterte sie. Aber sie wäre niemals geblieben, sie wäre den ganzen Weg zu ihrem Zimmer gerannt und hätte die Tür verrammelt, hätte sie gewußt, daß etwas Grauenhaftes getan werden mußte, um einen Mann gegen seinen Willen zur Heirat zu zwingen. Sie schloß gleich die Augen, als sie die Trauertaube hereinbrachten, und hielt sich die Ohren zu, damit sie ihr Kreischen nicht hören mußte, als sie sie auf die Arbeitsplatte drückten. Sie sagte sich, daß sie Lammkoteletts und Hühner gebraten habe und daß dies nicht viel anders sei. Dennoch aß Sally nach diesem Abend nie wieder Fleisch oder Geflügel oder auch nur Fisch, und sie bekam ein zittriges Gefühl, wann immer ein Schwarm Spatzen oder Zaunkönige in den Bäumen erschrak und die Flucht ergriff. Noch lange danach nahm sie die Hand ihrer Schwester, wenn der Himmel dunkel zu werden begann.

Den ganzen Winter lang sahen Sally und Gillian das Mädchen aus dem Drugstore mit Mr. Halliwell. Im Januar verließ er seine Frau, um sie zu heiraten, und sie zogen in ein kleines weißes Haus an der Ecke von Third und Endicott Street. Nachdem sie erst Mann und Frau waren, trennten sie sich selten. Wohin immer das Mädchen ging, zum Markt oder zur Gymnastik, Mr. Halliwell folgte ihr wie ein wohlerzogener Hund, der keine Leine braucht.

Und sobald die Schule aus war, machte er sich auf den Weg in den Drugstore. Er erschien zu merkwürdigen Stunden mit einer Handvoll Veilchen oder einer Schachtel Nougat, und manchmal konnten die Schwestern hören, wie seine neue Frau ihn trotz der Geschenke schalt. Konnte er sie nicht eine Minute aus den Augen lassen? zischte sie dem Liebsten zu. Konnte er sie nicht eine Minute in Frieden lassen?

Als im folgenden Frühling die Glyzinie zu blühen begann, war das Mädchen aus dem Drugstore wieder da. Sally und Gillian arbeiteten in der Dämmerung im Garten und ernteten Frühlingszwiebeln für einen Gemüseeintopf. Der Zitronenthymian auf der Rückseite des Gartens hatte, wie immer um diese Jahreszeit, angefangen, seinen köstlichen Duft zu verströmen, und der Rosmarin sah weniger kalkig und spröde aus. Das Wetter war so feucht, daß die Mücken mit voller Kraft ausschwärmten, und Gillian schlug um sich, so daß Sally sie am Ärmel zupfen mußte, um sie auf die Besucherin aufmerksam zu machen.

»Oje«, sagte Gillian. Sie hörte auf, nach Mücken zu schlagen. »Sie sieht schrecklich aus.«

Das Mädchen aus dem Drugstore sah nicht einmal mehr wie ein Mädchen aus, sondern alt. Ihr Haar war stumpf, und ihr Mund hatte einen komischen, verkniffenen Zug. Sie rieb die Hände aneinander, als sei ihre Haut rissig oder sie selbst auf irgendeine schreckliche Art nervös. Sally nahm den Weidenkorb mit Zwiebeln und beobachtete, wie die Kundin ihrer Tanten an die Hintertür klopfte. Niemand antwortete, also klopfte sie erneut, hektisch und wütend. »Machen Sie auf!« rief sie und klopfte immer weiter, aber das Geräusch stieg unbeantwortet zum purpurnen Himmel empor.

Als das Mädchen die Schwestern bemerkte und sich in Richtung Garten wandte, erbleichte Gillian und klammerte sich an Sally. Sally hielt sich wacker, denn schließlich gab es keinen Ort, wohin sie fliehen konnten. Die Tanten hatten einen Pferdeschädel an den Zaun genagelt, um Nachbarskinder mit einer Vorliebe für Erdbeeren und Minze fernzuhalten, und Sally ertappte sich bei der Hoffnung, er werde auch böse Geister fernhalten. Denn nach einem bösen Geist sah das Drugstore-Mädchen jetzt aus, als sie auf die Schwestern zueilte dort im Garten, wo Lavendel und Rosmarin und Ranken von spanischem Knoblauch schon üppig wuchsen, während sämtliche Nachbargärten noch schlammig und kahl waren.

»Schaut, was sie mir angetan haben«, rief das Mädchen, »er läßt mich keine Minute in Ruhe. Er hat alle Schlösser abmontiert, sogar die an der Badezimmertür. Ich kann nicht mehr schlafen oder essen, weil er mich beobachtet. Dauernd will er mich vögeln. Ich bin total wund.«

Sally wich zwei Schritte zurück und wäre beinahe über Gillian gestolpert, die sich noch immer an sie klammerte. So sprachen die Leute gewöhnlich nicht mit Kindern, aber dem Mädchen aus dem Drugstore war das offenbar egal. Sally konnte sehen, daß ihre Augen rot und verweint waren. Ihr Mund sah gemein aus, als könnten zwischen diesen Lippen nur böse Worte hervortreten.

»Wo sind die Hexen, die mir das angetan haben?« schrie das Mädchen.

Hinter den Fensterscheiben beobachteten die Tanten, was Geiz und Dummheit einem Menschen antun konnten, und sie schüttelten traurig den Kopf, als Sally in ihre Richtung blickte. Sie wollten mit dem Drugstore-Mädchen nichts mehr zu tun haben. Manche Menschen lassen sich vor Unheil nicht warnen. Man kann es versuchen, man kann alle Vorsichtsmaßnahmen ergreifen, aber sie gehen trotzdem ihren eigenen Weg.

»Unsere Tanten sind in Urlaub«, sagte Sally mit brüchiger Stimme. Sie hatte noch nie eine Lüge ausgesprochen, und sie hinterließ einen schalen Geschmack im Mund.

»Geh sie holen«, kreischte das Mädchen. Sie war nicht mehr dieselbe wie früher. Bei den Chorproben weinte sie bei ihren Soli und mußte auf den Parkplatz geführt werden, damit sie nicht das ganze Programm störte. »Und zwar jetzt gleich, sonst passiert was!«

»Lassen Sie uns in Ruhe«, sagte Gillian aus der Sicherheit ihres Verstecks hinter Sally. »Wenn Sie uns nicht in Ruhe lassen, belegen wir Sie mit einem schlimmen Fluch.«

Als das Mädchen aus dem Drugstore das hörte, verlor sie die Fassung. Sie warf die Arme nach vorn und wollte Gillian schlagen, doch es war Sally, die sie traf, und zwar mit solcher Wucht, daß Sally rückwärts taumelte und Rosmarin und Verbenen zertrat. Hinter dem Fensterglas sagten die Tanten die Worte auf, die sie als Kinder gelernt hatten, um die Hühner zum Schweigen zu bringen; damals hatte es eine ganze Schar magerer brauner und weißer Exemplare gegeben, doch als die Tanten mit ihnen fertig waren, gackerten sie nie wieder, und so konnten zwei Dobermänner sie davontragen, ohne daß sie einen einzigen Laut von sich gaben.

»Oh«, sagte Gillian, als sie merkte, was mit ihrer Schwester passiert war. Ein blutrotes Mal bildete sich auf Sallys Wange, aber Gillian war diejenige, die zu weinen begann. »Sie schreckliche Person!« sagte sie zu dem Mädchen aus dem Drugstore. »Sie sind einfach schrecklich!«

»Habt ihr mich nicht verstanden?« Das Mädchen

stampfte mit dem Fuß auf. »Holt eure Tanten!« Zumindest war es das, was sie zu sagen versuchte, aber aus ihrem Mund kam kein Ton. Kein Schrei, kein Kreischen und schon gar keine Entschuldigung. Sie legte die Hand an die Kehle, als erwürge sie jemand, aber in Wirklichkeit erstickte sie an all der Liebe, von der sie geglaubt hatte, sie habe sie so dringend nötig.

Sally beobachtete das Mädchen, deren Gesicht weiß vor Angst war. Wie sich herausstellte, sprach das Mädchen aus dem Drugstore nie wieder, obwohl sie manchmal kleine, gurrende Geräusche von sich gab wie eine Taube oder, wenn sie wirklich wütend war, ein rauhes Krächzen wie ein Huhn. Ihre Freunde im Chor beweinten den Verlust ihrer schönen Stimme, aber mit der Zeit begannen sie, ihr aus dem Weg zu gehen. Ihr Rücken hatte sich gekrümmt wie der einer Katze, die auf Kohle getreten ist, und sie konnte kein freundliches Wort hören, ohne sich die Ohren zuzuhalten und mit dem Fuß aufzustampfen wie ein verzogenes Kind.

Für den Rest ihres Lebens lief ihr ein Mann nach, der sie zu sehr liebte, und sie konnte ihm nicht einmal sagen, er solle verschwinden. Sally wußte, daß ihre Tanten dieser Kundin nie wieder die Tür öffnen würden, auch wenn sie tausendmal wiederkäme. Das Mädchen hatte einfach kein Recht, noch mehr zu fordern. Was hatte sie geglaubt? Daß Liebe ein Spielzeug sei, mit dem zu spielen bloß leicht und angenehm ist? Wirkliche Liebe war gefährlich; sie erfaßte einen von innen her und setzte sich fest, und wenn man sie nicht schnell genug losließ, war man imstande, ihretwegen einfach alles zu tun. Wenn das Mädchen aus dem Drugstore klug gewesen wäre, hätte sie von Anfang an ein Gegenmittel und keinen Zauber gefordert. Am Ende hatte sie bekommen, was sie wollte, und wenn sie auch die Lektion daraus noch immer nicht gelernt hatte, so gab es doch in diesem Garten eine Person, die das sehr wohl getan hatte. Es gab ein Mädchen, das genug verstand, um hineinzugehen und die Tür dreimal zu verschließen und keine einzige Träne zu vergießen, als sie die Zwiebeln schnitt, die so scharf waren, daß jede andere die ganze Nacht geweint hätte.

Einmal im Jahr, zur Zeit der Sommersonnenwende, pflegte ein Spatz in das Haus der Owens' einzudringen. Ganz gleich, wie sehr alle versuchten, das zu verhindern, der Vogel schaffte es immer. Sie konnten Untertassen mit Salz auf die Fensterbretter stellen und einen Handlanger anheuern, der die Abflüsse und das Dach abdichtete – der Vogel erschien trotzdem. Er kam in der Dämmerung, der Stunde des Kummers, und er kam immer lautlos, aber doch mit merkwürdiger Entschlossenheit, die dem Salz und den Ziegelsteinen trotzte, als habe das arme Ding keine andere Wahl, als auf dem staubigen Kronleuchter zu hocken, von dem gläserne Tropfen herabhingen wie Tränen.

Die Tanten hielten ihre Besen bereit, um den Vogel aus dem Fenster zu jagen, doch der Spatz flog zu hoch, um ihnen in die Falle zu gehen. Wenn er durch das Eßzimmer kreiste, zählten die Schwestern immer mit, denn sie wußten, wenn er es dreimal tat, bedeutete das Schwierigkeiten, und er tat es immer dreimal. Natürlich waren Schwierigkeiten nichts Neues für die Owens-Schwestern, besonders, als sie heranwuchsen. Von dem Augenblick an, als die Mädchen in die High-School kamen, konnten sich die Jungen, die ihnen all die Jahre aus dem Weg gegangen waren, plötzlich nicht mehr von Gillian fernhalten. Sie konnte wegen einer Dose Erbsensuppe zum Supermarkt gehen und als feste Freundin des Jungen zurückkommen, der die Kisten mit Gefrierkost stapelte. Und je älter sie wurde, desto schlimmer wurde es. Vielleicht war es die schwarze Seife, mit der sie sich wusch und die ihre Haut wie von innen erleuchtet aussehen ließ, aber woran immer es auch lag, sie war heiß anzufassen und unmöglich zu ignorieren. Die Jungen schauten sie an und wurden so benommen, daß man sie rasch in die Notaufnahme bringen mußte, um ihnen Sauerstoff oder einen Viertelliter frisches Blut zuzuführen. Männer, die glücklich verheiratet und alt genug waren, um ihre Väter zu sein, setzten es sich plötzlich in den Kopf, ihr Anträge zu machen und ihr die Welt oder zumindest ihre Version davon zu Füßen zu legen.

Wenn Gillian kurze Röcke trug, verursachte sie in der Endicott Street Verkehrsunfälle. Wenn sie vorbeiging, vergaßen angekettete Hunde zu knurren und zu beißen. An einem besonders heißen Memorial Day schnitt Gillian sich den größten Teil ihres Haars ab, so daß es so kurz war wie bei einem Jungen, und fast alle Mädchen in der Stadt taten es ihr nach. Doch keine einzige von ihnen konnte mit der perfekten Biegung ihres Halses den Verkehr zum Stillstand bringen; keine einzige von ihnen hatte dieses strahlende Lächeln, um in Biologie und Sozialkunde zu bestehen, ohne eine einzige Prüfung abzulegen oder auch nur Hausaufgaben für den nächsten Tag zu machen. Einen Sommer lang verbrachte die gesamte Footballmannschaft der Schule jeden Samstagnachmittag im Garten der Tanten. Da waren sie alle, ungelenk und still und wahnsinnig verliebt, zupften Unkraut zwischen den Reihen von Nachtschatten und Verbenen und mieden vorsichtig den Blattlauch, der so intensiv war, daß er den Jungen die Haut von den Fingern brannte, wenn sie nicht aufpaßten.

Gillian brach Herzen, wie andere Leute Reisig für Feuerholz zerbrechen, so schnell und gekonnt, daß manche Jungen gar nicht wußten, wie ihnen geschah, bis sie nur noch ein Häufchen Gefühle waren. Wenn man alle Probleme zusammennahm, in die die meisten Mädchen als Teenager gerieten, und sie vierundzwanzig Stunden lang einkochte, dann hätte man am Ende etwas von der Größe eines Snickers-Riegels. Aber wenn man alle Schwierigkeiten zusammennahm, in die Gillian Owens sich brachte – von all dem Kummer, den sie verursachte, ganz zu schweigen –, dann hatte man am Schluß ein klebriges Durcheinander, so hoch wie das State House in Boston.

Die Tanten sorgten sich nicht im mindesten um Gillians Ruf. Sie dachten nie daran, ihr den Ausgang zu begrenzen oder ernsthaft mit ihr zu reden. Als Sally ihren Führerschein machte, benutzte sie den Kombi, um Lebensmittel einzukaufen und Abfälle zur Müllkippe zu fahren, aber sobald Gillian fahren konnte, schnappte sie sich jeden Samstagabend den Wagen und kam erst in der Morgendämmerung nach Hause. Die Tanten hörten Gillian durch die Vordertür hereinschleichen und fanden die im Handschuhfach des Fords versteckten Bierflaschen. Mädchen wollen eben Mädchen sein, dachten sie sich, und für eine Owens galt das ganz besonders. Der einzige Rat, den die Tanten anboten, lautete, ein Baby sei leichter zu verhüten als großzuziehen, und selbst Gillian, so draufgängerisch sie war, sah das ein.

Es war Sally, um die sich die Tanten Sorgen machten,

Sally, die jeden Abend nahrhafte Mahlzeiten kochte und hinterher abwusch, die dienstags die Einkäufe erledigte und donnerstags die Wäsche heraushängte, damit die Laken und Handtücher frisch und süß dufteten. Die Tanten versuchten sie zu ermutigen, nicht so brav zu sein, denn Bravheit war in ihren Augen keine Tugend, sondern nur Rückgratlosigkeit und als Bescheidenheit verkleidete Angst. Die Tanten glaubten, es gäbe wichtigere Dinge im Leben als Staubmäuse unter den Betten oder abgefallenes Laub auf der Terrasse. Owens-Frauen ignorierten die Konventionen, waren eigensinnig und halsstarrig, und so sollten sie auch sein. Owens-Frauen, die heirateten, hatten immer darauf bestanden, ihren eigenen Namen zu behalten, und ihre Töchter trugen ebenfalls diesen Namen. Regina, Gillians und Sallys Mutter, war besonders schwer zu kontrollieren gewesen. Die Tanten mußten immer die Tränen zurückhalten, wenn sie daran dachten, wie Regina in Strümpfen auf dem Geländer der Veranda balanciert war, wenn sie etwas zuviel Whiskey getrunken hatte, die Arme ausgestreckt, um nicht das Gleichgewicht zu verlieren. Sie mochte töricht gewesen sein, aber Regina hatte gewußt, wie man seinen Spaß hat, eine Fähigkeit, auf die die Owens-Frauen stolz waren. Gillian hatte die Wildheit ihrer Mutter geerbt, aber Sally hätte ein Vergnügen nicht einmal dann erkannt, wenn es sich auf sie gesetzt und sie gebissen hätte.

»Geh raus«, drängten die Tanten samstags abends, wenn Sally sich mit einem Buch aus der Bibliothek auf der Couch zusammenrollte. »Amüsier dich«, schlugen sie mit ihren kleinen, kratzigen Stimmen vor, die die Schnecken aus dem Garten vertreiben, aber Sally nicht vom Sofa bewegen konnten.

Die Tanten taten ihr Bestes, um Sally auf die Sprünge zu helfen. Sie fingen an, junge Männer zu sammeln, wie andere alte Damen streunende Katzen sammeln. Jeden Sonntag veranstalteten sie Gartenpartys, auf denen mit kaltem Rindfleisch belegte Sandwiches gereicht und dunkles Bier ausgeschenkt wurde, aber Sally saß einfach auf einem Metallstuhl, die Beine gekreuzt, und war in Gedanken anderswo. Die Tanten kauften ihr rosafarbene Lippenstifte und Badesalze aus Spanien. Sie bestellten in Versandhäusern Partykleider und Spitzenhöschen und weiche Wildlederstiefel, aber Sally gab alles Gillian, die von diesen Geschenken Gebrauch machen konnte, und las weiterhin samstags abends Bücher, so wie sie weiterhin donnerstags die Wäsche wusch.

Das soll nicht heißen, daß Sally sich nicht nach Kräften bemüht hätte, sich zu verlieben. Sie war sehr ernsthaft und besaß eine erstaunliche Konzentrationsfähigkeit, und eine Zeitlang nahm sie die Einladungen ins Kino oder zu Tanzveranstaltungen oder zu Spaziergängen um den Teich unten im Park an. Alle Jungen, die sich in der High-School mit Sally verabredeten, waren erstaunt, wie lange sie sich auf einen einzigen Kuß konzentrieren konnte, und unwillkürlich fragten sie sich, wozu sie sonst noch fähig sein mochte. Noch zwanzig Jahre später dachten viele von ihnen an sie, aber sie zeigte nie an irgend jemandem näheres Interesse und konnte sich nicht einmal mehr an ihre Namen erinnern. Sie wollte nicht zweimal mit demselben Jungen ausgehen, weil das ihrer Meinung nach nicht fair gewesen wäre, und sie glaubte damals an Dinge wie Fairneß, selbst auf einem so seltsamen und ungewöhnlichen Gebiet wie der Liebe.

Während sie zusah, wie Gillian die halbe Stadt abgraste,

fragte sich Sally, ob bei ihr vielleicht anstelle des Herzens ein Granitblock saß. Doch als die Schwestern die High-School absolviert hatten, wurde klar, daß Gillian sich zwar verlieben konnte, das aber nicht länger als zwei Wochen durchstand. Sally hielt sie beide inzwischen für gleichermaßen verflucht, und angesichts ihres Hintergrundes und ihrer Erziehung war es eigentlich nicht erstaunlich, daß die Schwestern solches Pech hatten. Die Tanten bewahrten in ihren Kommoden immerhin noch Fotografien der jungen Männer auf, die sie einst geliebt hatten, Brüdern, die zu stolz gewesen waren, um bei einem Gewitter während eines Picknicks Unterschlupf zu suchen. Der Blitz hatte sie im Stadtpark getroffen, wo sie jetzt beerdigt waren, und zwar unter einem glatten, runden Stein, auf dem sich in der Morgen- und Abenddämmerung Trauertauben versammelten. Jeder Augustblitz wurde von dieser Stelle angezogen, und Liebespaare forderten sich gegenseitig heraus, über den Rasen zu laufen, wann immer schwarze Gewitterwolken erschienen. Gillians Freunde waren die einzigen, die liebeskrank genug waren, um das Risiko einzugehen, und zwei waren nach dem Lauf über den Rasen tatsächlich im Krankenhaus gelandet; ihre Haare blieben danach für immer gesträubt und ihre Augen weit aufgerissen, sogar wenn sie schliefen.

Als Gillian achtzehn war, blieb sie drei Monate verliebt, lange genug, um den Entschluß zu fassen, nach Maryland durchzubrennen und zu heiraten. Sie mußte flüchten, weil die Tanten sich geweigert hatten, ihren Segen zu geben. Ihrer Einschätzung nach war Gillian jung und dumm und würde sich in Rekordzeit schwängern lassen – alles Voraussetzungen für ein ganz banales Leben. Wie sich herausstellte, hatten die Tanten nur bezüglich ihrer

Dummheit und Jugend recht. Gillian hatte keine Zeit, schwanger zu werden – zwei Wochen nach der Hochzeit verließ sie ihren Mann wegen des Mechanikers, der ihren Toyota reparierte. Das war das erste von zahlreichen ehelichen Desastern, doch in der Nacht, in der sie flüchtete, schien alles möglich, sogar das Glück. Sally half, aus weißen Laken ein Seil zusammenzuknüpfen, damit Gillian durchbrennen konnte. Sally hielt ihre kleine Schwester für egoistisch, Gillian wiederum hielt Sally für prüde, doch immerhin waren sie Schwestern, und nun, da sie im Begriff waren, sich zu trennen, standen sie vor dem offenen Fenster, hielten sich umklammert und weinten.

»Ich wünschte, du würdest mit uns kommen.« Gillians Stimme war leise gewesen wie ein Flüstern.

»Du mußt das nicht tun«, hatte Sally gesagt, »wenn du nicht sicher bist.«

»Ich hab genug von den Tanten. Ich will ein richtiges Leben. Ich will das, was alle anderen haben.« Gillian trug ein kurzes weißes Kleid, das sie ständig über ihre Schenkel herunterziehen mußte. Statt zu schluchzen, kramte sie in ihrer Tasche, bis sie ein zerdrücktes Päckchen Zigaretten fand. Beide Schwestern blinzelten, als sie das Streichholz anzündete. Sie standen im Dunkeln und beobachteten das orangene Glühen der Zigarette, wann immer Gillian daran zog, und Sally machte sich nicht einmal die Mühe, darauf hinzuweisen, daß die heiße Asche auf den Boden fiel, den sie früher am Tag gewischt hatte.

»Versprich mir, daß du nicht hierbleiben wirst«, sagte Gillian. »Du wirst knittrig werden wie ein Blatt Papier. Du wirst dein Leben ruinieren.«

Der Junge, mit dem Gillian durchbrennen wollte, wartete nervös unten im Garten. Gillian war für ihre Rückzieher bekannt, wenn nicht gar berüchtigt. Allein in diesem Jahr waren drei verschiedene Jungen aus dem College überzeugt gewesen, derjenige zu sein, den Gillian heiraten wollte, und jeder hatte ihr einen Diamantring geschenkt. Eine Zeitlang trug Gillian alle drei Ringe an einer Goldkette, aber am Ende gab sie alle wieder zurück und brach in einer einzigen Woche Herzen in Princeton, Providence und Cambridge. Die Schüler der Abschlußklasse schlossen Wetten darüber ab, mit wem sie zur Abschiedsfeier erscheinen würde, da sie monatelang Einladungen verschiedener Verehrer angenommen und wieder abgelehnt hatte.

Der Junge im Garten, der bald Gillians erster Ehemann sein würde, begann Steinchen auf das Dach zu werfen, was sich anhörte wie ein Hagelsturm. Die Schwestern fielen sich in die Arme; sie hatten das Gefühl, als hebe das Schicksal sie hoch, wirble sie herum und setze sie dann in einer ganz anderen Zukunft wieder ab. Es sollte Jahre dauern, bis sie einander wiedersahen. Da waren sie erwachsene Frauen, zu alt, um sich flüsternd Geheimnisse zu erzählen oder mitten in der Nacht aufs Dach zu klettern.

»Komm mit uns«, drängte Gillian.

»Nein«, sagte Sally. »Unmöglich. Durchbrennen können nur zwei Leute.«

Dutzende von Steinchen prasselten auf das Dach; Tausende von Sternen standen am Himmel.

»Ich werde dich sehr vermissen«, sagte Gillian.

»Geh«, sagte Sally. Sie wäre die letzte auf der Welt, ihre Schwester zurückzuhalten. »Geh jetzt.«

Gillian umarmte Sally ein letztes Mal, und dann verschwand sie aus dem Fenster. Sie hatten den Tanten Gerstensuppe mit einem großzügigen Schuß Whiskey serviert, und so schliefen die alten Damen auf der Couch und hörten nichts. Aber Sally konnte hören, wie ihre Schwester den Pfad aus blauen Steinen entlanglief, und sie weinte die ganze Nacht und stellte sich vor, Schritte zu hören, während in Wirklichkeit draußen nur die Kröten waren. Morgens ging Sally nach draußen, um die weißen Laken einzusammeln, die Gillian unter der Glyzinie zurückgelassen hatte. Warum war Sally immer diejenige, die zurückblieb, um die Wäsche zu waschen? Warum bekümmerte es sie, daß der Stoff Schmutzflecken hatte, die sie extra würde bleichen müssen? Sie hatte sich nie einsamer und verlassener gefühlt. Hätte sie doch nur an die Rettung durch die Liebe glauben können – aber für sie war alles Verlangen ruiniert. Für sie war Sehnsucht Besessenheit und Leidenschaft eine Überreaktion des Körpers. Sie wünschte sich, sie hätte sich niemals über die Hintertreppe geschlichen, um zu lauschen, wie die Kundinnen der Tanten weinten und flehten und sich selbst zu Närrinnen machten. All das hatte sie nur resistent gegen die Liebe gemacht, und sie war überzeugt, daß sich das vermutlich niemals ändern würde.

In den folgenden zwei Jahren trafen gelegentlich Postkarten von Gillian ein, mit lieben Grüßen unterschrieben, aber ohne Adresse. In dieser Zeit hatte Sally noch weniger Hoffnung, daß ihr Leben sich zu etwas anderem erweitern würde als dazu, Mahlzeiten zu kochen, die die Tanten nicht wollten, und ein Haus zu putzen, dessen Holzwerk nie poliert zu werden brauchte. Sie war einundzwanzig; die meisten Mädchen ihres Alters beendeten das College oder bekamen in ihrem Job eine Gehaltserhöhung, so daß sie sich ein eigenes Apartment leisten konnten, aber das

Aufregendste, was Sally tat, war ein Gang in die Eisenwarenhandlung, um eine Dose Möbelpolitur zu kaufen. Manchmal brauchte sie fast eine Stunde, um zwischen Zitronenwachs und Holzöl zu wählen.

»Was meinen Sie?« fragte sie den Verkäufer, einen gutaussehenden jungen Mann, den diese Frage so verwirrte, daß er einfach auf das Zitronenwachs zeigte. Der Verkäufer war über einsachtzig groß, und so konnte Sally nie seinen Gesichtsausdruck sehen, wenn er sie zu dem bevorzugten Holzpflegeprodukt führte. Wäre sie größer gewesen oder auf die Trittleiter gestiegen, die benutzt wurde, um die Regale aufzufüllen, dann hätte Sally bemerkt, daß der Verkäufer immer, wenn er sie ansah, den Mund öffnete, als seien da Worte, von denen er hoffte, sie würden ganz allein hervorströmen, um alles mitzuteilen, das auszusprechen er zu schüchtern war.

Auf dem Heimweg von der Eisenwarenhandlung trat Sally nach Steinen. Eine Schar schwarzer Vögel folgte ihr, zwitscherte und tirilierte darüber, was für eine lachhafte Kreatur sie sei, und obwohl sie jedesmal zusammenzuckte, wenn die Vögel über ihren Kopf flogen, stimmte Sally ihnen heimlich zu. Ihrer Meinung nach war ihr Schicksal besiegelt: Sie würde für alle Zeit das Holzwerk mit Zitronenwachs polieren und die Tanten an Nachmittagen, an denen es zu kühl und feucht war, um auf Händen und Knien zu arbeiten, aus dem Garten hereinrufen. Tatsächlich schienen sich die Tage immer mehr zu gleichen, sogar austauschbar zu werden, und sie bemerkte den Unterschied zwischen Winter und Frühling kaum noch. Der Sommer war im Haus der Owens jedoch eine unverwechselbare Jahreszeit – der furchtbare Vogel, der ihren Frieden störte –, und zur Zeit der Sommersonnenwende waren Sally und die Tanten wie jedes Jahr auf den unerwünschten Gast vorbereitet. Sie warteten im Eßzimmer auf das Erscheinen des Spatzes, aber nichts geschah. Stunden vergingen – sie konnten die Uhr im Salon hören –, und noch immer kein Flattern und keine Federn. Sally mit ihrer eigenartigen Angst vor fliegenden Vögeln hatte sich ein Tuch um den Kopf geschlungen, aber jetzt sah sie, daß dies nicht nötig gewesen wäre. Kein Vogel kam durch das Fenster oder durch das nicht auffindbare Loch im Dach, kein Vogel kreiste dreimal durchs Zimmer, um Unglück anzukündigen. Ja, er pickte nicht einmal mit seinem kleinen, scharfen Schnabel ans Fenster.

Die Tanten sahen einander verblüfft an, Sally aber lachte laut auf. Sie, die immer auf Beweisen bestand, hatte gerade einen zwingenden Nachweis erhalten: Dinge veränderten sich. Ein Jahr war nicht genau wie das nächste und übernächste und überübernächste. Sally rannte aus dem Haus, und sie rannte und rannte weiter, bis sie gegen den Mann prallte, den sie heiraten würde, direkt vor dem Eisenwarenladen. Sobald sie ihn ansah, fühlte sich Sally schwindlig und mußte sich auf den Bordstein des Gehweges setzen, mit gesenktem Kopf, um nicht ohnmächtig zu werden, und der Verkäufer, der so viel über Möbelpolitur wußte, setzte sich direkt neben sie, obwohl sein Chef schrie, er solle sich wieder an die Arbeit machen, denn an der Registrierkasse hatte sich eine Schlange gebildet.

Der Mann, in den Sally sich verliebte, hieß Michael. Er war so gutmütig, daß er die Tanten küßte, als er sie zum erstenmal traf, und sie sofort fragte, ob er ihnen den Müll hinaustragen solle, womit er sie auf der Stelle eroberte. Sally heiratete ihn schon bald, und sie zogen ins

Dachgeschoß, das, wie sich herausstellte, der einzige Ort auf der Welt zu sein schien, an dem Sally sein wollte.

Sollte Gillian doch von Kalifornien nach Memphis reisen; sollte sie doch dreimal hintereinander heiraten und sich scheiden lassen; sollte sie doch jeden Mann küssen, der ihren Weg kreuzte, und alle Versprechen brechen, die sie gegeben hatte, über die Feiertage nach Hause zu kommen; sollte sie doch ihre Schwester bemitleiden, die in diesem alten Haus eingesperrt war – Sally war das ganz egal. Nach Sallys Meinung war es ganz unmöglich, zu existieren und nicht in Michael verliebt zu sein. Selbst die Tanten hatten angefangen, auf seinen Pfiff zu warten, wenn er abends aus dem Eisenwarenladen nach Hause kam. Im Herbst grub er für die Tanten den Garten um. Im Winter setzte er die Sturmfenster ein und füllte die Risse um die trüben alten Scheiben mit Kitt. Er nahm den alten Ford-Kombi auseinander und setzte ihn wieder zusammen, und die Tanten waren so beeindruckt, daß sie ihm den Wagen sowie ihre beständige Zuneigung schenkten. Er achtete darauf, der Küche fernzubleiben, vor allem in der Dämmerung, und wenn er die Frauen bemerkte, die an die Hintertür kamen, stellte er keine Fragen. Seine Küsse waren langsam und bedächtig, er zog Sally gern im Licht der Nachttischlampe die Kleider aus, und wenn er mit einer der Tanten Gin Rummy spielte, sorgte er immer dafür, daß er verlor.

Als Michael einzog, begann das Haus selbst sich zu verändern, und sogar die Fledermäuse unter dem Dach merkten das und nisteten fortan im Gartenschuppen. Im folgenden Juli hatten Rosen begonnen, am Verandageländer hochzuwachsen, und erstickten das Unkraut statt umgekehrt. Im Januar verschwand die Zugluft im Salon, und auf dem Steinweg bildete sich kein Eis. Das Haus blieb behaglich und warm, und als Antonia geboren wurde, daheim, denn draußen herrschte ein schrecklicher Schneesturm, bewegte sich der Kronleuchter mit den gläsernen Tränentropfen sachte hin und her. Die ganze Nacht lang hörte es sich an, als fließe ein Bach direkt durch das Haus; das Geräusch war so schön und hörte sich so echt an, daß die Mäuse aus den Wänden kamen, nur um sich zu vergewissern, daß das Haus noch stand und nicht einer Wiese gewichen war.

Antonia erhielt auf Wunsch der Tanten und gemäß der Familientradition den Nachnamen Owens. Die Tanten machten sich sofort daran, das Kind zu verwöhnen, gaben Schokoladensirup in Antonias Milchfläschchen, erlaubten ihr, mit losen Perlen zu spielen, und nahmen sie mit in den Garten, um Sandkuchen zu backen und Stachelbeeren zu pflücken, sobald sie krabbeln konnte. Antonia wäre vollkommen glücklich gewesen, für immer ein Einzelkind zu bleiben, doch dreieinhalb Jahre später, genau um Mitternacht, wurde Kylie geboren, und alle bemerkten, wie ungewöhnlich sie war. Selbst die Tanten, die kein anderes Kind mehr hätten lieben können als Antonia, sagten voraus, daß Kylie sehen würde, was andere nicht sehen konnten. Sie legte den Kopf schräg und lauschte dem Regen, ehe er fiel. Sie zeigte auf die Decke, und erst Augenblicke später erschien an genau derselben Stelle eine Libelle. Kylie war ein so braves Baby, daß Leute, die in ihren Kinderwagen schauten, von ihrem bloßen Anblick friedlich gestimmt wurden. Niemals wurde sie von Mücken gestochen oder von den schwarzen Katzen der Tanten gekratzt. Sie war ein so sanftes Kind, so süß und so mild, daß Antonia von Tag zu Tag schwieriger wurde.

»Schaut mich an!« pflegte sie zu rufen, wann immer sie sich mit den alten Chiffonkleidern der Tanten kostümierte oder wenn sie die Erbsen auf ihrem Teller aufgegessen hatte. Sally und Michael tätschelten ihren Kopf und kümmerten sich dann wieder um das Baby, aber die Tanten wußten genau, was Antonia hören wollte. Sie nahmen sie um Mitternacht mit in den Garten, was viel zu spät war für einen dummen Säugling, und zeigten ihr, wie der Nachtschatten im Dunkeln blühte und wie sie mit ihren Ohren eines großen Mädchens, die viel hellhöriger waren, als die ihrer kleinen Schwester jemals sein würden, die Regenwürmer durch die Erde kriechen hören konnte.

Um die Ankunft des Babys zu feiern, lud Michael alle, die in dem Eisenwarenladen arbeiteten, dessen Geschäftsführer er mittlerweile war, und die Leute aus der Nachbarschaft zu einer Party ein. Zu Sallys Überraschung kamen alle. Selbst die Gäste, die früher Angst gehabt hatten, an dunklen Abenden den Gehsteig vor ihrem Haus zu benutzen, schienen begierig, zu ihnen zu kommen und mitzufeiern. Sie tranken kaltes Bier, aßen Eistorte und tanzten auf dem Steinweg. Antonia war in Organdy und Spitze gekleidet, und ein Kreis von Bewunderern applaudierte, als Michael sie auf einen alten Picknicktisch hob, damit sie *The Old Grey Mare* und *Yankee Doodle Dandy* singen konnte.

Zuerst wollten die Tanten nicht teilnehmen und bestanden darauf, die Festivitäten nur vom Küchenfenster aus zu beobachten. Sie seien ungesellige alte Damen und wüßten mit ihrer Zeit Besseres anzufangen, behaupteten sie, doch als am Ende jeder ein Glas Champagner zu Ehren des neuen Babys hob, überraschten die Tanten die Anwesenden, indem sie in den Garten kamen und sich dem

Toast anschlossen. Wie zur Beschwörung warfen sie danach ihre Gläser auf den Plattenweg, ohne sich darum zu kümmern, daß noch wochenlang Splitter in der Erde und zwischen den Kohlreihen im Garten auftauchen würden.

Du wirst nicht glauben, wie sich alles verändert hat, vertraute Sally ihrer Schwester an. Sie schrieb mindestens zweimal im Monat an Gillian, und zwar auf blaßblauem Papier. Manchmal verfehlte sie sie völlig, indem sie die Briefe beispielsweise nach St. Louis schickte, nur um zu entdekken, daß ihre Schwester schon nach Texas umgezogen war. *Wir wirken so normal,* schrieb Sally. *Ich glaube, Du würdest vielleicht in Ohnmacht fallen, wenn Du uns sehen könntest. Ja, das glaube ich wirklich und wahrhaftig.*

Jeden Abend, wenn Michael von der Arbeit nach Hause kam, aßen sie zusammen, und die Tanten schüttelten nicht länger die Köpfe ob der gesunden Gemüseplatten, die Sally ihren Töchtern unbedingt servieren wollte. Obwohl sie keinen Wert auf gute Manieren legten, schnalzten sie nicht mißbilligend mit der Zunge, wenn Antonia den Tisch deckte und abräumte, und sie protestierten nicht, als Sally Antonia im Kindergarten im Gemeindezentrum anmeldete, wo man ihr beibrachte, »bitte« und »danke« zu sagen, wenn sie Kekse wollte, und wo man ihr nahelegte, sie solle vielleicht keine Würmer in ihren Taschen mitbringen, wenn sie wolle, daß die anderen kleinen Mädchen mit ihr spielten. Allerdings verbaten sie sich Kinderpartys, denn diese bedeuteten, daß fröhliche, ungebärdige kleine Ungeheuer durchs Haus trampelten, lachten, rosa Limonade tranken und Dutzende von Geleebonbons zwischen den Sofakissen hinterließen.

Sally ging dazu über, an Geburtstagen und Feiertagen Partys im Hinterzimmer des Eisenwarenladens zu geben, wo es ein metallenes Pony gab, auf dem man den ganzen Nachmittag kostenlos reiten konnte, wenn man wußte, wo man gegen seine Knie treten mußte. Eine Einladung zu einer dieser Partys war bei allen Kindern in der Stadt begehrt. Vergiß mich nicht, pflegten die Mädchen in Antonias Klasse sie zu erinnern, wenn ihr Geburtstag nahte. Ich bin deine beste Freundin, flüsterten sie, wenn Halloween und der vierte Juli näher rückten. Wenn Sally und Michael mit den Kindern einen Spaziergang machten, winkten die Nachbarn ihnen zu, statt schnell auf die andere Straßenseite zu wechseln. Es dauerte nicht lange, da wurden sie zu Überraschungspartys und Weihnachtsessen eingeladen, und in einem Jahr übertrug man Sally tatsächlich die Verantwortung für den Kuchenstand beim Wohltätigkeitsbasar.

Es ist genau das, was ich mir gewünscht habe, schrieb Sally. *Alles. Komm uns besuchen,* bat sie, aber sie wußte, daß Gillian niemals aus freien Stücken zurückkommen würde. Gillian hatte ihr gestanden, wenn sie nur an den Namen der Stadt denke, bekomme sie einen Ausschlag. Und der bloße Anblick einer Karte von Massachusetts verursache ihr Übelkeit. Die Vergangenheit sei für sie so belastend, daß sie sich weigere, daran zu denken, und noch immer wache sie mitten in der Nacht auf, wenn sie sich daran erinnere, was für jämmerliche kleine Waisenkinder sie gewesen seien. Einen Besuch könne Sally vergessen. Und irgendeine Beziehung zu den Tanten könne sie ebenfalls vergessen, da diese nie begriffen hätten, was es für die Schwestern bedeutete, solche Außenseiter zu sein. Nur für eine Viertelmillion in bar sei sie bereit, wieder den Mississippi zu überqueren, so gern sie auch ihre kleinen Nichten sehen würde, an die sie natürlich immer denke.

Die Lektion, die Sally vor so langer Zeit in der Küche gelernt hatte – vorsichtig mit dem zu sein, was sie sich wünschte –, war so fern und verblaßt, daß sie zu gelbem Staub zerfallen war. Doch es war die Art von Staub, die man nie wegwischen kann, weil sie sich in den Ecken sammelt und in die Augen derer fliegt, die man liebt, wenn Zugluft durch das Haus streicht. Antonia war fast vier, und Kylie fing an, die Nächte durchzuschlafen, und das Leben schien in jeder Hinsicht ganz wundervoll, als der Totenuhrkäfer neben dem Stuhl gefunden wurde, auf dem Michael beim Abendessen meistens saß. Dieses Insekt gibt ein Geräusch von sich, das sich anhört wie das Ticken einer Uhr, und keine Frau möchte es neben ihrem Liebsten hören. Die Verweildauer des Menschen auf der Erde ist begrenzt genug, doch wenn erst das Klopfen des Käfers beginnt, kann man sie nicht zum Stillstand bringen; man kann keinen Stöpsel ziehen, kein Pendel anhalten, mit keinem Schalter die Zeit zurückbringen, von der man einst dachte, sie würde ewig währen.

Die Tanten hörten sich das Klopfen einige Wochen an und nahmen Sally schließlich beiseite, um sie zu warnen, aber Sally wollte nichts davon hören. »Unsinn«, sagte sie und lachte laut. Sie duldete die Kundinnen, die noch immer ab und zu in der Dämmerung an die Hintertür kamen, doch sie ließ nicht zu, daß die Narrheit ihrer Tanten ihre Familie beeinflußte. Das Geschäft der Tanten war Unsinn und weiter nichts, ein Gebräu, zusammengemischt, um die Illusionen der Verzweifelten zu nähren. Sally wollte kein Wort mehr darüber hören. Sie wollte nicht hinschauen, wenn die Tanten darauf bestanden, ihr zu zeigen, daß jeden Abend in der Dämmerung ein schwarzer Hund auf dem Gehsteig saß. Sie wollte nicht zuhören, als sie schworen, der Hund hebe immer den Kopf zum Himmel, wenn Michael sich nähere, heule bei seinem Anblick und weiche rasch mit eingeklemmtem Schwanz vor seinem Schatten zurück.

Trotz Sallys mißbilligenden Blicken legten die Tanten Myrten unter Michaels Kopfkissen und drängten ihn, in Holunder und mit einem Stück ihrer besonderen schwarzen Seife zu baden. Sie schoben die Pfote eines Kaninchens, das sie einmal erwischt hatten, als es ihren Kopfsalat fraß, in seine Jackentasche und mischten Rosmarin unter sein Frühstücksmüsli und Lavendel in seine abendliche Tasse Tee. Noch immer hörten sie den Käfer im Eßzimmer, und so sagten sie ein Gebet rückwärts auf, doch das hatte ganz andere Folgen als beabsichtigt: Alle im Haus erkrankten an Grippe, konnten nicht mehr schlafen und bekamen einen Ausschlag, der wochenlang nicht verschwand, nicht einmal, wenn eine Mischung aus Zinkspat und Balsamkraut auf die Haut aufgetragen wurde. Gegen Ende des Winters hatten Kylie und Antonia angefangen zu weinen, wann immer ihr Vater das Zimmer verlassen wollte. Die Tanten erklärten Sally, niemand, der verdammt sei, könne das Geräusch des Totenuhrkäfers hören, und deshalb behaupte Michael, daß gar nichts passieren könne. Dennoch müsse er etwas gemerkt haben: Er habe aufgehört, eine Armbanduhr zu tragen, und stelle alle Uhren zurück. Dann, als das Ticken lauter geworden sei, habe er alle Jalousien im Haus heruntergelassen, als könne das die Zeit anhalten. Als könne irgend etwas die Zeit anhalten.

Sally glaubte kein Wort von dem, was die Tanten sagten. Dennoch machte das ganze Gerede über den Tod sie nervös. Ihre Haut wurde fleckig, ihr Haar verlor seinen

Glanz. Sie aß und schlief nicht mehr und ließ Michael nicht gern aus den Augen. Wenn er sie jetzt küßte, weinte sie jedesmal und wünschte sich, sie hätte sich überhaupt nie verliebt. Es machte sie hilflos, denn so wirkte die Liebe. Es gab keinen Weg darum herum und keine Möglichkeit, sie zu bekämpfen. Wenn sie sie jetzt verlor, verlor sie alles. Nicht, daß das geschehen würde, nur weil die Tanten es gesagt hatten, die wußten ja gar nichts. Sally war in die öffentliche Bibliothek gegangen und hatte in allen entomologischen Büchern nachgeschlagen. So etwas wie einen Totenuhrkäfer gab es gar nicht! Und was nicht existierte, konnte einen nicht verletzen, nicht eine einzige Sekunde lang.

Und dann, an einem verregneten Nachmittag, als sie ein weißes Tischtuch zusammenfaltete, hörte es Sally. Das Eßzimmer war leer, und außer ihr war niemand zu Hause, aber dennoch war es da. Ein Klicken, ein Klopfen, wie ein Herzschlag oder das Ticken einer Uhr. Sie hielt sich die Ohren zu und ließ das Tischtuch als Häufchen sauberes weißes Leinen zu Boden fallen. Sie wollte nicht abergläubisch sein, das wollte sie nicht, aber dennoch forderte der Aberglaube ihre Aufmerksamkeit, und da sah sie etwas unter Michaels Stuhl hüpfen. Eine schattenhafte, dunkle Kreatur, zu flink und gewandt, um jemals von einem Stiefelabsatz erwischt zu werden.

An diesem Abend in der Dämmerung fand Sally die Tanten in der Küche. Sie fiel auf die Knie und flehte sie an, ihr zu helfen, genau, wie es all die verzweifelten Frauen vor ihr getan hatten. Sie bot ihnen alles von Wert an, was sie besaß: die Ringe an ihren Fingern, ihre beiden Töchter, ihr Blut, doch die Tanten schüttelten traurig die Köpfe.

»Ich tue alles«, weinte Sally. »Ich glaube an alles. Sagt mir nur, was ich tun soll.«

Doch die Tanten hatten bereits ihr Bestes versucht, und der Käfer war noch immer neben Michaels Stuhl. Manche Schicksale sind vorherbestimmt, ganz gleich, wer einzugreifen versucht. An einem besonders milden, süßen Frühlingsabend trat Michael auf seinem Heimweg vom Eisenwarenladen vom Gehsteig und wurde von einem Auto voller Teenager getötet, die ihren Mut und ihre Jugend mit zuviel Alkohol gefeiert hatten.

Danach sprach Sally ein ganzes Jahr lang kein Wort. Sie hatte einfach nichts zu sagen. Sie konnte die Tanten nicht ansehen; in ihren Augen waren sie erbärmliche Scharlatane, alte Frauen mit weniger Macht als die Fliegen, die auf den Fensterbrettern starben, hinter Glas gefangen und schwach mit den durchsichtigen Flügeln schlagend. *Laßt mich heraus. Laßt mich heraus.* Wenn sie das Rascheln der Röcke hörte, das die Tanten ankündigte, ging Sally aus dem Zimmer. Wenn sie ihre Schritte auf der Treppe hörte, weil sie nach ihr sehen oder ihr gute Nacht wünschen wollten, stand sie rechtzeitig von ihrem Stuhl am Fenster auf, um ihre Tür zu verriegeln, und sie hörte sie niemals anklopfen, hielt sich einfach die Ohren zu.

Immer, wenn Sally in den Drugstore ging, um Zahnpasta oder Creme gegen wunde Kinderpopos zu kaufen, sah sie das Mädchen hinter der Theke, und ihre Blicke trafen sich. Jetzt begriff Sally, was Liebe einem Menschen antun konnte; sie begriff es viel zu gut, um es jemals wieder geschehen zu lassen. Das arme Drugstore-Mädchen konnte nicht viel älter als dreißig sein, doch ihr Haar war schon weiß geworden. Wenn sie etwas zu sagen hatte, einen Preis zum Beispiel oder die Eisspezialität der Woche, dann mußte sie es auf einen Zettel schreiben. Ihr Mann saß fast die ganze Zeit auf dem letzten Hocker an der Theke und hielt sich stundenlang bei einer Tasse Kaffee auf. Doch Sally bemerkte ihn kaum, sie konnte den Blick nicht von dem Mädchen wenden; sie suchte nach der Person, die vor langer Zeit in der Küche der Tanten erschienen war, dieses liebreizend rosige Mädchen voller Hoffnung.

An einem Samstag, als Sally Vitamin C kaufte, steckte ihr das Drugstore-Mädchen zusammen mit dem Wechselgeld ein Stück weißes Papier zu. *Helfen Sie mir,* hatte sie darauf geschrieben, doch Sally konnte nicht einmal sich selbst helfen. Sie konnte ihren Kindern und ihrem Mann nicht helfen und auch nichts dagegen tun, daß die Welt außer Kontrolle geriet. Von da an weigerte sich Sally, im Drugstore einzukaufen, ließ sich statt dessen alles, was sie brauchten, von einem Schüler der High-School ins Haus liefern, der ihre Bestellung auf dem Plattenweg hinterließ – bei Regen, Glatteis oder Schnee – und nicht an ihre Tür kommen wollte, selbst wenn das bedeutete, daß er kein Trinkgeld erhielt.

In diesem Jahr überließ Sally ihre Töchter Antonia und Kylie der Obhut der Tanten. Im Juli unternahm sie nichts dagegen, daß Bienen in den Dachsparren nisteten, und im Januar türmte sich der Schnee auf dem Gehweg, so daß sich der Postbote, der immer gefürchtet hatte, sich auf die eine oder andere Weise den Hals zu brechen, wenn er den Owens' die Post brachte, weigerte, weiter als bis an ihr Gartentor zu gehen. Sie kümmerte sich nicht mehr um gesunde Ernährung und Essenszeiten; sie wartete, bis sie am Verhungern war, und aß dann, am Ausguß stehend, Büchsenerbsen gleich aus der Dose. Ihr Haar war ständig verfilzt. Ihre Strümpfe und Handschuhe hatten Löcher. Sie ging jetzt selten aus, und wenn sie es tat, wurde sie von den Leuten gemieden. Kinder fürchteten sich vor dem ausdruckslosen Blick ihrer Augen. Nachbarinnen, die Sally früher zum Kaffee eingeladen hatten, wechselten die Straßenseite, wenn sie sie kommen sahen, und murmelten rasch ein Gebet; sie schauten lieber direkt in die Sonne und ließen sich vorübergehend blenden, als zu sehen, was mit ihr passiert war.

Gillian rief einmal in der Woche an, immer dienstags abends um zehn Uhr, der einzige Stundenplan seit Jahren, an den sie sich hielt. Sally pflegte den Hörer ans Ohr zu halten und zu lauschen, aber sie sprach noch immer nicht. Du kannst nicht zerbrechen, pflegte Gillian mit ihrer süßen, drängenden Stimme zu sagen. Das kann nur ich.

Aber trotzdem war Sally diejenige, die mit ihrem Baby nicht Sandkuchen backen wollte und die so viele Tränen vergoß, daß sie an manchen Morgen nicht die Augen öffnen konnte. Jeden Abend suchte sie im Eßzimmer nach dem Totenuhrkäfer, der angeblich all diese Trauer verursacht hatte, aber sie fand ihn nie, und so glaubte sie nicht daran. Doch solche Dinge verstecken sich, verbergen sich in den Falten der schwarzen Röcke einer Witwe und unter den weißen Laken, in denen eine Person schläft und unruhig von allem träumt, was sie niemals haben wird. Mit der Zeit hörte Sally auf, überhaupt an irgend etwas zu glauben, und dann wurde die ganze Welt grau. Sie konnte weder Orange noch Rot sehen, und gewisse Schattierungen von Grün – ihr Lieblingspullover und die Blätter frischer Narzissen – auch nicht.

Wach auf, pflegte Gillian zu sagen, wenn sie am festgesetzten Abend anrief. Was muß ich tun, um dich da herauszuholen?

In Wirklichkeit gab es nichts, was Gillian sagen konnte, obwohl Sally noch immer zuhörte, wenn ihre Schwester anrief, denn ihre Stimme war in letzter Zeit das einzige Geräusch, das sie hören wollte. Sie brauchte dringend Trost, und Sally ertappte sich dabei, daß sie dienstags am Telefon saß und auf den Anruf ihrer Schwester wartete.

Das Leben ist für die Lebenden, sagte Gillian ihr. Das Leben ist, was du daraus machst. Komm. Hör einfach auf das, was ich sage. Bitte.

Jedesmal, wenn sie den Hörer aufgelegt hatte, dachte Sally lange und gründlich nach. Sie dachte an das Mädchen im Drugstore und an das Geräusch von Antonias Schritten auf der Treppe, wenn sie ohne Gutenachtkuß nach oben ins Bett ging. Sie dachte an Michaels Leben und seinen Tod und an jede Sekunde, die sie zusammen verbracht hatten. Sie dachte an jeden seiner Küsse und an jedes Wort, das er je zu ihr gesprochen hatte. Noch immer war alles grau – die Zeichnungen, die Antonia aus der Schule mitbrachte und unter ihrer Tür durchschob, die Flanellschlafanzüge, die Kylie an frostigen Morgen trug, die Samtvorhänge, die die Welt draußen hielten. Doch nun fing Sally an, die Dinge in ihrem Kopf zu ordnen – Trauer und Freude, Dollars und Cents, das Weinen des Babys und den Ausdruck auf seinem Gesicht, wenn man ihm an einem windigen Nachmittag einen Kuß zuhauchte. Es gab Dinge, die vielleicht einen Blick, ein Hinschauen, eine genauere Betrachtung wert waren.

Und als auf den Tag seit Michaels Tod ein Jahr vergangen war, sah Sally grüne Blätter vor ihrem Fenster. Es war eine zarte Weinranke, die sich immer am Abflußrohr hochwand, doch an diesem Tag sah Sally, wie weich jedes Blatt war, wie neu, so daß das Grün fast wie Gelb wirkte, das reiche Gelb von Butter. Sally verbrachte wie immer einen Gutteil des Tages im Bett, und es war schon Nachmittag. Sie sah das goldene Licht, das durch die Vorhänge drang und Streifen auf die Wand malte. Rasch stand sie auf und bürstete ihr langes schwarzes Haar. Sie zog ein Kleid an, das sie seit dem letzten Frühjahr nicht mehr getragen hatte, nahm ihren Mantel vom Haken bei der Hintertür und ging hinaus, um einen Spaziergang zu machen.

Die Luft war kühl und feucht, der Himmel so blau, daß es einem den Atem verschlagen konnte. Er hatte die Farbe seiner Augen, die Farbe von Venen unter der Haut, die Farbe von Hoffnung, von Hemden auf einer Wäscheleine. Sally konnte fast jede Tönung und Schattierung sehen, die sie das ganze Jahr nicht erkannt hatte, doch noch immer konnte sie kein Orange sehen, die Farbe des Stoppschildes, das die Teenager an dem Tag, an dem Michael getötet wurde, nicht sahen, und sie würde es niemals mehr sehen können. Doch Orange war noch nie Sallys Lieblingsfarbe gewesen, das war also ein geringer Verlust.

In ihrem alten Wollmantel und ihren hohen schwarzen Stiefeln ging sie weiter, durch das Zentrum der Stadt. Es war ein warmer und windiger Tag, zu warm für ihre schwere Kleidung, und so legte sie sich ihren Mantel über den Arm. Die Sonne drang durch den Stoff ihres Kleides, eine heiße Hand, die sich auf Fleisch und Knochen legte. Sally fühlte sich, als sei sie tot gewesen, und nun, da sie zurückgekehrt war, war sie besonders empfänglich für die Welt der Lebenden: das Gefühl des Windes auf ihrer

Haut, die Mücken in der Luft, der Geruch von Schlamm und neuen Blättern, die Süße der Blau- und Grautöne. Zum erstenmal seit Ewigkeiten dachte Sally, wie angenehm es wäre, wieder zu sprechen, ihren Töchtern Gutenachtgeschichten vorzulesen und ein Gedicht aufzusagen, alle Blumen zu benennen, die früh im Jahr blühten, Maiglöckchen und dreiblättrige Zeichenwurz und purpurne Iris. Sie dachte gerade an weiße glockenförmige Blumen, als sie ohne besonderen Grund nach links in die Endicott Street einbog und auf den Park zuging.

Im Park gab es einen Teich, auf dem ein streitsüchtiges Schwanenpaar herrschte, einen Spielplatz mit Rutsche und Schaukel und eine Grünfläche, auf der die älteren Jungen bis nach Einbruch der Dunkelheit Fußball und Baseball spielten. Sally konnte die Stimmen spielender Kinder hören, und sie beschleunigte ihre Schritte. Ihre Wangen waren rosig, und ihr langes schwarzes Haar flatterte hinter ihr wie ein Band; erstaunlicherweise hatte sie entdeckt, daß sie noch immer jung war. Sally wollte den Weg hinunter zum Teich nehmen, aber als sie die schmiedeeiserne Bank sah, hielt sie inne. Darauf saßen, wie jeden Tag, die Tanten. Sally hatte nie daran gedacht, sie zu fragen, was sie den ganzen Tag mit den Kindern machten, während sie im Bett blieb, unfähig, sich aus den Decken zu schälen.

An diesem Tag hatten die Tanten ihr Strickzeug mitgenommen und arbeiteten an einem Überwurf aus feinster schwarzer Wolle für Kylies Bett, einer so weichen Decke, daß Kylie immer, wenn sie darunter schlief, an kleine schwarze Lämmer und Grasweiden denken würde. Antonia saß mit brav gekreuzten Beinen neben den Tanten; Kylie hatte man ins Gras gesetzt, wo sie reglos hockte. Alle trugen schwarze Wollmäntel, und ihre Haut wirkte fahl im Licht des Nachmittags. Antonias rotes Haar schien besonders leuchtend und von so tiefer und verblüffender Farbe, daß es ganz unnatürlich aussah. Die Tanten sprachen nicht miteinander, und die Mädchen spielten nicht, denn die Tanten waren der Meinung, über ein Seil zu springen oder einen Ball hin und her zu werfen sei alberne Zeitvergeudung. Besser, die Welt um einen herum zu beobachten. Besser, die Schwäne zu betrachten, den blauen Himmel, die anderen Kinder, die bei wilden Ball- und Fangspielen schrien und lachten. Lerne, still zu sein wie eine Maus. Konzentriere dich, bis du so lautlos bist wie die Spinne im Gras.

Eine Gruppe ausgelassener Jungen spielte mit einem Ball, und schließlich wurde dieser zu hart getreten, flog in die helle, blaue Luft, rollte dann über das Gras und an einem blühenden Quittenbaum vorbei. Antonia hatte sich vorgestellt, sie sei ein Blauhäher, frei in den Zweigen einer Trauerweide, und nun hüpfte sie fröhlich von der Bank, hob den Ball auf und rannte dem Jungen entgegen, der geschickt worden war, um ihn zurückzuholen. Der Junge war nicht älter als zehn, aber er war kreideweiß, als Antonia sich ihm näherte.

Sie streckte ihm den Ball entgegen. »Hier«, sagte sie.

Mittlerweile hatten alle Kinder im Park ihre Spiele unterbrochen. Die Schwäne schlugen mit ihren großen, schönen Schwingen. Und mehr als zehn Jahre später träumt Sally noch immer von diesen Schwänen, einem Männchen und einem Weibchen, die den Teich wie Dobermänner verteidigten. Und sie träumt von der Art, wie die Tanten traurig mit den Zungen schnalzten, da sie wußten, was geschehen würde.

Die arme Antonia sah den Jungen an, der sich nicht rührte und nicht einmal zu atmen schien. Sie legte den Kopf schief, als versuchte sie herauszufinden, ob er dumm war oder bloß höflich.

»Willst du den Ball nicht?« fragte sie ihn.

Die Schwäne erhoben sich langsam in die Luft, als der Junge zu Antonia rannte, den Ball packte und sie dann umstieß. Ihr schwarzer Mantel blähte sich hinter ihr, die schwarzen Schuhe flogen ihr von den Füßen.

»Aufhören!« schrie Sally. Ihr erstes Wort seit einem Jahr.

Alle Kinder auf dem Spielplatz hörten sie und rannten davon, so weit wie möglich fort von Antonia Owens, die einen vielleicht verhexte, wenn man ihr etwas antat; fort von ihren Tanten, die vielleicht Gartenkröten kochten und einem in den Eintopf schmuggelten; fort von ihrer Mutter, die so wütend und beschützend war, daß sie einen vielleicht erstarren ließ, so daß man für immer als Elf- oder Zwölfjähriger im grünen Gras gefangen wäre.

Am gleichen Abend noch packte Sally ihre Koffer. Sie liebte die Tanten und wußte, daß sie es gut meinten, aber für ihre Mädchen wollte sie etwas anderes. Sie wollte eine Stadt, in der niemand mit dem Finger zeigte, wenn ihre Töchter über die Straße gingen. Sie wollte ihr eigenes Haus, wo im Wohnzimmer Geburtstagspartys gefeiert werden konnten, mit Luftschlangen und Kuchen und einem Clown. Sie wollte eine Nachbarschaft, in der alle Häuser gleich waren und kein einziges ein Schieferdach hatte, in dem Eichhörnchen nisteten oder Fledermäuse im Garten, oder Holzwerk, das niemals poliert zu werden brauchte.

Am Morgen rief Sally einen Immobilienmakler in New

York an und schleppte dann ihre Koffer auf die Veranda hinaus. Die Tanten behaupteten, die Vergangenheit werde Sally immer folgen, ganz gleich, was sie tue, und sie werde enden wie Gillian, mit trauriger, belasteter Seele, die in jeder neuen Stadt nur schwerer werde. Sie könne nicht weglaufen, warnten sie ihre Nichte, aber Sally meinte, das Gegenteil beweisen zu können. Seit über einem Jahr hatte niemand mehr den alten Kombi gefahren, aber er sprang sofort an und stieß Wölkchen aus dem Auspuff wie ein siedender Wasserkessel, als Sally ihre Töchter auf dem Rücksitz verstaute. Die Tanten schworen, es werde ihr elend ergehen, und drohten ihr mit dem Finger, doch als Sally losfuhr, begannen sie zu schrumpfen, bis sie nur noch so groß wie kleine schwarze Kröten waren, die am anderen Ende der Straße zum Abschied winkten, da, wo Sally und Gillian an heißen Augusttagen allein Himmel und Hölle gespielt hatten, als der Asphalt rings um sie herum zu schwarzen Pfützen zerschmolz.

Sally nahm die Route 95 Richtung Süden und hielt nicht an, bis Kylie aufwachte, verschwitzt und verwirrt und völlig überhitzt unter der schwarzen Wolldecke, die nach Lavendel roch, dem Duft, der immer in den Kleidern der Tanten hing. Kylie hatte geträumt, sie werde von einer Schafherde verfolgt; mit angstvoller Stimme rief sie *baa, baa,* und dann kletterte sie über den Sitz, um näher bei ihrer Mutter zu sein. Sally beruhigte sie mit einer Umarmung und dem Versprechen von Eiscreme, doch Antonia war nicht so leicht zu handhaben.

Antonia, die die Tanten liebte und immer ihr Liebling gewesen war, wollte sich nicht trösten lassen. Sie trug eines der schwarzen Kleider, die sie ihr von der Schneiderin in der Peabody Street hatten machen lassen, und ihr rotes

Haar stand in wütenden Strähnen vom Kopf ab. Sie roch säuerlich und nach Zitrone, eine Mischung, die zu gleichen Teilen aus Wut und Verzweiflung bestand.

»Ich verachte dich«, ließ sie Sally wissen, als sie in der Kabine der Fähre saßen, die sie über den Long Island Sound brachte. Es war einer jener merkwürdigen Frühlingstage, an denen es plötzlich fast so heiß ist wie im Sommer. Sally und ihre Kinder hatten klebrige Mandarinenschnitze gegessen und Cola getrunken, die sie an der Snackbar gekauft hatten, aber jetzt, da die Wellen höher gingen, wurde ihnen schlecht. Sally hatte soeben eine Postkarte geschrieben, die sie an Gillian schicken wollte, obwohl sie nicht sicher war, ob ihre Schwester noch immer unter der alten Adresse zu erreichen war. *Ich hab's endlich getan,* stand da in einer Handschrift, die krakeliger war, als man von einer so ordentlichen Person je erwartet hätte. *Ich hab die Laken zusammengebunden und bin gesprungen!*

»Ich werde dich für den Rest meines Lebens hassen«, fuhr Antonia fort und ballte die kleinen Hände zu Fäusten.

»Das ist dein gutes Recht«, sagte Sally munter, aber tief im Innern war sie verletzt. Sie fächelte sich mit der Postkarte Luft zu. Antonia konnte sie wirklich treffen, aber diesmal würde sie das nicht zulassen. »Ich denke, du wirst deine Meinung ändern.«

»Nein«, sagte Antonia. »Werde ich nicht. Ich werde dir nie verzeihen.«

Die Tanten hatten Antonia angebetet, weil sie schön und ungezogen war, hatten sie ermutigt, herrisch und egoistisch zu sein, und in dem Jahr, in dem Sally zu traurig und zu gebrochen gewesen war, um mit ihren Kindern zu sprechen oder sich auch nur für sie zu interessieren, hatte

Antonia bis nach Mitternacht aufbleiben und die Erwachsenen herumkommandieren dürfen. Eine Zeitlang hatte sie gemacht, was sie wollte, und sie war klug genug, um zu wissen, daß sich mit dem heutigen Tag alles verändert hatte. Sie warf ihre Mandarinenscheibe zu Boden und zerstampfte sie mit dem Fuß, und als das nicht half, weinte sie und bettelte, nach Hause gebracht zu werden.

»Bitte«, flehte sie ihre Mutter an. »Ich will die Tanten. Bring mich zu ihnen zurück. Ich werde brav sein«, versprach sie.

Inzwischen weinte auch Sally. Schließlich waren es die Tanten gewesen, die die ganze Nacht an ihrem Bett gesessen hatten, wenn sie als kleines Mädchen eine Mittelohrentzündung oder eine Grippe gehabt hatte; die Tanten hatten ihr Geschichten erzählt und ihr Brühe und heißen Tee gebracht; die Tanten hatten Gillian gewiegt, wenn sie nicht einschlafen konnte, vor allem am Anfang, als die Mädchen gerade erst in das Haus in der Magnolia Street gekommen waren und Gillian überhaupt nicht schlafen konnte.

In der Nacht, in der Sally und Gillian erfahren hatten, daß ihre Eltern nicht zurückkommen würden, hatte es ein Gewitter gegeben, und es war ihr Pech, daß es wieder gewitterte, als sie im Flugzeug nach Massachusetts saßen. Sally war vier, aber sie erinnert sich noch immer an den Blitz, den sie durchflogen; sie kann ihn mühelos heraufbeschwören, wenn sie die Augen schließt. Sie waren da oben am Himmel gleich neben den wilden weißen Linien und konnten sich nirgendwo verstecken. Gillian hatte sich mehrmals übergeben, und als das Flugzeug zur Landung ansetzte, begann sie zu schreien. Sally hatte die Hand vor den Mund ihrer Schwester gehalten und ihr als Belohnung fürs Stillsein Kaugummi und Lakritze versprochen.

Sally hatte für die Reise ihre besten Partykleider ausgewählt: das von Gillian war blaßviolett, das von Sally rosa mit elfenbeinfarbener Spitze. Sie hielten sich an den Händen, als sie durch den Flughafen gingen, und lauschten dem ulkigen Geräusch, das ihre Unterröcke bei jedem Schritt machten. Die Tanten standen auf Zehenspitzen, um sie über die Absperrung hinweg besser sehen zu können, und hatten sich Luftballons an die Ärmel gebunden, damit die Kinder sie erkannten. Nachdem sie die Mädchen umarmt und die beiden kleinen Lederkoffer abgeholt hatten, verpackten die Tanten Sally und Gillian in zwei schwarze Wollmäntel und holten dann Kaugummis und rote Lakritze aus ihren Taschen, als wüßten sie genau, was kleine Mädchen bräuchten oder sich jedenfalls wünschten.

Sally war dankbar für alles, was die Tanten getan hatten, ja, wirklich, das war sie, aber trotzdem stand sie zu ihrem Entschluß. Sie würde den Schlüssel für das Haus abholen, das sie später kaufen würde, und dann ein paar Möbel besorgen. Schließlich würde sie sich einen Job suchen müssen, aber sie hatte ein bißchen Geld von Michaels Versicherungspolice, und wenn sie ehrlich war, dachte sie nicht an die Vergangenheit oder an die Zukunft. Sie dachte nur an die Straße, die vor ihr lag, und an den Vierteldollar, den sie an der nächsten Mautstelle brauchen würde. Sie konnte es sich einfach nicht leisten zuzuhören, als Antonia zu heulen begann, woraufhin auch Kylie einstimmte. Statt dessen schaltete sie das Radio ein, sang laut mit und sagte sich, daß sich das Richtige manchmal ganz falsch anfühlte, bis es vorbei und erledigt war.

Als sie in die Einfahrt ihres neuen Hauses einbogen, war es schon spät am Nachmittag. Kinder spielten auf der

Straße Fußball, und als Sally aus dem Wagen stieg, winkte sie, und die Kinder winkten zurück, jedes einzelne. Im Vorgarten saß ein Rotkehlchen und pickte in Gras und Unkraut, und überall in der Straße gingen die Lichter an, und die Tische wurden zum Abendessen gedeckt. Der Duft von Braten und Paprikahuhn und Lasagne zog durch die milde Luft. Sallys Töchter waren auf dem Rücksitz eingeschlafen, die Gesichter streifig von Schmutz und Tränen. Sally hatte ihnen Eiscreme und Lutscher gekauft, hatte stundenlang Geschichten erzählt und bei zwei Spielwarengeschäften angehalten, aber dennoch würde es Jahre dauern, bis sie ihr verziehen. Antonia wollte die Wände ihres Zimmers schwarz anstreichen, und Kylie bettelte um eine Katze, aber beide Wünsche wurden ihnen nicht erfüllt. Antonias Zimmer wurde gelb gestrichen, und Kylie bekam einen Goldfisch namens Sonnenschein, aber trotzdem vergaßen die Mädchen nicht, woher sie kamen, und sehnten sich noch immer zurück.

Jeden Sommer, im August, besuchten sie für eine Woche die Tanten. Sobald sie in die Magnolia Street einbogen und das große alte Haus mit seinem schwarzen Zaun und seinen grüngetönten Fensterscheiben sehen konnten, sogen sie den Atem ein. Die Tanten buken immer einen mit Wein durchtränkten Schokoladenkuchen und überhäuften Antonia und Kylie mit viel zu vielen Geschenken. Natürlich gab es keine festen Schlafenszeiten und keine ausgewogenen Mahlzeiten, natürlich war es nicht verboten, auf die Tapeten zu malen oder die Badewanne so vollaufen zu lassen, daß Schaumblasen und warmes Wasser über den Rand schwappten und durch die Decke des Salons drangen. Jedes Jahr waren die Mädchen größer, wenn sie zu Besuch kamen – sie erkannten das daran, daß die Tanten immer kleiner wurden –, und jedes Jahr drehten sie durch: Sie tanzten durch den Kräutergarten, spielten auf dem Rasen im Vorgarten Ballspiele und blieben bis nach Mitternacht auf. Manchmal aßen sie fast die ganze Woche lang nichts als Snickers und Milky Ways, bis sie Magenschmerzen bekamen und endlich nach einem Salat oder nach einem Glas Milch verlangten.

Während der Augustferien bestand Sally darauf, daß die Mädchen aus dem Haus kamen, zumindest an den Nachmittagen. Sie machte mit ihnen Tagesausflüge an den Strand in Plum Island, fuhr mit ihnen nach Boston und segelte auf gemieteten Booten durch die blaue Bucht von Glouster. Doch die Mädchen quengelten immer, daß sie in das Haus der Tanten zurückwollten, und machten Sally das Leben schwer, bis sie nachgab. Es war nicht die schlechte Laune der Mädchen, die Sally schließlich zur Rückkehr bewegte, sondern die Tatsache, daß sie sich in etwas einig waren. Das war so ungewohnt, daß Sally einfach nicht nein sagen konnte.

Sally hatte erwartet, Antonia werde eine große Schwester sein, wie sie eine gewesen war, aber Antonia verspürte niemandem gegenüber Verantwortung und kümmerte sich um keinen. Von Anfang an konnte sie ihre kleine Schwester mit einem Blick zum Weinen bringen, und sie spielte ihr gnadenlos Streiche. Nur im Haus der Tanten wurden die beiden Schwestern zu Verbündeten, vielleicht sogar zu Freundinnen. Hier, wo alles abgenutzt und schäbig erschien, ausgenommen das glänzende Holzwerk, verbrachten die Mädchen viele Stunden miteinander. Sie pflückten Lavendel und hielten im Schatten des Gartens Picknicke ab; sie saßen im kühlen Salon oder oben auf dem Treppenabsatz im ersten Stock, wo dünne Streifen von zitronengelbem Sonnenlicht einfielen, und spielten Scrabble und endlose Partien Gin Rummy.

Vielleicht waren sie sich deshalb so nah, weil sie das Schlafzimmer unter dem Dach miteinander teilten oder weil sie sich keine anderen Spielkameraden aussuchen konnten, da die Kinder der Stadt noch immer auf die andere Straßenseite gingen, wenn sie am Haus der Owens' vorbeikamen. Was immer auch der Grund war, Sally freute sich sehr, wenn sie die Mädchen am Küchentisch sitzen sah, die Köpfe zusammengesteckt, während sie an einem Puzzle arbeiteten oder eine Postkarte malten, um sie Gillian an ihre neue Adresse in Iowa oder Neumexiko zu schicken. Bald genug würden sie einander wieder an die Kehle gehen und sich über winzige Privilegien oder irgendeinen bösen Streich von Antonia streiten – ein Daddy Long Legs unter Kylies Babydecke, an der sie mit elf oder sogar zwölf Jahren noch immer hing, oder Erde und Steine in den Spitzen ihrer Stiefel. Und so ließ Sally die Mädchen tun, was sie wollten, für diese eine Woche im August, obwohl sie wußte, daß es letztendlich nicht gut für sie war.

Jedes Jahr schliefen die Mädchen im Verlauf dieser Woche morgens immer länger und länger; dunkle Ringe erschienen unter ihren Augen. Sie fingen an, sich über die Hitze zu beklagen, die sie so müde machte, daß sie nicht einmal für Eiscremesundaes und eisgekühlte Cola zum Drugstore gehen wollten, obwohl sie die alte Frau, die dort arbeitete, faszinierend fanden, weil sie nie ein Wort sagte und binnen Sekunden einen Bananensplit machen konnte. Es dauerte nicht lange, da verbrachten Kylie und Antonia die meiste Zeit im Schatten des Gartens, wo neben der Pfefferminze immer Belladonna und Digitalis wuchsen und wo die Katzen, die die Tanten so zärtlich liebten – einschließlich zweier rattenhafter Kreaturen aus Sallys Kindheit, Elster und Rabe, die einfach nicht sterben wollten –, noch immer im Müllhaufen nach Fischköpfen und Knochen gruben.

Und immer kommt eine Zeit, da weiß Sally, daß sie abreisen müssen. In jedem August gibt es die Nacht, in der sie plötzlich aus tiefem Schlaf erwacht, und wenn sie ans Fenster tritt, sieht sie, daß ihre Töchter allein draußen im Mondschein sind. Zwischen den Kohlköpfen und Zinnien gibt es Kröten. Grüne Raupen kauen an den Blättern und bereiten sich darauf vor, sich in weiße Motten zu verwandeln, die in der ganzen Stadt Pullover in Schränken fressen und gegen Fliegenfenster und Lampen prallen werden, die hell neben Hintertüren brennen. Der Pferdeschädel ist noch immer an den Zaun genagelt, jetzt weiß gebleicht und zu Staub zerfallend, aber noch immer mehr als ausreichend, um die Menschen fernzuhalten.

Sally wartet immer, bis ihre Mädchen ins Haus kommen, bevor sie wieder ins Bett schlüpft. Gleich am nächsten Morgen bringt sie ihre Entschuldigungen vor und packt ein oder zwei Tage früher als geplant. Sie weckt ihre Töchter, und obwohl diese sich über die frühe Stunde und die Hitze beklagen und mit Sicherheit den ganzen Tag mürrisch sein werden, steigen sie doch ins Auto. Bevor sie abfährt, küßt Sally die Tanten und verspricht, häufig anzurufen. Und wenn sie bemerkt, wie alt die Tanten geworden sind, und wenn sie all das Unkraut im Garten und die welken Glyzinien sieht, da niemand jemals daran denkt, ihnen Wasser oder ein bißchen Dünger zu geben, wird ihre Kehle manchmal eng. Dennoch hat sie nie das Gefühl, einen Fehler gemacht zu haben, wenn sie durch die

Magnolia Street fährt; sie gestattet sich keinerlei Bedauern, nicht einmal, wenn ihre Töchter weinen und sich beklagen. Sie könnte ihren Weg zur Route 95 Süd blind finden; sie würde ihn im Dunkeln und bei jedem Wetter finden und selbst dann, wenn ihr das Benzin auszugehen drohte. Es spielt keine Rolle, was die Leute einem erzählen. Es spielt keine Rolle, was sie vielleicht sagen. Manchmal muß man sein Zuhause verlassen. Manchmal bedeutet Weglaufen, daß man genau die richtige Richtung eingeschlagen hat.

Vorahnungen

Gekreuzte Messer auf dem Abendbrottisch bedeuten, daß es Streit geben wird, aber dasselbe gilt auch, wenn zwei Schwestern unter dem gleichen Dach leben, vor allem, wenn eine davon Antonia Owens ist. Im Alter von sechzehn Jahren ist Antonia so schön, daß es jedem Fremden, der sie zum erstenmal sieht, ganz unmöglich ist, sich auch nur vorzustellen, wie elend sie ihre Mitmenschen machen kann. Sie ist heute noch ungezogener, als sie als kleines Mädchen war, aber ihr Haar ist von noch leuchtenderem Rot, und ihr Lächeln ist so hinreißend, daß die Jungen in der Schule im Unterricht alle neben ihr sitzen wollen, obwohl sie, wenn ihnen das gelingt, völlig erstarren, einfach, weil sie ihr so nahe sind und sich selbst dauernd in Verlegenheit bringen, weil sie Antonia in ihrer unglaublichen Verliebtheit mit großen Augen und aufgesperrtem Mund anstarren.

Es ist nur zu verständlich, daß Antonias kleine Schwester Kylie, die nächste Woche dreizehn wird, Stunden im Badezimmer eingesperrt verbringt und darüber weint, wie häßlich sie ist. Kylie ist fast einsachtzig groß und empfindet sich als Riesin. Sie ist mager wie eine Bohnenstange, und beim Gehen stoßen ihre Knie aneinander. Ihre Nase und ihre Augen sind gewöhnlich gerötet wie die eines Kaninchens, weil sie gerade so sehr geweint hat, und ihr Haar, das sich bei Feuchtigkeit kräuselt, hat sie bereits aufgegeben. Eine Schwester zu haben, die vollkommen ist, zumindest von außen, ist ja schon schlimm genug, aber eine zu haben, die mit ein paar ausgesucht gemeinen Worten bewirken kann, daß man sich wie ein Staubkorn fühlt, ist fast mehr, als Kylie ertragen kann.

Ein Teil des Problems besteht darin, daß Kylie nie eine treffende Erwiderung einfällt, wenn Antonia sich zuckersüß erkundigt, ob sie nicht einmal daran gedacht habe, mit einem Ziegelstein auf dem Kopf zu schlafen oder sich eine Perücke zu besorgen. Sie hat es versucht, hat sogar mit ihrem einzigen Freund, einem dreizehnjährigen Jungen namens Gideon Barnes, der ein Meister in der Kunst ist, Leute mundtot zu machen, verschiedene bösartige Antworten geübt, aber sie schafft es trotzdem nicht. Kylie ist so zartbesaitet, daß sie weint, wenn jemand auf eine Spinne tritt; in ihrem Universum ist es ein widernatürlicher Akt, ein anderes Geschöpf zu verletzen. Wenn Antonia sie ärgert, kann Kylie nur den Mund auf- und zumachen wie ein Fisch, den man aufs Trockene geworfen hat, bevor sie sich im Badezimmer einschließt und wieder losheult. An stillen Abenden rollt sie sich auf ihrem Bett zusammen und klammert sich an ihre alte Babydecke, die aus schwarzer Wolle, die noch immer kein einziges Loch hat, da sie irgendwie die Motten abzustoßen scheint. Auf der ganzen Straße können die Nachbarn sie weinen hören. Sie schütteln die Köpfe und bemitleiden sie, und einige der Frauen aus der Nachbarschaft, vor allem die, die ältere Schwestern hatten, bringen selbstgebackene Plätzchen und Schokoladenkekse vorbei und vergessen, was ein Teller voller Süßigkeiten der Haut eines jungen Mädchens antun kann, weil sie einfach nur möchten, daß dieses Weinen aufhört.

Diese Frauen in der Nachbarschaft respektieren Sally Owens, ja, mehr noch, sie mögen sie tatsächlich. Sie wirkt ernst, sogar wenn sie lacht, hat langes dunkles Haar und keine Ahnung, wie hübsch sie ist. Sally steht immer ganz oben auf der Telefonliste für Rundrufe, denn man beauftragt am besten jemand Verantwortungsvollen damit, andere Eltern wissen zu lassen, wann bei Unwettern die Schule geschlossen wird, statt eine jener schusseligen Mütter, die zu dem Glauben neigen, das Leben werde irgendwie schon von allein funktionieren. In der ganzen Nachbarschaft ist Sally sowohl für ihre Freundlichkeit als auch für ihre praktische Vernunft bekannt. Wenn man sie wirklich braucht, dann hütet sie einem am Samstagnachmittag ohne vorherige Absprache das Baby, holt die Kinder von der High-School ab oder hilft mit Zucker oder Eiern aus. Sie sitzt mit dir auf der hinteren Veranda, wenn du zufällig in der Nachttischschublade deines Mannes einen Zettel mit der Telefonnummer einer anderen Frau gefunden hast, und sie ist klug genug, dir zuzuhören, statt dir halb ausgegorene Ratschläge zu geben. Mehr noch, sie wird deine Schwierigkeiten nie wieder erwähnen oder auch nur ein Wort von dir wiederholen. Wenn du sie nach ihrer eigenen Ehe fragst, nimmt ihr Gesicht einen verträumten Ausdruck an. Das war vor Ewigkeiten, sagt sie dann. Das war in einem anderen Leben.

Seit sie Massachusetts verließ, hat Sally als Assistentin des stellvertretenden Direktors der High-School gearbeitet. In all der Zeit hatte sie weniger als ein Dutzend Verabredungen, und jeder Annäherungsversuch kam von Nachbarn und führte nur dazu, daß sie lange vor der festgesetzten Zeit wieder vor ihrer eigenen Haustür stand. Inzwischen stellt Sally fest, daß sie oft müde und reizbar ist, und obwohl sie noch immer fabelhaft aussieht, wird sie nicht jünger. In letzter Zeit ist sie so angespannt, daß die Muskeln in ihrem Nacken sich anfühlen wie gespannte Drähte.

Wenn ihr der Nacken weh tut, wenn sie in panischer Angst aus tiefem Schlaf erwacht oder sich so einsam fühlt, daß der Hilfspförtner drüben in der High-School anfängt, gut auszusehen, dann ruft sich Sally in Erinnerung, wie schwer sie gearbeitet hat, um ihren Mädchen ein gutes Leben zu ermöglichen. Antonia ist so beliebt, daß sie drei Jahre hintereinander für die Hauptrolle in der Schulaufführung ausgewählt wurde. Kylie scheint zwar außer Gideon Barnes keine engen Freunde zu haben, aber sie ging als Siegerin aus dem Orthographiewettbewerb von Nassau County hervor und ist Vorsitzende des Schachklubs. Sally richtete ihren Mädchen immer Geburtstagspartys aus und ermöglichte ihnen Ballettstunden; sie sorgte dafür, daß sie niemals ihre Zahnarzttermine versäumten und immer pünktlich in der Schule waren; sie erwartete von ihnen, daß sie ihre Hausaufgaben erledigten, bevor sie sich vor den Fernseher setzten, und erlaubte ihnen nicht, nach Mitternacht aufzubleiben oder am Turnpike oder im Einkaufszentrum herumzuhängen. Sallys Töchter sind hier verwurzelt; sie werden behandelt wie alle anderen und sind normale Kinder wie alle in der Nachbarschaft. In erster Linie deswegen hat Sally Massachusetts und die Tanten verlassen. Und deswegen weigert sie sich auch, darüber nachzudenken, was in ihrem eigenen Leben fehlen könnte.

Und dennoch träumt sie oft vom Garten der Tanten. In der hintersten Ecke wuchsen Zitronenverbenen, Zitronenthymian und Zitronenmelisse. Wenn sie dort mit gekreuzten Beinen saß und die Augen schloß, war der Zitrusduft so intensiv, daß ihr manchmal schwindlig wurde. Alles im Garten diente einem Zweck, sogar die üppigen Päonien, die vor schlechtem Wetter und Bewegungskrankheiten schützen und Übel abwehren. Sally ist nicht sicher, ob sie noch immer alle dort wachsenden Kräuterarten aufzählen kann, obwohl sie glaubt, daß sie Huflattich und Kampfer am Aussehen und Lavendel und Rosmarin am deutlichen Duft erkennen könnte.

Ihr eigener Garten ist schlicht und halbherzig angelegt, und genau so gefällt er ihr. Da gibt es eine Hecke mit lustlosem Flieder, ein paar Sträucher und ein kleines Gemüsebeet, auf dem nie mehr als gelbe Tomaten und ein paar dünne Gurken wachsen. Die Gurkensetzlinge wirken staubig in der Hitze dieses letzten Nachmittags im Juni. Es ist so herrlich, den Sommer über freizuhaben. Schon allein dies wiegt die Plackerei drüben in der High-School auf, wo ein ständiges Lächeln auf dem Gesicht obligatorisch ist. Ed Borelli, der stellvertretende Direktor und Sallys unmittelbarer Vorgesetzter, hat vorgeschlagen, alle in der Verwaltung sollten sich chirurgisch ein Lächeln aufoperieren lassen, um stets bereit zu sein, wenn Eltern hereinkommen und sich beschweren. Nettigkeit zählt, ermahnt Ed an schrecklichen Tagen die Sekretärinnen, wenn freche Schüler bestraft werden müssen, die Termine sich überschneiden und der Verwaltungsrat der Schule droht, das Schuljahr wegen ausgefallener Unterrichtstage zu verlängern. Doch falsche Fröhlichkeit laugt einen aus, und gegen Ende des Schuljahrs ertappt Sally sich dabei, daß sie im Schlaf »Mr. Borelli wird gleich für Sie da sein« sagt. Dann fängt sie an, die Tage bis zu den Sommerferien zu zählen, und kann es gar nicht mehr erwarten, bis zum letztenmal die Glocke läutet.

Seit das Semester vor vierundzwanzig Stunden zu Ende ging, sollte Sally sich eigentlich großartig fühlen, aber sie tut es nicht. Sie nimmt nichts wahr außer dem Pochen ihres eigenen Pulses und dem Beat im Radio, der oben in Antonias Schlafzimmer dröhnt. Etwas stimmt nicht. Nichts Offensichtliches, nichts Augenfälliges; es ist weniger ein Loch im Pullover als ein aufgeribbelter Saum. Die Luft im Haus ist irgendwie geladen, so daß sich Sallys Nackenhaare aufrichten und ihr weißes Hemd kleine Funken sprüht.

Den ganzen Nachmittag ertappt sich Sally dabei, daß sie auf Unheil wartet. Sie wischt diese Gedanken zwar beiseite, denn sie glaubt nicht daran, daß es möglich ist, zukünftiges Pech vorherzusagen; nie hat es irgendeinen wissenschaftlichen Beweis dafür gegeben, daß ein solches Phänomen existiert. Aber als sie einkauft, packt sie ein Dutzend Zitronen ein, und bevor sie es verhindern kann, bricht sie in Tränen aus, als habe sie nach all diesen Jahren plötzlich Heimweh nach dem alten Haus in der Magnolia Street. Danach fährt Sally am Sportplatz des YMCA vorbei, wo Kylie und ihr Freund Gideon Fußball spielen. Gideon ist stellvertretender Vorsitzender des Schachclubs, und Kylie argwöhnt, daß er die entscheidende Partie zu ihren Gunsten verloren hat, damit sie Vorsitzende werden konnte. Kylie ist schließlich der einzige Mensch auf der Welt, der Gideon zu ertragen scheint. Seine eigene Mutter, Jeannie Barnes, begab sich zwei Wochen nach seiner Geburt in Therapie; so schwierig war er, und so schwierig ist er noch immer. Er weigert sich einfach, wie alle anderen zu sein. Jetzt hat er sich die Haare abrasiert und trägt Kampfstiefel und eine schwarze Lederjacke, obwohl gut dreißig Grad im Schatten herrschen müssen.

Sally fühlt sich in Gideons Nähe nie wohl. Sie findet ihn grob und unangenehm und hat ihn immer für einen schlechten Einfluß gehalten. Doch als sie nun die beiden Fußball spielen sieht, spürt sie eine Welle der Erleichterung. Kylie ist weder verletzt noch entführt worden, sondern ist hier auf dem Sportplatz und rennt, so schnell sie kann. Es ist ein heißer, träger Nachmittag, ein Tag wie jeder andere, und Sally täte gut daran, sich zu entspannen. Es war albern, so sicher zu sein, daß irgend etwas passieren würde. Das sagt sich Sally zwar, aber sie glaubt es nicht. Als Antonia nach Hause kommt, begeistert, den Sommerjob in der Eisdiele oben am Turnpike bekommen zu haben, ist Sally so argwöhnisch, daß sie darauf besteht, den Besitzer anzurufen und sich nach Antonias Aufgaben und Arbeitszeiten zu erkundigen. Sie läßt sich auch die Adresse des Besitzers geben und fragt nach seinem Familienstand und der Zahl seiner Angestellten.

»Vielen Dank, daß du mich so in Verlegenheit gebracht hast«, sagt Antonia kühl, nachdem Sally den Hörer aufgelegt hat.

Neuerdings trägt Antonia nur Schwarz, was ihr rotes Haar noch leuchtender erscheinen läßt. Vorige Woche wollte Sally sie testen und kaufte ihr einen weißen Baumwollsweater mit Spitzenbesatz, von dem sie wußte, daß zahllose Freundinnen von Antonia ihr Leben dafür gegeben hätten. Antonia stopfte den Sweater mit einer Packung Textilfarbe in die Waschmaschine, gab das kohlschwarze Ding anschließend in den Wäschetrockner und hatte am Ende ein so kleines Kleidungsstück, daß Sally immer, wenn Antonia es trägt, Angst hat, sie werde mit jemandem durchbrennen, genau wie damals Gillian. Es macht Sally Sorgen, daß eines ihrer Mädchen vielleicht in die Fußstapfen ihrer Schwester treten und einen Weg einschlagen könnte, der bei Gillian nur zu drei kurzen Ehen geführt hat.

Gewiß ist Antonia gierig, wie schöne Mädchen das manchmal sind, und sie hat eine ziemlich hohe Meinung von sich selbst. Doch nun, an diesem heißen Junitag, ist sie auf einmal voller Zweifel. Was, wenn sie doch nicht so besonders ist, wie sie zu sein glaubt? Was, wenn ihre Schönheit verblaßt, sobald sie die Achtzehn hinter sich hat, wie es manchen Mädchen ergeht, die nicht einmal wissen, daß sie den Gipfel überschritten haben, bis alles vorbei ist und sie beim Blick in den Spiegel sich nicht mehr wiedererkennen. Sie hat immer angenommen, daß sie eines Tages Schauspielerin werden wird; am Tag nach dem Schulabschluß wird sie nach Manhattan oder Los Angeles gehen und eine Hauptrolle bekommen, genau wie in der High-School. Nun ist sie sich da nicht mehr so sicher. Sie weiß nicht einmal, ob sie Talent hat oder ob ihr überhaupt etwas daran liegt. Offen gesagt, hat sie nie gern auf der Bühne gespielt; anziehend fand sie die Tatsache, daß alle sie anstarrten. Es war das Wissen, daß sie den Blick nicht von ihr wenden konnten.

Als Kylie nach Hause kommt, verschwitzt und voller Grasflecken, macht sich Antonia nicht einmal die Mühe, sie zu beleidigen.

»Wolltest du mir nicht was sagen?« fragt Kylie zögernd, als sie sich in der Diele treffen. Ihr braunes Haar steht vom Kopf ab, und ihre Wangen sind rot und fleckig. Sie ist eine perfekte Zielscheibe und weiß das auch.

»Du kannst die Dusche zuerst benutzen«, sagt Antonia mit einer so traurigen, verträumten Stimme, daß sie kaum wiederzuerkennen ist.

»Was soll das heißen?« sagt Kylie, aber Antonia ist schon verschwunden, um sich die Nägel rot zu lackieren und über ihre Zukunft nachzudenken, etwas, das sie noch nie zuvor getan hat.

Zur Abendessenszeit hat Sally das Gefühl der Bedrohung, das sie früher am Tag mit sich herumtrug, fast vergessen. Doch gerade als sie entspannt genug ist, um daran zu denken, sich ein Bier zu genehmigen, gehen ganz plötzlich die Jalousetten in der Küche herunter, als habe sich in den Wänden Energie angesammelt. Sally hat einen Salat aus Bohnen und Tofu, Karottenstäbchen und kalten, marinierten Brokkoli gemacht und zum Dessert einen leichten Kuchen aus Mehl, Zucker und Eiweiß. Der Kuchen jedoch sieht jetzt zweifelhaft aus; als die Jalousetten heruntergehen, beginnt er zusammenzufallen, zuerst auf einer Seite, dann auf der anderen, bis er so flach ist wie eine Servierplatte.

»Es ist nichts«, sagte Sally zu ihren Töchtern über die Art, wie die Jalousetten anscheinend von irgendeiner fremden Macht bewegt wurden, aber ihre Stimme klingt unsicher, sogar in ihren eigenen Ohren.

Der Abend ist so feucht und drückend, daß die Wäsche draußen auf der Leine über Nacht nur nasser werden wird, und der Himmel ist tiefblau.

»Also gut, es ist was«, sagt Antonia, weil gerade ein merkwürdiger Wind aufgekommen ist, der durch die Tür mit dem Fliegengitter und die offenen Fenster fährt und das Besteck und die Teller klirren läßt. Kylie muß laufen und sich einen Pullover holen. Obwohl die Temperatur noch immer steigt, läßt der Wind sie frösteln.

Draußen in den Nachbargärten kippen Schaukeln um, und Katzen kratzen an Hintertüren und verlangen verzweifelt Einlaß. Weiter die Straße hinunter stürzt eine Pappel zu Boden, wobei sie einen Hydranten trifft und die Scheibe eines geparkten Honda Civic durchschlägt. In diesem Moment hören Sally und ihre Töchter das Klopfen. Die Mädchen schauen zur Decke und blicken dann fragend ihre Mutter an.

»Eichhörnchen«, beruhigt Sally sie. »Sie nisten auf dem Dachboden.«

Doch das Klopfen hört nicht auf, der Wind auch nicht, und die Temperatur steigt und steigt. Endlich, gegen Mitternacht, beruhigt sich das Viertel, endlich finden die Leute Schlaf. Sally bleibt lange auf, dann aber schläft auch sie trotz des Wetters ein; sie rollt sich in einem kühlen weißen Laken zusammen und läßt alle Fenster ihres Schlafzimmers offen, so daß der Wind durch den Raum wehen kann. Die ersten Grillen der Saison sind verstummt, und die Spatzen nisten im Flieder, sicher, daß die Zweige zu zart sind, um das Gewicht einer Katze zu tragen. Gerade als die Leute anfangen zu träumen – von geschnittenem Gras und Blaubeerkuchen und Löwen, die sich neben Lämmer legen –, erscheint rings um den Mond ein Ring.

Ein Hof um den Mond ist immer ein Zeichen für eine Störung: für eine Wetteränderung oder ein kommendes Fieber oder eine nicht weichende Pechsträhne. Aber wenn ein doppelter Hof den Mond umgibt wie ein verzerrter Regenbogen oder eine falsch gelaufene Liebesaffäre, dann kann alles passieren. In Zeiten wie diesen ist es klug, nicht ans Telefon zu gehen. Menschen, die genug wissen, um vorsichtig zu sein, schließen immer ihre Fenster, versperren alle Türen und achten darauf, ihre Liebsten nicht über ein Gartentor hinweg zu küssen oder die Hand auszustrecken, um einen streunenden Hund zu streicheln. Schwierigkeiten sind schließlich genau wie die Liebe; sie kommen unangemeldet und übernehmen die Macht, ehe man die Chance hatte, sich alles noch einmal gut zu überlegen.

Hoch über dem Viertel hat der Hof um den Mond schon begonnen, sich um sich selbst zu winden, eine leuchtende Schlange von Möglichkeiten, doppelt verschlungen und von der Schwerkraft zusammengezogen. Wenn die Leute nicht so fest schlafen würden, würden sie vielleicht aus dem Fenster schauen und den schönen Lichtkreis bewundern, aber sie schlafen weiter, alles vergessend, und bemerken weder den Mond noch die Stille, noch den Oldsmobile, der bereits in Sally Owens' Einfahrt eingebogen ist, um hinter dem Honda zu parken, den Sally vor ein paar Jahren gekauft hat. In Nächten wie diesen ist es möglich, daß eine Frau so leise aus ihrem Auto steigt, daß keiner der Nachbarn sie hört. Wenn es Juni ist und heiß, wenn der Himmel so tintig und dicht ist, dann hallt ein Klopfen an der Tür mit dem Fliegengitter nicht einmal wider. Es fällt in deine Träume wie ein Stein in einen Bach, so daß du plötzlich aufwachst, und dein Herz schlägt zu schnell, dein Puls spielt verrückt, und du ertrinkst in deiner eigenen Panik.

Sally setzt sich im Bett auf und weiß, daß sie sich nicht von der Stelle rühren sollte. Sie hat wieder von den Schwänen geträumt, hat beobachtet, wie sie auffliegen. Elf Jahre lang hat sie alles richtig gemacht, war gewissenhaft und vertrauenswürdig gewesen, vernünftig und freundlich, aber das bedeutet nicht, daß sie den schwefligen Geruch von Problemen nicht erkennen würde. Genau die stehen nun draußen vor ihrer Tür – Probleme, rein und unverdünnt – und rufen nach ihr wie ein Falter, der gegen ein Fliegengitter prallt, und sie kann sie einfach nicht ignorieren. Sie zieht Jeans und ein weißes T-Shirt an und bindet ihr dunkles Haar zu einem Pferdeschwanz zusammen. Später wird sie sich dafür Vorwürfe machen, und sie weiß es. Sie wird sich fragen, warum sie das unangenehme Gefühl nicht einfach ignorierte, warum sie immer glaubt, Dinge zurechtrücken zu müssen.

Vielleicht haben die Leute recht, die behaupten, die Vergangenheit hole einen immer ein. Sally schaut aus dem vorderen Fenster, und da auf der Veranda steht das Mädchen, das in mehr Schwierigkeiten geraten konnte als jedes andere. Es sind viele Jahre vergangen, es ist eine Ewigkeit her, doch Gillian ist so schön wie eh und je, nur staubig und zittrig und so schwach in den Knien, daß sie sich an die Ziegelwand lehnen muß, als Sally die Tür aufreißt.

»O mein Gott, du bist es«, sagt Gillian, als sei Sally die unerwartete Besucherin. In achtzehn Jahren haben sie sich nur dreimal gesehen. »Du bist es wirklich und wahrhaftig!«

Gillian trägt ihr blondes Haar kürzer denn je und riecht nach Zucker und Hitze. Sie hat Sand in den Falten ihrer roten Stiefel und eine kleine grüne Schlange aufs Handgelenk tätowiert. Sie umarmt Sally schnell und fest, bevor diese auch nur Zeit hat, an die späte Stunde und die Tatsache zu denken, daß Gillian hätte anrufen können, wenn schon nicht, um ihre Ankunft anzukündigen, so doch wenigstens irgendwann im letzten Monat, und sei es nur, um Sally wissen zu lassen, daß sie noch lebt. Vor zwei Tagen hat Sally einen Brief an Gillians Adresse in Tucson abgeschickt. In diesem Brief hatte sie Gillian mit Vorwürfen überhäuft wegen all ihrer hochfliegenden Pläne und verpaßten Gelegenheiten, hatte sie wohl zu heftig angegriffen und zu viel gesagt, und jetzt ist sie erleichtert, daß Gillian diesen Brief niemals bekommen wird.

Doch ihre Erleichterung hält nicht lange an. Sobald Gillian zu reden beginnt, weiß Sally, daß etwas nicht stimmt. Gillians Stimme ist piepsig, was ihr überhaupt nicht ähnlich sieht; Gillian war immer in der Lage, sich binnen Sekunden eine gute Entschuldigung oder ein Alibi auszudenken, um ihre Freunde zu besänftigen.

»Ich habe ein Problem«, sagt sie nervös.

Sie schaut über ihre Schulter und fährt sich dann mit der Zunge über die Lippen. Eigentlich sind Probleme für sie nicht sonderlich neu. Sie ist noch immer die Art Frau, die sich beim Zerteilen einer Melone tief in den Finger schneidet und dann eilig ins Krankenhaus gefahren werden muß, wo der Notarzt sich Hals über Kopf in sie verliebt, bevor er auch nur mit dem Nähen fertig ist.

Gillian hält inne, um sich Sally gründlich anzusehen. »Ich kann gar nicht glauben, wie sehr ich dich vermißt habe.«

Gillian klingt, als sei sie selbst überrascht, das zu entdekken. Sie drückt die Fingernägel in ihre Handflächen, als hoffte sie, aus einem schlechten Traum aufzuwachen. Wenn sie nicht so verzweifelt wäre, wäre sie nicht hier und würde bei ihrer großen Schwester um Hilfe betteln, wo sie doch ihr ganzes Leben versucht hat, so selbstgenügsam wie ein Stein zu sein. Alle anderen hatten Familien, fuhren zu Ostern oder Thanksgiving nach Osten oder Westen oder einfach den Block hinunter. Nicht Gillian. Bei ihr konnte man sich immer darauf verlassen, daß sie eine Feiertagsschicht übernahm, und hinterher stellte sie immer fest, daß es sie in die beste Bar der Stadt zog, dorthin, wo es zu besonderen Anlässen besondere Horsd'œuvres gab, hartgekochte Eier beispielsweise in blaßrosa gefärbter Flüssigkeit, oder kleine Burritos mit Truthahn. An einem Thanksgiving-Tag ging Gillian los und ließ sich das Handgelenk tätowieren. Es war ein heißer Nachmittag in Las Vegas, der Himmel hatte die Farbe eines Kuchentellers, und der Bursche in dem Tätowiersalon versprach ihr, es werde nicht weh tun, aber es schmerzte dann doch.

»Es ist alles so ein Chaos«, gesteht Gillian.

»Ach nein«, sagt Sally zu ihrer Schwester. »Ich weiß, du wirst es nicht glauben, und ich weiß auch genau, daß es dich nicht interessiert, aber ich habe tatsächlich meine eigenen Probleme.«

Etwa die Stromrechnung, die himmelhoch ist, weil Antonia neuerdings ständig das Radio laufen läßt und es nicht für einen Augenblick ausschaltet. Oder die Tatsache, daß sie in fast zwei Jahren keine einzige Verabredung hatte, nicht einmal ein arrangiertes Zusammentreffen mit irgendeinem Vetter oder Freund ihrer Nachbarin Linda Bennett, und an Liebe nur noch als eine ferne Möglichkeit denken kann. In all der Zeit, seit sie getrennt sind und jede ihr eigenes Leben führt, hat Gillian getan, was sie wollte, hat geschlafen, mit wem es ihr gefiel, und ist erst mittags aufgestanden. Sie brauchte nicht die ganze Nacht wach zu bleiben, weil kleine Mädchen Windpocken hatten, weil sie Ausgehzeiten kontrollieren oder rechtzeitig aufstehen mußte, weil jemand ein Frühstück oder einen Zuhörer brauchte. Natürlich sieht Gillian fabelhaft aus. Sie denkt, die Welt drehe sich um sie.

»Glaub mir, deine Probleme sind nichts gegen meine. Diesmal ist es wirklich schlimm, Sally.«

Gillians Stimme wird kleiner und kleiner, aber es ist noch immer dieselbe Stimme, die Sally durch das entsetzliche Jahr brachte, in dem sie sich nicht zum Sprechen überwinden konnte. Es ist die Stimme, die sie jeden Dienstagabend zum Durchhalten drängte, mit einer Art wilder Hingabe, die nur aus einer gemeinsamen Vergangenheit kommen konnte.

»Okay.« Sally seufzt. »Schieß los.«

Gillian atmet tief ein. »Ich habe Jimmy im Auto.« Sie kommt näher, damit sie Sally ins Ohr flüstern kann. »Das Problem ist...« Es ist ein schweres Problem, das ist es wirklich, aber sie muß es herauslassen, muß es aussprechen, geflüstert oder nicht. »Er ist tot.«

Sally weicht sofort vor ihrer Schwester zurück. Das ist etwas, was niemand hören will in einer heißen Juninacht, wenn die Glühwürmchen über dem Rasen tanzen. Die Nacht ist träumerisch und tief, aber nun fühlt sich Sally, als habe sie eine ganze Kanne Kaffee getrunken, und ihr Herz pocht wie verrückt. Jeder andere würde vielleicht annehmen, daß Gillian lügt oder übertreibt oder einfach Unsinn redet, aber Sally kennt ihre Schwester. Sie weiß es besser. Da ist ein toter Mann im Wagen. Garantiert.

»Tu mir das nicht an«, sagt Sally.

»Glaubst du, ich hätte es geplant?«

»Du bist also einfach so dahingefahren, in Richtung auf mein Haus zu, hast gemeint, wir sollten uns endlich sehen, und er ist ganz zufällig gestorben?«

Sally hat Jimmy nie kennengelernt, aber sie hat von ihm gehört. Einmal kam er ans Telefon, als sie Gillian in Tucson anrief, aber er war alles andere als gesprächig. Kaum hatte er Sallys Stimme gehört, da rief er auch schon nach Gillian.

»Komm her, Mädchen.« Das hatte er gesagt. »Deine verdammte Schwester ist am Telefon.«

Sally kann sich nur erinnern, daß Gillian ihr erzählt hat, er habe eine Zeitlang für ein Verbrechen im Gefängnis gesessen, das er nicht begangen habe, und er sei so gutaussehend, daß er jede Frau bekäme, indem er sie einfach auf die richtige Weise ansah. Oder auf die falsche, je nachdem, auf welcher Seite man stand.

»Es passierte auf einem Rastplatz in New Jersey.« Gillian versucht, sich das Rauchen abzugewöhnen, also steckt sie sich einen Streifen Kaugummi in den Mund. Sie hat einen süßen, rosigen Schmollmund, aber heute abend hat sie sich die Lippen blutig gebissen. »Er war ein solcher Scheißkerl«, sagt sie nachdenklich. »Gott! Du würdest nicht glauben, was er alles getan hat. Einmal haben wir für ein paar Leute in Phoenix das Haus gehütet, und sie hatten eine Katze, die ihn störte, ich glaube, sie pinkelte auf den Fußboden. Er hat sie in den Kühlschrank gesteckt.«

Sally setzt sich. Sie hat ein bißchen weiche Knie, als sie all diese Informationen über das Leben ihrer Schwester hört, aber die Zementstufe ist kühl und bewirkt, daß sie sich besser fühlt. Gillian hat es schon immer ausgezeichnet verstanden, Sally einzubeziehen, selbst wenn diese versuchte, sich dagegen zu wehren. Gillian setzt sich neben ihre Schwester, Knie an Knie. Ihre Haut fühlt sich noch kühler an als der Zement.

»Selbst ich konnte nicht glauben, daß er wirklich zu so etwas fähig war«, sagt Gillian. »Mitten in der Nacht mußte ich die Katze aus dem Kühlschrank lassen, sonst wäre das arme Ding erfroren. Sie hatte Eiskristalle im Fell.«

»Warum mußtest du herkommen?« fragt Sally traurig.

»Warum jetzt? Du wirst alles durcheinanderbringen. Und ich habe wirklich hart dafür gearbeitet.«

Gillian mustert unbeeindruckt das Haus. Sie haßt die Ostküste einfach. All diese Feuchtigkeit und das Grün. Sie würde fast alles tun, um der Vergangenheit aus dem Weg zu gehen. Höchstwahrscheinlich wird sie heute nacht gar von den Tanten träumen. Das alte Haus in der Magnolia Street mit seinen Hölzern und seinen Katzen wird sie einholen, und sie wird anfangen, unruhig zu werden, wird vielleicht panisch flüchten wollen, und genau das war ja auch der Grund gewesen, weshalb sie überhaupt im Südwesten gelandet ist. Damals, nachdem sie den Toyota-Mechaniker verlassen hatte, dessentwegen sie sich von ihrem ersten Ehemann getrennt hatte, setzte sie sich einfach in den Bus. Sie brauchte Hitze und Sonne, um die Kindheit mit all den langen, dunklen Nachmittagen inmitten grüner Schatten und den noch dunkleren Nächten endgültig hinter sich zu lassen. Sie mußte sehr, sehr weit weggehen.

Wenn sie das Geld gehabt hätte, wäre Gillian auf dem Rastplatz in New Jersey davongerannt, wäre weitergelaufen bis zum Flughafen Newark und irgendwo hingeflogen, wo es heiß war. New Orleans vielleicht oder Los Angeles. Leider hatte ihr Jimmy unmittelbar vor der Abfahrt aus Tucson mitgeteilt, daß sie völlig pleite waren. Er hatte jeden einzelnen Cent ausgegeben, den sie in den vergangenen fünf Jahren verdient hatte, für Drogen und Alkohol und alten Silberschmuck; der Silberring, den er immer trug, hatte mindestens einen halben Wochenlohn von Gillian gekostet. Als er mit dem Geldausgeben fertig war, besaßen sie nur noch das Auto, und das lief auf seinen Namen. Wohin sonst hätte sie in einer so schwarzen Nacht gehen sollen? Wer sonst würde sie aufnehmen und keine Fragen stellen – oder zumindest keine, auf die sie sich nicht eine Antwort ausdenken konnte –, bis sie wieder auf die Füße kam?

Gillian seufzt, gibt den Kampf gegen das Nikotin mindestens vorübergehend auf und nimmt eine von Jimmys Lucky Strikes aus ihrer Hemdtasche. Sie zündet sie an und inhaliert so tief sie kann. Aufhören wird sie morgen.

»Wir wollten gerade ein neues Leben anfangen, deshalb waren wir unterwegs nach Manhattan. Ich wollte dich anrufen, sobald wir uns niedergelassen hatten. Du warst die erste Person, die ich in unser Apartment einladen wollte.«

»Sicher«, sagt Sally, aber sie glaubt ihr kein Wort. Als Gillian ihre Vergangenheit loswurde, wurde sie auch Sally los. Das letzte Treffen war unmittelbar vor der Begegnung mit Jimmy und dem Umzug nach Tucson vereinbart gewesen. Sally hatte schon die Tickets für sich und ihre Töchter gekauft, um nach Austin zu fliegen, wo Gillian im Hilton eine Ausbildung als Rezeptionistin machte. Sie hatten vor, Thanksgiving zusammen zu verbringen – das wäre eine Premiere gewesen –, aber schließlich rief Gillian an, zwei Tage bevor Sally und die Mädchen starten wollten, und sagte ihr, sie solle die Sache einfach vergessen, in zwei Tagen würde sie nicht einmal mehr in Austin sein. Gillian hatte nie erklärt, was schiefgegangen war, ob es am Hilton oder an Austin lag oder einfach an irgendeinem zwingenden Bedürfnis nach Veränderung, doch wenn es um Gillian ging, war Sally Enttäuschungen gewohnt. Sie hätte sich Sorgen gemacht, wenn die Sache keinen Haken gehabt hätte.

»Nun, ich wollte dich anrufen«, sagt Gillian. »Ob du's

glaubst oder nicht. Aber wir mußten wirklich schnell aus Tucson verschwinden, weil Jimmy den Jugendlichen an der Universität Stechapfelkraut verkaufte und ihnen erzählte, das wäre Peyote oder LSD, und es gab eine Art Problem, weil Leute starben; ich hatte keine Ahnung davon, bis er sagte: ›Pack zusammen, aber schnell.‹ Ich hätte wirklich angerufen, aber als er auf diesem Rastplatz zusammenbrach, bin ich ausgeflippt. Ich wußte nicht, wohin ich gehen sollte.«

»Du hättest ihn in ein Krankenhaus bringen können. Oder zur Polizei. Du hättest die Polizei rufen können.« Sally kann im Dunkeln sehen, daß die von ihr gepflanzten Azaleen bereits welken. Ihrer Meinung nach gehen alle Dinge schief, wenn man ihnen nur genug Zeit läßt. Mach die Augen zu, zähle bis drei, und wahrscheinlich kriecht irgendein Unheil auf dich zu.

»Ja, richtig. Ich hätte zur Polizei gehen können.« Gillian stößt kleine Rauchwölkchen aus. »Sie hätten mir zehn bis zwanzig Jahre aufgebrummt. Vielleicht sogar lebenslänglich, wenn man bedenkt, daß es in New Jersey passierte.« Gillian starrt mit weit geöffneten Augen zu den Sternen empor. »Wenn ich bloß genug Geld zusammenkriegen könnte, würde ich nach Kalifornien gehen. Ich wäre weg, bevor sie mir auf die Spur kämen.«

Es sind nicht nur die Azaleen, die Sally verlieren könnte. Es sind elf Jahre Arbeit und Opfer. Die Ringe um den Mond sind nun so hell, daß Sally sicher ist, daß die gesamte Nachbarschaft bald auf sein wird. Sie packt ihre Schwester am Arm und gräbt ihre Fingernägel in Gillians Haut. Sie hat zwei Kinder, die von ihr abhängig sind und die im Haus schlafen.

»Warum sollten sie hinter dir her sein?«

Gillian zuckt zusammen und versucht sich loszureißen, aber Sally lockert ihren Griff nicht. Schließlich zuckt Gillian mit den Achseln und senkt den Blick, und für Sally ist das keine sehr beruhigende Art, auf eine Frage zu antworten.

»Versuchst du mir zu sagen, daß du für Jimmys Tod verantwortlich bist?«

»Es war ein Unfall«, behauptet Gillian. »Mehr oder weniger«, fügt sie hinzu, als Sally ihre Nägel tiefer in ihren Arm gräbt. »Also gut«, gesteht sie, als Blut kommt. »Ich hab ihn getötet.« Sie fängt an zu zittern, als sei ihr Blutdruck rapide gesunken. »Jetzt weißt du's. Okay? Wie immer ist alles meine Schuld.«

Vielleicht ist es nur die Feuchtigkeit, aber die Ringe um den Mond färben sich schwachgrün. Manche Frauen glauben, daß grünes Licht im Osten den Alterungsprozeß rückgängig machen kann, und Sally fühlt sich tatsächlich wie vierzehn. Sie hat Gedanken, die keine erwachsene Frau haben sollte, vor allem nicht eine, die ihr ganzes Leben lang gut war. Sie bemerkt, daß Gillians Arme überall blaue Flecken haben; im Dunkeln sehen sie aus wie purpurne Schmetterlinge, wie etwas Hübsches.

»Ich werde mich nie mehr mit einem Mann einlassen«, sagt Gillian, und auch als Sally ihr einen Blick zuwirft, behauptet sie weiterhin, sie sei mit der Liebe fertig. »Ich habe meine Lektion gelernt«, sagt sie. »Jetzt, wo es zu spät ist. Ich wünschte bloß, ich könnte morgen einfach die Polizei anrufen.« Wieder klingt ihre Stimme angestrengt und noch leiser als zuvor. »Aber ich bin nicht bereit, mich zu stellen. Ich glaube, das kann ich nicht.«

Gillian hört sich jetzt wirklich an, als werde sie zusammenbrechen. Ihre Hand zittert so, daß sie es nicht schafft, sich eine neue Zigarette anzuzünden.

»Du mußt mit dem Rauchen aufhören«, sagt Sally. Gillian ist schließlich ihre kleine Schwester; sie ist für sie verantwortlich.

»O Scheiße.« Gillian bringt ihre Zigarette zum Brennen. »Ich kriege vermutlich lebenslänglich. Die Zigaretten werden die Zeit verkürzen, die ich absitzen muß. Ich sollte zwei gleichzeitig rauchen.«

Obwohl die Mädchen fast noch Babys waren, als ihre Eltern starben, traf Sally damals rasche Entscheidungen, die genug Kraft zu haben schienen, um sie beide über die Zeit hinwegzubringen. Nachdem beispielsweise die Babysitterin, in deren Obhut sie zurückgelassen worden waren, hysterisch wurde, hatte Sally mit dem Polizisten telefonieren müssen, der ihr den Tod ihrer Eltern mitteilte, und danach sagte sie Gillian, sie solle sich ihre beiden Lieblingsstofftiere aussuchen und alle anderen wegwerfen, denn von nun an müßten sie mit leichtem Gepäck reisen und dürften nur mitnehmen, worum sie sich selbst kümmern konnten. Sie war diejenige, die im Notizbuch ihrer Mutter die Telefonnummern der Tanten suchte und sie anrief, um ihnen zu sagen, sie und Gillian würden Staatsmündel, wenn nicht jemand, und sei er noch so entfernt mit ihnen verwandt, Anspruch auf sie erhebe. Damals hatte sie den gleichen Ausdruck im Gesicht, den sie auch jetzt hat, eine unwahrscheinliche Kombination aus Verträumtheit und eisernem Willen.

»Die Polizei braucht es nicht zu erfahren«, sagt Sally. Ihre Stimme klingt merkwürdig sicher.

»Wirklich?« Gillian schaut ihre Schwester prüfend an, aber in Zeiten wie diesen läßt Sally sich nie etwas anmerken, und es ist unmöglich, ihren Gesichtsausdruck zu deuten. »Im Ernst?«

Gillian rückt näher an Sally heran und schaut dann zum Oldsmobile hinüber. »Willst du ihn sehen?«

Sally reckt den Kopf; da sitzt tatsächlich eine Gestalt auf dem Beifahrersitz.

»Er war wirklich süß«, sagt Gillian. Sie drückt ihre Zigarette aus und beginnt zu weinen. »O Mann.«

Sally kann es nicht glauben, aber sie möchte ihn tatsächlich sehen. Sie will sehen, wie ein solcher Mann aussieht. Sie will wissen, ob eine so vernünftige Frau wie sie sich jemals von ihm angezogen fühlen würde, und sei es nur für eine Sekunde.

Gillian folgt Sally hinüber zum Auto, und sie beugen sich vor, um Jimmy durch die Windschutzscheibe genau zu betrachten.

Groß, dunkel, gutaussehend und tot.

»Du hast recht«, sagt Sally. »Er war wirklich süß.«

Er ist bei weitem der bestaussehende Mann, den Sally je erblickt hat, tot oder lebendig. Und an der Wölbung seiner Augenbrauen und dem leichten Lächeln, das noch immer auf seinen Lippen liegt, kann sie sehen, daß er das ganz genau wußte. Sally drückt ihr Gesicht an die Scheibe. Jimmys Arm ist über den Sitz gebreitet, und Sally kann den Ring am vierten Finger seiner linken Hand sehen – ein dicker Silberring mit drei glatten Flächen; in eine ist ein Kaktus eingraviert, in die zweite eine zusammengerollte Schlange, und in der Mitte sitzt ein Cowboy auf einem Pferd. Selbst Sally ist klar, daß keine Frau geschlagen werden wollte, wenn ein Mann diesen Ring trug; das Silber würde einem die Lippe spalten und tief einschneiden.

Jimmy legte Wert auf sein Aussehen, soviel ist klar. Selbst noch nach stundenlangem Sitzen im Auto sind seine

Bluejeans so glatt, daß es aussieht, als habe sich jemand große Mühe gegeben, sie genau richtig zu bügeln. Seine Stiefel sind aus Schlangenleder und scheinen ein Vermögen gekostet zu haben. Außerdem sind sie wirklich gut gepflegt; wenn jemand versehentlich Bier auf diese Stiefel verschüttet oder zuviel Staub aufgewirbelt hätte, dann hätte es Schwierigkeiten gegeben, das sah man, wenn man nur das polierte Leder betrachtete. Man sah es, wenn man sich Jimmys Gesicht anschaute. Tot oder lebendig, er ist, der er ist: jemand, mit dem man sich nicht anlegen möchte. Sally tritt vom Auto zurück. Sie hätte Angst, mit ihm allein zu sein. Sie hätte Angst, daß er bei einem falschen Wort außer sich geriete, und dann wüßte sie bestimmt nicht, was sie tun sollte.

»Er sieht irgendwie gemein aus.«

»O Gott, ja«, sagt Gillian. »Aber nur, wenn er getrunken hatte. In der restlichen Zeit war er toll, wirklich. Und daher dachte ich mir etwas aus, um ihn daran zu hindern, gemein zu sein – ich fing an, ihm jeden Abend ein ganz kleines bißchen Nachtschatten in sein Essen zu tun. Dann wurde er schläfrig, ehe er anfangen konnte zu trinken. Er war die ganze Zeit völlig in Ordnung, aber es muß sich in seinem Organismus angesammelt haben, und dann verlor er einfach das Bewußtsein. Wir saßen da auf dem Rastplatz, und er suchte im Handschuhfach nach seinem Feuerzeug, das ich ihm letzten Monat auf dem Flohmarkt in Sedona gekauft hatte; er beugte sich vor und konnte sich anscheinend nicht wieder aufrichten. Dann hörte er auf zu atmen.«

In irgendeinem Hintergarten bellt ein Hund; es ist ein heiseres, hektisches Geräusch, das schon angefangen hat, in die Träume einiger Leute einzudringen.

»Du hättest die Tanten anrufen und nach der richtigen Dosierung fragen sollen«, sagt Sally.

»Die Tanten hassen mich.« Gillian fährt sich mit der Hand durchs Haar. »Ich habe sie in jeder Weise enttäuscht.«

»Ich auch«, sagt Sally.

Sally glaubte schon früher, daß die Tanten sie für viel zu normal und daher für uninteressant hielten; Gillian war sich sicher, daß die Tanten sie gewöhnlich fanden. Deswegen fühlten sich die Mädchen immer nur wie zeitweilige Gäste und hatten das Gefühl, vorsichtig sein zu müssen bei dem, was sie sagten und preisgaben. Wenn sie den Tanten jemals ihre Angst vor Gewittern verrieten, vor Alpträumen und Mageninfektionen, Windpocken und Lebensmittelallergien, dann wäre dies vielleicht der letzte Strohhalm für die Tanten, die die Kinder eigentlich nie hatten haben wollen. Eine weitere Klage, und die Tanten würden vielleicht die Koffer der Schwestern holen, die oben auf dem Speicher standen, bedeckt mit Spinnweben und Staub, aber aus italienischem Leder gefertigt und noch immer anständig genug, um guten Gebrauch davon zu machen. Daher hielten die Mädchen sich aneinander, statt sich an die Tanten zu wenden. Sie flüsterten, nichts Schlimmes würde passieren, solange sie binnen dreißig Sekunden bis hundert zu zählen vermochten. Nichts konnte passieren, wenn sie unter der Decke blieben und kein einziges Mal atmeten, wenn über ihnen der Donner grollte.

»Ich will nicht ins Gefängnis.«

Gillian nimmt noch eine Lucky Strike heraus und zündet sie an. Aufgrund ihrer Familiengeschichte hat sie echte Angst vor dem Verlassenwerden, und das ist der

Grund, warum sie immer als erste geht. Sie weiß das, sie hat genügend Zeit in Therapie verbracht und genügend Geld bezahlt, um ausführlich darüber zu diskutieren, aber das bedeutet nicht, daß sich irgend etwas verändert hätte. Es gibt keinen einzigen Mann, der die Nase voll hatte und als erster mit ihr brach. Am ehesten noch Jimmy: Er ist fort, und sie ist noch immer hier.

»Wenn sie mich ins Gefängnis schicken, werde ich verrückt. Ich hab' ja noch gar nicht gelebt. Nicht richtig. Ich möchte einen Job und ein normales Leben. Ich möchte zu Grillpartys gehen. Ich möchte ein Baby haben.«

»Na ja, daran hättest du früher denken sollen.« Dies ist genau der Rat, den Sally Gillian immer gegeben hat, weswegen ihre telefonischen Unterhaltungen in den letzten paar Jahren nicht mehr stattfanden. Genau dies hatte sie auch in ihrem letzten Brief geschrieben, dem, den Gillian niemals bekam. »Du hättest ihn einfach verlassen sollen.«

Gillian nickt. »Ich hätte ihn nie auch nur begrüßen sollen. Das war mein erster Fehler.«

Sally mustert aufmerksam das Gesicht ihrer Schwester im grünlichen Mondlicht. Gillian mag schön sein, aber sie ist sechsunddreißig, und sie war viel zu oft verliebt.

»Hat er dich geschlagen?« fragt Sally.

»Spielt das wirklich eine Rolle?« In diesem Licht wirkt Gillian ganz gewiß nicht jung. Sie hat zuviel Zeit in der Sonne von Arizona verbracht, und ihre Augen tränen, obwohl sie jetzt nicht mehr weint.

»Ja«, sagt Sally. »Für mich spielt das eine Rolle.«

»Das war so.« Gillian wendet dem Oldsmobile den Rükken zu, denn wenn sie das nicht täte, würde sie sich daran erinnern, daß Jimmy noch vor ein paar Stunden zu einem Band von Dwight Yoakam mitsang. Es war das Lied, das sie wirklich liebt, über einen Clown, und sie fand, daß Jimmy es tausendmal besser sang, als Dwight es jemals konnte, was eine Menge heißen will, denn sie ist verrückt nach Dwight. »In ihn war ich wirklich verliebt. Aus tiefstem Herzen. Es ist so traurig, wirklich. Es ist erbärmlich. Ich wollte ihn die ganze Zeit, als ob ich verrückt wäre. Als ob ich eine von diesen Frauen wäre.«

In der Dämmerung pflegten sich diese Frauen in der Küche auf die Knie zu werfen und zu flehen. Sie schworen dann, sie würden sich nie in ihrem Leben mehr etwas wünschen, wenn sie nur das haben konnten, was sie jetzt wollten. Damals verschränkten Gillian und Sally immer ihre Finger und gelobten sich, niemals so armselig und unglücklich zu sein. Nichts könnte sie dazu bringen, pflegten sie zu flüstern, während sie auf der Hintertreppe saßen, als sei das Begehren eine Sache des freien Willens.

Sally betrachtet ihren Vordergarten und die heiße und prachtvolle Nacht. Sie hat noch immer Gänsehaut, aber es stört sie nicht mehr. Man kann sich an alles gewöhnen, auch an die Angst. Dies ist schließlich ihre Schwester, das Mädchen, das manchmal nicht einschlafen wollte, bis Sally »Hound Dog« sang. Das ist die Frau, die sie jeden Dienstagabend anrief, ein ganzes Jahr lang pünktlich um zehn Uhr.

Sally muß daran denken, wie Gillian ihre Hand hielt, als sie den Tanten zum erstenmal durch die Hintertür des alten Hauses in der Magnolia Street folgten. Gillians Finger waren klebrig von Kaugummi und kalt vor Angst. Sie wollte nicht loslassen, und als Sally drohte, sie zu kneifen, griff sie nur fester zu.

»Bringen wir ihn nach hinten«, sagt Sally.

Sie schleifen ihn hinüber zu der Stelle, wo der Flieder

wächst, und achten darauf, keine Wurzeln zu beschädigen, wie die Tanten es ihnen beigebracht haben. Inzwischen schlafen alle Vögel, die in den Büschen nisten. Die Käfer haben sich in den Blättern der Quitte und der Forsythie zusammengerollt. Während die Schwestern arbeiten, folgt der Klang ihrer Schaufeln einem leichten Rhythmus, ähnlich dem eines Babys, das in die Hände klatscht, oder dem von fallenden Tränen. Es gibt nur einen wahrhaft schlimmen Moment: Sosehr Sally sich auch bemüht, sie kann Jimmy nicht die Augen schließen. Sie hat gehört, daß das passiert, wenn ein Toter sehen möchte, wer ihm als nächster folgen wird. Deshalb beharrt sie darauf, daß Gillian wegschaut, während sie anfängt, Erde auf ihn zu schaufeln. So wird wenigstens nur eine von ihnen jede Nacht in ihren Träumen von ihm angestarrt werden.

Als sie fertig sind und die Schaufeln in die Garage zurückgebracht haben, gibt es unter den Fliederbüschen nichts als frisch umgegrabene Erde. Gillian muß sich auf die hintere Veranda setzen und den Kopf zwischen den Knien hängenlassen, damit sie nicht ohnmächtig wird. Er wußte genau, wie man eine Frau so schlägt, daß kaum Spuren zu sehen sind. Er wußte auch, wie er sie so küssen konnte, daß ihr Herz zu rasen begann und sie ihm mit jedem Atemzug verzieh. Es ist erstaunlich, an welche Orte die Liebe einen trägt. Es ist erstaunlich, wenn man entdeckt, wie weit man zu gehen bereit ist.

In manchen Nächten ist es am besten, wenn man aufhört, an die Vergangenheit und an alles zu denken, was man gewonnen und verloren hat. In Nächten wie diesen ist es eine große Erleichterung, einfach ins Bett zu gehen und zwischen die sauberen weißen Laken zu kriechen.

Schließlich ist es eine ganz normale Juninacht, bis auf die Hitze, das grüne Licht am Himmel und den Mond. Und doch ist das, was mit dem Flieder passiert, während alle schlafen, außergewöhnlich. Im Mai gab es nur ein paar kümmerliche Knospen, aber jetzt blüht der Flieder wieder, zur Unzeit und über Nacht, ein einziger, wunderbarer Ausbruch, und die Blüten duften so stark, daß selbst die Luft purpurn und süß wird. Bald werden die Bienen benommen taumeln, und die Vögel werden sich nicht daran erinnern, daß sie nach Norden weiterfliegen wollten. Wochenlang werden Leute sich dabei ertappen, daß es sie zu dem Gehsteig vor Sally Owens' Haus hinzieht; sie werden aus ihren Küchen und Eßzimmern gelockt werden durch den Duft von Flieder, der sie an Verlangen und wahre Liebe erinnert und an tausend andere Dinge, die sie schon lange vergessen hatten und von denen sie sich heute manchmal wünschen, sie hätten sich nie mehr daran erinnert.

Am Morgen von Kylie Owens' dreizehntem Geburtstag – der Himmel ist lieblich, endlos und blau – ist Kylie lange vor Sonnenaufgang und lange vor dem Läuten des Wekkers wach. Sie ist schon seit Stunden wach. Sie ist so groß, daß sie leicht für achtzehn durchgehen könnte, wenn sie sich die Kleider ihrer Schwester und den braunroten Lippenstift ihrer Mutter und die roten Cowboystiefel ihrer Tante Gillian ausleihen würde. Kylie weiß, daß sie die Dinge nicht übereilen sollte, sie hat ihr ganzes Leben noch vor sich, aber in der Vergangenheit hat sie sich so schnell wie möglich auf genau diesen Moment zubewegt, hat sich ganz darauf konzentriert, als sei dieser eine Julimorgen der Mittelpunkt des Universums. Als Teenager wird alles besser werden, hat sie ihr ganzes Leben lang geglaubt, und nun hat ihre Tante ihr die Karten gelegt, und sie verheißen großes Glück. Schließlich war der Stern ihre Schicksalskarte, und dieses Symbol sichert Erfolg bei allen Unternehmungen.

Seit zwei Wochen teilt Tante Gillian das Zimmer mit ihr, deshalb weiß Kylie, daß Gillian wie ein kleines Mädchen schläft, ganz unter einem schweren Quilt zusammengerollt, obwohl es seit ihrer Ankunft ständig um die dreißig Grad heiß war, als habe sie etwas von dem von ihr so geliebten Südwesten im Kofferraum ihres Autos mitgebracht. Sie haben den Raum so eingeteilt, wie Zimmergenossinnen es tun, alles halbiert, nur, daß Gillian mehr Platz im Schrank braucht und Kylie gebeten hat, winzige Veränderungen der Dekoration vorzunehmen. Die schwarze Babydecke, die immer am Fußende von Kylies Bett lag, wird jetzt zusammengefaltet in einem Karton im Keller aufbewahrt, zusammen mit dem Schachbrett, von dem Gillian sagte, es nehme zuviel Platz ein. Die schwarze Seife, die die Tanten jedes Jahr als Geschenk schicken, ist aus der Seifenschale entfernt und durch ein Stück heller, nach Rosen duftender Seife aus Frankreich ersetzt worden.

Gillian hat sehr ausgeprägte Vorlieben und Abneigungen und eine Meinung zu allem. Sie schläft viel, leiht sich Sachen aus, ohne zu fragen, und bäckt großartige Kekse. Sie ist schön und lacht tausendmal mehr als Kylies Mutter, und Kylie möchte genau wie sie werden. Sie folgt Gillian durchs Haus und beobachtet sie und erwägt, sich das Haar ganz kurz zu schneiden, vorausgesetzt, sie traut sich. Nichts wünscht sich Kylie sehnlicher, als morgens aufzuwachen und zu entdecken, daß ihr mausbraunes Haar wie durch Zauberei dasselbe prächtige Blond angenommen hat, das zu besitzen Gillian das Glück hat, wie Heu, das in der Sonne gelegen hat, oder wie Goldstücke.

Was Gillian noch wunderbarer macht, ist die Tatsache, daß sie und Antonia nicht miteinander auskommen. Vielleicht werden sie irgendwann dahin gelangen, daß sie sich verachten. Letzte Woche hat Gillian sich Antonias kurzen schwarzen Rock für die Nachbarschaftsparty zum vierten Juli ausgeliehen, versehentlich eine Diätcola darübergegossen und dann gesagt, Antonia sei intolerant, als diese es wagte, sich darüber zu beschweren. Jetzt hat Antonia ihre Mutter gefragt, ob sie ein Schloß an ihrem Kleiderschrank anbringen könne, und Kylie darüber informiert, daß ihre Tante eine Verliererin sei, ein jämmerliches Geschöpf, angewiesen auf einen Job in dem Hamburgerschuppen am Turnpike, wo alle männlichen Teenager sich wahnsinnig in sie verliebt haben und Cheeseburger sowie literweise Ginger-ale und Cola bestellen, nur, um in ihrer Nähe zu sein.

»Arbeiten ist das, was Leute tun müssen, um das Geld zum Feiern zu haben«, verkündete Gillian gestern abend, eine Einstellung, die bereits ihren Plan vereitelt hat, nach Kalifornien zu gehen, da es sie zu Einkaufszentren hinzieht – vor allem Schuhgeschäfte locken sie an – und sie anscheinend keinen Cent sparen kann.

An diesem Abend aßen sie Tofuwürstchen und eine Bohnensorte, die angeblich gesund sein soll, obwohl sie, wie Kylie findet, nach Autoreifen schmeckt. Sally weigert sich trotz der Klagen ihrer Töchter, Fleisch, Fisch oder Geflügel auf den Tisch zu bringen. Sie muß die Augen zumachen, wenn sie im Supermarkt an den in Folie geschweißten Hühnerbeinen vorbeikommt, denn noch immer erinnern diese sie an die Taube, die die Tanten für ihren folgenreichsten Liebeszauber verwendeten.

»Erzähl das einem Gehirnchirurgen«, hatte Sally auf die Bemerkung ihrer Schwester über den begrenzten Wert von Arbeit geantwortet. »Erzähl das einem Kernphysiker oder einem Dichter.«

»Okay.« Gillian rauchte noch immer, obwohl sie sich jeden Morgen vornahm, es aufzugeben, und sehr genau wußte, daß der Rauch alle verrückt machte, alle außer Kylie. Sie paffte den Rauch rasch aus, als würde das gegen den Widerwillen der anderen helfen. »Geh und such mir einen Dichter oder einen Physiker. Gibt es welche in diesem Viertel?«

Kylie freute sich über diese Abwertung ihres Vororts, in dem reichlich geklatscht wurde. Alle machten ihrem Freund Gideon das Leben schwer, besonders, nachdem er sich den Kopf kahlrasiert hatte. Er sagte, das kümmere ihn nicht, und behauptete, die meisten ihrer Nachbarn hätten Spatzenhirne, aber in letzter Zeit wurde er nervös, wenn ihn jemand direkt ansprach, und wenn sie am Turnpike entlanggingen und ein Auto hupte, fuhr er manchmal zusammen, als habe man ihn irgendwie beleidigt.

Schließlich schauten die Leute, um zu reden. Dazu war alles recht, was anders oder ein bißchen ungewöhnlich war. Schon hatten die meisten Leute in ihrer Straße über die Tatsache diskutiert, daß Gillian das Oberteil ihres Badeanzugs nicht trug, wenn sie sich im hinteren Garten sonnte. Und alle wußten ganz genau, wie die Tätowierung auf ihrem Handgelenk aussah und daß sie bei der Nachbarschaftsparty mindestens eine Sechserpackung Bier getrunken hatte – vielleicht sogar noch mehr – und daß sie es glatt abgelehnt hatte, als Ed Borelli mit ihr ausgehen wollte, obwohl er der stellvertretende Schuldirektor und außerdem auch noch der unmittelbare Vorgesetzte ihrer Schwester war. Die Nachbarin der Owens', Linda Bennett, wollte sich von dem Optiker, mit dem sie sich traf, nicht vor Einbruch der Dunkelheit zu Hause abholen lassen, so nervös war sie, weil jemand, der aussah wie Gillian, gleich nebenan wohnte. Alle stimmten darin überein, daß Sallys Schwester verwirrend war. Es gab Zeiten, da traf man sie beim Kaufmann, und sie bestand darauf, man solle sie besuchen, und sie würde einem ihre Tarotkarten legen, und dann begegnete man ihr auf der Straße und sagte hallo, und sie schaute durch einen hindurch, als wäre sie meilenweit weg, an einem Ort wie Tucson beispielsweise, wo das Leben sehr viel interessanter war.

Kylie fand, Gillian habe die Fähigkeit, jeden Ort interessant zu machen, sogar ein ödes Viertel wie ihre Nachbarschaft. Der Flieder beispielsweise spielte seit Gillians Ankunft verrückt, als würde er ihrer Schönheit und Anmut Tribut zollen; er war aus dem hinteren Garten bis in den Vorgarten gewuchert, eine purpurne Laube, die über den Zaun und die Einfahrt hing. Flieder sollte einfach nicht im Juli blühen, das war eine schlichte botanische Tatsache, zumindest bislang. Mädchen in der Nachbarschaft flüsterten inzwischen, wenn man den Jungen, den man liebe, unter dem Flieder der Owens' küsse, gehöre er einem für immer, ob er das wolle oder nicht. Die State University drüben in Stony Brook hatte zwei Botaniker geschickt, um die Knospenbildung dieser erstaunlichen Pflanze zu untersuchen, die außerhalb der Saison verrückt spielte. Sally hatte sich geweigert, die Botaniker in den Garten zu lassen, und hatte versucht, sie mit dem Gartenschlauch naß zu spritzen und zu vertreiben, aber die Wissenschaftler parkten gegenüber der Einfahrt, betrachteten gedankenverloren den unerreichbaren Flieder und debattierten darüber, ob es ethisch vertretbar sei, mit einer Gartenschere über den Rasen der Owens' zu laufen und sich einfach zu nehmen, was sie wollten.

Irgendwie wurde jeder von dem Flieder beeinflußt. Gestern nacht erwachte Kylie und hörte Weinen. Als sie zu ihrem Fenster trat, sah sie unten neben dem Flieder ihre Tante Gillian stehen, in Tränen aufgelöst. Kylie beobachtete sie eine Weile, bis Gillian sich die Augen trocken wischte und eine Zigarette aus der Tasche fischte. Und als sie wieder ins Bett schlüpfte, war Kylie sich sicher, daß auch sie eines Tages um Mitternacht in ihrem Garten weinen würde, ganz anders als ihre Mutter, die immer um elf im Bett war und in ihrem Leben anscheinend nichts hatte, für das sich das Weinen lohnte. Manchmal fragte sich Kylie, ob ihre Mutter jemals um ihren und Antonias Vater geweint hatte oder ob sie da vielleicht die Fähigkeit zu weinen verloren hatte.

Jede Nacht weinte Gillian draußen im Garten um Jimmy. Sie, die geschworen hatte, sich niemals von Leidenschaft beherrschen zu lassen, hatte es ganz schön erwischt. Fast das ganze Jahr über hatte sie schon versucht, den Mut und die Nerven aufzubringen, um ihn zu verlassen. Sie hatte Jimmys Namen auf ein Stück Papier geschrieben und es verbrannt, und zwar am ersten Tag im Monat, wenn der Mond zu einem Viertel voll war, um sich von ihrem Verlangen nach ihm zu befreien. Doch ihre Sehnsucht nach ihm ließ nicht nach. Nachdem sie zwanzig Jahre lang geflirtet und herumgevögelt und sich geweigert hatte, sich jemals zu binden, mußte sie sich ausgerechnet in jemanden wie ihn verlieben, jemanden, der so schlecht war, daß an dem Tag, an dem sie ihre Möbel in das gemietete Haus in Tucson getragen hatten, alle Mäuse geflohen waren, weil sie mehr Verstand besaßen als Gillian.

Jetzt, da er tot ist, wirkt Jimmy viel liebenswerter. Gillian erinnert sich dauernd daran, wie gut seine Küsse schmeckten, und allein diese Erinnerung kann ihr Innerstes nach außen kehren. Sie hofft, daß der verdammte Flieder zu blühen aufhören wird, weil der Duft durch das Haus und die ganze Nachbarschaft weht, und manchmal schwört sie, daß sie ihn sogar im Hamburgerschuppen riechen kann. Die Leute in der Nachbarschaft sind alle ganz aus dem Häuschen wegen des Flieders – auf dem Titelblatt von *Newsday* war schon ein Foto davon –, doch der widerliche Duft macht Gillian verrückt. Er setzt sich in ihren Kleidern und ihrem Haar fest, und vielleicht ist das der Grund, warum sie soviel raucht, vielleicht will sie den Fliederduft durch etwas ersetzen, das schmutziger und feuriger ist.

Sie muß immer daran denken, wie er beim Küssen die Augen offen hielt – irgendwie schockierte es sie, als sie merkte, daß er sie beobachtete. Ein Mann, der nicht einmal bei einem Kuß die Augen schließt, ist ein Mann, der jederzeit die Kontrolle behalten will. Jimmys Augen hatten kalte kleine Flecken in der Mitte, und wenn sie ihn küßte, fragte sich Gillian jedesmal, ob das, was sie da tat, nicht vielleicht ein bißchen wie ein Pakt mit dem Teufel war. So fühlte es sich manchmal an, besonders, wenn sie eine Frau sah, die einfach sie selbst sein konnte, ohne zu fürchten, daß ihr Mann oder Freund ausflippen würde. Ich hab dir doch gesagt, daß du da nicht parken sollst, mochte eine Frau vor einem Kino zu ihrem Mann sagen, und Gillian brach dann in Tränen aus. Wie wunderbar, zu sagen, was immer man wollte, ohne es sich innerlich immer aufs neue zu wiederholen, um sicher zu sein, daß es ihn nicht aufbringen würde.

Sie hält sich zugute, daß sie nach besten Kräften gegen das gekämpft hat, was sie allein einfach nicht besiegen konnte. Sie hat alles versucht, um Jimmy vom Trinken abzuhalten, die alten Mittel und die neuen. Euleneier, verquirlt und mit Tabascosauce und scharfem Paprika als Huevos rancheros getarnt. Knoblauch unter seinem Kissen. Eine Paste aus Sonnenblumensamen in seinem Müsli. Sie hat die Flaschen versteckt, die Anonymen Alkoholiker vorgeschlagen, gewagt, in einen Streit mit ihm zu geraten, obwohl sie wußte, daß sie nicht gewinnen konnte. Sie hatte sogar das besondere Lieblingsmittel der Tanten benutzt, nämlich gewartet, bis er völlig betrunken war, und dann eine winzige, lebendige Elritze in seine Bourbonflasche geschmuggelt. Die Kiemen des Fisches hatten sich auf der Stelle nicht mehr gerührt, als das arme Ding in den Alkohol fiel, und Gillian hatte deswegen Schuldgefühle gehabt, aber Jimmy hatte nicht einmal gemerkt, daß irgend etwas nicht stimmte. Er trank den Bourbon samt Elritze, ohne mit der Wimper zu zucken, und für den Rest des Abends war ihm zwar schrecklich übel, aber danach schien sich seine Vorliebe für Alkohol verdoppelt zu haben. Da kam ihr die Idee mit dem Nachtschatten, die ihr damals wie ein geringfügiger Einfall erschien, nur eine Kleinigkeit, um der Sache die Schärfe zu nehmen und ihn einschlafen zu lassen, bevor er zu betrunken wurde.

Wenn sie nachts neben den Fliederbüschen sitzt, versucht Gillian herauszufinden, ob sie sich wie eine Mörderin fühlt. Nein, sie tut es nicht. Da gab es gewiß keine

Absicht und keinen Vorsatz. Wenn Gillian alles rückgängig machen könnte, täte sie es, obwohl sie dabei einiges anders machen würde. Sie hegt für Jimmy freundlichere Gefühle als früher; da gibt es eine Nähe und Zärtlichkeit, die vorher bestimmt nicht dagewesen war. Sie will ihn nicht ganz allein in der kalten Erde lassen. Sie möchte in seiner Nähe sein, ihm von ihrem Tag berichten und die Witze hören, die er zu erzählen pflegte, wenn er guter Laune war. Er haßte Rechtsanwälte leidenschaftlich, da keiner ihn davor bewahrt hatte, ins Gefängnis zu kommen, und sammelte Anwaltswitze. Er kannte Hunderte davon, und niemand konnte ihn hindern, einen zu erzählen, wenn ihm danach war. Unmittelbar bevor sie in New Jersey auf den Rastplatz gefahren waren, hatte Jimmy sie gefragt, was braun und schwarz sei und auf einem Rechtsanwalt gut aussähe. Ein Rottweiler, hatte er zu ihr gesagt. Er wirkte so glücklich in diesem Augenblick, als habe er sein ganzes Leben noch vor sich. Denk darüber nach, hatte er gesagt. Kapierst du's?

Manchmal, wenn Gillian im Gras sitzt und die Augen schließt, könnte sie schwören, daß Jimmy noch immer neben ihr sitzt. Sie kann fast spüren, wie er nach ihr greift, wie er es zu tun pflegte, wenn er betrunken und verrückt war und sie schlagen oder vögeln wollte – sie war bis zum allerletzten Moment nie ganz sicher, was von beiden es sein würde. Manchmal fing er an, den Silberring an seinem Finger zu drehen, und dann wußte sie, daß sie besser auf der Hut war. Sobald er beginnt, da draußen im Garten real zu wirken, und Gillian anfängt, darüber nachzudenken, wie die Dinge wirklich waren, fühlt sich Jimmys Gegenwart nicht mehr freundlich an. Wenn das passiert, läuft Gillian ins Haus und versperrt die Hintertür und

betrachtet die Fliederbüsche aus der sicheren Position hinter der Fensterscheibe. Manchmal jagte er ihr wirklich Angst ein; er machte dann, daß sie Dinge tat, die sie nicht einmal laut aussprechen würde.

Ehrlich gesagt ist sie froh, ein Zimmer mit ihrer Nichte zu teilen; sie fürchtet sich, allein zu schlafen, und so nimmt sie dafür gern in Kauf, keine Privatsphäre zu haben. An diesem Morgen beispielsweise, als Gillian die Augen aufschlägt, sitzt Kylie schon auf dem Bettrand und starrt sie an. Es ist erst sieben Uhr, und Gillian braucht erst um die Mittagszeit zur Arbeit zu gehen; stöhnend zieht sie sich den Quilt über den Kopf.

»Ich bin dreizehn«, sagt Kylie, und es klingt, als sei sie selbst verwundert, daß das wirklich mit ihr passiert ist. Sie hat sich das ihr ganzes Leben lang gewünscht, und nun hat sie es tatsächlich bekommen.

Sofort setzt Gillian sich im Bett auf und umarmt ihre Nichte. Sie weiß noch genau, wie verstörend und faszinierend es war, heranzuwachsen.

»Ich fühle mich wirklich anders«, flüstert Kylie.

»Natürlich«, sagt Gillian. »Du bist es ja auch.«

Ihre Nichte hat ihr sehr viel anvertraut, vielleicht, weil sie ein Zimmer teilen und miteinander flüstern können, spät in der Nacht, wenn die Lichter aus sind. Gillian ist gerührt, wie Kylie sie studiert, als wäre sie ein Lehrbuch darüber, wie man eine Frau ist. Sie kann sich nicht erinnern, daß jemals zuvor jemand zu ihr aufgeblickt hat, und das ist gleichzeitig berauschend und verwirrend.

»Alles Gute zum Geburtstag«, verkündet Gillian. »Es wird der beste sein, den du je hattest.«

Der Geruch des verdammten Flieders vermischt sich mit dem des Frühstücks, das Sally in der Küche bereitet.

Aber es riecht auch nach Kaffee, also kriecht Gillian aus dem Bett und sammelt die Kleider ein, die sie gestern abend auf dem Boden verstreut hat.

»Warte nur noch ein Weilchen«, sagt Gillian zu ihrer Nichte. »Wenn du mein Geschenk bekommst, wirst du vollkommen verwandelt sein. Um hundertfünfzig Prozent. Die Leute werden dich auf der Straße sehen und ausflippen.«

Zu Ehren von Kylie hat Sally Pfannkuchen und frischen Orangensaft und Obstsalat mit Kokosraspeln und Rosinen gemacht. Und noch bevor die Vögel zu zwitschern angefangen hatten, war sie im hinteren Garten und hat einige Fliederzweige abgeschnitten und sie in eine Kristallvase gestellt. Wenn Sally sich nicht irrte, leuchteten die Blumen tatsächlich im Dunkeln, als sende jedes Blütenblatt einen pflaumenfarbenen Lichtstrahl aus. Irgendwie hypnotisierend. Sally saß am Küchentisch und starrte sie an, und plötzlich hatte sie Tränen in den Augen, und der erste Pfannkuchen war in der Pfanne verbrannt.

Letzte Nacht träumte Sally, der Boden unter den Fliederbüschen färbe sich so rot wie Blut, und das Gras gäbe bei auffrischendem Wind ein weinendes Geräusch von sich. Sie träumte, daß die Schwäne, die sie in ruhelosen Nächten verfolgen, sich ihre weißen Federn ausrupften und daraus ein Nest bauten, groß genug für einen Mann. Als Sally erwachte, waren ihre Laken schweißfeucht, und ihr Kopf fühlte sich an, als habe man ihn in einen Schraubstock gespannt. Doch das war nichts, verglichen mit der Nacht davor, als sie träumte, ein toter Mann sitze neben ihr am Tisch und sei unzufrieden mit dem, was sie ihm zum Abendessen serviere, nämlich eine vegetarische Lasagne. Mit einem einzigen wilden Atemzug blies er alles

Geschirr vom Tisch; der ganze Fußboden war bedeckt mit zerbrochenem Porzellan.

Sie träumt so oft von Jimmy und sieht seine kalten, klaren Augen, daß sie manchmal an nichts anderes denken kann. Sie trägt diesen Burschen mit sich herum, obwohl sie ihn überhaupt nicht gekannt hat, und das erscheint ihr einfach nicht fair. Das Schreckliche ist, daß ihre Beziehung zu diesem toten Mann tiefer ist als alles, was sie in den letzten zehn Jahren mit irgendeinem Mann hatte, und das macht ihr angst.

Heute morgen ist Sally nicht sicher, ob sie von ihren Träumen von Jimmy so zittrig ist oder von dem Kaffee, oder ob es einfach daran liegt, daß ihre Kleine nun dreizehn geworden ist. Vielleicht sind es alle drei Faktoren zusammen. Nun, dreizehn ist noch jung, Kylie ist noch nicht erwachsen. Das zumindest sagt sich Sally, doch als Kylie und Gillian zum Frühstück hereinkommen, die Arme umeinander geschlungen, bricht Sally in Tränen aus. In die Gleichung ihrer Angst hat sie vergessen, einen weiteren Faktor einzubeziehen, den der Eifersucht.

»Na, auch dir einen guten Morgen«, sagt Gillian.

»Herzlichen Glückwunsch zum Geburtstag«, sagt Sally zu Kylie, aber sie klingt matt.

»Mit Betonung auf Glück«, sagt Gillian, während sie sich eine riesige Tasse Kaffee eingießt.

Gillian sieht ihr Spiegelbild im Toaster; dies ist keine gute Stunde für sie, soviel steht fest. Sie streicht die Haut um ihre Augen glatt. Von jetzt an wird sie nicht mehr vor neun oder zehn Uhr aufstehen; am besten wäre eigentlich kurz nach zwölf.

Sally reicht Kylie eine kleine, mit rosa Band umwickelte Schachtel. Sally lebte in letzter Zeit besonders sparsam, um dieses goldene Herz mit Kette kaufen zu können. Nun bemerkt sie, daß Kylie, ehe sie sich eine Reaktion erlaubt, Gillian ansieht.

»Hübsch.« Gillian nickt. »Echtes Gold?«

Sally spürt, wie etwas Heißes und Rotes über ihre Brust und ihren Hals zu kriechen beginnt. Was wäre passiert, wenn Gillian gesagt hätte, der Anhänger sei wertloses Zeug? Was hätte Kylie dann getan?

»Danke, Mom«, sagt Kylie. »Sehr hübsch.«

»Was erstaunlich ist, denn deine Mom hat gewöhnlich in bezug auf Schmuck keinen Geschmack. Aber dies hier ist wirklich hübsch.« Gillian hält sich die Kette an den Hals und läßt das Herz über ihren Brüsten baumeln. Dann bemerkt sie, daß Kylie angefangen hat, Pfannkuchen auf einen Teller zu häufen. »Willst du die essen?« fragt sie. »Die ganzen Kohlehydrate?«

»Sie ist dreizehn. Ein Pfannkuchen wird sie nicht umbringen.« Sally möchte ihre Schwester am liebsten erwürgen. »Sie ist viel zu jung, um an Kohlehydrate zu denken.«

»Fein«, sagt Gillian. »Sie kann daran denken, wenn sie dreißig ist. Wenn es zu spät ist.«

Kylie wendet sich dem Fruchtsalat zu. Wenn Sally sich nicht irrt, hat sie sich die Augen mit Gillians blauem Stift umrahmt. Sorgfältig füllt Kylie zwei knappe Löffel Obst in eine Schale und ißt mit winzigen Bissen, obwohl sie fast einsachtzig groß ist und nur hundertachtzehn Pfund wiegt.

Gillian nimmt sich ebenfalls eine Schale Fruchtsalat. »Warum kommst du nicht um sechs Uhr zum Hamburgerschuppen? Dann haben wir vor dem Abendessen etwas Zeit.«

»Prima«, sagt Kylie.

Sally richtet sich kerzengerade auf. »Zeit für was?«

»Nichts«, sagt Kylie mürrisch wie ein ausgewachsener Teenager.

»Weiberklatsch«, sagt Gillian achselzuckend. »He«, sagt sie und greift in die Tasche ihrer Jeans. »Das hätte ich fast vergessen.«

Gillian nimmt ein silbernes Armband heraus, das sie in einer Pfandleihe in Tucson für nur zwölf Dollar erstanden hat, obwohl es mit einem dicken Türkis in der Mitte verziert ist. Irgendeine Frau mußte so abgebrannt gewesen sein, daß sie sich billig davon trennte.

»Mein Gott«, sagt Kylie, als Gillian ihr das Armband reicht. »Das ist ja sagenhaft! Ich werd's nie wieder ablegen.«

»Ich möchte mit dir reden«, läßt Sally Gillian wissen. »Draußen.«

Sallys Gesicht ist puterrot und vor Eifersucht verzerrt, aber Gillian merkt nicht, daß etwas nicht stimmt. Langsam füllt sie ihre Kaffeetasse nach, gibt Magermilch dazu und folgt Sally dann gemächlich in den Garten.

»Ich möchte, daß du dich raushältst«, sagt Sally. »Verstehst du, was ich sage? Dringt das zu dir durch?«

Letzte Nacht hat es geregnet, und das Gras ist glitschig und voller Würmer. Keine der Schwestern trägt Schuhe, aber es ist zu spät, um zurück ins Haus zu gehen.

»Schrei mich nicht an«, sagt Gillian. »Das halte ich nicht aus. Ich flippe auf der Stelle aus, Sally. Dazu bin ich viel zu zerbrechlich.«

»Ich schreie nicht. In Ordnung?« Wenn sie es sich leisten könnte, würde Sally ihrer Schwester ein Ticket kaufen, egal wohin. »Ich stelle einfach nur fest, daß Kylie meine Tochter ist.«

»Denkst du, das wüßte ich nicht?« Gillian klingt jetzt eisig. Nur das Zittern in ihrer Stimme verrät sie.

Sally weiß, daß Gillian wirklich zerbrechlich ist, das ist das Fatale. Oder zumindest hält sie sich dafür, und das ist ungefähr dasselbe, verdammt.

»Vielleicht denkst du, daß ich einen schlechten Einfluß auf sie ausübe«, sagt Gillian jetzt. »Vielleicht dreht es sich nur darum.«

Das Zittern ist schlimmer geworden. Gillian hört sich so an wie früher, wenn sie an Novembernachmittagen von der Schule nach Hause gehen mußte. Es war dann schon dunkel, und Sally wartete auf sie, damit sie sich nicht verirrte, wie es ihr einmal im Kindergarten passiert war. Damals fanden die Tanten Gillian erst nach Mitternacht auf einer Bank vor der geschlossenen Bibliothek, und sie weinte so sehr, daß sie keine Luft mehr bekam.

»Ich will nicht mit dir streiten«, sagt nun Sally.

»Doch, das willst du.« Gillian trinkt ihren Kaffee, und Sally fällt plötzlich auf, wie dünn ihre Schwester ist. »Alles, was ich tue, ist falsch. Denkst du, ich wüßte das nicht? Ich habe meine ganze Existenz versaut, und jeder, der in meine Nähe kommt, gerät mit mir auf die schiefe Bahn.«

»Ach, komm. Hör auf.«

Sally will etwas über Schuld sagen und über die Männer, die Gillian in all den Jahren vernascht hat, aber sie schweigt, als Gillian ins Gras sinkt und zu weinen beginnt. Gillians Augenlider werden beim Weinen immer blau, wodurch sie zerbrechlich und verloren und noch schöner als sonst aussieht. Sally hockt sich neben sie.

»Ich glaube nicht, daß du dein Leben versaut hast«, sagt sie zu ihrer Schwester. Eine weiße Lüge zählt nicht, wenn man hinter dem Rücken die Finger kreuzt oder wenn man sie ausspricht, damit jemand, den man liebt, zu weinen aufhört.

»Ha.« Gillians Stimme bricht wie ein harter Zuckerwürfel.

»Ich bin wirklich froh, daß du hier bist.« Und das entspricht tatsächlich der Wahrheit. Niemand kennt einen so wie die Person, mit der man die Kindheit verlebt hat. Niemand wird einen je auf diese Weise verstehen.

»Ist schon gut.« Gillian wischt sich die Nase mit dem Ärmel ihrer weißen Bluse. Eigentlich gehört die Bluse Antonia, und sie hat sie sich gestern geliehen, aber weil sie ihr so gut steht, hat Gillian bereits angefangen, sie als ihre eigene zu betrachten.

»Im Ernst«, beharrt Sally, »ich möchte, daß du hier bist. Ich möchte, daß du bleibst. Nur denk in Zukunft nach, bevor du handelst.«

»Verstanden«, sagt Gillian.

Die Schwestern umarmen sich und stehen auf. Sie wollen ins Haus gehen, doch die Fliederhecke zieht ihre Blicke auf sich.

»Daran möchte ich nicht denken«, flüstert Gillian.

»Wir müssen es einfach vergessen«, sagt Sally.

»Genau«, stimmt Gillian zu, als könne sie tatsächlich aufhören, an ihn zu denken.

Die Fliederbüsche sind so groß geworden, daß sie die Telefondrähte erreichen, und blühen so üppig, daß einige der Zweige sich unter der Last biegen.

»Er war überhaupt nie hier«, sagt Sally. Sie würde vermutlich sehr viel selbstsicherer klingen, wenn sie nicht dauernd all diese schlechten Träume hätte und die Schmutzränder unter ihren Fingernägeln sich entfernen ließen.

»Was für ein Jimmy?« sagt Gillian fröhlich, obwohl die blauen Flecken, die er auf ihren Armen hinterließ, noch immer als kleine Schatten zu sehen sind.

Sally geht ins Haus, um Antonia zu wecken und das Frühstücksgeschirr zu spülen, aber Gillian bleibt noch eine Weile draußen. Sie legt den Kopf zurück, schließt ihre Augen gegen die Sonne und denkt daran, wie verrückt Liebe sein kann. So steht sie da, barfuß im Gras, das Salz der Tränen noch auf den Wangen und ein komisches Lächeln auf den Lippen, als der Biologielehrer von der High-School durch das hintere Gartentor tritt, um Sally die Nachricht von der Versammlung am Samstagabend in der Cafeteria zu überbringen. Doch er kommt nicht bis zum Haus – er erstarrt auf dem Plattenweg, sobald er Gillian sieht, und von da an muß er immer an diesen Augenblick denken, wenn er Flieder riecht. Er muß daran denken, wie die Bienen über ihm summten, wie purpurn die Tinte auf den von ihm verteilten Flugblättern auf einmal war, wie ihm ganz plötzlich klarwurde, wie schön eine Frau sein kann.

Alle halbwüchsigen Jungen im Hamburgerschuppen sagen »ohne Zwiebeln«, wenn Gillian ihre Bestellungen aufnimmt. Ketchup ist in Ordnung, ebenso Senf und Würzsauce. Pickels als Beilage auch. Aber wenn man verliebt ist, daß man nicht einmal blinzeln kann, dann will man keine Zwiebeln, und das nicht nur, damit die Küsse süß bleiben. Zwiebeln ernüchtern und holen einen in die Wirklichkeit zurück: Geh und finde jemanden, der deine Liebe erwidert. Amüsier dich und tanze die ganze Nacht, und dann wandere Hand in Hand durch die Dunkelheit und vergiß diejenige, die dich um den Verstand bringt.

Diese Jungen an der Theke sind zu verträumt und zu jung, um mehr zu tun, als nur ihren schwärmerischen Gedanken nachzuhängen, wenn sie Gillian beobachten. Und Gillian, das muß man ihr zugute halten, ist besonders freundlich zu ihnen, selbst wenn Ephraim, der Koch, meint, sie solle sie hinauswerfen. Sie begreift, daß dies vielleicht die letzten Herzen sein könnten, die sie brechen wird. Wenn man sechsunddreißig und müde ist, wenn man an Orten gelebt hat, an denen die Temperatur auf über vierzig Grad steigt und die Luft so trocken ist, daß man Unmengen Feuchtigkeitscreme braucht, wenn man spät in der Nacht von einem Mann geschlagen wurde, der Bourbon liebt, dann beginnt man zu erkennen, daß alles ein Ende hat, sogar die eigene Anziehungskraft. Man fängt an, junge Knaben nachsichtig zu betrachten, weil sie so wenig wissen und meinen, sie wüßten soviel. Man beobachtet junge Mädchen und spürt einen Schauder auf den Armen – diese armen Geschöpfe wissen nicht das mindeste über den Preis, den sie zu zahlen haben werden.

Und so hat Gillian beschlossen, ihre Nichte zu retten. Sie wird Kylies Begleiterin sein, wenn diese ihre Kindheit hinter sich läßt. Gillian hat nie zuvor so an einem Kind gehangen; offen gesagt hat sie überhaupt nie eines gekannt, und für die Zukunft oder das Schicksal irgendeines anderen Menschen hat sie sich ganz bestimmt niemals interessiert. Aber Kylie ruft in ihr den seltsamen Instinkt wach, zu schützen und anzuleiten. Manchmal ertappt sich Gillian bei dem Gedanken, wenn sie eine Tochter hätte, würde sie sich wünschen, daß sie wie Kylie wäre. Nur ein bißchen kühner und wagemutiger. Ein bißchen mehr wie Gillian selbst.

Obwohl sie normalerweise nie pünktlich ist, hat Gillian

am Abend des Geburtstags ihrer Nichte alles bereit, ehe Kylie in dem Hamburgerschuppen eintrifft; sie hat sogar mit Ephraim gesprochen, um ein bißchen früher gehen zu können, damit sie rechtzeitig zum Geburtstagsessen bei Del Vecchio's sind. Doch zuerst geht es um Gillians zweites Geschenk, etwas, das viel mehr bewirken wird als das Türkisarmband. Dieses Geschenk wird gute zwei Stunden in Anspruch nehmen und, wie die meisten Dinge, an denen Gillian beteiligt ist, eine Menge Chaos verursachen.

Kylie, die abgeschnittene Jeans und ein altes T-Shirt trägt, folgt ihr gehorsam auf die Damentoilette, obwohl sie nicht die leiseste Ahnung hat, was gleich passieren soll. Sie trägt das Armband, das Gillian ihr geschenkt hat, und auch den Anhänger, für den ihre Mutter so lange gespart hat. Sie fühlt sich seltsam zittrig und wünscht sich, sie hätte Zeit, ein- oder zweimal um den Block zu laufen; dann würde sie sich vielleicht nicht fühlen, als werde sie gleich verbrennen oder zerbrechen.

Gillian schaltet das Licht ein, schließt die Tür ab und greift nach der Papiertüte unter dem Waschbecken.

»Die geheimen Zutaten«, sagt sie zu Kylie. Dann nimmt sie eine Schere, eine Flasche Shampoo und eine Packung Bleichmittel heraus. »Was meinst du?« fragt sie Kylie, die jetzt neben ihr steht. »Willst du herausfinden, wie schön du wirklich bist?«

Kylie weiß, ihre Mutter wird sie umbringen. Sie wird ihr für den Rest ihres Lebens böse sein und sie bestrafen – kein Kino am Wochenende, kein Radio, kein Fernsehen. Schlimmer noch, ihre Mutter wird diesen enttäuschten Ausdruck im Gesicht haben – schau dir an, was passiert ist, wird ihr Ausdruck sagen. Nachdem ich so hart gearbeitet habe, um dich und Antonia richtig zu erziehen.

»Klar«, sagt Kylie leichthin, als schlüge ihr Herz nicht rasend schnell. »Tun wir's.«

Es dauert zwei Stunden, um ungefähr alles zu tun, was sich mit dem Haar einer Person zu tun lohnt, aber eine so radikale Veränderung braucht länger, und so warten Sally und Antonia und Gideon Barnes schließlich fast eine Stunde lang in einer Nische bei Del Vecchio's, trinken Diätcola und schäumen vor Zorn.

»Und dafür habe ich das Fußballtraining versäumt«, sagt Gideon bedauernd.

»Ach, was macht das schon«, sagt Antonia.

Antonia hat den ganzen Tag in der Eisdiele gearbeitet, die Füße tun ihr weh, und ihre rechte Schulter schmerzt von all dem Portionieren des Eises. Sie fühlt sich heute abend gar nicht wie sie selbst, obwohl sie keine Ahnung hat, wer sie sonst sein könnte. Seit Wochen hat niemand sie um eine Verabredung gebeten. Ganz plötzlich scheinen sich die Jungen, die so verrückt nach ihr waren, entweder für jüngere Mädchen zu interessieren, die vielleicht nicht so hübsch sind wie Antonia, die man aber mit Kleinigkeiten beeindrucken kann, einer lächerlichen Trophäe der Schwimmclubs zum Beispiel, und die ganz große Augen bekommen, wenn ein Junge ihnen das winzigste Kompliment macht; oder aber sie interessieren sich für eine ältere Frau wie Gillian, die soviel mehr sexuelle Erfahrungen hat als ein Mädchen in Antonias Alter, so daß ein Junge aus der High-School schon eine Erektion bekommen könnte, wenn er sich bloß vorzustellen versucht, was sie ihm vielleicht im Bett beibringt.

Dieser Sommer ist nicht so gelaufen, wie Antonia gehofft hatte, und sie weiß schon jetzt, daß auch der heutige Abend wieder eine total verlorene Sache ist. Ihre Mutter hat sie zur Eile angetrieben, damit sie rechtzeitig zu diesem Essen kämen, und Antonia hat hastig nach ein paar Sachen aus ihrer Kommodenschublade gegriffen. Wie sich herausstellt, ist das, was sie für ein schwarzes T-Shirt hielt, ein scheußliches olivgrünes Ding, in dem sie sich normalerweise nicht einmal tot erwischen ließe. Gewöhnlich zwinkern die Kellner hier Antonia zu und bringen ihr zusätzliche Körbchen mit Brötchen und Knoblauchbrot, aber heute abend scheint keiner von ihnen auch nur ihre Existenz zu bemerken, bis auf einen phlegmatischen Kellnerlehrling, der gefragt hat, ob sie Ginger-ale oder Cola wolle.

»Typisch Tante Gillian«, sagt sie zu ihrer Mutter, nachdem sie scheinbar eine Ewigkeit gewartet haben. »So rücksichtslos.«

Sally, die ihrer Schwester zutraut, daß diese Kylie ermutigt, aus Jux und Tollerei auf einen Güterzug aufzuspringen oder per Anhalter nach Virginia Beach zu fahren, hat Wein getrunken, was sie selten tut.

»Ach, zur Hölle mit den beiden«, sagt sie jetzt.

»Mutter!« sagt Antonia schockiert.

»Laß uns bestellen«, schlägt Sally vor. »Wie wär's mit Peperoni-Pizza?«

»Du ißt doch normalerweise kein Fleisch«, erinnert Antonia ihre Mutter.

»Dann nehme ich noch ein Glas Chianti«, sagt Sally. »Und ein paar gefüllte Pilze. Vielleicht eine Portion Nudeln.«

Antonia wendet sich um, um dem Kellner zu winken, dreht sich aber sofort wieder zurück. Ihre Wangen sind gerötet, und ihr ist der Schweiß ausgebrochen. Ihr Biologielehrer, Mr. Frye, sitzt an einem der kleinen Tische im

Hintergrund, trinkt ein Bier und diskutiert mit dem Kellner über die Speisekarte. Antonia ist verrückt nach Mr. Frye, und zwar so sehr, daß sie tatsächlich daran gedacht hat, in Biologie durchzufallen, nur, um den Kurs noch einmal belegen zu können, bis sie herausfand, daß er im Herbst Biologie II unterrichten würde. Es spielt keine Rolle, daß er viel zu alt für sie ist; er ist so unglaublich gutaussehend, daß alle Jungen der Oberstufe zusammen ihm nicht das Wasser reichen könnten. Mr. Frye geht jeden Tag in der Abenddämmerung am Speichersee joggen. Antonia versucht, zur Stelle zu sein, wenn die Sonne untergeht, aber er scheint sie nie zu bemerken. Er winkt nicht einmal.

Natürlich muß sie ihm in die Arme laufen an dem einzigen Abend, an dem sie sich nicht mit Make-up aufgehalten hat und dieses schreckliche olivgrüne Ding trägt, das, als sie es sich jetzt genauer ansieht, nicht einmal ihr gehört. Sie muß unmöglich aussehen. Selbst dieser dumme Gideon Barnes starrt auf ihr Hemd.

»Was glotzst du so?« fragt Antonia so aggressiv, daß Gideon den Kopf einzieht, als erwarte er eine Ohrfeige. »Hast du ein Problem?« zischt sie, als Gideon weiterstarrt. Er sieht aus wie eine Taube, wenn er blinzelt, und oft dringt ein seltsames Geräusch aus seiner Kehle, als werde er gleich ausspucken.

»Ich glaube, das ist mein Hemd«, sagt Gideon entschuldigend, und das stimmt wirklich. Er hat es letzte Woche aus Versehen im Haus der Owens' zurückgelassen, und so ist es in die Schmutzwäsche geraten. Wenn Antonia wüßte, daß auf dem Rücken in schwarzen Buchstaben ICH BIN JUNGFRAU steht, würde sie vor Scham im Boden versinken.

Sally winkt einem Kellner und bestellt zweimal Pizza – einfach, ohne Peperoni –, dreimal gefüllte Pilze, Crostini, Knoblauchbrot und zwei Salate.

»Super«, sagt Gideon, da er wie üblich Heißhunger hat. »Übrigens«, sagt er zu Antonia, »vor morgen brauchst du mir das Hemd nicht zurückzugeben.«

»Oh, danke«, höhnt Antonia. »Als ob ich es überhaupt wollte.«

Sie riskiert einen schnellen Blick über die Schulter. Mr. Frye betrachtet den Ventilator an der Decke, als sei er der faszinierendste Gegenstand auf Erden. Antonia nimmt an, daß das mit einer Art wissenschaftlicher Untersuchung über Geschwindigkeit oder Licht zu tun hat, aber in Wirklichkeit hängt es unmittelbar mit den Erfahrungen aus Ben Fryes Jugend zusammen, als er nach San Francisco fuhr, um einen Freund zu besuchen, und fast zehn Jahre blieb; in dieser Zeit arbeitete er für einen ziemlich bekannten Hersteller von LSD. Das ist auch der Grund, warum es Zeiten gibt, in denen er die Welt langsamer laufen lassen muß. Dann hält er inne und starrt auf Dinge wie Deckenventilatoren und Regentropfen an Fensterscheiben; dann fragt er sich, was in aller Welt er aus seinem Leben gemacht hat.

Jetzt, während er den sich drehenden Ventilator beobachtet, denkt er an die Frau, die er heute früh in Sally Owens' Hintergarten gesehen hat. Er war der Situation ausgewichen, wie er es immer tat, aber das wird ihm kein zweites Mal passieren. Wenn er sie jemals wiedersieht, wird er direkt auf sie zugehen und sie fragen, ob sie ihn heiraten will; das wird er tun. Er ist es leid, daß das Leben einfach an ihm vorbeirauscht. Eigentlich ist er ganz ähnlich wie dieser Ventilator im Restaurant, der sich dreht und nirgends ankommt. Was, wenn man es genau nimmt, ist der Unterschied zwischen ihm und einer Eintagsfliege, deren ganze verdammte Existenz nur vierundzwanzig Stunden dauert? Der Statistik männlicher Lebenserwartung zufolge befindet er sich im Augenblick in der neunzehnten Stunde. Wenn er also nur noch fünf Stunden übrig hat, könnte er genausogut auf alles pfeifen und ein einziges Mal einfach tun, was ihm Spaß macht.

Gerade als Ben Frye darüber nachdenkt, ob er sich einen Cappuccino bestellen soll oder nicht – denn das würde bedeuten, daß er die ganze Nacht wach liegen wird –, kommt Gillian durch die Tür. Sie trägt Antonias beste weiße Bluse und eine alte Bluejeans, und ihr bildschönes Lächeln könnte einen erwachsenen Mann so aus der Fassung bringen, daß er sein Bier verschüttet, ohne auch nur die Pfütze zu bemerken, die sich auf dem Tischtuch und dem Fußboden ausbreitet.

»Macht euch bereit«, sagt Gillian, als sie sich der Nische nähert, wo ein paar sehr genervte Gäste sitzen.

»Wir sind seit fünfundvierzig Minuten bereit«, sagt Sally zu ihrer Schwester. »Du läßt dir besser eine gute Entschuldigung einfallen.«

»Seht ihr es denn nicht?« sagt Gillian.

»Wir sehen, daß du nur an dich selbst denkst«, sagt Antonia.

»Ach, wirklich?« sagt Gillian. »Nun, da kennst du dich ja aus. Da kennst du dich besser aus als alle anderen.«

»Heilige Scheiße«, sagt Gideon Barnes.

In diesem Augenblick hat er seinen leeren, knurrenden Magen vergessen. Es interessiert ihn nicht mehr, daß seine Beine Krämpfe vom langen Sitzen in der Nische haben. Jemand, der Kylie sehr ähnlich sieht, kommt genau auf sie zu, nur, daß diese Person einfach umwerfend ist. Diese Person hat kurzes blondes Haar und ist dünn, nicht dürr, sondern nach der Art von Frauen, in die man sich verlieben kann, selbst wenn man sie sein ganzes Leben lang gekannt hat und eigentlich noch ein Kind ist.

»Verdammte heilige Scheiße«, sagt Gideon, als diese Person näher kommt. Es ist in der Tat Kylie. Sie muß es sein, denn als sie grinst, kann Gideon den Zahn sehen, von dem sie sich letzten Sommer ein Stückchen abgebrochen hat, als sie beim Fußballtraining nach dem Ball hechtete.

Sobald sie bemerkt, wie alle sie mit offenem Mund anstarren, spürt Kylie etwas Prickelndes wie Verlegenheit oder Bedauern. Sie gleitet auf den Sitz neben Gideon.

»Bin ich hungrig!« sagt sie. »Gibt's Pizza?«

Antonia trinkt einen Schluck Wasser und hat trotzdem das Gefühl, sie werde gleich in Ohnmacht fallen. Etwas Entsetzliches ist passiert. Etwas hat sich so tiefgreifend verändert, daß die Welt sich nicht mehr um dieselbe Achse zu drehen scheint. Antonia spürt, wie sie im gelben Licht von Del Vecchio's verblaßt; schon wird sie zu Kylie Owens' Schwester, der mit dem allzu roten Haar, die unten in der Eisdiele arbeitet und Senkfüße und eine wehe Schulter hat, die sie daran hindert, Tennis zu spielen oder Klimmzüge zu machen.

»Also, will denn keiner etwas sagen?« fragt Gillian. »Will denn keiner sagen: ›Kylie, du siehst unglaublich aus! Du bist umwerfend! Herzlichen Glückwunsch zum Geburtstag!‹«

»Wie konntest du das tun?« Sally steht auf, um ihre Schwester zur Rede zu stellen. Sie mag fast eine Stunde lang Chianti getrunken haben, aber jetzt ist sie vollkommen nüchtern. »Hast du je daran gedacht, mich um Erlaubnis zu fragen? Hast du je daran gedacht, daß sie vielleicht noch zu jung ist, um sich die Haare zu färben und sich zu schminken? Daß das alles sie auf den gleichen fürchterlichen Weg führen wird, den du dein ganzes Leben lang gegangen bist? Hast du je daran gedacht, daß ich nicht will, daß sie so wird wie du? Wenn du nur etwas Grips im Kopf hättest, würdest du ihr das auch nicht wünschen, vor allem, wenn man bedenkt, was du gerade durchgemacht hast, und du weißt genau, was ich meine.«

Inzwischen ist Sally hysterisch, und sie gibt sich keine Mühe, ihre Stimme zu dämpfen.

»Wie konntest du nur?« fragt sie. »Wie konntest du es wagen!«

»Reg dich nicht so auf.« Das ist entschieden nicht die Reaktion, die Gillian erwartet hat. Applaus, vielleicht. Auf jeden Fall Anerkennung. Aber nicht diese Art von Anklage. »Wir können es wieder braun färben, wenn es dir so wichtig ist.«

»Mir ist es wichtig.« Sally kann kaum atmen. Sie sieht das Mädchen in der Nische an, das Kylie ist, oder das Kylie war, und sie hat das Gefühl, als sei ein Pfeil mitten durch ihr Herz geschossen worden. Sie atmet durch die Nase ein und durch den Mund aus, wie man es ihr vor so langer Zeit in dem Lamazekurs beigebracht hat. »Ich würde schon sagen, daß es wichtig ist, wenn man jemandem seine Jugend und Unschuld raubt.«

»Mutter«, sagt Antonia.

Antonia hat sich noch nie so erniedrigt gefühlt. Mr. Frye beobachtet ihre Familie, als sei dies ein Theaterstück, und er ist nicht der einzige. Vermutlich sind im ganzen Restaurant alle Gespräche verstummt. Besser, den Owens' zuzuhören. Besser, das Schauspiel am Nebentisch zu beobachten.

»Können wir nicht einfach essen?« fleht Antonia.

Der Kellner hat ihre Bestellungen gebracht und zögernd auf den Tisch gestellt. Kylie versucht, die Erwachsenen zu ignorieren. Sie hat zwar erwartet, daß ihre Mutter sich aufregen würde, aber auf diese Art von Reaktion ist sie nicht vorbereitet.

»Bist du nicht am Verhungern?« flüstert sie Gideon zu. Kylie rechnet damit, daß Gideon der einzig normale Mensch am Tisch ist, aber sobald sie seinen Gesichtsausdruck sieht, weiß sie, daß er nicht an Essen denkt. »Was ist denn mit dir los?« fragt sie.

»Das liegt an dir«, sagt er, und es klingt wie eine Anklage. »Du bist ganz verändert.«

»Bin ich nicht«, sagt Kylie. »Das sind nur meine Haare.«

»Nein«, sagt Gideon. Der Schock läßt nach, und er fühlt sich wie ein Bestohlener. Wo ist seine Mannschaftskameradin und Freundin? »Du bist einfach nicht mehr dieselbe. Wie konntest du nur so dumm sein?«

»Geh zum Teufel«, sagt Kylie, unglaublich verletzt.

»O. k.«, gibt Gideon zurück. »Würdest du mich bitte rauslassen, damit ich hingehen kann?«

Kylie steht auf, damit Gideon sich aus der Nische schieben kann. »Du bist ein Idiot«, sagt sie zu ihm, als er geht, und sie klingt so kühl, daß sie über sich selber staunt. Sogar Antonia betrachtet sie mit etwas wie Respekt.

»So behandelst du deinen besten Freund?« fragt Sally ihre Tochter. »Siehst du, was du angerichtet hast?« wendet sie sich an Gillian.

»Er *ist* ein Idiot«, sagt Gillian. »Wer verläßt denn eine Party, bevor sie überhaupt stattgefunden hat?«

»Sie hat bereits stattgefunden«, sagt Sally. »Siehst du das nicht? Sie ist vorbei.« Sie kramt in ihrer Handtasche nach ihrem Portemonnaie und wirft etwas Bargeld auf den Tisch, um die nicht gegessenen Speisen zu bezahlen. Kylie hat sich schon ein Stück Pizza genommen, das sie rasch fallen läßt, als sie sieht, wie grimmig ihre Mutter dreinschaut. »Gehen wir!« befiehlt Sally ihren Töchtern.

So lange braucht Ben Frye, um zu merken, daß er noch eine Chance hat. Inzwischen sind Sally und ihre Mädchen aufgestanden, und Gillian sitzt allein am Tisch. Lässig geht Ben hinüber, als sei sein Blut nicht gefährlich erhitzt.

»Hallo, Sally«, sagt er. »Wie geht's?«

Ben ist einer der wenigen Lehrer, die Sally wie eine Gleichgestellte behandeln, obwohl sie nur Sekretärin ist. Nicht alle sind so freundlich – die Mathematiklehrerin, Paula Goodings, kommandiert Sally herum, als sei sie dazu da, für jeden, der vorbeikommt, Besorgungen zu erledigen. Ben und Sally kennen einander seit Jahren und hatten erwogen, sich zu treffen, als Ben an die High-School kam, doch dann hatten sie beschlossen, statt dessen Freunde zu werden. Seither ziehen sie bei Gemeindetreffen am gleichen Strang, trinken gern zusammen ein Bier und klatschen über die Schule und die Kollegen.

»Mir geht's wirklich mies«, sagt Sally jetzt zu ihm, ehe sie merkt, daß er weitergegangen ist, ohne auf eine Antwort zu warten. »Da Sie schon danach fragen«, fügt sie hinzu.

»Hi«, sagt Antonia zu Ben Frye, als er an ihr vorbeikommt. Nicht sehr geistreich, aber mehr fällt ihr im Augenblick nicht ein.

Ben lächelt sie ausdruckslos an, aber er geht weiter, bis er den Tisch erreicht hat, an dem Gillian vor den unberührten Speisen sitzt.

»Stimmt etwas nicht mit Ihrer Bestellung?« fragt Ben. »Kann ich irgend etwas tun?«

Gillian blickt zu ihm auf. Tränen strömen aus ihren klaren grauen Augen. Ben geht einen Schritt auf sie zu. Er ist so gefesselt, daß er nicht mehr zurück könnte, selbst wenn er wollte.

»Alles in Ordnung«, versichert ihm Sally, während sie mit ihren Mädchen zur Tür geht.

Wenn Sallys Herz im Augenblick nicht so verschlossen wäre, würde Ben ihr leid tun. Sie hätte Mitleid mit ihm. Ben hat sich schon Gillian gegenüber hingesetzt, hat ihr die Streichhölzer aus der Hand genommen – die wieder so verdammt zittert – und zündet ihre Zigarette an. Als Sally ihre Mädchen aus dem Restaurant führt, glaubt sie, ihn »Bitte, weinen Sie nicht« zu ihrer Schwester sagen zu hören. Vielleicht hört sie ihn sogar sagen: »Heiraten Sie mich. Wir können es noch heute abend tun.« Vielleicht bildet sie sich aber auch nur ein, daß er das sagt, da sie weiß, darauf wird es hinauslaufen.

Aber Ben Frye ist ein erwachsener Mann, er kann für sich selbst sorgen, oder es zumindest versuchen. Mit den Mädchen ist das eine ganz andere Sache. Sally wird nicht zulassen, daß Gillian aus dem Nichts auftaucht, nach drei geschiedenen Ehen und einer Leiche, und anfängt, mit ihren Töchtern herumzuspielen. Mädchen wie Kylie und Antonia sind einfach zu verletzlich; man kann sie schon mit harten Worten zerbrechen und ihnen leicht einreden, sie seien nicht gut genug. Der bloße Anblick von Kylies Nacken, als sie über den Parkplatz gehen, weckt in Sally den Wunsch zu weinen. Aber sie tut es nicht. Und sie will es auch nicht.

»Mein Haar ist doch nicht so schlimm«, sagt Kylie, nachdem sie in den Honda gestiegen sind. »Ich verstehe nicht, was so schrecklich sein soll an dem, was wir gemacht haben.« Sie hockt allein auf dem Rücksitz und fühlt sich sehr seltsam. Hier hinten hat sie keinen Platz für ihre Beine, sie muß sich förmlich zusammenklappen. Sie fühlt sich beinahe, als könne sie aus dem Wagen springen und einfach fortgehen. Sie könnte ein neues Leben anfangen und nie wieder zurückblicken.

»Nun, wenn du darüber nachdenkst, wirst du es vielleicht sehen«, sagt Sally zu ihr. »Du bist vernünftiger als deine Tante, also findest du es vielleicht heraus. Denk darüber nach.«

Das tut Kylie, und sie fühlt nur Groll in sich aufsteigen. Keiner möchte, daß sie glücklich ist, keiner bis auf Gillian.

Schweigend fahren sie nach Hause, doch nachdem sie in der Einfahrt geparkt haben und zur Haustür gehen, kann Antonia sich nicht mehr beherrschen. »Du siehst so geschmacklos aus«, flüstert sie Kylie zu. »Und weißt du, was das schlimmste ist?« Sie zieht das in die Länge, als sei sie im Begriff, einen Fluch auszusprechen. »Du siehst aus wie sie.«

Kylies Augen brennen, aber sie fürchtet sich nicht mehr vor ihrer Schwester. Warum sollte sie auch? Antonia sieht heute abend merkwürdig blaß aus, und ihr von Spangen gehaltenes Haar ist trocken geworden, ein Bündel blutfarbenes Stroh. So hübsch ist sie gar nicht. Sie ist gar nicht so überlegen, wie sie immer getan hat.

»Na gut«, sagt Kylie, und ihre Worte klingen honigsüß wie etwas Einfaches, Liebenswürdiges. »Wenn ich aussehe wie Tante Gillian, bin ich wirklich froh.«

Sally hört einen gefährlichen Ton in der Stimme ihrer Tochter, aber dreizehn Jahre sind natürlich ein gefährliches Alter. Es ist die Zeit, in der ein Mädchen umkippen kann, in der Gutes sich ohne erkennbaren Grund in Schlechtes verwandeln kann, in der man sein eigenes Kind verlieren kann, wenn man nicht aufpaßt.

»Wir fahren morgen früh zum Drugstore«, bestimmt Sally. »Wenn wir eine Packung braune Farbe gekauft haben, wirst du einwandfrei aussehen.«

»Ich denke, das ist meine Entscheidung.« Kylie ist über sich selbst überrascht, aber sie hat nicht vor nachzugeben.

»Nun, da bin ich anderer Meinung«, sagt Sally und spürt einen Kloß im Hals. Sie würde gern etwas anderes tun, als hier stehen, vielleicht Kylie ohrfeigen oder umarmen, aber sie weiß, daß das jetzt nicht möglich ist.

»Tja, zu schade«, gibt Kylie sofort zurück. »Es sind nämlich meine Haare.«

Antonia beobachtet ihre Mutter und ihre Schwester und grinst breit.

»Geht dich das irgend etwas an?« sagt Sally zu ihr. Sie wartet, bis Antonia im Haus verschwunden ist, dann wendet sie sich wieder an Kylie. »Wir reden morgen darüber. Geh jetzt hinein.«

Der Himmel ist dunkel und tief. Die Sterne fangen gerade an zu funkeln. Kylie schüttelt den Kopf. »Ich will nicht.«

»Gut«, sagt Sally, und ihre Stimme ist rauh. Seit Wochen hat sie gefürchtet, sie könnte ihre Tochter verlieren, Kylie könnte Gillians achtlose Art vorziehen und zu schnell erwachsen werden. Sally wollte sich verständnisvoll zeigen, wollte dieses Verhalten als vorübergehende Phase ansehen, aber jetzt, da es wirklich geschieht, ist sie über ihre eigene Wut verblüfft. Nach allem, was ich für dich getan habe, spukt es durch ihren Kopf, und, was schlimmer ist, auch durch ihr Herz. »Wenn das die Art ist, wie du deinen Geburtstag verbringen möchtest – gut.«

Sally geht ins Haus, die Tür schließt sich mit einem leisen Quietschen und wird dann fest zugeschlagen. Kylie lebt seit dreizehn Jahren unter diesem Himmel, aber erst heute abend betrachtet sie wirklich all diese Sterne über ihr. Sie streift die Schuhe ab, läßt sie auf der Eingangsstufe zurück und geht um das Haus in den hinteren Garten. Nie zuvor hat an ihrem Geburtstag der Flieder geblüht, und sie nimmt das als ein gutes Omen. Die Büsche sind so üppig gewuchert, daß sie sich ducken muß, um an ihnen vorbeizukommen. Ihr ganzes Leben lang hat sie sich an ihrer Schwester gemessen, aber das wird sie von nun an nicht mehr tun. Das ist das Geschenk, das Gillian ihr heute abend gemacht hat; dafür wird sie ihr immer dankbar sein.

Alles kann passieren, das weiß Kylie jetzt. Sie streckt eine Hand aus, und Glühwürmchen sammeln sich auf ihrer Handfläche. Als sie sie abschüttelt und sie sich in die Luft erheben, ist sie sicher, daß sie etwas hat, was andere Leute nicht haben. Intuition oder Hoffnung – sie wüßte es nicht zu benennen. Oder vielleicht ist es einfach die schlichte Fähigkeit zu wissen, daß etwas sich verändert hat und sich noch immer verändert unter diesem dunklen, sternenübersäten Himmel.

Schon immer konnte Kylie Menschen durchschauen, selbst jene, die sich sehr verschlossen gaben. Aber nun, mit dreizehn, ist diese Fähigkeit stärker geworden. Den ganzen Abend lang hat sie Farben um die Leute herum gesehen, als seien sie von innen erleuchtet, genau wie Glühwürmchen. Der grüne Rand um die Eifersucht ihrer Schwester, die schwarze Aura von Angst, als ihre Mutter sah, wie erwachsen sie ausschaute. Diese Farbbänder erschienen Kylie so real, daß sie versuchte, sie zu berühren, aber die Farben lösten sich einfach in Luft auf. Und nun, da sie in ihrem eigenen Hintergarten steht, sieht sie, daß der Flieder mit seinen schönen Blüten eine ganz eigene Aura hat, eine überraschend dunkle. Sie ist purpurn, doch sie wirkt wie ein blutbeflecktes Relikt und treibt himmelwärts wie Rauch.

Plötzlich fühlt Kylie sich gar nicht mehr so erwachsen. Sie möchte nur noch in ihrem eigenen Bett liegen und ertappt sich sogar bei dem Wunsch, die Zeit möge rückwärts laufen, zumindest für eine kleine Weile. Aber das passiert nie; Dinge können nicht rückgängig gemacht werden. Es ist lächerlich, aber Kylie könnte schwören, hier draußen im Garten sei ein Fremder. Sie geht zur Hintertür und dreht den Türknauf, und unmittelbar bevor sie hineingeht, schaut sie über den Rasen und sieht ihn. Kylie blinzelt, aber er ist tatsächlich noch da, steht unter dem Flieder, und er sieht aus wie die Art Mann, der keine Frau in einer so dunklen Nacht würde begegnen wollen. Er hat Mumm, ein Privatgrundstück zu betreten, diesen Garten wie seinen eigenen zu behandeln. Aber er schert sich eindeutig kein bißchen um Dinge wie Anstand und gutes Benehmen. Er sitzt einfach da und wartet, und ob Kylie oder sonst jemand das billigt oder mißbilligt, das spielt keine große Rolle. Er ist einfach da und bewundert mit seinen prachtvollen kalten Augen die Nacht, bereit, jemanden bezahlen zu lassen.

Hellsichtigkeit

Wenn eine Frau in Schwierigkeiten ist, sollte sie zu ihrem Schutz immer Blau tragen. Blaue Schuhe oder blaue Kleider. Einen Pullover in der Farbe eines Vogeleis oder einen himmelblauen Schal. Ein dünnes Satinband, vorsichtig durch den weißen Spitzenrand eines Slips gezogen. All das wirkt. Aber wenn eine Kerze blau brennt, ist das eine ganz andere Sache, das hat mit Glück überhaupt nichts zu tun, denn es bedeutet, daß man einen Geist im Haus hat. Und wenn die Flamme flackert und dann jedesmal stärker wird, wenn man die Kerze anzündet, dann läßt der Geist sich nieder. Sein Wesen legt sich um die Möbelstücke und die Bodenbretter, beansprucht die Vitrinen und Schränke und wird bald an Fenstern und Türen rütteln.

Manchmal dauert es eine ganze Weile, bis irgend jemand in einem Haus merkt, was passiert ist. Die Leute möchten das, was sie nicht verstehen können, ignorieren. Sie suchen nach logischen Erklärungen. Eine Frau kann sich leicht einbilden, sie verlege aus lauter Schusseligkeit jeden Abend ihre Ohrringe. Kein Problem, sich einzureden, daß ein gegen den Motor schlagender Holzlöffel der Grund dafür ist, daß die Geschirrspülmaschine dauernd blockiert, und daß die Toilettenspülung wegen fehlerhafter Rohre ständig rauscht. Aber wenn Leute anfangen, einander boshaft anzufauchen, wenn sie sich gegenseitig die Tür vor der Nase zuschlagen und sich mit Schimpfnamen bedenken, wenn sie wegen schlechter Träume und Schuldgefühle nachts nicht schlafen können und die bloße Tatsache, daß sie sich verliebt haben, ihnen Übelkeit verursacht, statt daß sie freudig erregt sind, dann denkt man am besten über die Ursachen für soviel Pech nach.

Wenn Sally und Gillian miteinander geredet hätten, statt sich aus dem Weg zu gehen, dann hätten sie entdeckt, daß sie beide gleichermaßen unglücklich waren, als der Juli voranschritt. Die Schwestern konnten eine Lampe einschalten, den Raum für eine Sekunde verlassen und ihn in völliger Finsternis wieder betreten. Sie konnten ihre Autos anlassen, einen halben Block fahren und entdecken, daß ihnen das Benzin ausgegangen war, obwohl der Tank noch vor Stunden fast voll gewesen war. Wenn die eine oder die andere Schwester unter die Dusche trat, wurde das warme Wasser eiskalt, als habe jemand am Wasserhahn herumgespielt. Die Milch wurde sauer, wenn man sie aus der Tüte goß. Toast verbrannte. Eben erst vom Postboten ausgetragene Briefe waren halb durchgerissen und an den Rändern geschwärzt wie die Blütenblätter einer verwelkten Rose.

Es dauerte nicht lange, da verloren beide Schwestern Dinge, die ihnen wichtig waren. Sally wachte eines Morgens auf und stellte fest, daß die Fotografie ihrer Töchter, die sie immer auf der Kommode stehen hatte, aus dem Silberrahmen verschwunden war. Die Diamantohrringe, die die Tanten ihr zur Hochzeit geschenkt hatten, waren nicht mehr in ihrer Schmuckschatulle, und obwohl sie das ganze Schlafzimmer nach ihnen absuchte, konnte sie sie nirgends finden. Die Rechnungen, die sie vor Monatsende bezahlen sollte und die früher ordentlich gestapelt auf dem Küchentresen gelegen hatten, waren nicht mehr aufzutreiben, obwohl sie sicher war, daß sie die Schecks ausgeschrieben und alle Umschläge zugeklebt hatte.

Gillian, der man gewiß Vergeßlichkeit und Unordnung vorwerfen konnte, vermißte plötzlich Dinge, die zu verlieren nahezu unmöglich schien. Ihre hochgeschätzten roten Cowboystiefel, die immer neben ihrem Bett standen, waren einfach nicht mehr da, als sie eines Morgens aufwachte, als hätten sie beschlossen, auf und davon zu gehen. Ihre Tarotkarten, die sie in ein Satintaschentuch eingewickelt aufbewahrte – und die ihr bereits mehrmals in Notlagen geholfen hatten, vor allem nach ihrer zweiten Ehe, als sie keinen Cent mehr besaß und sich schließlich an einem Papptisch in einer Einkaufspassage wiederfand, wo sie für 2,95 Dollar wahrsagte –, hatten sich in Luft aufgelöst, alle, bis auf Nummer 27, die entweder wahre Freunde oder unerwartete Feinde repräsentieren kann, je nach ihrer Position.

Kleine Dinge verschwanden – Gillians Pinzette zum Beispiel oder ihre Uhr –, aber es fehlten auch große Dinge. Gestern war sie, noch halb im Schlaf, aus der Haustür getreten, und als sie in den Oldsmobile steigen wollte, war der nicht da. Sie kam zu spät zur Arbeit und dachte, irgendein junger Bursche habe ihr Auto gestohlen; sie wollte die Polizei anrufen, sobald sie im Hamburgerschuppen war. Doch als sie dort ankam, stand da der Oldsmobile, vor dem Eingang geparkt, als warte er auf sie, als habe er einen eigenen Willen.

Als Gillian Ephraim befragte, der seit den frühen Morgenstunden hinter dem Grill arbeitete, und wissen wollte, ob er jemanden aus ihrem Auto haben steigen sehen, klang sie übernervös, vielleicht sogar ein bißchen hysterisch.

»Ein Streich«, vermutete Ephraim. »Oder jemand hat ihn gestohlen und dann kalte Füße bekommen.«

Nun, kalte Füßen waren etwas, das Gillian in letzter Zeit durchaus kannte. Jedesmal, wenn das Telefon klingelte, dachte Gillian, es sei Ben Frye, und sie erschauerte von Kopf bis Fuß, wenn sie nur an ihn dachte. Ben hatte ihr Blumen geschickt, rote Rosen, am Morgen nach ihrem Treffen bei Del Vecchio's, aber als er anrief, sagte sie ihm, sie könne die Blumen nicht annehmen und auch sonst nichts.

»Rufen Sie mich nicht an«, sagte sie. »Vergessen Sie mich einfach.«

Was in aller Welt stimmte nicht mit Ben Frye – sah er denn nicht, daß sie eine Verliererin war? Neuerdings fiel alles auseinander, was sie berührte. Sie öffnete Kylies Schrank, und die Tür fiel aus den Angeln. Sie stellte eine Büchse Tomatensuppe zum Erwärmen auf die hintere Herdplatte und setzte die Küchenvorhänge in Brand. Sie ging hinaus in den Patio, um eine Zigarette zu rauchen, nur, um auf eine tote Krähe zu treten, die anscheinend direkt vom Himmel vor ihre Füße gefallen war.

An ihr klebte das Pech. Zwar sah sie unverändert aus, wenn sie es wagte, in den Spiegel zu schauen – hohe Wangenknochen, große graue Augen, breiter Mund –, alles vertraut und, wie manche sagen würden, schön. Dennoch gab es Zeiten, da erblickte sie ihr Spiegelbild ein bißchen zu plötzlich, und was da zurückstarrte, gefiel ihr nicht. Aus gewissen Blickwinkeln und bei bestimmter Beleuchtung sah sie, was Jimmy ihrer Meinung nach gesehen haben mußte, spät in der Nacht, wenn er betrunken war und sie vor ihm zurückwich, mit erhobenen Händen, um ihr Gesicht zu schützen. Diese Frau war eine alberne, eitle Kreatur, die nicht nachdachte, bevor sie den Mund aufmachte. Diese Frau glaubte, sie könne Jimmy ändern. Diese Frau war eine absolute Närrin. Kein Wunder, daß sie den Herd nicht bedienen und ihre Stiefel nicht finden konnte. Kein Wunder, daß sie es geschafft hatte, Jimmy umzubringen, als sie in Wirklichkeit eigentlich nur ein bißchen Zärtlichkeit gewollt hatte.

Gillian mußte verrückt gewesen sein, überhaupt mit Ben Frye dort in der Nische bei Del Vecchio's zu sitzen, aber sie war so aufgeregt gewesen, daß sie bis Mitternacht geblieben war. Am Ende des Abends hatten sie alles aufgegessen, was Sally bestellt hatte, und waren derartig ineinander verschossen, daß sie nicht bemerkt hatten, daß jeder eine komplette Pizza verzehrt hatte. Doch auch das reichte noch nicht. Sie aßen, als wären sie hypnotisiert, machten sich gar nicht die Mühe, auf das zu achten, was sie auf ihre Gabeln spießten, und wollten den Tisch nicht verlassen, wenn das bedeutete, einander zu verlassen.

Gillian kann noch immer nicht glauben, daß es Ben Frye wirklich gibt. Er ist so anders als alle anderen Männer, mit denen sie je zusammen war. Erstens einmal hört er ihr zu. Dann ist er so gutherzig, daß Menschen sich zu ihm hingezogen fühlen und ihm einfach vertrauen; es kommt oft vor, daß er in ihm fremden Städten nach dem Weg gefragt wird, sogar von Einheimischen. Er ist diplomierter Biologe, aber er gibt auch jeden Samstagnachmittag Zaubervorstellungen in der Kinderstation des örtlichen Krankenhauses. Die Kinder sind nicht die einzigen, die sich um ihn versammeln, wenn Ben mit seinen Seidenschals und

Eierkartons und Kartenspielen ankommt. Es ist unmöglich, während seinen Vorstellungen die Aufmerksamkeit irgendeiner Schwester im Stockwerk zu erregen; einige von ihnen schwören, Ben Frye sei der bestaussehende unverheiratete Mann im Staate New York.

So ist Gillian Owens sicherlich nicht die erste, der Ben nicht aus dem Kopf geht. Es gibt Frauen in der Stadt, die schon so lange hinter ihm her sind, daß sie seinen Stundenplan auswendig kennen und so von ihm besessen sind, daß sie seine Telefonnummer angeben, wenn man sie um die ihre bittet. In der High-School gibt es Lehrerinnen, die ihm jeden Freitagabend Eintöpfe bringen, und frisch geschiedene Nachbarinnen rufen ihn spät am Abend an, weil ihre sämtlichen Sicherungen herausgesprungen sind und sie fürchten, sich ohne seine wissenschaftlichen Kenntnisse mit einem Stromschlag umzubringen.

Diese Frauen hätten alles getan, damit Ben Frye ihnen Rosen schickt, und hätten Gillian geraten, ihren Geisteszustand untersuchen zu lassen, weil sie die Blumen zurückgeschickt hat. Sie habe Glück, hätten sie zu ihr gesagt, aber das ist eine perverse Art von Glück: In der Sekunde, in der Ben Frye sich in sie verliebte, wußte Gillian, daß sie nie jemandem so Wunderbaren wie ihm gestatten durfte, sich mit einer Frau wie ihr einzulassen. Angesichts der Katastrophen, die sie angerichtet hatte, kam es für sie nicht mehr in Frage, sich zu verlieben. Zur Heirat könnte jemand sie nur noch zwingen, indem er sie an die Wand einer Kapelle kettete oder ein Gewehr auf ihren Kopf richtete. Als sie an dem Abend, an dem sie Ben kennengelernt hatte, von Del Vecchio's nach Hause kam, legte sie das Gelübde ab, nie wieder zu heiraten. Sie schloß sich im Badezimmer ein, zündete eine schwarze Kerze an und versuchte, sich an einige der Beschwörungsformeln der Tanten zu erinnern. Als ihr das nicht gelang, wiederholte sie dreimal *Für immer Single,* und das scheint gewirkt zu haben, denn sie weist ihn weiterhin ab, ganz gleich, wie sie sich innerlich fühlt.

»Gehen Sie weg«, sagt sie zu Ben, wann immer er anruft, und sie versucht zu vergessen, wie er aussieht, wie sich die Schwielen an seinen Fingern anfühlen, die er immer hat, denn noch immer übt er fast jeden Tag Knoten für seine Zaubertricks. »Finden Sie jemanden, der Sie glücklich machen wird.«

Aber Ben will niemand anderen finden, er will sie. Er ruft immer und immer wieder an, bis die Owens-Frauen beim Klingeln des Telefons automatisch annehmen, daß er es ist. Diejenige, die gerade den Hörer aufnimmt, sagt inzwischen kein Wort mehr, nicht einmal hallo, sondern wartet einfach stumm. Inzwischen kann Ben sie an ihrer Atmung unterscheiden: Sally zieht sachlich die Luft ein, Kylie schnaubt wie ein Pferd, das keine Geduld für den Idioten auf der anderen Seite des Zauns hat, Antonia atmet traurig und zittrig ein. Und dann ist da natürlich noch das Geräusch, das er sich immer wünscht – der verzweifelte, schöne Seufzer, der aus Gillians Mund kommt, bevor sie ihn bittet, sie in Ruhe zu lassen.

Dennoch ist da etwas in ihrer Stimme, und wenn Gillian auflegt, weiß Ben, daß sie traurig und verwirrt ist. Er kann den Gedanken, daß sie unglücklich ist, nicht ertragen. Allein die Vorstellung von Tränen in ihren Augen löst in ihm eine solche Hektik aus, daß er die Anzahl der Meilen, die er gewöhnlich läuft, verdoppelt. Er umrundet den Speichersee so oft, daß ihn die Enten allmählich erkennen und nicht mehr die Flucht ergreifen, wenn er vorbeijoggt.

Er ist ihnen so vertraut wie die Dämmerung und wie gewürfeltes Weißbrot, er singt beim Laufen »Heartbreak Hotel«, und dann weiß er, daß er in ernsthaften Schwierigkeiten ist. Bei einem Zaubererkongreß in Atlantic City hat ihm eine Wahrsagerin einmal prophezeit, wenn er sich verliebe, würde es für immer sein, und er hat über die Vorstellung gelacht, aber jetzt weiß er, daß sie recht hatte. Er ist ein hoffnungsloser Fall. Ja, er ist bereits verloren.

Ben ist so durcheinander, daß er angefangen hat, unabsichtlich Zaubertricks zu vollführen. An der Tankstelle griff er nach seiner Kreditkarte und zog die Herzdame aus der Tasche. Er hat seine Stromrechnung verschwinden lassen und den Rosenbusch in seinem Hintergarten in Brand gesetzt. Er zog einen Vierteldollar aus dem Ohr einer älteren Frau, als er ihr half, den Turnpike zu überqueren, und hätte bei ihr fast einen Herzstillstand ausgelöst. Aber das schlimmste ist, daß er das Owl Café am Turnpike nicht mehr betreten darf, wo er normalerweise frühstückt, seit er dort in letzter Zeit sämtliche weichgekochten Eier ins Kreiseln versetzt und die Tischtücher von allen Tischen reißt, an denen er auf dem Weg zu seiner gewohnten Nische vorbeikommt.

Als er anfängt, eine Kordel mit sich herumzutragen, um Tom-Fool- und Jacoby-Knoten zu binden und zu lösen, weiß Ben, daß er in größten Schwierigkeiten ist, denn diese schlechte Angewohnheit übermannt ihn immer, wenn er nervös ist oder nicht bekommen kann, was er will. Er begehrt Gillian so sehr, daß er sie in Gedanken vögelt, wenn er eigentlich ganz andere Dinge tun sollte, wie zum Beispiel vor einer Ampel bremsen. Er ist so überhitzt, daß die Manschetten seiner Hemden versengt sind, er hat ständig eine Erektion und ist bereit für etwas, das wohl nie passieren wird.

Ben weiß nicht, was er tun soll, um Gillian zu erobern, also geht er zu Sally und bittet sie um Hilfe. Aber Sally will ihm nicht einmal die Tür öffnen, sondern spricht durch das Fliegengitter mit ihm, in distanziertem Ton, als stehe er mit einem zu verkaufenden Staubsauger vor ihrer Tür statt mit dem Herzen in der Hand.

»Hören Sie auf meinen Rat«, schlägt Sally vor. »Vergessen Sie Gillian. Denken Sie gar nicht mehr an sie. Heiraten Sie irgendeine nette Frau.«

Aber Ben Frye hat seinen Entschluß in dem Moment gefaßt, als er Gillian unter den Fliederbüschen stehen sah. Er begehrt sie mit jeder Faser seines Körpers. Und so weigert er sich zu gehen, als Sally ihn wegschickt. Er setzt sich auf die Eingangsstufe, als habe er eine feierliche Erklärung abzugeben oder jede Menge Zeit. Er sitzt den ganzen Tag dort, und als die Sechsuhrsirene der Feuerwehrstation unten am Turnpike ertönt, hat er sich noch immer nicht gerührt. Gillian will nicht einmal mit ihm reden, als sie von der Arbeit nach Hause kommt. Sie hat heute schon ihre Uhr und ihren Lieblingslippenstift verloren. Bei der Arbeit hat sie so viele Hamburger zu Boden fallen lassen, daß sie hätte schwören können, jemand stoße ihr die Teller aus den Händen. Und jetzt sitzt Ben Frye hier und ist in sie verliebt, und sie kann ihn nicht einmal küssen oder in die Arme nehmen, weil sie Gift ist und dies zum Glück auch weiß.

Sie eilt an ihm vorbei und schließt sich im Badezimmer ein, wo sie den Wasserhahn aufdreht, damit niemand ihr Weinen hören kann. Sie ist seine Hingabe nicht wert. Sie wünscht sich, sie könnte sich in Luft auflösen, dann hätte sie vielleicht nicht mehr dieses Gefühl tief innen, ein Gefühl, das sie zwar leugnen kann, das aber dennoch Begehren ist. Allen Vorsätzen zum Trotz muß sie einfach aus dem Badezimmer schauen, nur um einen Blick auf Ben zu erhaschen. Da sitzt er, im verblassenden Licht, dessen gewiß, was er will, ihrer gewiß. Wenn Gillian noch mit ihrer Schwester reden, oder genauer, wenn Sally mit ihr reden würde, würde Gillian sie ans Fenster ziehen, um ihn ihr zu zeigen. Ist er nicht schön? Das hätte sie gesagt,wenn sie und Sally noch miteinander geredet hätten. Ich wünschte, ich würde ihn verdienen, hätte sie ihrer Schwester ins Ohr geflüstert.

Antonia fröstelt, wenn sie Mr. Frye auf der vorderen Veranda sieht, so offensichtlich verliebt, daß es wirkt, als würde er seinen Stolz und seine Selbstachtung auf den Zement legen, damit jeder darauf herumtrampeln kann. Offen gesagt, findet sie diese Zurschaustellung von Hingabe äußerst widerwärtig. Wenn sie auf ihrem Weg zur Arbeit an ihm vorbeigeht, macht sie sich nicht einmal die Mühe, ihn zu begrüßen. Ihre Adern sind mit Eiswasser gefüllt statt mit Blut. In letzter Zeit hält Antonia sich nicht mehr damit auf, ihre Kleidung sorgfältig auszuwählen. Sie bürstet ihr Haar abends nicht mehr mit tausend Strichen, zupft sich nicht mehr die Augenbrauen und badet nicht mehr mit Sesamöl, damit ihre Haut glatt und geschmeidig bleibt. Was hat all das für einen Sinn in einer Welt ohne Liebe? Sie hat ihren Spiegel zerbrochen und ihre hochhackigen Sandalen weggepackt. Von nun an wird sie sich darauf konzentrieren, möglichst viele Stunden in der Eisdiele zu arbeiten. Dort sind die Dinge wenigstens überschaubar: Man bringt seine Zeit ein und bekommt dafür seinen Lohnscheck. Es gibt keine Erwartungen und keine Enttäuschung, und im Augenblick ist das genau das, was Antonia will.

»Hast du eine Nervenkrise?« fragt Scott Morrison, als er sie später an diesem Abend in der Eisdiele sieht.

Scott ist für die Sommerferien aus Harvard zurück und liefert Schokoladensirup und Marshmallow-Garnierungen sowie Hagelzucker, Maraschinokirschen und kandierte Walnüsse aus. Er war der intelligenteste Junge, der jemals die örtliche High-School abgeschlossen hat, und der einzige, der in Harvard angenommen wurde. Aber was soll's? Die ganze Zeit in der High-School hat kaum einer mit ihm geredet, schon gar nicht Antonia, in deren Augen er ein jämmerlicher Schwächling war.

Antonia, die gerade die Eisportionierer säubert, hat sich nicht einmal die Mühe gemacht, aufzublicken, als Scott seine Waren anlieferte. Sie wirkt allerdings ganz anders als früher – sie war so schön und arrogant; heute aber sieht sie aus wie etwas, das man bei Gewitter draußen gelassen hat. Als er ihr die völlig unschuldige Frage stellt, bricht Antonia in Tränen aus. Sie löst sich förmlich darin auf, besteht nur noch aus Wasser. Dann läßt sie sich auf den Boden gleiten, den Rücken gegen die Tiefkühltruhe gelehnt. Scott kniet neben ihr nieder.

»Ein einfaches Ja oder Nein hätte genügt«, meint er.

Antonia putzt sich die Nase. »Ja.«

»Na, das kann ich sehen«, sagt Scott. »Du bist definitiv ein Fall für den Psychiater.«

»Ich dachte, ich wäre in jemanden verliebt«, erklärt Antonia. Noch immer strömen Tränen aus ihren Augen.

»Liebe«, sagt Scott verächtlich und schüttelt angewidert den Kopf. »Liebe ist nur die Summe ihrer selbst wert, mehr nicht.«

Antonia hört zu weinen auf und schaut ihn an. »Genau«, stimmt sie zu.

In Harvard war Scott schockiert, entdecken zu müssen, daß es dort Hunderte, wenn nicht Tausende von Leuten gab, die genauso intelligent waren wie er. Bisher hatte er sich durch die Schule gemogelt, nun mußte er tatsächlich arbeiten. Das ganze Jahr über war er so mit Lernen beschäftigt gewesen, daß er keine Zeit für alltägliche Dinge hatte – Frühstück oder Friseurbesuche etwa –, und als Folge davon hatte er zwanzig Pfund abgenommen und trug sein Haar schulterlang; sein Chef ließ es ihn mit einem Lederband zurückbinden, um die Kundschaft nicht abzuschrecken.

Antonia starrt ihn eindringlich an und stellt fest, daß Scott völlig verändert und doch genau gleich aussieht. Draußen auf dem Parkplatz drückt Scotts Partner, der diese Auslieferungsroute seit zwanzig Jahren fährt, auf die Hupe.

»Die Arbeit ruft«, sagt Scott zerknirscht. »Sie ist eine Hölle, für die man bezahlt wird.«

Das wirkt. Antonias Gesicht fühlt sich ganz heiß an, obwohl die Klimaanlage läuft.

»Bis nächste Woche«, sagt Scott. »Ihr habt kaum noch Vanillesauce.«

»Du könntest schon eher kommen«, sagt Antonia. Schließlich gibt es einige Dinge, die sie nicht vergessen hat, trotz ihrer Depression und diesem Durcheinander mit ihrer Tante Gillian und Ben Frye.

»Könnte ich«, räumt Scott ein und stellt überrascht fest, daß Antonia Owens viel weniger oberflächlich ist, als er jemals gedacht hatte.

An diesem Abend läuft Antonia nach der Arbeit den

ganzen Weg nach Hause. Sie sprüht vor Energie. Als sie um die Ecke in ihre Straße einbiegt, kann sie den Flieder riechen, und der Duft läßt sie laut über die Reaktionen lachen, die der Strauch ausgelöst hat. Die meisten Leute in der Nachbarschaft haben sich an die unglaubliche Größe der Blüten gewöhnt und merken gar nicht mehr, daß es Tageszeiten gibt, zu denen die ganze Straße vom Summen der Bienen erfüllt ist und das Licht besonders purpurn und süß wird. Es gibt Frauen, die auf dem Bürgersteig stehen und beim Anblick des Flieders ohne jeden Grund weinen, und wieder andere, die jeden Grund hätten, laut zu schreien, obwohl sie das nie zugeben würden.

Ein heißer Wind weht durch die Bäume und läßt die Äste tanzen, und im Osten blitzt ein Wärmegewitter. Es ist ein seltsamer Abend, so heiß und drückend, daß er eher in die Tropen zu passen scheint, doch trotz des Wetters sind zwei Frauen gekommen, um den Flieder zu betrachten, eine mit weißem Haar, die andere noch fast ein Mädchen. Als Antonia an ihnen vorbeieilt, hört sie Weinen, und sie beschleunigt ihre Schritte, geht ins Haus und schließt hinter sich die Tür.

»Jämmerlich«, erklärt Antonia, als sie und Kylie aus dem vorderen Fenster spähen, um die Frauen auf dem Bürgersteig weinen zu sehen.

Kylie ist seit ihrem Geburtstagsessen noch verschlossener als vorher. Sie vermißt Gideon, und sie muß sich zwingen, nicht schwach zu werden und ihn anzurufen. Sie fühlt sich schrecklich, aber sie ist noch schöner geworden. Ihr kurzgeschnittenes blondes Haar wirkt nicht mehr so schockierend. Sie schleicht nicht mehr geduckt umher, um ihre Größe zu verbergen, und nun, da sie aufrecht geht, trägt sie gewöhnlich das Kinn hoch, als betrachte sie den blauen Himmel oder die Risse in der Wohnzimmerdecke. Sie kneift ihre graugrünen Augen zusammen, um durch die Scheibe zu spähen. Sie hat ein besonderes Interesse an diesen beiden Frauen, da sie seit Wochen kommen und auf dem Gehsteig stehen. Die ältere Frau hat eine weiße Aura um sich, als falle Schnee nur auf sie allein. Dem Mädchen, ihrer Enkelin, die gerade das College beendet hat, springen rosa Funken der Verwirrung aus der Haut. Die beiden sind hier, um um denselben Mann zu weinen – den Sohn der älteren Frau und den Vater des Mädchens –, jemanden, der sein ganzes Leben lang niemals seine Einstellung änderte und bis zum Schluß überzeugt war, das Universum drehe sich allein um ihn. Die Frauen auf dem Gehsteig haben ihn verwöhnt, beide, und dann gaben sie sich die Schuld, als er leichtsinnig genug war, sich auf einem Motorboot im Long Island Sound umzubringen. Jetzt zieht es sie zu den Fliederbüschen hin, weil die Blüten sie an eine längst vergangene Juninacht erinnern, als das Mädchen noch ein Kleinkind war und die Frau dichtes, schwarzes Haar hatte.

An jedem Abend stand ein Krug mit Sangria auf dem Tisch, und der Flieder im Garten der Großmutter stand in voller Blüte. Der Mann, den sie beide so zärtlich liebten, daß sie ihn zerstörten, hob seine kleine Tochter hoch und wirbelte sie herum. In diesem Augenblick, unter den Fliederbüschen und dem klaren Himmel, war er alles, was er jemals hätte sein können, wenn sie ihm nicht Tag und Nacht nachgegeben hätten, wenn sie ihn jemals gezwungen hätten, sich einen Job zu suchen und nicht nur an sich selbst zu denken. Sie weinen um alles, was er hätte sein können und was sie an seiner Seite hätten sein können. Kylie beobachtet sie und spürt, daß sie etwas verloren haben, das sie nur kurze Zeit besaßen, und weint mit ihnen.

»Also bitte«, sagt Antonia.

Seit ihrer Begegnung mit Scott fühlt sie sich selbstsicherer. Unerwiderte Liebe ist so langweilig. Unter einem schwarzblauen Himmel zu weinen ist etwas für Grünschnäbel und Verrückte.

»Du heulst mit zwei völlig Fremden, die vermutlich total bescheuert sind. Laß die Jalousie herunter. Werde erwachsen«, rät sie ihrer Schwester.

Aber genau das ist Kylie passiert. Sie ist erwachsen geworden und hat entdeckt, daß sie zuviel weiß und sieht. Ganz gleich, wohin sie geht – in den Supermarkt, um etwas einzukaufen, oder nachmittags zum Schwimmen –, sie ist konfrontiert mit den innersten Gefühlen der Leute, die ihrer Haut entströmen und über ihnen schweben wie Wolken. Erst gestern kam Kylie an einer alten Frau vorbei, die ihren angejahrten Pudel spazierenführte; er war durch Arthritis verkrüppelt und konnte sich kaum bewegen. Der Kummer dieser Frau war so überwältigend – sie würde den Hund Ende der Woche in die Tierklinik bringen, um ihn von seinem Elend zu erlösen –, daß Kylie keinen Schritt weitergehen konnte. Sie setzte sich an den Straßenrand und blieb dort bis zum Einbruch der Dämmerung sitzen; als sie endlich nach Hause ging, fühlte sie sich benommen und schwach.

Sie wünscht sich, sie könnte wieder mit Gideon Fußball spielen, ohne den Schmerz anderer Leute zu fühlen. Sie wünscht sich, sie wäre wieder zwölf, und die Männer würden ihr nicht hinterherpfeifen, wenn sie den Turnpike entlanggeht. Sie wünscht sich, sie hätte eine Schwester, die sich benehmen würde wie ein menschliches Wesen, und eine Tante, die sich nicht so oft in den Schlaf weint, daß man jeden Morgen ihr Kissen auswringen muß.

Aber am meisten wünscht sich Kylie, daß der Mann aus ihrem Hintergarten verschwindet. Er ist gerade jetzt dort draußen, da Antonia summend in die Küche geht, um sich etwas zu essen zu holen. Schlechtes Wetter scheint ihm nichts auszumachen, im Gegenteil; er genießt den schwarzen Himmel und den Wind, und der Regen stört ihn nicht im geringsten. Tatsächlich geht er einfach mitten durch ihn hindurch, und jeder Tropfen wird dabei leuchtend blau. Seine polierten Stiefel sind nur von einem hauchdünnen Schmutzfilm überzogen. Sein weißes Hemd sieht gestärkt und gebügelt aus. Jedesmal, wenn er atmet, kommen schreckliche Dinge aus seinem Mund: kleine grüne Frösche, Blutstropfen, Pralinen in hübsches Silberpapier verpackt, doch mit vergifteter Füllung. Er ruiniert Dinge, indem er einfach mit den Fingern schnippt. Er läßt Sachen auseinanderfallen. In den Mauern rosten die Rohre. Der geflieste Boden im Keller zerfällt zu Staub. Der Kühlschrank ist kaputt, und nichts bleibt frisch: Die Eier verderben in der Schale, der Käse wird schimmelig.

Dieser Mann im Garten hat keine eigene Aura, doch oft streckt er die Arme hoch, taucht seine Hände in den purpurroten Schatten über ihm und bestreicht seinen ganzen Körper mit der Aura des Flieders. Niemand außer Kylie kann ihn sehen, aber er ist derjenige, der all diese Frauen aus ihren Häusern lockt. Er ist derjenige, der ihnen spät in der Nacht etwas zuflüstert, wenn sie in ihren Betten schlafen. *Baby,* sagt er, sogar zu Frauen, die niemals gedacht haben, sie würden diese Worte noch einmal hören. Er nistet sich in den Köpfen dieser Frauen ein und bleibt dort, bis sie sich dabei ertappen, daß sie auf dem

Bürgersteig weinen, verrückt nach dem Duft von Flieder, und selbst dann läßt er sie nicht in Ruhe. Zumindest nicht sofort.

Kylie beobachtet ihn seit ihrem Geburtstag. Sie hat begriffen, daß niemand sonst ihn sehen kann, obwohl die Vögel ihn spüren und die Eichhörnchen erstarren, wenn sie ihm zu nahe kommen. Bienen dagegen fürchten sich nicht vor ihm. Tatsächlich scheint er sie anzuziehen, und jeder, der ihm zu nahe käme, riskierte gewiß einen Stich, vielleicht sogar zwei. Der Mann im Garten ist an stillen, regnerischen Tagen oder spät in der Nacht leichter zu sehen, wenn er aus der dünnen Luft heraus erscheint wie ein Stern. Er ißt, schläft und trinkt nicht, aber das bedeutet nicht, daß er keine Bedürfnisse hat. Sein Wünschen ist so stark, daß Kylie es spüren kann wie Elektrizität, die die Luft um ihn herum aufwühlt. In letzter Zeit hat er angefangen, ihr Starren zu erwidern. Wann immer er das tut, erschrickt sie zu Tode, und Kälte dringt durch ihre Haut. Das Starren kommt immer häufiger vor, und es spielt keine Rolle mehr, wo sie gerade ist, hinter dem Küchenfenster oder auf dem Weg zur Hintertür. Er kann sie vierundzwanzig Stunden am Tag beobachten, wenn er das will, da er niemals blinzeln muß – nicht für eine Sekunde.

Kylie hat angefangen, Teller mit Salz auf die Fensterbretter zu stellen, und vor allen Türen streut sie Rosmarin aus. Dennoch gelingt es ihm, ins Haus einzudringen, wenn alle schlafen. Und ganz gleich, wie lange Kylie aufbleibt, sie kann nicht ununterbrochen wach bleiben, obwohl sie es immer wieder versucht. Oft schläft sie noch in den Kleidern ein, ein offenes Buch neben sich und bei brennender Deckenlampe, da ihre Tante Gillian, mit der sie noch immer ihr Zimmer teilt, sich weigert, im Dunkeln zu schlafen; außerdem besteht sie in letzter Zeit darauf, daß die Fenster fest geschlossen bleiben, selbst in drükkend heißen Nächten, um den Geruch dieses Flieders auszusperren.

In manchen Nächten haben alle im Haus im selben Augenblick schlechte Träume. In anderen Nächten schlafen sie alle so tief, daß sie selbst ihre Wecker nicht hören würden. Wie auch immer, Kylie weiß, daß er da war, wenn sie aufwacht und entdeckt, daß Gillian im Schlaf weint. Sie weiß es, wenn sie den Gang entlang ins Badezimmer geht und feststellt, daß die Toilette verstopft ist und ein toter Vogel oder eine tote Fledermaus hochkommt, wenn man die Spülung bedient. Im Garten gibt es Schnecken und im Keller Wasserwanzen, und Mäuse nisten in Gillians Lieblingspumps. Schaut man in einen Spiegel, beginnt das Bild sich zu verschieben. Geht man an einem Fenster vorbei, klirrt das Glas. Beginnt der Morgen mit einem gedämpften Fluch, einer angestoßenen Zehe oder einem Lieblingskleid, das so methodisch zerrissen ist, daß man meinen könnte, jemand habe den Stoff mit einer Schere oder einem Jagdmesser bearbeitet, ist der Mann im Garten dafür verantwortlich.

An diesem Morgen ist das aus dem Garten aufsteigende Ungemach besonders bösartig. Nicht genug damit, daß Sally die Diamantohrringe, die sie zur Hochzeit bekam, in Gillians Jackentasche entdeckt hat – Gillian fand ihren Lohnscheck in tausend Stücke zerrissen auf Sallys Nachttisch.

Seit dem Geburtstagsessen sprachen Sally und Gillian nicht mehr miteinander. Sie schauten säuerlich drein, ihre Augen waren geschwollen, und beide mieden das Frühstück, damit sie nicht morgens als erstes der anderen ins Gesicht sehen mußten. Aber zwei Schwestern können nicht in einem Haus wohnen und sich lange ignorieren. Früher oder später brechen sie zusammen und bekommen den Streit, den sie gleich hätten austragen sollen. Hilflosigkeit und Wut erzeugen vorhersagbares Verhalten: Kinder schubsen einander und ziehen sich an den Haaren, Teenager werfen sich gegenseitig Schimpfwörter an den Kopf und weinen, und erwachsene Frauen, die Schwestern sind, sagen so grausame Worte, daß jede Silbe die Form einer Schlange annimmt, obwohl solche Schlangen sich oft um sich selbst winden und sich in den Schwanz beißen, wenn sie laut ausgesprochen werden.

»Du verlogenes Stück Dreck«, sagt Sally zu ihrer Schwester, als diese auf der Suche nach Kaffee in die Küche taumelt.

»Ach ja?« sagt Gillian, für diesen Streit sehr wohl gerüstet. Sie hat den zerrissenen Lohnscheck in der Hand, und nun läßt sie ihn wie Konfetti auf den Boden rieseln. »Hinter der schönen Fassade bist du ein Miststück erster Sorte.«

»Jetzt reicht's«, sagt Sally. »Ich will, daß du gehst. Ich wollte das schon seit dem Augenblick, als du gekommen bist. Ich habe dich nie gebeten zu bleiben. Ich habe dich nie eingeladen. Du nimmst dir einfach, was du willst, wie du es immer getan hast.«

»Nichts würde ich lieber tun als weggehen. Aber ich hätte dafür schneller das Geld beeinander, wenn du meine Schecks nicht zerreißen würdest.«

»Hör zu«, sagt Sally. »Wenn du meine Ohrringe stehlen mußt, um deine Abreise zu bezahlen, nun, dann nur zu.« Sie öffnet die Faust, und die Diamanten fallen auf den

Küchentisch. »Aber bilde dir bloß nicht ein, du könntest mich zum Narren halten.«

»Warum zum Teufel sollte ich die denn wollen?« sagt Gillian. »Wie blöd kannst du eigentlich sein? Die Tanten haben dir diese Ohrringe doch nur geschenkt, weil niemand sonst solche gräßlichen Dinger tragen würde.«

»Der Teufel soll dich f...«, sagt Sally. Sie spuckt die Worte aus, und sie gehen ihr leicht über die Zunge, obwohl sie niemals zuvor in ihrem eigenen Haus laut geflucht hat.

»Und dich zweimal«, sagt Gillian. »Du hast es nötiger.«

In diesem Augenblick tritt Kylie aus ihrem Schlafzimmer. Ihr Gesicht ist bleich, und ihr Haar steht senkrecht in die Höhe. Wenn Gillian vor einem Zerrspiegel stünde, der sie jünger und größer und schöner abbildete, dann würde sie Kylie sehen. Wenn man sechsunddreißig ist und mit dieser Erkenntnis konfrontiert wird, und das auch noch so früh am Morgen, dann kann es passieren, daß man ein pelziges Gefühl im Mund bekommt und daß die Haut juckt und sich verbraucht anfühlt, ganz gleich, wieviel Feuchtigkeitscreme man benutzt hat.

»Ihr müßt aufhören zu streiten.« Kylies Stimme ist ruhig und viel tiefer als die der meisten Mädchen in ihrem Alter.

»Wer sagt das?« fragt Gillian hochmütig, die, vielleicht etwas zu spät, zu dem Schluß gekommen ist, daß es möglicherweise doch besser wäre, wenn Kylie ein Kind bliebe, wenigstens noch für ein paar Jahre.

»Das geht dich nichts an«, sagt Sally zu ihrer Tochter.

»Versteht ihr denn nicht? Ihr macht ihn glücklich, wenn ihr euch streitet. Das ist genau das, was er will.«

Sally und Gillian verstummen auf der Stelle. Sie tauschen einen besorgten Blick, und als Kylie in die Küche geht, folgen sie ihr. Das Fenster war die ganze Nacht offen, und der Vorhang ist tropfnaß vom letzten Regenschauer.

»Von wem redest du?« fragt Sally in ruhigem und gefaßtem Ton, als spreche sie nicht mit jemandem, der vielleicht gerade den Verstand verloren hat.

»Von dem Mann unter dem Flieder«, sagt Kylie.

Gillian stößt Sally mit dem nackten Fuß an. Ihr gefallen Kylies Worte gar nicht. Außerdem hat das Mädchen einen komischen Ausdruck an sich, als habe sie etwas gesehen und wolle damit nicht herausrücken.

»Dieser Mann, der will, daß wir uns streiten – ist er schlecht?« fragt Sally.

Kylie schnaubt und nimmt dann die Kaffeekanne und den Filter heraus. »Er ist verdorben«, sagt sie, ein Ausdruck aus den Wortschatzübungen des letzten Semesters, für den sie zum allererstenmal eine gute Verwendung hat.

Gillian wendet sich an Sally. »Hört sich an wie jemand, den wir kennen.«

Sally überhört diese Bemerkung und erinnert ihre Schwester nicht daran, daß nur sie diesen Mann kennt. Sie ist diejenige, die ihn angeschleppt hat. Sally weiß nicht, wie weit sie ihrer Schwester trauen kann. Wer weiß, was diese Kylie anvertraut hat?

»Du hast ihr von Jimmy erzählt, nicht?« Sallys Haut fühlt sich viel zu heiß an; gleich wird ihr Gesicht rot anlaufen, und ihre Kehle wird vor Zorn trocken sein. »Du konntest einfach nicht den Mund halten.«

»Vielen Dank für dein Vertrauen.« Gillian ist wirklich beleidigt. »Zu deiner Information, ich habe ihr nichts erzählt. Kein einziges Wort«, behauptet Gillian, obwohl sie in diesem Augenblick wirklich nicht mehr sicher ist. Sallys Argwohn kann sie nicht erzürnen, weil sie sich nicht einmal selbst vertraut. Vielleicht hat sie im Schlaf geredet, vielleicht hat sie alles erzählt, während Kylie im Bett nebenan auf jedes Wort lauschte.

»Redest du von einem wirklichen Mann?« fragt Sally Kylie. »Von jemandem, der um unser Haus schleicht?«

»Ich weiß nicht, ob er wirklich ist oder nicht. Er ist einfach da.«

Sally sieht zu, wie ihre Tochter Kaffee in das weiße Filterpapier löffelt. In diesem Moment ist ihr Kylie vollkommen fremd, eine erwachsene Frau, die ihre eigenen Geheimnisse hat. Im dunklen Morgenlicht wirken ihre grauen Augen ganz grün, fast als gehörten sie einer Katze, die im Finstern sehen kann. Alles, was Sally sich für sie wünschte – ein gutes und normales Leben –, hat sich in nichts aufgelöst. Kylie ist alles andere als normal; sie ist nicht wie die anderen Mädchen des Viertels.

»Sag mir, ob du ihn jetzt siehst«, sagt Sally.

Kylie schaut ihre Mutter an. Sie hat Angst, aber sie erkennt am Ton von Sallys Stimme, daß sie gehorchen muß, und geht trotz ihrer Angst zum Fenster. Sally und Gillian treten neben sie. Sie können ihre Spiegelbilder im Glas sehen, den nassen Rasen. Da draußen stehen die Fliederbüsche, groß und üppig.

»Unter dem Flieder.« Kylie seufzt und beißt sich auf die Lippen. Sie hat vor Angst Gänsehaut. »Wo das Gras am grünsten ist. Genau da ist er.«

Es ist exakt die Stelle. Gillian tritt dicht hinter Kylie und kneift die Augen zusammen, aber sie kann nicht mehr erkennen als die Schatten der Fliederbüsche.

»Kann ihn sonst noch jemand sehen?«

»Die Vögel.« Kylie hält die Tränen zurück. Was würde sie nicht dafür geben, hinauszuschauen und festzustellen, daß er fort ist! »Die Bienen.«

Gillian ist aschfahl. Sie ist diejenige, die bestraft werden sollte; sie verdient es, nicht Kylie. Jimmy sollte sie verfolgen. »Scheiße«, sagt sie zu niemand im besonderen.

»Warum haßt er uns so sehr?« fragt Kylie.

»Er haßt einfach«, sagt Gillian. »Es spielt keine Rolle, ob wir es sind oder sonst jemand.«

»Ist er tot?«

»Mehr oder weniger«, gesteht Gillian.

»Warst du mit ihm verheiratet?« fragt Kylie.

»Nein.« Es ist nicht so leicht, all das einem Mädchen in Kylies Alter zu erklären. »Ich war nur besessen von ihm.«

»Und jetzt will er nicht weggehen.« Soviel begreift Kylie. Und selbst Mädchen von dreizehn Jahren können verstehen, daß der Geist eines Mannes widerspiegelt, wer er war und was er alles getan hat. Es gibt eine Menge Groll unter diesem Flieder.

Gillian nickt. »Ja.«

»Ihr redet darüber, als ob es Wirklichkeit wäre«, sagt Sally. »Aber das stimmt einfach nicht! Da draußen ist niemand! Kein Mann und kein Geist!«

Kylie schaut nach draußen. Sie möchte, daß ihre Mutter recht hat. Es wäre eine solche Erleichterung, draußen nur die Bäume und das Gras zu sehen, aber da ist leider noch mehr.

»Er setzt sich auf und zündet sich eine Zigarette an. Gerade hat er das brennende Streichholz ins Gras geworfen.«

Kylies Stimme klingt brüchig, und sie hat Tränen in den

Augen. Sally ist ganz ruhig geworden. Ihre Tochter steht offensichtlich in Kontakt mit Jimmy, also gut. Hin und wieder hat Sally selbst etwas draußen im Garten gespürt, aber sie hat den dunklen Schatten, den sie aus dem Augenwinkel erblickte, ignoriert, und sie hat sich geweigert, ihrem Frösteln auf den Grund zu gehen, das sie befällt, wenn sie hinausgeht, um die Gurken im Garten zu gießen. Es ist nur ein Schatten, eine kühle Brise, nur ein toter Mann, der jetzt niemandem mehr weh tun kann.

Jetzt, da sie nachdenklich ihren eigenen Garten betrachtet, beißt sich Sally versehentlich auf die Lippen, aber sie achtet nicht auf das Blut. Draußen auf dem Gras sieht sie einen Rauchkringel, und es riecht scharf nach Feuer, als habe jemand tatsächlich ein Streichholz auf den nassen Rasen geworfen. Er könnte das Haus niederbrennen, er könnte den Garten in seine Gewalt bringen und ihnen so viel Angst einjagen, daß sie am Ende nicht einmal mehr wagen, aus dem Fenster zu spähen. Der Rasen da draußen ist zwar voller Unkraut und Fingergras und bei weitem nicht oft genug gemäht worden. Dennoch kommen im Juli die Glühwürmchen, und die Spottdrosseln finden nach Gewittern immer Regenwürmer. Dies ist der Garten, in dem ihre Mädchen aufgewachsen sind, und Sally will verdammt sein, wenn sie sich von Jimmy vertreiben läßt, wo er doch auch lebendig keinen Cent wert war.

»Du brauchst dir keine Sorgen zu machen«, sagt Sally zu Kylie. »Geh wieder ins Bett. Wir kümmern uns darum.« Sie geht zur Hintertür und öffnet sie; dann nickt sie Gillian zu.

»Ich?« sagt Gillian, die versucht hat, eine Zigarette aus dem Päckchen zu nehmen, aber ihre Hände haben gezittert wie Vogelschwingen. Sie hat nicht die Absicht, in diesen Garten hinauszugehen.

»Jetzt gleich«, sagt Sally mit der seltsamen Autorität, die sie bei solchen Gelegenheiten bekommt, in diesen schlimmen Momenten der Panik und Verwirrung, in denen Gillian den Impuls verspürt, in die andere Richtung zu rennen, und zwar so schnell wie möglich.

Sie gehen zusammen nach draußen, so dicht beieinander, daß eine den Herzschlag der anderen spüren kann. Es hat die ganze Nacht geregnet, und jetzt bewegt sich die klebrige Luft in dichten, malvenfarbenen Schwaden. Noch singen die Vögel nicht, aber die Feuchtigkeit hat die Kröten aus dem Bächlein hinter der High-School angelockt. Diese Tiere sind verrückt nach Snickers, die die Teenager in der Mittagspause manchmal in den Bach werfen, und nun halten sie nach Süßigkeiten Ausschau, wenn sie über die glitschigen Rasenflächen und durch die Pfützen aus Regenwasser hüpfen, die sich auf den Straßen gesammelt haben. Vor weniger als einer halben Stunde ist der Zeitungsjunge mit seinem Fahrrad über eine der größten Kröten gefahren und gegen einen Baum gedonnert; jetzt ist sein Vorderrad verbogen, er hat sich den linken Fuß gebrochen, und heute werden mit Sicherheit keine Zeitungen mehr ausgeliefert.

Eine der Kröten aus dem Bach hüpft über den Rasen, genau auf die Fliederhecke zu. Beiden Schwestern ist kalt; sie fühlen sich so wie früher an Wintertagen, wenn sie sich im Salon der Tanten in einen alten Quilt wickelten und beobachteten, wie sich an der Innenseite der Fensterscheiben Eis bildete. Der bloße Anblick des Flieders läßt Sallys Stimme leiser werden.

»Die Büsche sind größer als gestern. Er läßt sie wachsen.

Er tut es aus Haß oder aus Boshaftigkeit, aber es funktioniert jedenfalls.«

»Gott verdamme dich, Jimmy«, flüstert Gillian.

»Sprich niemals schlecht von den Toten«, erinnert Sally sie. »Außerdem sind wir diejenigen, die ihn da hingelegt haben.«

Gillians Kehle wird trocken wie Staub. »Meinst du, wir sollten ihn wieder ausgraben?«

»Ha«, sagt Sally. »Und was machen wir dann mit ihm?« Sally beißt sich auf die Lippen. Höchstwahrscheinlich haben sie Hunderte von Details übersehen. Hunderte von Arten, auf die er sie bezahlen lassen kann. »Was ist, wenn jemand kommt und nach ihm sucht?«

»Das wird keiner tun. Er ist der Typ, dem man aus dem Weg geht. Keiner schert sich genügend um Jimmy, um nach ihm zu suchen. Glaub mir. Von da droht keine Gefahr.«

»Du hast ihn gesucht«, erinnert Sally sie. »Und gefunden.«

»Ich habe das bekommen, was ich glaubte zu verdienen«, sagt Gillian.

Das ist eine so tiefgründige und wahre Feststellung, daß Sally nicht glauben kann, sie aus Gillians sorglosem Mund gehört zu haben. Schon immer legten sie gegenseitig strenge Maßstäbe an, als wären sie immer noch diese beiden unscheinbaren kleinen Mädchen, die auf dem Flughafen darauf warteten, daß jemand kam und Anspruch auf sie erhob.

»Mach dir keine Sorgen wegen Jimmy«, sagt Sally zu ihrer Schwester.

Gillian möchte das gern glauben, aber sie ist nicht überzeugt und schüttelt den Kopf.

»Er ist so gut wie weg«, beruhigt Sally sie. »Warte nur ab.«

Die Kröte ist näher gekommen. Eigentlich ist sie im Grunde ganz hübsch, mit wäßriger Haut und grünen Augen, und sie ist wachsam und geduldig, was mehr ist, als man von den meisten Menschen sagen kann. Heute wird Sally dem Beispiel der Kröte folgen und Geduld als Waffe und als Schutzschild benutzen. Sie wird staubsaugen und alle Laken auf den Betten wechseln, aber während sie all das tut, wird sie in Wirklichkeit nur darauf warten, daß Gillian und Kylie und Antonia das Haus für den Tag verlassen.

Sobald sie endlich allein ist, geht Sally in den hinteren Garten. Die Kröte ist noch da, hat genau wie Sally gewartet. Sie duckt sich tiefer ins Gras, während Sally in der Garage nach der Heckenschere sucht, und sie ist noch immer da, als Sally damit zurückkommt und auch die Trittleiter mitbringt, die sie benutzt, wenn sie eine Glühbirne auswechseln will oder auf den oberen Regalen der Speisekammer etwas sucht.

Die Heckenschere ist rostig und alt, die früheren Besitzer des Hauses haben sie zurückgelassen, aber sie wird sicher tun, was sie tun soll. Der Tag wird bereits heiß und schwül, Dampf steigt von den Pfützen auf. Sally ist auf das Schlimmste gefaßt. Nie zuvor hat sie Erfahrungen mit rastlosen Geistern gemacht, aber sie nimmt an, daß diese sich an der realen Welt festhalten wollen. Halb erwartet sie, daß Jimmy durch das Gras nach oben greift und sie beim Knöchel packt, und es würde sie nicht überraschen, wenn sie sich die Daumenkuppe abschneiden oder von der Leiter fallen würde. Doch die Arbeit geht leicht vonstatten. Vielleicht liegt es daran, daß ein Mann mit dieser

Art Wetter nie gut zurechtkommt. Er bevorzugt Klimaanlagen oder wartet lieber, bis die Nacht anbricht. Will eine Frau in der heißen Sonne arbeiten, ist er sicher nicht derjenige, der sie daran hindert, aber er würde sich in den Schatten legen, bevor sie auch nur die Zeit hätte, ihre Leiter aufzustellen.

Sally dagegen ist an harte Arbeit gewöhnt. Im tiefen Winter stellt sie oft ihren Wecker auf fünf Uhr früh, damit sie aufstehen und Schnee schaufeln und wenigstens eine Maschine Wäsche waschen kann, bevor sie und die Mädchen aus dem Haus gehen. Sie war schon immer froh um ihren Job in der High-School, denn so hat sie Zeit für ihre Kinder. Jetzt sieht sie, daß sie klug war. Die Sommer haben stets ihr gehört, und das wird auch weiterhin so sein. Deswegen kann sie sich mit dem Schneiden der Hecke Zeit lassen, kann sich dafür, wenn nötig, den ganzen Tag nehmen, aber in der Abenddämmerung werden diese Fliederbüsche verschwunden sein.

Im hinteren Teil des Gartens werden nur ein paar Stümpfe übrigbleiben, so dunkel und knotig, daß sie zu nichts anderem taugen als zum Heim für eine Kröte. Die Luft wird so still sein, daß man eine einzelne Mücke hören kann, und der letzte Ruf der Spottdrossel wird widerhallen und dann vergehen. Und wenn die Nacht hereinbricht, werden auf der Straße ganze Ballen von Zweigen und Blüten liegen, sauber mit Kordel zusammengebunden, bereit für die Müllabfuhr am nächsten Morgen. Die Frauen, die sich in den vergangenen Wochen zu den Fliederbüschen hingezogen gefühlt haben, werden kommen und sehen, daß die Hecke bis auf den Boden abgeholzt ist, daß die herrlichen Blüten nur noch Müll sind, der auf dem Gehsteig und der Straße verstreut liegt. Das ist die Stunde, in der sie einander in die Arme fallen und einfache Dinge preisen werden, und endlich werden sie sich wieder frei fühlen.

Vor zweihundert Jahren, als Maria Owens zum erstenmal nach Massachusetts kam, mit nichts als einem kleinen Bündel Habseligkeiten, ihrer winzigen Tochter und einigen Diamanten, die in den Saum ihres Kleides eingenäht waren, glaubten die Menschen, ein heißer und feuchter Juli weise auf einen kalten und elenden Winter hin. Der Schatten eines Waldmurmeltiers wurde sorgfältig studiert, denn er galt als Indikator für schlechtes Wetter. Aalhäute wurden als Vorbeugung gegen Rheumatismus benutzt. Katzen durften nie das Haus betreten, denn es war wohlbekannt, daß sie einem Säugling den Atem aussaugen und das arme Baby in seiner Wiege töten konnten.

Die Menschen glaubten, für alles gäbe es Gründe, und wenn sie diese nicht kannten, mußte etwas Böses am Werk sein. Es war nicht möglich, mit dem Teufel zu reden, aber einige unter ihnen schlossen tatsächlich Händel mit ihm ab. Am Ende wurden sie immer ertappt, verraten durch eigenes Pech oder durch das Unheil, das über ihnen nahestehende Menschen kam. Wenn ein Ehepaar kein Kind bekommen konnte, dann legte der Mann eine Perle unter das Kissen seiner Frau, und wenn sie dann noch immer nicht empfing, tuschelte man über die wahre Natur ihres Charakters. Wenn alle Erdbeeren auf allen Beeten von Ohrwürmern gefressen wurden, plötzlich und über Nacht, dann wurde die alte Frau unten an der Straße, die schielte, zum Verhör ins Rathaus gebracht. Selbst wenn eine Frau bewies, daß sie unschuldig war – wenn es ihr gelang, durch Feuer zu gehen und sich nicht in Rauch und

Asche aufzulösen oder wenn sich herausstellte, daß die Erdbeeren überall betroffen waren –, dann bedeutete das noch lange nicht, daß sie in der Stadt willkommen war oder daß irgend jemand glaubte, sie sei nicht an irgend etwas schuld.

Maria Owens war jung und hübsch, aber sie kleidete sich ganz in Schwarz und hatte keinen Ehemann. Trotzdem besaß sie genug Geld, um zwölf Zimmerleute anzuheuern, die das Haus in der Magnolia Street bauten, und sie war ihrer selbst und dessen, was sie wollte, so sicher, daß sie diese Männer genau anwies, welches Holz sie für den Kaminsims im Eßzimmer benutzen sollten oder wie viele Fenster nötig waren, um den bestmöglichen Blick auf den Hintergarten zu haben. Die Leute wurden argwöhnisch, und warum hätten sie das auch nicht sein sollen? Maria Owens' Baby weinte niemals, nicht einmal, wenn die Kleine von einer Biene gestochen wurde. Ihr Garten wurde niemals von Ohrwürmern oder Mäusen heimgesucht. Wenn ein Hurrikan tobte, trug jedes Haus in der Magnolia Street Schäden davon, nur nicht das, das die zwölf Zimmerleute erbaut hatten; nicht einer der Fensterläden hing nachher schief in den Angeln, und selbst die auf der Leine vergessene Wäsche blieb, wo sie war, kein einziger Strumpf und kein Hemd gingen verloren.

Wenn Maria Owens sich entschloß, mit jemandem zu sprechen, schaute sie dieser Person direkt in die Augen. Man wußte, daß sie genau das tat, was sie wollte, ohne sich vorher die Folgen zu überlegen. Männer, die sich nicht in sie hätten verlieben sollen, taten es doch und waren überzeugt, daß sie sie mitten in der Nacht heimsuchte und ihr fleischliches Begehren anstachelte. Frauen ertappten sich dabei, daß sie sich zu ihr hingezogen fühlten und draußen auf der Veranda, wo die Glyzinie zu wachsen begonnen hatte und sich schon um das schwarz gestrichene Geländer rankte, ihre Geheimnisse verraten wollten.

Maria Owens beachtete niemanden außer sich selbst und ihre Tochter und einen Mann drüben in Newburyport, dessen Existenz keiner ihrer Nachbarn auch nur ahnte, obwohl er in seiner eigenen Stadt wohlbekannt und ziemlich angesehen war. Dreimal im Monat nahm Maria ihr schlafendes Baby, zog ihren langen Wollmantel an und ging, angezogen von Verlangen, über die Felder, vorbei an den Gemüsegärten und Gänseteichen. In manchen Nächten glaubten Leute zu sehen, wie sie mit wehendem Mantel so schnell lief, daß sie kaum den Boden zu berühren schien. Es mochte alles vereist und verschneit sein oder die Apfelbäume in voller Blüte stehen, man wußte nie genau, wann Maria durch die Felder gehen würde. Manche Leute erfuhren niemals, daß sie direkt an ihren Häusern vorbeikam; sie hörten dann einfach etwas da draußen, wo die Himbeeren wuchsen, wo die Pferde schliefen, und die Stärke des Verlangens teilte sich ihrer eigenen Haut mit – den Frauen in ihren Nachthemden und den von der Härte ihres Lebens erschöpften Männern. Immer, wenn sie Maria bei Tageslicht sahen, auf der Straße oder in einem Geschäft, musterten sie sie aufmerksam, und sie trauten dem, was sie sahen, nicht – dem hübschen Gesicht, den kühlen grauen Augen, dem schwarzen Mantel, dem Duft irgendeiner Blume, die niemand in ihrer Stadt beim Namen zu nennen vermochte.

Dann, eines Tages, schoß ein Farmer auf eine Krähe in seinem Maisfeld, auf eine Kreatur, die ihn seit Monaten schamlos bestohlen hatte. Und als Maria Owens am nächsten Morgen mit einer Schlinge um den Arm und weiß verbundener rechter Hand erschien, waren sich die Leute sicher, den Grund dafür zu kennen. Sie waren zwar höflich, wenn Maria in ihre Läden kam, um Kaffee oder Melasse oder Tee zu kaufen, doch kaum hatte sie ihnen den Rücken gekehrt, da machten sie das Zeichen des Fuchses, hoben den Zeige- und den kleinen Finger in die Luft, da man wußte, daß diese Bewegung einen Bann brach. Sie suchten den Nachthimmel nach etwas Fremdartigem ab, hängten Hufeisen über ihre Türen und stellten Büsche aus Mistelzweigen in ihre Küchen und Wohnzimmer, um sich vor dem Bösen zu schützen.

Seither hat jede Owens-Frau Marias klare, graue Augen geerbt und das Wissen, daß das Übel nicht wirklich abgewehrt werden kann. Maria war keine Krähe, daran interessiert, Farmer und ihre Felder heimzusuchen; Maria war von der Liebe verwundet worden. Der Mann, der der Vater ihres Kindes war und dem Maria nach Massachusetts gefolgt war, hatte genug von ihr. Seine Glut hatte sich abgekühlt, zumindest die für Maria, und er hatte ihr eine große Summe Geldes geschickt, damit sie ihn in Ruhe ließ. Maria wollte nicht glauben, daß er sie so behandelte, doch dreimal war er zu Verabredungen nicht erschienen, und sie konnte einfach nicht länger warten. Sie war zu seinem Haus in Newburyport gegangen, etwas, das er ihr strengstens verboten hatte, und sie hatte sich an der Hand verletzt, als sie an seine Tür klopfte. Der Mann, den sie liebte, wollte auf ihr Weinen nicht antworten; statt dessen schrie er sie an, sie solle fortgehen, und zwar mit einer so kalten Stimme, als würde er Maria nicht kennen. Aber Maria wollte nicht gehen, sie klopfte und klopfte und merkte nicht einmal, daß ihre Knöchel blutig waren; schon zeichneten sich blaue Flecken auf ihrer Haut ab.

Am Ende schickte der Mann, den Maria liebte, seine Frau an die Tür, und als Maria diese unscheinbare Frau in ihrem Flanellnachthemd sah, drehte sie sich um und rannte im Mondschein den ganzen Weg nach Hause, schneller noch als ein Reh; in dieser Nacht drang sie in die Träume der Leute ein, so daß die Menschen in der Stadt am nächsten Morgen außer Atem erwachten, mit vor Anstrengung zitternden Beinen und so müde, als hätten sie nicht einen Moment lang geschlafen. Maria merkte nicht einmal, daß sie sich verletzt hatte, bis sie vergebens versuchte, ihre rechte Hand zu bewegen, und sie fand es nur passend, daß sie so gezeichnet war. Von da an behielt sie ihre Hände bei sich.

Natürlich sollte man dem Unheil ausweichen, wann immer das möglich ist, und Maria war in Fragen des Glücks immer vorsichtig. Sie pflanzte Obstbäume bei Neumond, und einige der robusteren Pflanzen, die sie setzte, sprießen noch immer im Garten der Tanten, und die Zwiebeln sind noch immer so scharf und stark, daß man leicht verstehen kann, warum man sie für das beste Heilmittel bei Hundebissen und Zahnschmerzen hielt. Maria sorgte immer dafür, daß sie etwas Blaues trug, selbst als sie eine alte Dame war und das Bett nicht mehr verlassen konnte; der Schal um ihre Schultern war blau wie das Paradies, und wenn sie in ihrem Schaukelstuhl auf der Veranda saß, war schwer zu sagen, wo sie aufhörte und der Himmel begann.

Bis zum Tag ihres Todes trug Maria einen Saphir, den der Mann, der sie einst liebte, ihr geschenkt hatte, nur um sich selbst daran zu erinnern, was wichtig war und was nicht. Noch lange nach ihrem Hinscheiden behaupteten einige Leute, sie sähen in sehr kalten Nächten spätnachts eine eisblaue Gestalt auf den Feldern, die in nördlicher Richtung an den Obstgärten vorbeiginge, und wenn man sehr still sei und sich nicht von der Stelle rühre, sondern auf einem Knie neben einem der alten Apfelbäume hocke, dann würde ihr Kleid einen streifen, und von dem Tag an werde man in allen Dingen Glück haben.

Auf dem kleinen Porträt, das die Tanten Kylie zu ihrem Geburtstag geschickt haben und das zwei Wochen verspätet eintrifft, trägt Maria ihr blaues Lieblingskleid, und ihr dunkles Haar ist mit einem blauen Satinband zurückgebunden. Dieses Ölgemälde hat hundertzweiundneunzig Jahre lang im Haus der Owens gehangen, in der dunkelsten Ecke des Treppenabsatzes neben den Damastvorhängen. Gillian und Sally sind tausendmal daran vorbeigegangen, ohne ihm auch nur einen zweiten Blick zu gönnen. Antonia und Kylie spielten auf demselben Treppenabsatz in ihren Augustferien *Parcheesi* und bemerkten nicht einmal, daß außer Spinnweben und Staub etwas an der Wand hing.

Jetzt bemerken sie es. Maria Owens hängt über Kylies Bett. Offensichtlich war der Maler in sie verliebt, als er das Porträt gemalt hat, denn sie wirkt auf der Leinwand sehr lebendig. In stillen Nächten kann man sie fast ein- und ausatmen sehen. Und ein Geist, der durchs Fenster klettern oder durch die Wand dringen möchte, würde es sich wohl zweimal überlegen, ob er sich Maria wirklich stellen will. Schon der bloße Anblick verrät, daß sie niemals klein beigab oder sich der Meinung eines anderen beugte. Erfahrung war für sie nicht nur der beste Lehrer, sondern der einzige, und so bestand sie darauf, daß der Maler auch ihre entstellte rechte Hand darstellte, die nie richtig verheilt war.

An dem Tag, an dem das Gemälde eintraf, kam Gillian nach Pommes frites und Zucker riechend von der Arbeit heim. Seit Sally den Flieder abgeschnitten hatte, war jeder Tag besser gewesen als der vorhergehende; der Himmel war blauer, die auf den Tisch gestellte Butter war süßer, und man konnte die ganze Nacht durchschlafen, ohne Alpträume oder Angst vor der Dunkelheit zu haben. Aber als Gillian jetzt nach oben ging, die Tür zu Kylies Zimmer öffnete und sich Maria gegenübersah, stieß sie einen Schrei aus, der die Spatzen in den Nachbargärten erschreckte und die Hunde jaulen ließ.

»Was für eine gräßliche Überraschung!« sagte sie zu Kylie.

Gillian trat so nahe an Maria Owens heran, wie sie es wagte. Sie verspürte den Drang, ein Handtuch über das Porträt zu hängen oder es durch etwas Fröhliches und Banales zu ersetzen – ein helles Gemälde von jungen Hunden, die Tauziehen spielten, oder von Kindern bei einer Teeparty, die ihren Teddybären Kuchen servieren. Wer brauchte schon die Vergangenheit an der Wand? Wer brauchte etwas, das sich einst im Haus der Tanten befunden hatte?

»Das ist viel zu unheimlich für ein Schlafzimmer«, ließ Gillian ihre Nichte wissen. »Wir hängen es ab.«

»Maria ist nicht unheimlich«, sagte Kylie, deren Haar nachgewachsen ist, so daß sich nun mitten auf dem Kopf ein fast zwei Zentimeter breiter brauner Streifen befindet. Das hätte merkwürdig und unfertig aussehen sollen; statt dessen machte das Kylie nur noch schöner. Tatsächlich sah sie Maria ziemlich ähnlich, ja, man hätte sie sogar für Zwillinge halten können. »Ich mag sie«, sagte Kylie zu ihrer Tante, und damit war die Sache erledigt.

Gillian fürchtete, sie würde mit Maria dort über ihnen nicht schlafen können, sie würde Alpträume haben und vielleicht sogar zittern, doch es kam anders. Sie denkt nie mehr an Jimmy und macht sich keine Sorgen mehr, jemand werde kommen und nach ihm suchen; jeder, dem er Geld schuldete oder mit dem er Händel hatte und der ihn finden wollte, wäre längst aufgetaucht. Jetzt, da das Porträt von Maria an der Wand hängt, schläft Gillian noch tiefer, und jeden Morgen wacht sie mit einem Lächeln auf den Lippen auf. Sie fürchtet sich nicht mehr vor dem hinteren Garten, obwohl sie ab und zu Kylie ans Fenster zieht, um sich versichern zu lassen, daß Jimmy nicht zurückgekommen ist. Kylie behauptet immer, sie brauche sich keine Sorgen zu machen. Der Garten ist sauber und grün. Die Fliederbüsche sind so dicht an den Wurzeln abgeschnitten worden, daß es vermutlich Jahre dauern wird, bis sie wieder Triebe bekommen. Ab und an wirft etwas einen Schatten über den Rasen, aber das ist wahrscheinlich die Kröte, die seither in den Wurzeln der Fliederbüsche wohnt. Sie würden merken, wenn es Jimmy wäre, nicht wahr? Sie würden sich bedrohter und viel gefährdeter fühlen.

»Da draußen ist niemand«, verspricht Kylie. »Er ist fort.« Und vielleicht ist er das wirklich, weil Gillian nicht mehr weint, nicht einmal mehr im Schlaf, und die blauen Flekken, die er auf ihren Armen hinterlassen hatte, sind fort. Sie hat angefangen, sich mit Ben Frye zu treffen.

Der Entschluß, es mit Ben zu probieren, überkam sie plötzlich, als sie in Jimmys Oldsmobile, in dem unter dem Sitz noch immer Bierdosen klapperten, von der Arbeit nach Hause fuhr. Ben rief sie noch immer mehrmals am Tag an, aber irgendwann würde er damit aufhören, obwohl er erstaunliche Geduld besaß. Als Junge hatte er acht

Monate damit verbracht, sich beizubringen, wie man sich aus einem Paar Handschellen befreit, und bevor er die Kunst beherrschte, unter der Zunge ein Streichholz zu löschen, verbrannte er sich wieder und wieder den Gaumen, so daß er wochenlang nichts anderes essen konnte als Pudding. Illusionen zu begreifen und zu schaffen, die auf der Bühne nur Sekunden währten, dauerte monate- oder sogar jahrelang. Aber Liebe hatte nichts mit Übung und Vorbereitung zu tun, sie war reiner Zufall; wenn man sich Zeit damit nahm, lief man Gefahr, daß sie sich in Rauch auflöste, bevor sie auch nur begonnen hatte. Früher oder später mußte Ben aufgeben. Er würde auf dem Weg zu ihr sein, ein Buch unter dem Arm, um sich die Zeit zu vertreiben, während er auf der Veranda auf sie wartete, und dann würde er plötzlich nein denken, einfach so, aus heiterem Himmel. Gillian brauchte nur die Augen zu schließen, und sie konnte den Ausdruck von Zweifel auf seinem Gesicht sehen. Heute nicht, würde er schließen, und er würde sich umdrehen, nach Hause gehen und vermutlich nie wiederkommen.

Allein an den Zeitpunkt zu denken, an dem Ben endlich aufhören würde, ihr nachzulaufen, bereitete Gillian Übelkeit. Eine Welt ohne seine Anrufe und seinen Glauben interessierte sie nicht im geringsten. Aber vor wem beschützte sie ihn denn eigentlich? Das achtlose Mädchen, das den Männern das Herz brach und nichts weiter wollte als Spaß, war fort, dafür hatte Jimmy gesorgt. Das war alles so lange her, daß Gillian sich nicht einmal mehr erinnern konnte, warum sie je zuvor gedacht hatte, sie sei verliebt, oder was sie von all diesen Männern zu bekommen geglaubt hatte, die niemals überhaupt nur eine Ahnung hatten, wer sie war.

An diesem Abend, als der Himmel blaß und blau war und die Bierdosen jedesmal umherrollten, wenn sie auf die Bremse trat, wendete Gillian den Wagen und fuhr zu Ben Fryes Haus, ehe der Mut sie wieder verließ. Sie sagte sich, sie sei erwachsen und könne wie eine Erwachsene mit einer Situation umgehen. Trotzdem glaubte sie, ohnmächtig zu werden, als Ben die Haustür öffnete. Sie hatte vorgehabt, ihm zu sagen, sie sei nicht auf irgend etwas Ernsthaftes aus – sie wußte nicht einmal, ob sie ihn küssen würde, ganz zu schweigen davon, ob sie mit ihm ins Bett gehen würde –, aber sie kam gar nicht dazu, irgend etwas dergleichen zu sagen, denn nachdem sie in die Eingangsdiele getreten war, wollte Ben nicht länger warten.

Er hatte genügend Geduld bewiesen, hatte seine Strafe abgesessen und wollte nicht an die Zukunft denken. Er fing an, Gillian zu küssen, bevor sie auch nur den Mund öffnen konnte, und seine Küsse weckten Gefühle in ihr, die sie nicht empfinden wollte, zumindest nicht gleich. Er drückte sie gegen die Wand und schob seine Hände unter ihre Bluse, und ihr wurde klar, daß sie in großen Schwierigkeiten war. Aber sie wehrte sich nicht, sondern erwiderte seine Küsse, bis sie an nichts anderes mehr denken konnte. Ben machte sie verrückt, und er stellte sie auch auf die Probe – jedesmal, wenn er ihr Begehren angestachelt hatte, hielt er inne, nur um zu sehen, was sie tun würde und wie sehr sie es wollte. Wenn er sie nicht ganz schnell ins Schlafzimmer brachte, würde sie schließlich darum flehen. Sie würde schließlich darum betteln, so wie sie es auch bei Jimmy zu tun pflegte, obwohl sie es nie wirklich meinte. Nicht damals. Es ist einfach nicht möglich, daß eine Frau sich auf den Liebesakt konzentriert, wenn sie solche Angst hat. Zuviel Angst, um zu atmen, zuviel Angst, um auch nur Worte wie »Nicht so. Es tut zu weh, wenn du es so machst« zu denken.

Mit Jimmy benutzte sie schmutzige Ausdrücke, weil sie wußte, daß es ihm half, hart zu werden. Wenn er den ganzen Abend getrunken hatte und ihn nicht hochkriegte, wurde er schneller wütend, als möglich schien. In einer Sekunde war noch alles gut, aber in der nächsten stand die Luft um ihn herum in Flammen. Wenn das passierte, fing er entweder an, sie zu schlagen, oder sie mußte anfangen ihm zu sagen, wie sehr sie ihn in sich fühlen wolle. Wenigstens wußte er, wohin mit seiner Wut, wenn Gillian ihm sagte, sie wolle die ganze Nacht von ihm gevögelt werden und begehre ihn so sehr, daß sie alles tun würde, daß er alles von ihr verlangen könne. Und war es nicht sein gutes Recht, wütend zu sein und zu tun, was immer er wollte? War sie nicht so schlecht, daß sie bestraft werden mußte, und das konnte nur er; nur er konnte es auf die richtige Art.

Reden und Gewalt waren die zwei Dinge, die Jimmy immer in Fahrt brachten, daher begann Gillian immer gleich zu reden. Sie war klug genug, ihn mit Obszönitäten schnell aufzugeilen und seinen Schwanz zu lutschen, bevor er wirklich durchdrehte. Dann vögelte er sie, aber er konnte dabei gemein sein und auch egoistisch, und es gefiel ihm, wenn sie weinte. Wenn sie das tat, wußte er, daß er gewonnen hatte, und aus irgendeinem Grund war ihm das wichtig. Er schien nicht zu wissen, daß er gleich von Anfang an gewonnen hatte, seit sie zum erstenmal in seine Augen geschaut hatte.

Sobald sie mit dem Sex fertig waren, pflegte Jimmy wieder nett zu ihr zu sein, und das war fast jede Gemeinheit wert. Wenn er sich wohl fühlte und nichts beweisen mußte, war er der Mann, in den sie sich so sehr verliebt hatte. Es ist leicht zu vergessen, was man in der Dunkelheit tut, wenn man das nötig hat. Gillian wußte, andere Frauen fanden, sie habe Glück, und sie selbst fand das auch. Aus lauter Verwirrung hatte sie sogar angefangen, zu akzeptieren, daß Liebe so sein mußte, und in gewisser Weise stimmte das auch, denn mit Jimmy mußte es so sein.

Gillian war so daran gewöhnt, daß jemand sie als erstes auf Hände und Knie zwang, sie schlug und ihr sagte, sie solle fest saugen, daß sie nicht glauben konnte, wieviel Zeit Ben damit verbrachte, sie zu küssen. All seine Küsse machten sie verrückt und erinnerten sie daran, wie es sein kann, wenn man jemanden genauso begehrt, wie man von ihm begehrt wird. Ben war nicht daran interessiert, eine Frau zum Weinen zu bringen und sie hinterher wieder zu trösten, wie Jimmy es zu tun pflegte, und er brauchte ganz gewiß keine Hilfe, wie Jimmy sie immer brauchte. Als Ben ihr den Slip auszog, hatte Gillian weiche Knie. Sie legte keinerlei Wert darauf, ins Schlafzimmer zu gehen, sie wollte es hier, und sie wollte es jetzt.

Sie liebten sich, so lange sie konnten, gleich da in der Diele, und dann gingen sie in Bens Bett und schliefen stundenlang, als hätten sie Drogen genommen. Während sie einschliefen, hätte Gillian schwören können, sie habe Ben »Schicksal« murmeln gehört – als seien sie von Anfang an dazu bestimmt gewesen, zusammenzusein, und alles, was sie je in ihrem Leben getan hatten, hätte auf diesen Augenblick hingeführt. Wenn man so dachte, konnte man ruhig einschlafen. Man konnte sein ganzes trauriges Leben betrachten und doch das Gefühl haben, endlich alles bekommen zu haben, was man sich je gewünscht hatte. Trotz allem Pech und aller falschen Abzweigungen konnte man tatsächlich entdecken, daß man gewonnen hatte.

Als Gillian aufwachte, war es Abend, und im Zimmer war es dunkel bis auf etwas, das wie eine weiße Wolke am Fußende des Bettes zu liegen schien. Gillian fragte sich, ob sie träume, ob sie sich vielleicht aus ihrem Körper gelöst habe und über dem Bett schwebe. Doch als sie sich kniff, tat es weh. Sie war also noch immer da. Sie strich mit der Hand über Bens Rücken, nur um sich zu vergewissern, daß auch er da war, und diese Berührung weckte in ihr wieder Begehren. Sie fühlte sich so töricht wie ein Schulmädchen, das nicht über irgendwelche Folgen nachdenken wollte.

Gillian setzte sich auf, das weiße Laken um sich geschlungen, und stellte fest, daß die Wolke am Fußende des Bettes Buddy war. Bens Hauskaninchen, das ihr nun direkt in den Schoß hüpfte. Vor ein paar Wochen erst war Gillian draußen in der Sonoran-Wüste gewesen und hatte sich die Ohren zugehalten, während Jimmy und zwei seiner Freunde Präriehunde schossen. Sie töteten dreizehn Stück, und Gillian hatte das für ein schreckliches Omen gehalten. Sie war ganz zittrig und blaß geworden, aber glücklicherweise war Jimmy bester Laune, da er mehr Präriehunde erbeutet hatte als seine Kumpel, nämlich acht, wenn man die beiden Babys mitrechnete. Er kam herüber und legte die Arme um Gillian, und in diesem Augenblick begriff sie nur zu gut, warum sie sich zu ihm hingezogen fühlte. Wenn er einen so ansah, konnte er den Eindruck erwecken, man sei die einzige Person im Universum; eine Bombe könnte fallen, ein Blitz könnte einschlagen, und doch würde er nicht aufhören, einen anzusehen.

»Das einzig gute Nagetier ist ein totes Nagetier«, hatte

Jimmy gelacht. Er roch nach Zigaretten und Hitze und war so lebendig, wie ein menschliches Wesen nur sein kann. »Das kannst du mir glauben. Wenn du eins siehst, dann schieße und töte es.«

Jimmy hätte herzlich gelacht, wenn er sie mit einem Nagetier im Bett gesehen hätte. Gillian schob das Kaninchen fort, stand auf und suchte den Weg in die Küche, um sich ein Glas Wasser zu holen. Die meisten der Männer, mit denen Gillian bisher zu tun gehabt hatte, hatten die Küche gemieden; ein paar hatten anscheinend gar nicht gewußt, daß ihr Haus tatsächlich über einen solchen Raum verfügte. Hier aber in Bens Haus war die Küche benutzt – es gab einen schönen alten Tisch aus Pinienholz, übersät mit wissenschaftlichen Lehrbüchern und Speisekarten aus chinesischen Restaurants, und als sie nachschaute, entdeckte Gillian, daß es im Kühlschrank tatsächlich Essen gab: einige Kasserollen mit Lasagne und Brokkoli und Käsesoufflé, eine Tüte Milch, Aufschnitt, Mineralwasser und Bündel von Karotten.

Gillian nahm sich eine Flasche Mineralwasser, und als sie sich umdrehte, sah sie, daß das Kaninchen ihr gefolgt war.

»Geh weg«, sagte sie, aber es wollte nicht.

Buddy hatte sich ernstlich in Gillian verliebt. Er klopfte mit dem Bein, wie verliebte Kaninchen es immer tun. Er achtete nicht auf ihr Stirnrunzeln oder darauf, daß sie die Hände schwenkte, als wolle sie eine Katze verscheuchen. Er hoppelte hinter ihr her ins Wohnzimmer. Als Gillian stehenblieb, setzte sich Buddy auf den Teppich und schaute zu ihr auf.

»Hör sofort damit auf«, sagte Gillian.

Sie drohte mit dem Finger und starrte ihn an, aber

Buddy blieb, wo er war. Er hatte große braune Augen und rosa Augenlider. Er sah ernsthaft und würdevoll aus, selbst wenn er sich mit der Zunge die Pfoten leckte.

»Du bist bloß ein Nagetier«, sagte Gillian zu ihm.

Aus irgendeinem Grund war Gillian nach Weinen zumute. Sie würde niemals Bens Vorstellungen von ihr gerecht werden können, denn sie hatte eine schreckliche Vergangenheit zu verbergen. Sie setzte sich auf die Couch, die Ben aus einem Katalog bestellt hatte, als seine alte fadenscheinig geworden war. Es war eine wirklich hübsche Couch aus pflaumenfarbigem Cordsamt, die Art Couch, die Gillian in einer Zeitschrift sofort aufgefallen wäre und die sie sich selbst gewünscht hätte, hätte sie ein Haus oder Geld oder auch nur eine feste Adresse gehabt, an die sie sich Kataloge und Zeitschriften schicken lassen könnte. Wenn sie ehrlich war, war sie nicht einmal sicher, daß sie zu einer normalen Beziehung fähig war. Was, wenn sie es leid wurde, daß jemand nett zu ihr war? Was, wenn sie ihn nicht glücklich machen konnte? Was, wenn Jimmy recht gehabt und sie danach verlangt hatte, geschlagen zu werden – vielleicht nicht ausdrücklich, aber auf irgendeine namenlose Weise, derer sie sich nicht bewußt war? Was, wenn er es ihr so eingeprägt hatte, daß sie es jetzt tatsächlich brauchte?

Das Kaninchen hoppelte herbei und setzte sich zu ihren Füßen.

»Ich sitze in der Scheiße«, sagte Gillian zu ihm.

Sie rollte sich auf der Couch zusammen und weinte, aber selbst das vertrieb das Kaninchen nicht. Buddy hatte viel Zeit auf der Kinderstation im Krankenhaus drüben am Turnpike zugebracht. Jeden Samstag bei Bens Zaubervorstellung wurde er aus einem Hut gezogen, der alt war und nach Alfalfa und Schweiß roch. Daher war er an helles Licht und weinende Menschen gewöhnt und benahm sich immer anständig. Nicht ein einziges Mal hatte er ein Kind gebissen, nicht einmal, wenn man ihn an den Ohren packte oder ihn neckte. Jetzt saß er auf seinen Hinterbeinen und hielt sorgfältig das Gleichgewicht, wie man es ihm beigebracht hatte.

»Versuch nicht, mich aufzuheitern«, sagte Gillian, aber sie mußte trotzdem lachen. Als Ben aus dem Schlafzimmer kam, saß Gillian mit Buddy auf dem Fußboden und fütterte ihn mit kernlosen Weintrauben.

»Das ist ein schlauer Bursche«, sagte Gillian. Das Laken, das sie aus dem Bett mitgenommen hatte, war achtlos um sie geschlungen, ihr Haar stand vom Kopf ab, und sie fühlte sich ruhig und unbeschwert. »Also, er kann die Stehlampe anknipsen, indem er auf den Schalter springt. Er kann die Wasserflasche zwischen den Pfoten halten und trinken, ohne einen Tropfen zu verschütten. Keiner, der es nicht gesehen hat, würde das glauben. Ich weiß, gleich wirst du mir sagen, daß er wie eine Katze abgerichtet ist, sein Geschäft auf Streu zu erledigen.«

»Ist er.«

Ben stand am Fenster, und im blassen Licht sah er aus, als habe er den tiefen Schlaf der Engel geschlafen; niemand hätte seine Panik auch nur erraten, die ihn befallen hatte, als er erwachte und feststellte, daß Gillian aus seinem Bett verschwunden war. In dem Augenblick war er sicher gewesen, daß er es irgendwie geschafft hatte, sie zu verlieren, wie er alles andere in seinem Leben verloren hatte, aber da war sie, in ein Laken aus seinem Bett gehüllt. Ehrlicherweise hatte er sich nur deshalb der Zauberei zugewandt, weil er Angst hatte, daß Leute vor ihm verschwanden. Bei seinen Nummern kam das, was verschwand, mit Sicherheit immer zurück, ob es sich um einen Ring oder einen Vierteldollar oder Buddy persönlich handelte.

Jetzt hatte sich Ben in die unberechenbarste Frau verliebt, die er je getroffen hatte, konnte nicht dagegen ankämpfen, wollte es nicht einmal versuchen. Er wünschte sich, er könnte sie in seinem Zimmer festbinden, mit Kordeln aus Seide; er wünschte, sie niemals gehen lassen zu müssen. Er hockte sich neben Gillian und war sich dabei vollkommen bewußt, daß er in Wirklichkeit der Gefesselte war. Er wollte sie bitten, ihn zu heiraten, ihn niemals zu verlassen, doch statt dessen griff er unter das Sofakissen und zog eine Karotte aus dem Nichts. Zum erstenmal überhaupt ignorierte Buddy das Futter und rückte näher an Gillian heran.

»Wie ich sehe, habe ich einen Rivalen«, sagte Ben. »Vielleicht werde ich ihn braten müssen.«

Gillian hob das Kaninchen auf. Während Ben geschlafen hatte, hatte sie über ihre Vergangenheit nachgedacht und war zu dem Schluß gekommen, sich nicht von dem kleinen Mädchen beherrschen zu lassen, das auf der staubigen Hintertreppe vor der Küche der Tanten saß. Sie würde diese Idiotin, die sich mit Jimmy eingelassen hatte, nicht ihr Leben bestimmen lassen. »Buddy ist vermutlich das intelligenteste Kaninchen im ganzen Land. Er ist so schlau, daß er mich als nächstes fragen wird, ob ich morgen abend zum Essen komme.«

Es war Ben klar, daß er dem Kaninchen dankbar sein mußte. Wäre Buddy nicht gewesen, dann wäre Gillian vielleicht ohne auf Wiedersehen zu sagen gegangen; so aber blieb sie, weinte und überlegte sich alles noch einmal.

Deshalb machte Ben Buddy zu Ehren am nächsten Abend Karottensuppe, einen Kopfsalat und eine Kasserolle Welsh Rabbit, die aber zu Gillians größter Erleichterung aus nichts anderem als aus geschmolzenem Käse und Brot bestand. Ein Teller Salat und eine kleine Schale Suppe wurden für Buddy auf den Boden gestellt. Man streichelte das Kaninchen und dankte ihm, doch nach dem Essen wurde es in seinen Tragekorb gesteckt, wo es die Nacht über blieb. Sie wollten nicht, daß es an der Schlafzimmertür kratzte; sie wollten nicht gestört werden, weder von Buddy noch von sonst jemandem.

Seither haben sie jede Nacht zusammen verbracht. Ungefähr um die Zeit, wenn Gillian mit der Arbeit fertig ist, läuft Buddy an die Vordertür und hoppelt dort aufgeregt auf und ab, bis Gillian kommt, nach Pommes frites und Kräutersuppe duftend. Die Teenager aus dem Hamburgerschuppen folgen ihr den halben Turnpike hinunter, aber sie halten immer inne, wenn sie ins Bens Straße einbiegt. Im Herbst werden diese Jungen sich für Ben Fryes Biologiekurs einschreiben, selbst die faulen und dummen, die in Naturkunde bisher immer versagt haben, denn sie glauben, daß Mr. Frye etwas weiß, das sie selber unbedingt lernen sollten, was immer es sein mag, und zwar schnell. Doch diese Jungen können das ganze Semester lang studieren, sie können zu jeder einzelnen Laborstunde pünktlich eintreffen, sie werden dennoch nicht lernen, was Ben weiß – bis zu dem Tag, an dem sie sich Hals über Kopf verlieben. Erst wenn es ihnen egal ist, sich zum Narren zu machen, erst wenn der Gang über ein gespanntes Drahtseil oder der Sprung in einen weißen Wasserfall sich, verglichen mit einem einzigen Kuß, anfühlt wie ein Kinderspiel, erst dann werden sie verstehen.

Doch einstweilen begreifen diese Jungen die Liebe auch nicht annähernd, und ganz bestimmt verstehen sie nichts von Frauen. Sie hätten sich niemals vorstellen können, daß Gillian bei der Arbeit Tassen mit dampfend heißem Kaffee nur darum fallen läßt, weil sie nicht aufhören kann, an die Dinge zu denken, die Ben mit ihr im Bett macht. Sie verfährt sich auf dem Weg nach Hause, wann immer sie an sein Flüstern denkt; sie ist so hitzig und verwirrt wie ein Teenager.

Gillian sah sich selbst immer als Außenseiterin, deshalb war die Entdeckung, daß Ben nicht so normal ist wie ursprünglich gedacht, für sie eine große Erleichterung. Er kann Sonntag morgens ohne weiteres drei Stunden im Owl Café zubringen; alle Kellnerinnen dort hatten schon ein Techtelmechtel mit ihm und werden ganz träumerisch, wenn er zum Frühstück hereinkommt, bringen ihm kostenlos Kaffee und ignorieren seine Begleitung. Er bleibt lange auf und ist erstaunlich flink, weil er stundenlang mit Karten und Tüchern geübt hat, und er kann einen Spatz oder eine Meise in vollem Flug mit der Hand fangen, einfach, indem er in die Luft greift.

All das hat Gillian überrascht, die nie gedacht hätte, daß ein Biologielehrer an der High-School so fanatisch an Knoten interessiert sein kann, daß er sie gern ans Bett fesselt, und die sich nie vorstellen konnte, daß sie wiederum dies so liebt, daß sie darum bettelt. Wann immer Gillian jetzt Schnürsenkel oder eine Rolle Schnur sieht, wird sie ganz aufgeregt und muß nach Hause zu Sally laufen, damit sie mit ein paar Eiswürfeln aus dem Kühlschrank sich über ihre Arme und die Innenseiten ihrer Schenkel fahren kann, um ihr Verlangen abzukühlen.

Nachdem sie mehrere Paar Handschellen in Bens

Schrank gefunden hatte – die er oft für seine Zaubertricks benutzte –, reichten Eiswürfel nicht mehr aus; Gillian mußte in den Garten gehen, den Gartenschlauch nehmen und sich Wasser über den Kopf spritzen. Kaum auszudenken, was Ben mit diesen Handschellen machen könnte: Zu gerne hätte sie sein Gesicht gesehen, als er ins Zimmer kam und entdeckte, daß sie die Handschellen auf seiner Kommode hatte liegenlassen, aber jedenfalls begriff er den Hinweis. In dieser Nacht sorgte er dafür, daß der Schlüssel so weit entfernt war, daß keiner von ihnen ihn vom Bett aus erreichen konnte. Er liebte sie so lange, daß sie Schmerzen bekam, und dennoch wäre sie nicht auf die Idee gekommen, ihn zu bitten aufzuhören.

Sie möchte, daß er niemals aufhört, und das macht sie nervös, denn früher war es immer umgekehrt gewesen. Immer war der Mann derjenige gewesen, der sie wollte, und so hatte sie es gern. Denn wenn man selbst jemanden begehrt, ist man schließlich in seiner Gewalt. Gillian ist tatsächlich in die High-School gegangen, wo Ben den Unterricht für den Herbst vorbereitet, um ihn zu bitten, sie zu vögeln. Sie kann nicht darauf warten, bis er nach Hause kommt, sie kann nicht darauf warten, bis die Nacht hereinbricht. Sie legt die Arme um ihn und sagt ihm, daß sie es jetzt gleich will, und sie meint es wirklich ernst. Sie meint es so ernst, daß sie sich nicht einmal erinnern kann, daß sie dieselben Worte jemals zuvor zu jemand anderem gesagt hat.

Jeder im Schulbezirk weiß von Ben und Gillian. Die Nachricht hat sich in der Nachbarschaft wie ein Lauffeuer verbreitet. Selbst der Hausmeister der Schule hat Ben zu seinem Glück gratuliert. Sie sind jetzt das Paar, das von den Nachbarn beobachtet wird und über das man an der

Bar von Bruno's Tavern spricht. Hunde folgen ihnen, wenn sie zu einem Spaziergang aufbrechen, Katzen sammeln sich um Mitternacht in ihrem Hintergarten. Jedesmal, wenn Gillian drüben beim Speichersee mit einer Stoppuhr auf einem Stein sitzt, um Bens Laufzeit zu kontrollieren, kriechen alle Kröten aus dem Schlamm, um ihr tiefes, blutloses Lied zu singen, und wenn Ben mit seinem Lauf fertig ist, muß er über eine Masse feuchtgrauer Körper steigen, um Gillian von ihrem Stein herunterzuhelfen.

Wenn sie zusammen unterwegs sind und Ben zufällig einen seiner Schüler trifft, wird er ernst und beginnt, über das Abschlußexamen des letzten Jahres zu sprechen oder die neue Ausrüstung, die er im Labor gerade aufstellt. Die Mädchen, die in seinen Kursen waren, bekommen große Augen und verstummen in seiner Gesellschaft; die Jungen sind so damit beschäftigt, Gillian anzustarren, daß sie keines seiner Worte mitbekommen. Aber Gillian hört ihm zu. Sie liebt es, ihn über Naturkunde reden zu hören. Ihr Magen zieht sich zusammen vor Begehren, wenn er anfängt, über Zellen zu diskutieren. Wenn er die Bauchspeicheldrüse oder die Leber erwähnt, kann Gillian kaum ihre Hände von ihm lassen. Er ist so klug, aber das ist nicht alles – er benimmt sich, als sei sie es auch. Er nimmt an, daß sie verstehen kann, wovon er redet, und wie durch ein Wunder tut sie das auch. Zum erstenmal begreift sie den Unterschied zwischen einer Vene und einer Arterie. Sie kennt alle wichtigen Organe und kann tatsächlich die Funktion jedes einzelnen benennen, von seinem Sitz im menschlichen Körper ganz zu schweigen.

Eines Tages überrascht Gillian sich selbst, indem sie hinüber zur Volkshochschule fährt und sich für zwei Kurse einschreibt, die im Herbst beginnen. Sie weiß nicht einmal, ob sie im September hier sein wird, aber falls sie zufällig bleiben sollte, wird sie Geographie und Biologie studieren. Abends, wenn sie von Ben nach Hause kommt, geht Gillian hinauf in Antonias Zimmer und leiht sich ihr Lehrbuch für Biologie I aus. Sie liest über Blut und Knochen. Sie zieht mit der Fingerspitze das Verdauungssystem nach. Wenn sie zu dem Kapitel über Genetik kommt, bleibt sie die ganze Nacht auf. Die Vorstellung, daß es einen Fortschritt und eine Abfolge von Möglichkeiten gibt, wenn es darum geht, was ein Mensch sein kann und wird, ist faszinierend. Das Porträt von Maria Owens über Kylies Bett wirkt jetzt so bestimmt und klar wie eine mathematische Gleichung. Es gibt Nächte, in denen Gillian sich dabei ertappt, daß sie es anstarrt und plötzlich das Gefühl hat, in einen Spiegel zu schauen. Natürlich, denkt sie dann immer. Zum erstenmal hat sie angefangen, ihre grauen Augen zu schätzen.

Wenn sie jetzt Kylie betrachtet, die ihr ähnlich genug sieht, daß Fremde sie immer für Mutter und Tochter halten, spürt Gillian die Verwandtschaft in ihrem Blut. Sie würde alles für Kylie tun; sie würde vor einen Lastwagen springen und mehrere Jahre ihres Lebens für das Glück ihrer Nichte geben. Aber dennoch ist Gillian so mit Ben Frye beschäftigt, daß sie nicht bemerkt, daß Kylie trotz all dieser Zuneigung kaum mit ihr spricht. Jetzt, da Ben die Bildfläche betreten hat, fühlt Kylie sich benutzt und fallengelassen, was besonders schmerzhaft ist, da sie sich bei dem Streit an ihrem Geburtstag gegen ihre Mutter auf die Seite ihrer Tante gestellt hat. Und obwohl Gillian der einzige Mensch auf Erden ist, der Kylie behandelt wie eine erwachsene Person und nicht wie ein Baby, fühlt Kylie sich betrogen.

Insgeheim hat Kylie gemeine Dinge getan, kleine Tricks, die Antonia würdig gewesen wären. Sie hat Asche in Gillians Schuhe gestreut, damit ihre Zehen schmutzig und verschmiert würden, und sogar ein bißchen Klebstoff hinzugefügt. Sie hat das Öl aus einer Dose Thunfisch in den Abfluß der Badewanne gegossen, und Gillian badete schließlich in öligem Wasser, das so stark roch, daß vier streunende Katzen durch das offene Fenster gesprungen kamen.

»Stimmt etwas nicht?« fragte Gillian eines Tages, als sie sich umdrehte und merkte, daß Kylie sie ansah.

»Ob etwas nicht stimmt?« Kylie blinzelte. Wenn sie wollte, konnte sie sehr unschuldig wirken; wenn sie wollte, konnte sie ein extrem braves Mädchen sein, genau wie früher. »Wieso fragst du das?«

Am gleichen Abend ließ Kylie fünf Portionen Anchovispizza in Ben Fryes Haus liefern. Groll zu empfinden war schrecklich: Sie wäre gern Gillians wegen glücklich gewesen, aber sie schaffte das einfach nicht, bis sie eines Tages zufällig Gillian und Ben zusammen aus der High-School kommen sah. Kylie war auf dem Weg zum Stadtteich und trug ein Handtuch über der Schulter, aber sie blieb stehen, wo sie war, auf dem Gehsteig vor Mrs. Jerouches Haus, obwohl Mrs. Jerouche dafür bekannt war, daß sie einem mit einem Gartenschlauch nachlief, wenn man ihren Rasen betrat, und sie hatte einen bösen Cockerspaniel, ein preisgekröntes Scheusal namens Mary Ann, das Spatzen fraß und kleine Jungen verfolgte und in Waden biß.

Ein Kreis aus blaßgelbem Licht schien um Ben und Gillian zu schweben; das Licht stieg höher und breitete sich dann aus, über die ganze Straße und die Dächer. Die Luft selbst war zitronengelb geworden, und als Kylie die

Augen schloß, fühlte sie sich wie im Garten der Tanten. Wenn man während der Augusthitze im Schatten saß und den Zitronenthymian zwischen den Fingern verrieb, wurde die Luft so gelb, und man hätte schwören können, über einem sei ein Bienenschwarm, selbst an Tagen, an denen es nur geregnet hatte. In diesem Garten war es an heißen, stillen Tagen leicht, über Möglichkeiten nachzudenken, die einem nie zuvor in den Sinn gekommen waren. Es war, als sei aus dem Nichts Hoffnung erschienen, um sich direkt neben einem niederzulassen, und als würde sie einen jetzt nicht mehr verlassen.

An dem Nachmittag, an dem Kylie vor Mrs. Jerouches Haus stand, war sie nicht die einzige, die etwas Ungewöhnliches in der Luft spürte. Eine Gruppe von Jungen, die Kickball spielte, hielt inne, verblüfft über den süßen Duft, der von den Dächern wehte, und schnupperte. Der Jüngste drehte sich um und rannte nach Hause und bat seine Mutter um Zitronenkuchen. Frauen kamen an ihre Fenster, lehnten sich heraus und atmeten tiefer, als sie es seit Jahren getan hatten. Sie hatten nicht einmal mehr an Hoffnung geglaubt, aber da war sie, in den Baumkronen und auf den Kaminen. Als diese Frauen die Straße entlangschauten und Gillian und Ben erblickten, die sich eng umschlungen hielten, begann in ihrem Inneren etwas zu schmerzen, und ihre Kehlen wurden so trokken, daß nur Limonade ihren Durst stillen konnte, aber selbst nach einem ganzen Krug wollten sie noch immer mehr.

Danach war es schwer, Gillian böse zu sein; es war unmöglich, ihr zu grollen oder sich auch nur gekränkt zu fühlen. Gillian war so verliebt, daß alle Butter im Haus dauernd schmolz, so wie sie es immer tut, wenn Liebe im

Spiel ist. Selbst die Butterstangen, die im Kühlschrank lagen, schmolzen schließlich, und jeder, der etwas davon wollte, mußte die Butter auf eine Scheibe Toast gießen oder sie mit einem Teelöffel abmessen. An den Abenden, an denen Gillian im Bett liegt und Biologiebücher liest, streckt sich Kylie auf ihrem eigenen Bett aus und blättert in Zeitschriften, aber in Wirklichkeit beobachtet sie Gillian. Sie hat das Gefühl, Glück zu haben, daß sie von jemandem wie ihrer Tante etwas über die Liebe lernen kann. Gillian mag zwar nur Kellnerin in einem Hamburgerschuppen sein, sie mag kleine Falten um Augen und Mund haben von der vielen Sonne in Arizona, aber sie ist diejenige, in die Ben Frye verliebt ist. Sie ist diejenige, die dieses Lächeln auf den Lippen hat, bei Tag und bei Nacht.

»Rate mal, was das größte Organ des menschlichen Körpers ist«, sagt Gillian eines Abends zu Kylie, als beide lesend im Bett liegen.

»Die Haut«, sagt Kylie.

»Kluges Kind«, sagt Gillian. »Weiß alles.«

»Alle sind eifersüchtig, daß du Mr. Frye bekommen hast«, sagt Kylie.

Gillian liest weiter im Biologiebuch, aber das bedeutet nicht, daß sie nicht zuhört.

»Das hört sich an, als hätte ich ihn in einem Laden gekauft. Und als hätte ich ihn zum halben Preis bekommen.« Gillian rümpft die Nase. »Wie auch immer, es war kein Zufall.«

Kylie rollt sich auf den Bauch, damit sie das träumerische Gesicht ihrer Tante betrachten kann.

»Was war es dann?« fragt sie.

»Bestimmung.« Gillian klappt ihr Biologiebuch zu. Sie

hat das schönste Lächeln der Welt, das muß Kylie einräumen. »Schicksal.«

Kylie denkt die ganze Nacht über Bestimmung nach. Sie denkt an ihren Vater, an den sie sich nicht mehr erinnern kann. Sie denkt an Gideon Barnes, den sie ihr ganzes Leben lang kennt. Sie könnte sich in Gideon verlieben, wenn sie das zuließe, und sie weiß, daß er sich auch in sie verlieben könnte. Aber sie ist sich nicht sicher, ob sie das will. Sie ist nicht sicher, ob sie schon bereit ist oder ob sie es je sein wird. In letzter Zeit ist sie so sensibel, daß sie Gillians Träume auffängt, so skandalöse und hitzige Träume, daß Kylie erregt aufwacht, und dann ist sie verlegener und verwirrter denn je.

Dreizehn zu sein ist überhaupt nicht so, wie sie gehofft hatte. Es macht überhaupt keinen Spaß. Manchmal hat sie das Gefühl, in eine Welt gestolpert zu sein, die sie nicht versteht. Wenn sie sich selbst im Spiegel anstarrt, kann sie einfach nicht entscheiden, wer sie ist. Wenn sie es jemals herausfindet, wird sie wissen, ob sie ihr Haar blond oder braun färben sollte oder nicht, aber einstweilen ist sie in der Mitte. Sie ist in bezug auf alles in der Mitte. Sie vermißt Gideon. Sie geht in den Keller und holt ihr Schachbrett heraus, das sie immer an ihn erinnert, aber sie kann sich nicht überwinden, ihn anzurufen. Wenn sie eines der Mädchen trifft, mit denen sie zur Schule geht, und eingeladen wird, zum Schwimmen oder ins Einkaufszentrum zu gehen, winkt Kylie ab. Es liegt nicht daran, daß sie die Mädchen nicht mag; sie will einfach nicht, daß sie sehen, wer sie wirklich ist, wo sie das doch selbst nicht weiß.

Aber sie weiß, daß schreckliche Dinge passieren können, wenn man nicht achtgibt. Das hat der Mann im Garten sie gelehrt, und diese Lektion wird sie so bald nicht vergessen. Kummer ist überall, er ist für die meisten Leute nur unsichtbar. Die meisten Leute finden einen Weg, damit sie Qualen nicht bewußt wahrnehmen – sie nehmen einen steifen Drink oder schwimmen hundert Bahnen oder essen pro Tag nicht mehr als einen einzigen Apfel und Salat –, aber so ist Kylie nicht. Sie ist zu sensibel, und ihre Fähigkeit, den Schmerz anderer zu fühlen, wird immer stärker. Wenn sie an einem Baby in seinem Kinderwagen vorbeikommt und es vor Enttäuschung und Vernachlässigung schreit, bis es knallrot ist, dann ist Kylie selbst für den Rest des Tages unleidlich. Wenn ein Hund vorbeihinkt, der einen Stachel in der Pfote hat, oder wenn sie eine Frau sieht, die im Supermarkt Obst einkauft, plötzlich die Augen schließt und innehält, um an den Jungen zu denken, der vor fünfzehn Jahren ertrunken ist, den Jungen, den sie so sehr liebte, dann bekommt Kylie das Gefühl, sie werde gleich ohnmächtig.

Sally beobachtet ihre Tochter und macht sich Sorgen. Sie weiß, was passiert, wenn man seinen Kummer einschließt, sie weiß, was sie sich selbst angetan hat, welche Mauern sie errichtet, welchen Turm sie gebaut hat, Stein um Stein. Aber es sind Mauern aus Trauer, und der Turm ist durchtränkt mit Tränen und bietet keinen Schutz; eine einzige Berührung kann alles zum Einstürzen bringen. Wenn sie Kylie die Treppen zu ihrem Schlafzimmer hochgehen sieht, weiß Sally, daß ein weiterer Turm gebaut wird, vielleicht erst aus einem einzigen Stein, doch das reicht schon aus, um sie frösteln zu lassen. Sie versucht, mit Kylie zu reden, doch jedesmal rennt ihre Tochter aus dem Zimmer und schlägt die Tür hinter sich zu.

»Darf ich denn gar kein Privatleben haben?« antwortet

Kylie auf Sallys Fragen. »Kannst du mich nicht einfach in Ruhe lassen?«

Die Mütter anderer dreizehnjähriger Mädchen versichern Sally, solches Verhalten sei normal. Linda Bennett von nebenan behauptet, dieses Benehmen werde irgendwann aufhören, obwohl ihre Tochter Jessie – der Kylie immer aus dem Weg gegangen ist und die sie als dumme Gans bezeichnet hat – kürzlich ihren Namen in Isabella geändert und sich Löcher in den Nabel und in die Nase hat stechen lassen. Trotzdem ist Sally nicht darauf vorbereitet, das mit Kylie durchzumachen, die immer so unproblematisch war. Antonias Verhalten mit dreizehn war kein großer Schock gewesen, denn Antonia war schon immer egoistisch und grob. Und selbst Gillian wurde erst in der High-School wild, als alle Jungen merkten, wie schön sie war, und Sally selber war nie launisch oder respektlos. Sie hatte nie das Gefühl, sich den Luxus leisten zu können, mit gleicher Münze zurückzuzahlen; die Tanten hätten sie schließlich jederzeit wegschicken können. Mit dreizehn kochte Sally das Abendessen und wusch die Kleider und ging zeitig zu Bett. Sie dachte nie darüber nach, ob sie ein Privatleben oder sonst etwas besaß. Das wagte sie nie.

Jetzt übt Sally sich in Zurückhaltung, obwohl das nicht leichtfällt. Sie macht den Mund nicht auf und behält gute Ratschläge für sich. Sie zuckt zusammen, wenn Kylie mit den Türen knallt, sie weint, wenn sie ihren Schmerz sieht. Manchmal lauscht sie vor der Tür zum Schlafzimmer ihrer Tochter, doch Kylie vertraut sich nicht einmal mehr Gillian an. Sie hat sich von allen zurückgezogen. So kann Sally nur zusehen, wie Kylies Isolation zu einem Teufelskreis wird. Je einsamer man ist, desto mehr zieht man sich zurück, bis die Menschen eine fremde Rasse mit einer

Sprache zu sein scheinen, die man nicht einmal entfernt verstehen kann. Das weiß Sally besser als die meisten anderen. Sie weiß es spät in der Nacht, wenn Gillian drüben bei Ben Frye ist und die Falter gegen die Drahtgitter flattern und Sally sich so von der Sommernacht abgetrennt fühlt, daß die Drahtgitter ebensogut Steine sein könnten.

Es sieht aus, als werde Kylie ihren ganzen Sommer genauso allein verbringen, oben in ihrem Zimmer, und die Zeit so sicher absitzen, als befände sie sich im Gefängnis. Der Juli endet mit Temperaturen von über dreißig Grad, tagein, tagaus. Die Hitze bewirkt, daß weiße Flekken hinter Kylies Augenlidern erscheinen, wann immer sie blinzelt. Die Flecken werden zu Wolken, und die Wolken steigen hoch auf, und sie wird sie nur loswerden, wenn sie etwas tut. Ganz plötzlich weiß sie das. Wenn sie nichts tut, wird sie auf der Stelle treten. Bei anderen Mädchen geht es weiter, sie haben Freunde und machen Fehler, aber sie läuft Gefahr, dieselbe zu bleiben, erstarrt. Wenn sie nicht bald Schritte unternimmt, werden alle sie überholen, und sie wird noch immer ein Kind sein, ängstlich, ihr Zimmer zu verlassen, ängstlich, erwachsen zu werden.

Am Ende der Woche, als Hitze und Feuchtigkeit es unmöglich machen, Fenster oder Türen zu schließen, beschließt Kylie, einen Kuchen zu backen. Das ist ein kleines Zugeständnis, ein winziger Schritt zurück in die Welt. Kylie geht die Zutaten kaufen, und als sie nach Hause kommt, herrschen fünfunddreißig Grad im Schatten, aber das hält sie nicht auf. Aus irgendeinem Grund glaubt sie, dieser eine Kuchen werde sie retten. So heizt sie den Ofen auf zweihundert Grad vor und macht sich an die Arbeit. Aber erst als der Teig fertig und die Form eingefettet ist, merkt sie, daß der Kuchen, den sie backen will, zufällig Gideons Lieblingskuchen ist.

Den ganzen Tag lang steht der mit Schokoladenguß überzogene Kuchen auf dem Küchentresen. Als der Abend hereinbricht, weiß Kylie noch immer nicht, was sie tun soll. Gillian ist drüben bei Ben, aber keiner geht ans Telefon, als Kylie anruft, um zu fragen, ob Gillian es dumm fände, wenn sie zu Gideon hinüberginge. Warum will sie das überhaupt? Was liegt ihr daran? Er war derjenige, der ungehobelt war, also, sollte nicht er den ersten Schritt tun? Sollte nicht er ihr einen verdammten Kuchen bringen – einen Butterkuchen mit Schokoladenstückchen und Schokoladenguß, wenn er denn keinen anderen kann?

Als Kylie in ihr Schlafzimmer geht und sich ans Fenster setzt, um etwas kühle, frische Luft zu atmen, entdeckt sie auf ihrem Fensterbrett eine Kröte. Direkt vor ihrem Fenster wächst ein Holzapfelbaum, ein kümmerliches Exemplar, das kaum jemals blüht. Die Kröte muß an seinem Stamm und den Zweigen hochgeklettert und dann auf ihr Fensterbrett gesprungen sein. Sie ist größer als die meisten anderen, die man im Bach findet, und erstaunlich ruhig; sie scheint sich nicht zu fürchten, nicht einmal, als Kylie sie in die Hand nimmt. Kylie muß an die Kröten denken, die Antonia und sie früher im Garten der Tanten fanden und die Kohl und Blattsalat liebten und den Mädchen nachzuhüpfen und um Leckerbissen zu betteln pflegten. Manchmal rannten Antonia und Kylie davon, nur um zu sehen, wie schnell die Kröten hüpfen konnten; sie rannten, bis sie lachend zusammenbrachen, im Staub oder zwischen den Bohnenreihen, doch wenn sie sich umdrehten, waren die Kröten schon da, dicht an ihren Fersen, und schauten sie mit großen Augen an, ohne zu blinzeln.

Kylie setzt die Kröte auf ihr Bett und geht nach unten in die Küche, um etwas Salat zu holen. Sie hat ein schlechtes Gewissen, weil sie damals auf Antonia gehört und die Kröten zum Rennen gezwungen hat. Aber so dumm ist sie nicht mehr; sie ist jetzt viel vernünftiger und mitfühlender. Alle sind ausgegangen, und im Haus ist es sehr friedlich. Sally nimmt an einer Sitzung teil, die Ed Borelli einberufen hat, um den Beginn des neuen Schuljahrs im September zu besprechen. Antonia ist bei der Arbeit, schaut auf die Uhr und wartet darauf, daß Scott Morrison erscheint. Unten in der Küche ist es so still, daß das Summen der gegen die Fensterscheiben prallenden Fliegen ein Echo erzeugt. Stolz ist eine komische Sache; er kann das, was in Wirklichkeit wertlos ist, kostbar erscheinen lassen. Sobald man ihn losläßt, schrumpft der Stolz auf die Größe einer Fliege zusammen, aber einer ohne Kopf und ohne Flügel, um sich vom Boden zu erheben.

Wie sie dort in der Küche steht, kann Kylie sich kaum an die Dinge erinnern, die vor ein paar Stunden noch so wichtig waren. Sie weiß nur, wenn sie noch lange wartet, wird der Kuchen austrocknen, oder jemand wird hereinspazieren und sich ein Stück davon abschneiden. Sie beschließt, jetzt gleich zu Gideon zu gehen, bevor sie es sich wieder anders überlegen kann. Im Kühlschrank ist kein Salat, also greift Kylie nach dem erstbesten Gegenstand, um die Kröte zu füttern – einem halb aufgegessenen Snickers-Riegel, den Gillian auf dem Tresen hat schmelzen lassen. Sie will sich umdrehen, um wieder nach oben zu eilen, doch da sieht sie, daß die Kröte ihr gefolgt ist.

»Wohl zu hungrig, um zu warten«, murmelt Kylie.

Sie hebt die Kröte hoch und bricht ein kleines Stückchen von dem Riegel ab. Doch da passiert etwas höchst Seltsames: Als sie das Tier füttern will, öffnet dieses den Mund und spuckt einen Ring aus.

»Na, so was!« Kylie lacht. »Danke.«

Der Ring ist schwer und kalt, als sie ihn in der Hand hält. Die Kröte muß ihn im Schlamm gefunden habe; und er ist so verschmutzt, daß Kylie diese Gabe nicht als das erkennen kann, was sie wirklich ist. Wenn sie sie untersuchen würde, wenn sie sie ans Licht hielte und genau ansähe, würde sie entdecken, daß das Silber eine merkwürdig rote Färbung hat: Tropfen von Blut haben sich unter der Schmutzpatina gebildet. Wenn sie es nicht so eilig gehabt hätte, zu Gideon zu kommen, wenn sie gemerkt hätte, was sie da in den Fingern hielt, dann hätte sie diesen Ring in den Garten getragen und unter den Fliederbüschen vergraben, da, wo er hingehört. Statt dessen wirft Kylie ihn in die kleine Keramikuntertasse, die Sally unter einen Kaktus gestellt hat, nimmt den Kuchen und stößt mit der Hüfte die Drahtgittertür auf. Sobald sie draußen ist, bückt sie sich, um die Kröte ins Gras zu setzen.

»Nun lauf«, sagt sie zu ihr, aber die Kröte sitzt noch reglos auf dem Rasen, als Kylie schon um die Ecke gebogen ist.

Gideon wohnt auf der anderen Seite des Turnpike in einem Viertel, das sich vornehmer gibt, als es ist. Die Häuser in dieser Gegend haben Terrassen und ausgebaute Keller und Fenstertüren, die in gepflegte Gärten führen. Normalerweise braucht Kylie von zu Hause bis zu Gideon zwölf Minuten, doch heute abend will sie den großen Schokoladenkuchen nicht fallen lassen, also geht sie gemessenen Schrittes an der Tankstelle und dem Einkaufszentrum vorbei, in dem sich die Eisdiele befindet, in der Antonia arbeitet. Dann hat sie die Wahl: Sie kann an Bruno's vorbeigehen, der Kneipe am Ende des Einkaufszentrums, oder sie kann den Turnpike überqueren und eine Abkürzung über das unbebaute Gelände nehmen, von dem alle sagen, dort werde bald ein Fitneßclub errichtet, komplett mit einem Schwimmbad von olympischen Ausmaßen.

Da zwei Burschen aus Bruno's herauskommen, die allzu laut miteinander reden, entscheidet sich Kylie für das Feld. Das Unkraut steht so hoch, daß Kylie wünscht, sie würde Jeans statt Shorts tragen. Trotzdem ist es ein schöner Abend, und der faulige Geruch der Tümpel am anderen Ende des Feldes, wo den ganzen Sommer lang Mükken gebrütet haben, wird überdeckt von dem Duft des Schokoladenkuchens. Kylie überlegt gerade, ob sie noch zum Spielen wird bleiben können – Gideon hat in seiner Einfahrt einen richtigen Korb für Basketball montiert, ein Geschenk seines Vaters aus Schuldgefühl, gleich nach der Scheidung von Gideons Mutter –, als sie bemerkt, daß die Luft um sie herum ganz trübe und kalt wird. Die Dinge haben einen schwarzen Rand. Etwas stimmt nicht. Kylie fängt an, schneller zu gehen, und da passiert es. Da rufen sie ihr nach, sie solle auf sie warten.

Sie sieht genau, wer sie sind und was sie wollen, als sie über die Schulter blickt. Die zwei Männer aus der Kneipe haben den Turnpike überquert und folgen ihr; sie sind groß, und ihre Schatten haben einen karmesinroten Rand, und sie rufen ihr »Baby« nach. »He, verstehst du kein Englisch?« rufen sie. »Warte doch. Warte einfach.«

Kylie kann bereits fühlen, daß ihr Herz zu heftig

schlägt, ehe sie überhaupt zu laufen beginnt. Sie weiß, welche Art von Männer das sind: Sie sind wie der, den sie aus dem Garten vertreiben mußten, und sie werden genauso wild, scheinbar grundlos, und sie wollen jemanden verletzen. Sie wollen es jetzt gleich tun. Der Kuchen rutscht gegen Kylies Brust, das Unkraut hat Dornen und zerkratzt Kylies Beine. Die Männer stoßen einen Schrei aus, als sie zu rennen beginnt, als mache so die Verfolgung mehr Spaß. Wenn sie stürzten, würden sie sich nicht mehr die Mühe machen, sie weiter zu verfolgen, aber so betrunken sind sie noch nicht. Kylie wirft den Kuchen weg, aber sie kann den Schokoladenguß noch immer riechen, ihre Hände sind voll davon. Nie wieder wird sie Schokolade essen können; der bloße Geruch wird ihr Herz hämmern lassen, der Geschmack wird ihr den Magen umdrehen.

Sie folgen ihr, zwingen sie, auf den dunkelsten Teil des Feldes zuzulaufen, wo die Tümpel sind und wo vom Turnpike aus niemand mehr sie sehen kann. Einer der Männer ist fett, und er ist zurückgefallen. Er flucht, aber warum ihn beachten. Ihre langen Beine sind jetzt sehr nützlich. Aus dem Augenwinkel sieht sie die Lichter des Einkaufszentrums, und sie weiß, wenn sie weiter in die eingeschlagene Richtung läuft, wird der Mann, der noch hinter ihr her ist, sie erwischen. Das sagt er ihr, und auch, daß er sie um den Verstand vögeln und dafür sorgen werde, daß sie nie wieder vor jemandem weglaufe. Er werde sich um ihre kleine Pussi kümmern, und das werde sie niemals vergessen.

Die ganze Zeit schreit er ihr gräßliche Dinge nach, aber plötzlich verstummt er, ist totenstill, und Kylie weiß, jetzt ist es passiert. Er läuft wirklich schnell, sie kann ihn fühlen; entweder erwischt er sie jetzt oder überhaupt nicht.

Kylies Atem ist flach, aber sie atmet ein einziges Mal tief ein, und dann dreht sie sich schnell um, so daß sie beinahe auf ihn zuläuft, und er streckt die Arme aus, um sie zu fangen, aber sie schlägt einen Haken und rennt auf den Turnpike zu. Ihre Beine sind so lang, daß sie Teiche und Seen überschreiten könnte. Mit einem guten Sprung könnte sie da oben sein, wo die Sterne sind, wo es kalt und klar ist und Dinge wie dies hier nie, niemals passieren.

Bis er nahe genug ist, um den Arm auszustrecken und sie am Hemd zu packen, hat Kylie es zum Turnpike geschafft. Gleich die Straße hinunter geht ein Mann, der seinen Golden Retriever spazierenführt. An der Ecke ist eine Gruppe sechzehnjähriger Jungen, die nach dem Schwimmtraining ihrer Mannschaft auf dem Heimweg sind. Sie alle würden Kylie hören, wenn sie schreien würde, aber sie braucht nicht zu schreien, denn der Mann, der ihr gefolgt ist, zieht sich zurück. Jetzt wird er sie niemals erwischen, denn Kylie rennt noch immer; sie achtet nicht auf den Verkehr und rennt auf die andere Straßenseite an der Kneipe vorbei und am Einkaufscenter entlang. Sie hat das Gefühl, nicht anhalten oder auch nur langsamer laufen zu können, bis sie in der Eisdiele ist und die Tür sich hinter ihr geschlossen hat.

Kylie hat schlammbespritzte Beine, und sie ringt um Atem. Ein älteres Paar, das sich eine Sundae teilt, schaut auf und blinzelt. Die vier geschiedenen Frauen am Fenstertisch mustern Kylie neugierig, denken dann an die Schwierigkeiten mit ihren eigenen Kindern und beschließen ganz plötzlich, nach Hause zu gehen.

Antonia hat die Gäste nicht sonderlich beachtet. Sie lächelt und stützt ihre Ellbogen auf die Theke, um Scott besser in die Augen sehen zu können, während er ihr den Unterschied zwischen Nihilismus und Pessimismus erklärt. Er ist jeden Abend hier, ißt Rocky-Road-Eiscreme und verliebt sich immer mehr. Die beiden haben Stunden auf den Vorder- und Rücksitzen des Autos von Scotts Mutter verbracht und sich geküßt, bis ihre Lippen wund waren, und sie begehren sich so, daß sie an nichts anderes mehr denken können. In der letzten Woche haben sowohl Scott als auch Antonia beinahe Unfälle gehabt, weil sie die Straße überquerten, ohne nach rechts oder links zu blikken, und vor schrillen Hupen erschrocken auf den Gehsteig zurücksprangen. Sie sind in ihrer eigenen Welt, an einem Ort, der so verträumt ist, daß sie nicht auf den Verkehr achten oder auch nur auf die Tatsache, daß noch andere menschliche Wesen existieren.

Heute abend braucht Antonia eine Weile, bis sie merkt, daß ihre Schwester dasteht und Schmutztritte auf dem Linoleumboden hinterläßt, für dessen Sauberhaltung Antonia verantwortlich ist.

»Kylie?« fragt sie nur zur Sicherheit.

Scott Morrison dreht sich um und begreift, daß das seltsame Geräusch, das er hinter sich gehört hat und das er für die Klimaanlage hielt, abgehackter Atem ist. Die Kratzer an Kylies Beinen haben zu bluten begonnen. Ihr Hemd und ihre Hände sind mit Schokoladenguß beschmiert.

»Großer Gott«, sagt Scott, der sich schon überlegt hat, Medizin zu studieren, aber eigentlich mag er die Überraschungen nicht, die Menschen einem bereiten können. Reine Wissenschaft liegt ihm mehr. Sie ist erheblich ungefährlicher.

Antonia kommt hinter der Theke hervor. Kylie starrt

sie bloß an, und in diesem Augenblick weiß Antonia genau, was passiert ist.

»Komm«, sagt sie. Sie greift nach Kylies Hand und zieht ihre Schwester in Richtung Lagerraum, wo die Sirupeimer und die Schrubber und Besen aufbewahrt werden. Scott folgt ihnen.

»Vielleicht sollten wir sie besser in die Notaufnahme bringen«, sagt er.

»Warum gehst du nicht hinter die Theke?« schlägt Antonia vor. »Für den Fall, daß Kunden kommen.«

Als Scott zögert, weiß Antonia, daß er sich in sie verliebt hat, vollständig und rettungslos. Ein anderer Junge würde sich umdrehen und weglaufen. Ein anderer Junge wäre dankbar, wenn er sich vor einer solchen Szene drücken dürfte.

»Bist du sicher?« fragt Scott.

»O ja.« Antonia nickt. »Sehr.« Sie zieht Kylie in den Lagerraum. »Wer war es?« fragt sie. »Hat er dich verletzt?«

Kylie kann Schokolade riechen, und das verursacht ihr solche Übelkeit, daß sie kaum noch stehen kann. »Ich bin gerannt«, sagt sie. Ihre Stimme klingt komisch. So, als sei sie ungefähr acht Jahre alt.

»Er hat dich nicht angerührt?« Antonias Stimme klingt ebenfalls merkwürdig.

Antonia hat sich nicht damit aufgehalten, im Lagerraum das Licht einzuschalten. Das Mondlicht fällt durch die offenen Fenster und färbt die Mädchen so silbern.

Kylie sieht zu ihrer Schwester auf und schüttelt den Kopf. Antonia muß an all die schrecklichen Dinge denken, die sie gesagt und getan hat, aus ihr selbst unverständlichen Gründen, und ihr Hals und ihr Gesicht werden scharlachrot vor Scham. Sie würde ihre Schwester gern trösten und in die Arme nehmen, aber sie tut es nicht. Sie denkt: *Es tut mir leid,* aber sie kann die Worte nicht laut aussprechen. Sie stecken ihr im Hals fest, weil sie sie schon vor Jahren hätte sagen sollen.

Trotzdem weiß Kylie genau, was ihre Schwester meint, und das ist der Grund, warum sie endlich weinen kann, was sie schon tun wollte, seit sie auf dem Feld zu rennen begann. Als sie sich ausgeweint hat, schließt Antonia die Eisdiele. Scott fährt sie durch die dunkle, feuchte Nacht nach Hause. Heute abend sind die Kröten aus dem Bach gekommen, und Scott muß ihnen ausweichen, aber trotzdem überrollt er einige der Tiere. Scott weiß, daß soeben etwas Wichtiges passiert ist, obwohl ihm nicht genau klar ist, was. Zum erstenmal bemerkt er, daß Antonia Sommersprossen auf Nase und Wangen hat. Wenn er sie für den Rest seines Lebens jeden Tag sehen würde, wäre er bei ihrem Anblick doch immer wieder überrascht und fasziniert. Als sie das Haus erreichen, möchte Scott am liebsten niederknien und sie bitten, ihn zu heiraten, obwohl sie noch ein Jahr High-School vor sich hat.

»Schalte die Scheinwerfer aus«, flüstert Antonia, als Scott in die Einfahrt einbiegt. Sie und Kylie tauschen einen Blick. Ihre Mutter ist nach Hause gekommen und hat für sie das Licht auf der Veranda brennen lassen, und sie können nicht wissen, daß sie bereits erschöpft im Bett liegt. Sie wissen nur, daß sie vielleicht auf sie wartet, und sie wollen niemandem unter die Augen treten, wollen nichts erklären müssen. »Wir wollen keine Scherereien mit unserer Mutter«, sagt Antonia zu Scott.

Sie küßt ihn rasch und öffnet dann vorsichtig die Tür, damit sie nicht quietscht wie sonst immer. Die Luft draußen fühlt sich wäßrig und grün an, als die Schwestern über den Rasen laufen und sich dann ins Haus schleichen. Sie huschen im Dunkeln nach oben und schließen sich im Badezimmer ein, damit Kylie den Schlamm und die Schokolade von ihren Armen und ihrem Gesicht und das Blut von ihren Beinen waschen kann. Das Hemd ist ruiniert, und Antonia versteckt es im Abfallkorb unter ein paar Taschentüchern und einer leeren Shampooflasche. Kylies Atem geht noch immer nicht regelmäßig; wenn sie einatmet, ahnt man Panik.

»Bist du in Ordnung?« flüstert Antonia.

»Nein«, flüstert Kylie zurück, und aus irgendeinem Grund bringt sie das beide zum Lachen. Die Mädchen legen sich die Hände auf den Mund, damit ihre Stimmen nicht bis in das Schlafzimmer ihrer Mutter dringen; atemlos krümmen sie sich schließlich zusammen, Tränen in den Augen.

Vielleicht werden sie nie wieder über die heutige Nacht reden, aber trotzdem wird sie alles verändern. Noch Jahre später werden sie in dunklen Nächten aneinander denken; sie werden einander ohne besonderen Grund anrufen, und sie werden nicht auflegen wollen, selbst wenn es nichts mehr zu sagen gibt. Sie sind nicht mehr dieselben Menschen, die sie noch vor einer Stunde waren, und werden es nie wieder sein. Sie kennen einander zu gut, um jetzt umzukehren. Schon am nächsten Morgen wird die Spur von Eifersucht, die Antonia mit sich herumgeschleppt hat, verschwunden sein, wird nur einen schwachen grünen Umriß auf ihrem Kissen hinterlassen haben, genau an der Stelle, wo ihr Kopf lag.

In den folgenden Tagen lachen Kylie und Antonia, wenn sie sich zufällig in der Diele oder in der Küche treffen. Keine von beiden nennt die andere mehr bei Schimpfnamen. Jeden Abend nach dem Essen räumen sie den Tisch ab und waschen das Geschirr ab, zusammen, Seite an Seite und ohne daß man sie darum gebeten hat. An Abenden, an denen beide Mädchen zu Hause sind, kann Sally sie miteinander reden hören. Wenn sie sich belauscht fühlen, verstummen sie ganz plötzlich, und doch wirkt es noch immer so, als kommunizierten sie miteinander. Sally könnte schwören, daß sie sich spät in der Nacht durch an die Wände ihrer Zimmer geklopfte Morsezeichen Geheimnisse mitteilen.

»Was glaubst du, was da vorgeht?« fragt Sally ihre Schwester.

»Etwas Seltsames«, sagt Gillian.

Erst an diesem Morgen war Gillian aufgefallen, daß Kylie eines von Antonias schwarzen T-Shirts trug.

»Wenn sie dich damit erwischt, reißt sie es dir vom Leib«, hatte sie Kylie gewarnt.

»Das glaube ich nicht, sie hat so viele schwarze T-Shirts. Und außerdem hat sie mir dieses geschenkt.«

»Was meinst du mit seltsam?« fragt Sally, die sich die halbe Nacht den Kopf darüber zerbrochen hat, was den Mädchen vielleicht zusetzen könnte: Sekten, Sex, kriminelle Aktivität, Angst vor einer Schwangerschaft – sie ist in den letzten paar Stunden alles durchgegangen.

»Vielleicht ist es gar nichts«, sagt Gillian, die nicht möchte, daß Sally sich Sorgen macht. »Vielleicht werden sie bloß erwachsen.«

»Was?« sagt Sally. Die bloße Vorstellung läßt sie ausrasten, regt sie mehr auf als Schwangerschaften und Sekten zusammen. Diese Vorstellung ist real, ist möglich. »Was zum Teufel soll das heißen? Sie sind Kinder.«

»Am Ende müssen sie erwachsen werden«, sagt Gillian und reitet sich noch tiefer hinein. »Ehe du dich versiehst, werden sie aus dem Haus sein.«

»Na, vielen Dank für deinen kundigen Rat.«

Gillian bemerkt den Sarkasmus nicht; jetzt, da sie einmal angefangen hat, erteilt sie ihrer Schwester gleich noch einen weiteren Ratschlag. »Ehrlich, du mußt aufhören, dich so sehr auf die Kinder zu konzentrieren. Du solltest anfangen, dich mit Männern zu treffen. Was hält dich zurück? Deine Töchter gehen aus – warum tust du es nicht auch?«

»Sonst noch Weisheiten?« Sallys Stimme ist eisig, und selbst Gillian kann die Zurechtweisung nicht mehr überhören.

»Nein«, sagt Gillian und gibt sofort nach. »Ich sag kein Wort mehr.«

Gillian verspürt Lust auf eine Zigarette und merkt dann, daß sie seit fast zwei Wochen nicht mehr geraucht hat. Das Komische ist, daß sie nicht einmal versucht hat aufzuhören. Es war vielmehr der Anblick all dieser Abbildungen des menschlichen Körpers, der schwarzen Lungen.

»Die Mädchen sind noch Babys«, sagt Sally. »Zu deiner Information.«

Doch aus irgendeinem Grund hört sie sich ein bißchen hysterisch an. In den letzten sechzehn Jahren – außer dem einen Jahr, als Michael starb und sie sich so in sich selbst zurückzog – hat sie nur an ihre Kinder gedacht. Gelegentlich hat sie an Schneestürme, an die Stromrechnung und an die Tatsache gedacht, daß sie oft Nesselfieber bekommt, wenn der September zu Ende geht und sie weiß, daß sie bald wieder zur Arbeit in der High-School gehen muß. Doch meist war sie mit Antonia und Kylie beschäftigt, mit Windpocken und neuen Schuhen alle sechs Monate und mit der Sorge darüber, daß alle gesunde Mahlzeiten und mindestens acht Stunden Schlaf pro Nacht bekamen. Sie ist sich nicht sicher, ohne solche Gedanken weiter existieren zu können. Was genau bleibt eigentlich von ihr übrig, wenn sie diese Gedanken nicht mehr hat?

In dieser Nacht schläft Sally wie ein Stein, und am nächsten Morgen steht sie nicht auf.

»Grippe«, vermutet Gillian.

Unter ihrer Decke kann Sally hören, wie Gillian Kaffee macht. Sie kann hören, wie Antonia mit Scott telefoniert und Kylie duscht. Den ganzen Tag bleibt Sally, wo sie ist. Sie wartet auf jemanden, der sie verzweifelt braucht, sie wartet auf einen Unfall oder einen Notfall, doch nichts dergleichen passiert. Abends steht sie auf, um ihr Gesicht mit kaltem Wasser zu waschen, und am folgenden Morgen schläft sie weiter, und auch mittags, als Kylie ihr auf einem Holztablett etwas zu essen bringt, schläft sie noch.

»Ein Magenvirus«, meint Gillian, als sie von der Arbeit nach Hause kommt und erfährt, daß Sally ihre Nudelsuppe mit Huhn und ihren Tee nicht angerührt hat.

Sally kann sie noch immer hören; sie kann sie in diesem Augenblick hören. Wie sie flüstern und das Abendessen kochen, wie sie lachen und mit scharfen Messern Karotten und Sellerie schneiden. Wie sie die ganze Wäsche waschen und die Laken zum Trocknen an die Leine im Garten hängen. Wie sie ihre Haare kämmen, sich die Zähne putzen und mit ihrem Leben fortfahren.

Am dritten Tag im Bett hört Sally auf, die Augen zu öffnen. Sie will nicht über Toast mit Traubengelee nachdenken, nicht über Tylenol mit Wasser, nicht über zusätzliche Kissen. Ihr schwarzes Haar ist wirr, ihre Haut weiß wie Papier. Antonia und Kylie, die in der Tür stehen und ihre schlafende Mutter beobachten, erschrecken. Sie machen sich ob ihres Abnehmens Vorwürfe und müssen an all die Jahre denken, in denen sie gestritten und sich wie egoistische, verwöhnte Bälger betragen haben. Antonia ruft den Arzt an, aber der macht keine Hausbesuche, und Sally weigert sich, sich anzuziehen und in seine Praxis zu gehen.

Es ist fast zwei Uhr morgens, als Gillian von Ben zurückkommt. Es ist die letzte Nacht im Monat, und der Mond ist dünn und silbrig; die Luft ist so feucht, daß sie sich in Dunst verwandelt. Gillian kommt immer in Sallys Haus zurück, es ist wie ein Sicherheitsnetz, aber heute nacht hat Ben ihr gesagt, er sei es leid, daß sie immer nach Hause gehe. Er wolle, daß sie bei ihm einziehe.

Gillian hielt das für einen Scherz. Sie lachte und sagte: »Ich wette, das sagst du zu allen Mädchen, wenn du zwanzig- oder dreißigmal mit ihnen geschlafen hast.«

»Nein«, sagte Ben. Er lächelte nicht. »Das habe ich noch nie gesagt.«

Den ganzen Tag lang hatte Ben das Gefühl gehabt, er sei im Begriff, etwas zu verlieren oder zu gewinnen; er wußte nicht, was von beiden es sein würde. Heute morgen gab er eine Vorstellung im Krankenhaus, und eines der Kinder, ein achtjähriger Junge, weinte, als Ben das Kaninchen in einer großen Holzkiste verschwinden ließ.

»Buddy kommt wieder«, versicherte Ben seinem verzweifelten Zuschauer.

Doch der Junge war sicher, daß Buddys Wiedererscheinen unmöglich sei. War jemand erst einmal weg, erklärte er Ben, dann war das sein Ende. Und im Falle dieses

Jungen war diese Theorie nicht zu widerlegen. Er war sein halbes Leben lang im Krankenhaus gewesen, und diesmal würde er nicht mehr nach Hause gehen. Er verließ bereits seinen Körper.

Und so tat Ben, was ein Zauberer fast niemals tut, er nahm den Jungen beiseite und zeigte, wie Buddy ruhig und gemütlich im falschen Boden der Kiste saß, in dem er verschwunden war. Aber der Junge wollte sich nicht trösten lassen. Vielleicht war das gar nicht dasselbe Kaninchen, dafür gab es schließlich keinen Beweis. Weiße Kaninchen konnte man in jeder Tierhandlung kaufen. Und so weinte der Junge weiter, und Ben hätte vielleicht mit dem Kind geweint, wenn er nicht das Glück gehabt hätte, über die Tricks seines Gewerbes zu verfügen. Rasch streckte er die Hand aus und zog einen Silberdollar hinter dem Ohr des Jungen hervor.

»Siehst du«, sagte er grinsend. »Hokuspokus Fidibus.«

Sofort hörte der Junge auf zu weinen; er war so verblüfft, daß ihm die Tränen wegblieben. Als Ben ihm sagte, er könne den Silberdollar behalten, sah er für einen kurzen Augenblick so aus, wie er vielleicht ausgesehen hätte, wenn ihm diese schreckliche Krankheit nicht passiert wäre. Mittags verließ Ben das Krankenhaus und ging ins Owl Café, wo er drei Tassen schwarzen Kaffee trank, aber kein Essen bestellte. Die Kellnerinnen beobachteten ihn aufmerksam, sicher, daß er bald wieder seine alten Tricks vollführen würde – die Salzstreuer verschwinden lassen, mit einem Fingerschnippen Feuer in den Aschenbechern entzünden, die Tischtücher unter den Platzdeckchen verschwinden lassen –, aber Ben trank einfach weiter seinen Kaffee. Nachdem er bezahlt und ein großzügiges Trinkgeld hinterlassen hatte, fuhr er stundenlang mit dem Auto ziellos umher; er mußte an all die Zeit denken, die er sinnlos vertan hatte, und nun war er nicht mehr bereit, noch mehr zu vergeuden.

Ben hatte sein ganzes Leben lang Angst gehabt, diejenige, die er liebe, werde verschwinden, und er werde sie nicht wiederfinden, nicht hinter den Schleiern und nicht im falschen Boden seiner größten Holzkiste, der aus rotem Lack, die er im Keller aufbewahrte, die zu benutzen er sich aber nicht traute, obwohl man ihm versichert hatte, er könne sogar gefahrlos Schwerter durch das Holz stoßen.

Daher wollte er nun eine Antwort, gleich an Ort und Stelle, bevor Gillian sich anzog und in die Sicherheit des Hauses ihrer Schwester zurückging.

»Ich brauche eine Antwort«, sagte er. »Ja oder nein.«

»Nun, das ist keine Sache, die man mit Ja oder Nein beantworten kann«, sagte Gillian ausweichend.

»O doch«, sagte Ben mit absoluter Sicherheit.

»Nein«, beharrte Gillian. Als sie sein feierliches Gesicht sah, wünschte sie sich, er wäre der erste Mann, der sie geküßt und mit ihr geschlafen hätte. Sie wünschte sich, sie könnte ja sagen. »Das ist eine Sache, über die man sehr sorgfältig nachdenken muß.«

Gillian wußte, wohin diese Auseinandersetzung führen würde. Wenn man einwilligte, mit jemandem zusammenzuziehen, war man früher oder später verheiratet, und genau das wollte Gillian vermeiden. Auf diesem Gebiet war sie nämlich ein Pechvogel. Sobald sie *ja* sagte, merkte sie kurze Zeit später, daß sie es überhaupt nicht meinte, nie gemeint hatte und sich am besten schnell davonmachte.

»Verstehst du?« sagte Gillian zu Ben. »Wenn ich dich

nicht lieben würde, würde ich noch heute einziehen. Ich würde gar nicht darüber nachdenken.«

Nun, sie denkt darüber nach, seit sie sein Haus verlassen hat, und sie wird weiterhin darüber nachdenken, ob sie es nun will oder nicht. Ben versteht nicht, wie gefährlich Liebe sein kann, aber Gillian weiß das sehr genau. Sie hat in diesem Spiel zu oft verloren, sie muß mit beiden Füßen auf dem Boden bleiben. Was sie wirklich braucht, sind ein heißes Bad und etwas Ruhe und Frieden, doch als sie sich durch die Hintertür ins Haus schleicht, sind Antonia und Kylie noch auf und erwarten sie ungeduldig. Etwas ist mit ihrer Mutter passiert, aber sie wissen nicht, was genau.

Gillian geht, um nach Sally zu schauen, aber im Schlafzimmer ist es so dunkel, daß sie erst nach einer Weile erkennt, daß dort unter den Decken tatsächlich ein menschlicher Körper liegt. Wenn es etwas gibt, das Gillian wirklich gut kennt, dann Selbstmitleid und Verzweiflung. Diese spezielle Diagnose kann sie binnen zwei Sekunden stellen, und sie kennt auch das Heilmittel. Sie schickt die Protestierenden zu Bett und geht nach unten in die Küche, um einen Krug Margaritas zu mixen. Diesen trägt sie zusammen mit zwei Gläsern, deren Ränder sie kurz in grobes Salz getaucht hat, in den Garten und stellt sie neben die beiden Liegestühle in der Nähe des kleinen Gemüsebeets, wo die Gurken sich große Mühe geben zu wachsen.

Als sie danach in Sallys Zimmer tritt, läßt sie sich vom Gewirr der Decken nicht beirren. Darin versteckt sich eine Person.

»Steh auf«, befiehlt Gillian.

Mit geschlossenen Augen treibt Sally irgendwo dahin, wo es ruhig und weiß ist, und sie wünscht sich, sie könnte auch die Ohren verschließen, als sie Gillian näher kommen hört. Gillian zieht die Decke und das Laken weg und packt Sally am Arm.

»Raus da«, sagt sie.

Sally fällt in einem Durcheinander von Laken und Decken zu Boden. Sie öffnet die Augen und blinzelt.

»Geh weg«, sagt sie zu ihrer Schwester. »Laß mich in Ruhe.«

Gillian hilft Sally auf die Füße und führt sie aus dem Zimmer und die Treppe hinunter. Es ist, als schleppe sie einen Sack Wäsche; Sally wehrt sich nicht, aber sie läßt sich einfach hängen. Gillian stößt die Hintertür auf, und als sie draußen sind, schlägt die feuchte Luft Sally ins Gesicht.

»Oh«, sagt sie.

Sie fühlt sich wirklich schwach und ist erleichtert, als sie sich in den Liegestuhl sinken lassen kann. Sie lehnt den Kopf zurück und will die Augen schließen, aber dann bemerkt sie, wie viele Sterne am Himmel stehen. Vor langer Zeit pflegten die Schwestern in Sommernächten auf das Dach des Hauses der Tanten zu klettern. Man konnte durch das Speicherfenster steigen, wenn man keine Höhenangst hatte und sich nicht vor den kleinen braunen Fledermäusen fürchtete, die sich an den durch die Luft treibenden Mückenschwärmen gütlich taten. Die Mädchen wünschten sich immer etwas, wenn sie den ersten Stern sahen, es war stets derselbe Wunsch, den sie natürlich niemals aussprechen konnten.

»Mach dir keine Sorgen«, sagt Gillian. »Sie werden dich auch dann noch brauchen, wenn sie erwachsen sind.«

»Ja, richtig.«

»Ich brauche dich doch auch noch immer.«

Sally sieht ihre Schwester an, die ihnen beiden Margaritas eingießt. »Wozu?«

»Wenn du nicht für mich dagewesen wärst, als die ganze Sache mit Jimmy passierte, dann säße ich jetzt im Gefängnis. Ich wollte nur, daß du weißt, daß ich es ohne dich nicht geschafft hätte.«

»Das war, weil er schwer war«, sagt Sally. »Wenn du einen Schubkarren gehabt hättest, hättest du mich nicht gebraucht.«

»Ich meine es ernst«, beharrt Gillian. »Ich werde dir ewig dankbar sein.«

Gillian hat die beiden Drinks eingegossen und hebt nun ihr Glas in Richtung auf Jimmys Grab.

»Adios, Baby«, sagt Gillian. Sie erschauert und trinkt einen Schluck.

»Lebe wohl und adieu«, sagt Sally in die feuchte Luft.

Tatsächlich tut es gut, draußen zu sein. Es tut gut, um diese Stunde zusammen hier auf dem Rasen zu sitzen, während die Grillen mit ihrem langsamen, spätsommerlichen Gesang beginnen.

Gillian hat von ihrer Margarita Salz an den Fingern. Sie hat das schöne Lächeln auf den Lippen, und sie wirkt heute nacht jünger. Vielleicht ist die New Yorker Feuchtigkeit gut für ihre Haut, vielleicht ist es auch das Mondlicht, aber sie hat etwas an sich, das funkelnagelneu aussieht. »Ich habe nie auch nur an das Glück geglaubt. Ich habe nicht gedacht, daß es existiert. Und nun schau mich an. Ich bin bereit, an alles zu glauben.«

Sally wünscht sich, sie könne den Arm ausstrecken und den Mond berühren und feststellen, ob er sich so kühl anfühlt, wie er aussieht. In letzter Zeit hat sie sich gefragt, ob die Lebenden, wenn sie sterben, eine leere Stelle hinterlassen, einen Hohlraum, den niemand füllen kann. Einst war sie glücklich, für eine kurze Zeit. Vielleicht sollte sie einfach dafür dankbar sein.

»Ben hat mich gebeten, zu ihm zu ziehen«, sagt Gillian. »Ich habe mehr oder weniger abgelehnt.«

»Tu es«, sagt Sally zu ihr.

»Einfach so?« sagt Gillian.

Sally nickt mit Bestimmtheit.

»Vielleicht überlege ich es mir. Für eine Weile. Solange es keine Verpflichtungen gibt.«

»Du wirst zu ihm ziehen«, versichert ihr Sally.

»Vermutlich sagst du das alles nur, weil du mich loswerden willst«, sagt Gillian.

»Ich würde dich nicht loswerden. Du wärst nur drei Blocks entfernt. Wenn ich dich loswerden wollte, würde ich dir raten, nach Arizona zurückzugehen.«

Ein Kreis weißer Falter hat sich um die Lampe auf der Veranda gesammelt. Ihre Flügel sind so schwer und feucht, daß sie in Zeitlupe zu fliegen scheinen. Sie sind so weiß wie der Mond, und wenn sie davonschweben, hinterlassen sie eine pudrige weiße Spur in der Luft.

»Östlich des Mississippi.« Gillian fröstelt in der feuchten Luft. »Igitt.«

Sally streckt sich auf dem Liegestuhl flach aus und schaut hinauf in den Himmel. »Eigentlich«, sagt sie, »bin ich froh, daß du da bist.«

Wenn sie in diesen heißen, einsamen Nächten vor vielen Jahren auf dem Dach der Tanten saßen, wünschten beide sich immer dasselbe. Irgendwann in der Zukunft, wenn sie beide ganz erwachsen sein würden, wollten sie zu den Sternen aufschauen und keine Angst haben. Nun ist die

Nacht da, die sie sich damals gewünscht hatten. Dies ist diese Zukunft, jetzt im Augenblick. Und sie können draußen bleiben, so lange sie wollen, sie können auf dem Rasen bleiben, bis jeder Stern verblaßt ist, und noch immer dasein, um mittags den vollkommenen blauen Himmel zu betrachten.

Levitation

Im August soll man immer Minze auf sein Fensterbrett legen, damit die summenden Fliegen draußen bleiben, wo sie hingehören. Denke nicht, der Sommer sei vorbei, selbst wenn die Rosen die Köpfe hängen lassen und die Sterne ihre Position am Himmel verändern. Bilde dir niemals ein, der August sei ein ruhiger und verläßlicher Monat. Er ist die Zeit des Umschwungs, in der die Vögel nicht mehr morgens singen und die Abende zu gleichen Teilen aus goldenem Licht und schwarzen Wolken bestehen. Das Sichere und das Unsichere können leicht die Plätze wechseln, bis vielleicht alles, was du weißt, fraglich scheint.

Wenn du an heißen, feuchten Tagen am liebsten jeden ermorden würdest, der dir über den Weg läuft, trinkst du statt dessen besser Limonade. Gehe lieber aus und kaufe einen erstklassigen Deckenventilator. Sorge dafür, daß du nie auf eine der Grillen trittst, die vielleicht in einer dunklen Ecke deines Wohnzimmers Zuflucht gesucht haben, sonst wird dein Glück sich wenden. Geh Männern aus dem Weg, die dich *Baby* nennen, und Frauen, die keine Freunde haben, und Hunden, die sich den Bauch kratzen und sich nicht zu deinen Füßen niederlegen wollen. Trage eine dunkle Brille; bade mit Lavendelöl und in kühlem, frischem Wasser. Schütze dich mittags vor der Sonne.

Gideon Barnes hat sich vorgenommen, den August völlig zu ignorieren und vier Wochen lang zu schlafen. Er will erst im September wieder aufwachen, wenn das Leben wieder geregelt verläuft und die Schule schon begonnen hat. Doch als eine Woche in diesem schwierigen Monat vergangen ist, teilt seine Mutter ihm mit, daß sie heiraten wird, irgendeinen Typen, dessen Gideon sich nur undeutlich bewußt war. Sie werden fortan einige Meilen den Turnpike hinunter wohnen, so daß Gideon eine neue Schule besuchen wird, zusammen mit seinen drei neuen Geschwistern, die er bei einem Abendessen kennenlernen wird, das seine Mutter am kommenden Wochenende gibt.

Aus Angst vor der Reaktion ihres Sohnes hat Jeannie Barnes diese Ankündigung eine ganze Weile aufgeschoben, doch jetzt nickt Gideon nur. Er denkt darüber nach, während seine Mutter nervös auf eine Antwort wartet, und endlich sagt er: »Toll, Mom. Freut mich für dich.«

Jeannie Barnes kann nicht glauben, daß sie richtig gehört hat, aber sie hat keine Zeit mehr nachzuhaken, denn Gideon verdrückt sich in sein Zimmer und ist dreißig Sekunden später verschwunden. Er ist fort, und zwar so schnell, wie er in fünf Jahren fort sein wird, nur dann endgültig. Dann wird er in Berkeley oder an der Universität von Los Angeles sein, statt den Turnpike hinunterzurennen, angetrieben von dem verzweifelten Wunsch, weg zu sein. Ohne zu überlegen, weiß er, wo er sein möchte. Weniger als zehn Minuten später hat er Kylies Haus erreicht, schweißnaß, und findet sie auf einer alten indianischen Bettdecke unter dem Holzapfelbaum sitzend und ein Glas Eistee trinkend. Sie haben sich seit Kylies Geburtstag nicht mehr gesehen, doch sie ist Gideon unglaublich vertraut – die Art, wie sie sich auf die Unterlippe beißt, die Form ihrer Hände –, und plötzlich ist seine

Kehle ganz trocken. Er muß ein Idiot sein, so zu fühlen, aber so ist es nun einmal. Er ist sich nicht sicher, ob er überhaupt wird sprechen können.

Es ist so heiß, daß die Vögel nicht fliegen, und so feucht, daß sich keine einzige Biene in die Luft erheben kann. Kylie ist verblüfft, Gideon zu sehen; der Eiswürfel, auf dem sie gekaut hat, fällt ihr aus dem Mund und rutscht über ihr Knie. Sie beachtet ihn nicht. Sie bemerkt weder das über ihnen fliegende Flugzeug noch die über die Bettdecke kriechende Raupe, noch die Tatsache, daß ihre Haut sich heißer anfühlt als vor einer Minute.

»Laß uns sehen, wie schnell ich dir Schach bieten kann«, sagt Gideon. Er hat sein Schachbrett bei sich, das alte aus Holz, das sein Vater ihm zum achten Geburtstag geschenkt hat.

Kylie beißt sich nachdenklich auf die Lippe. »Zehn Piepen für den Gewinner«, sagt sie.

»Klar.« Gideon grinst. Er hat sich wieder den Kopf rasiert, und sein Schädel ist glatt wie ein Stein. »Ich könnte Bargeld gebrauchen.«

Gideon wirft sich neben Kylie ins Gras, aber er kann sich nicht überwinden, sie anzusehen. Vielleicht denkt sie, daß sie nur ein Spiel spielen werden, aber das stimmt nicht; es ist viel mehr. Wenn Kylie ihn nicht ernst nimmt, wenn sie nicht alles tut, um zu gewinnen, dann weiß er, daß sie nicht länger Freunde sind. Er möchte nicht, daß es so ist, aber wenn sie miteinander nicht mehr sie selbst sein können, dann können sie gleich auseinandergehen.

Diese Art von Test kann einen Menschen nervös machen, und erst als Kylie über ihren dritten Zug nachdenkt, hat Gideon den Mut, sie anzusehen. Ihr Haar ist nicht mehr so blond wie am Geburtstag. Vielleicht hat sie es gefärbt, vielleicht hat sie auch das blonde Zeug herausgewaschen; es hat jetzt eine hübsche Farbe, wie Honig.

»Gibt's was zu sehen?« sagt Kylie, als sie seinen Blick bemerkt.

»Sei's drum«, sagt Gideon und bewegt seinen Läufer.

Er nimmt ihr Glas Eistee und trinkt daraus, wie er es zu tun pflegte, als sie Freunde waren.

»Genau«, sagt Kylie sofort.

Sie lächelt breit, und man sieht ihren abgebrochenen Zahn. Sie weiß, was er denkt, aber wer wüßte das nicht? Es ist so offensichtlich. Er möchte, daß alles gleich geblieben ist und daß sich alles verändert hat. Na ja, wer möchte das nicht? Nur – Kylie weiß bereits, daß das nicht möglich ist, während Gideon noch keine Ahnung hat.

»Ich hab' dich vermißt.« Kylies Stimme klingt beiläufig.

»Ja, genau.« Als Gideon aufblickt, sieht er, daß sie ihn anstarrt. Rasch wendet er den Blick zu der Stelle, wo früher der Flieder wuchs. Jetzt sind da nur ein paar dürre, schwarze Äste mit winzigen Dornen, die so spitz sind, daß sogar die Ameisen sich nicht in die Nähe wagen.

»Was zum Teufel ist mit eurem Garten passiert?« fragt Gideon.

Kylie schaut zu den Ästen hinüber, die so rasch wachsen, daß sie bald die Größe eines ansehnlichen Apfelbaums erreicht haben werden. Aber vorerst wirken sie harmlos, einfach wie dünne Dornensträucher. Man übersieht so leicht, was im eigenen Garten wächst, plötzlich taucht da alles mögliche auf – eine Schlingpflanze, ein Unkraut, eine Dornenhecke.

»Meine Mutter hat den Flieder abgeschnitten. Zuviel Schatten.« Kylie beißt sich fester auf die Lippe. »Schach.«

Sie hat einen Bauern bewegt, den Gideon nicht sonderlich beachtet hatte. Nun hat sie ihn am Haken und gestattet ihm aus Freundlichkeit eine letzte Wendung, ehe sie ihm den Todesstoß versetzt.

»Du wirst gewinnen«, sagt Gideon.

»Stimmt«, sagt Kylie. Sein Gesichtsausdruck weckt in ihr den Wunsch zu weinen, aber sie wird nicht vorsätzlich verlieren. Das kann sie einfach nicht.

Gideon vollführt den einzigen Zug, der ihm bleibt – Dame zum Bauern –, aber das kann ihn nicht mehr retten, und als Kylie ihn schachmatt setzt, gratuliert er ihr. Das hat er gewollt, aber trotzdem ist er ganz verwirrt.

»Hast du zehn Dollar?« fragt Kylie, obwohl es ihr völlig gleichgültig ist.

»Drüben bei mir zu Hause«, sagt Gideon.

»Da wollen wir nicht hingehen.«

Darüber sind sie sich einig, denn Gideons Mutter läßt sie nie allein. Ständig fragt sie, ob sie etwas essen oder trinken wollen; vielleicht denkt sie, wenn sie sie eine Sekunde allein ließe, würden sie in große Schwierigkeiten geraten. »Du kannst sie mir morgen geben. Bring sie dann vorbei.«

»Laß uns einen Spaziergang machen.« Jetzt sieht er sie endlich an. »Verschwinden wir für eine Weile von hier.«

Kylie gießt den Rest des Tees ins Gras und läßt die alte Bettdecke liegen, wo sie ist. Es ist ihr egal, daß Gideon nicht wie alle anderen ist. Er hat soviel Energie und seinen Kopf so voller Ideen, daß ein Streifen orangegelbes Licht von ihm aufsteigt. Es hat keinen Sinn, sich davor zu fürchten, die Leute so zu sehen, wie sie wirklich sind, denn ab und an sieht man in jemanden wie Gideon hinein. Unaufrichtigkeit ist ihm so fremd, daß er früher oder später einen Crashkurs im Abc der Gemeinheiten wird machen müssen, sonst wird er von der Welt, in die hinauszugehen er so begierig ist, bei lebendigem Leib aufgefressen.

»Meine Mutter wird irgendeinen Typen heiraten, und wir ziehen auf die andere Seite vom Turnpike.« Gideon hustet, als stecke etwas in seiner Kehle. »Ich muß die Schule wechseln. Ich Glückspilz muß mich in einem ganzen Gebäude voller scheißefressender Schwachköpfe einschreiben.«

»Die Schule spielt keine Rolle.« Kylie erschrickt vor sich selbst, wenn sie bei Dingen so sicher ist. Im Augenblick beispielsweise ist sie absolut sicher, daß Gideon keine bessere Freundin finden wird als sie. Darauf würde sie eine Million Dollar wetten und zusätzlich noch ihren Radiowecker und das Armband, das Gillian ihr zum Geburtstag geschenkt hat.

Sie gehen die Straße hinunter in Richtung Sportfeld.

»Wo ich zur Schule gehe, spielt keine Rolle?« Gideon ist erfreut und weiß nicht genau, warum. Vielleicht bloß, weil Kylie anscheinend nicht denkt, sie würden einander seltener sehen. »Bist du sicher?«

»Absolut«, sagt Kylie zu ihm. »Hundertprozentig.«

Wenn sie das Feld erreichen, werden sie Schatten und grünes Gras finden, und sie werden Zeit haben, die Dinge zu überdenken. Für einen Augenblick, als sie um die Ecke biegen, hat Kylie das Gefühl, sie sollte im Garten bleiben. Sie schaut zurück zum Haus. Morgen werden sie fort sein, unterwegs zu den Tanten. Sie alle haben versucht, Gillian zum Mitkommen zu überreden, aber sie weigert sich.

»Nein, und wenn ihr mich dafür bezahlen würdet. Nun, vielleicht für eine Million, aber nicht für weniger.« Das hat sie ihnen gesagt. »Und selbst dann würdet ihr mir beide

Beine brechen müssen, damit ich nicht aus dem Auto springen und weglaufen könnte. Ihr würdet mich betäuben müssen, aber ich würde trotzdem die Straße wiedererkennen und aus dem Fenster springen, ehe ihr das Haus erreicht.«

Obwohl die Tanten keine Ahnung haben, daß Gillian sich östlich der Rockies befindet, behaupten sowohl Kylie als auch Antonia, daß sie entsetzt sein werden, wenn sie entdecken, wie nahe Gillian ist und nicht zu Besuch kommen will.

»Glaubt mir«, sagt Gillian zu den Mädchen, »den Tanten wird das völlig egal sein. Es war ihnen damals egal, und heute ist es ihnen erst recht egal. Wenn ihr meinen Namen erwähnt, werden sie sagen: ›Welche Gillian?‹ Ich wette, daß sie sich nicht mehr an mein Aussehen erinnern. Wahrscheinlich könnten wir auf der Straße aneinander vorbeigehen wie Fremde. Macht euch keine Sorgen um die Tanten und mich. Unsere Beziehung ist genauso, wie wir sie haben wollen – absolut nicht vorhanden, und so gefällt es uns.«

Also werden sie morgen ohne Gillian in die Ferien fahren. Sie werden Sandwiches mit Käse und Oliven herrichten, Pitataschen mit Salat, Thermoskannen mit Limonade und Eistee. Sie werden den Wagen packen, wie sie es jeden August tun, und vor sieben auf dem Highway sein, damit sie nicht in den Stoßverkehr kommen. Nur hat Antonia dieses Jahr geschworen, sie werde auf dem ganzen Weg nach Massachusetts weinen. Sie hat Kylie bereits anvertraut, daß sie noch nicht weiß, was sie tun wird, wenn Scott nach Cambridge zurückgeht. Vermutlich wird sie die meiste Zeit lernen, denn sie muß in eine Schule irgendwo in der Gegend von Boston aufgenommen werden, vielleicht das Boston College oder, wenn sie bessere Noten erzielen kann, Brandeis. Sie wird darauf bestehen, daß sie auf Rastplätzen anhalten, damit sie Postkarten kaufen kann, und wenn sie sich im Haus der Tanten eingerichtet haben, will sie jeden Morgen draußen im Garten auf einer kratzigen Wolldecke liegen. Sie wird Sonnenschutzmittel auf ihre Schultern und Beine auftragen, ihr rotes Haar zurückbinden, und wenn Kylie über Antonias Schulter schaut, wird sie auf ein Dutzend verschiedene Arten »Ich liebe dich« gekritzelt sehen.

Dieses Jahr wird Gillian ihnen zum Abschied von der vorderen Veranda aus nachwinken, wenn sie bis dahin nicht in Ben Fryes Haus gezogen ist. Sie tut das ganz allmählich, damit Ben keinen Schock bekommt, wenn er entdeckt, daß sie eine Unmenge schlechter Angewohnheiten hat; es wird nicht lange dauern, bis er merkt, daß sie niemals ihre Müslischale ausspült und sich nicht damit aufhält, das Bett zu machen. Früher oder später wird er entdecken, daß die Eiscreme immer aus dem Tiefkühlschrank verschwindet, weil Gillian sie Buddy als besonderen Leckerbissen serviert. Er wird sehen, daß Gillians Pullover immer als Knäuel auf dem Boden eines Schrankes oder unter dem Bett enden. Und wenn Ben das anwidert, wenn er beschließen sollte, sie hinauszuwerfen, nun, dann soll er. Es gibt keinen Trauschein und keine Verpflichtung, und Gillian möchte es dabei belassen. Optionen sind das, was sie immer wollte. Auswege.

»Ich möchte, daß du eines weißt«, hat sie zu Kylie gesagt. »Du bist noch immer meine Lieblingsnichte. Und wenn ich eine Tochter hätte, dann wünschte ich, sie wäre so wie du.«

Kylie fühlte sich so von Liebe und Bewunderung erfüllt,

daß sie vor lauter Schuldgefühlen beinahe gestanden hätte, daß sie diejenige war, die all die Anchovispizzas zu Bens Haus hat liefern lassen, und daß sie die Asche in Gillians Schuhe gestreut hat. Aber manche Geheimnisse behält man am besten für sich, also sagte Kylie nichts, nicht einmal, wie sehr sie Gillian vermissen wird. Sie umarmte ihre Tante und half dann, einen weiteren Karton mit Kleidern einzuladen, der zu Bens Haus gebracht werden sollte.

»Noch mehr Kleider!« sagte Ben und griff sich an die Stirn, als könnten seine Schränke nichts mehr fassen, aber Kylie konnte sein Entzücken sehen. Er zog ein Höschen aus schwarzer Spitze aus dem Karton heraus und verwandelte es mit drei raschen Knoten in einen Dackel. Kylie war so verblüfft, daß sie applaudierte.

Gillian, die gerade einen weiteren Karton herbeitrug – diesmal mit Schuhen gefüllt –, schob diesen sich auf die Hüfte, um ebenfalls klatschen zu können. »Da siehst du, warum ich mich in ihn verliebt habe«, flüsterte sie Kylie zu. »Wie viele Männer können das schon?«

Wenn sie morgen früh abfahren, wird Gillian winken, bis sie um die Ecke gebogen sind, und dann, da ist Kylie sicher, wird sie schnurstracks zu Ben fahren. Inzwischen werden sie auf dem Weg nach Massachusetts sein und anfangen, die Lieder aus dem Radio mitzusingen, wie sie es immer tun. Es steht nie zur Debatte, wie sie ihre Sommerferien verbringen; weshalb beschleicht Kylie plötzlich das Gefühl, daß sie vielleicht nicht einmal ihre Koffer hinaus ins Auto tragen werden?

Während sie an diesem klaren, heißen Tag mit Gideon in Richtung Sportfeld geht, versucht Kylie sich die Abfahrt zu den Tanten vorzustellen, aber sie kann es nicht.

Gewöhnlich kann sie jeden Teil der Ferien im Geiste vor sich sehen, vom Packen bis zum Beobachten von Gewittern von der sicheren Veranda der Tanten aus, aber als sie sich heute ihre Woche in Massachusetts vorzustellen versucht, bleibt alles leer. Und dann, als Kylie zu ihrem Haus zurückblickt, hat sie ein ganz seltsames Gefühl. Das Haus erscheint ihr irgendwie verloren, als betrachte sie eine Erinnerung, einen Ort, an dem sie früher einmal war und den sie nie vergessen wird, an den sie aber nicht zurückgehen kann.

Kylie stolpert über eine Spalte im Gehsteig, und automatisch streckt Gideon den Arm aus für den Fall, daß sie stürzt.

»Bist du okay?« fragt er.

Kylie denkt an ihre Mutter, die in der Küche kocht, das schwarze Haar zurückgebunden, so daß niemand je erraten würde, wie dicht und schön es ist. Sie denkt an die Nächte, in denen sie Fieber hatte und ihre Mutter im Dunkeln neben ihr saß, mit kühlen Händen und Tassen voller Wasser. Sie denkt daran, wie oft sie sich im Badezimmer eingeschlossen hat, todunglücklich über ihre Größe, und wie ihre Mutter ihr von der anderen Seite der Tür aus ruhig zuredete, ohne sie ein einziges Mal dumm oder albern oder eitel zu nennen. Am deutlichsten erinnert sie sich an den Tag, an dem Antonia im Park umgestoßen wurde und die aufgescheuchten weißen Schwäne ihre Schwingen ausbreiteten und genau auf Kylie zuflogen. Sie kann sich genau an den Gesichtsausdruck ihrer Mutter erinnern, als Sally über die Wiese rannte, die Arme schwenkte und so laut schrie, daß die Schwäne nicht wagten, näher zu kommen. Statt dessen erhoben sie sich in die Luft und flogen so niedrig über den Teich, daß ihre

Schwingen das Wasser kräuselten, und sie kamen nie mehr zurück, kein einziges Mal.

Wenn Kylie weiter diese Straße entlanggeht, werden die Dinge nie wieder dieselben sein. Sie fühlt das so intensiv, wie sie nie zuvor etwas gefühlt hat. Sie tritt über einen Riß im Zement in ihre eigene Zukunft ein, und es wird kein Zurück mehr geben. Der Himmel ist wolkenlos und weiß vor Hitze. Die meisten Leute sind in ihren Häusern und lassen ihre Ventilatoren oder Klimaanlagen auf Hochtouren laufen. Kylie weiß, es ist heiß in der Küche, in der ihre Mutter ein besonderes Essen für heute abend zubereitet. Vegetarische Lasagne und grüner Salat und Käsekuchen mit Kirschen zum Dessert. Antonia hat Scott zu einem Abschiedsessen eingeladen, da sie für eine ganze Woche fort sein wird, und Ben Frye wird da sein, und Kylie kann auch Gideon einladen. Aus irgendeinem Grund macht Kylie das traurig, nicht das Essen, sondern der Gedanke an ihre Mutter am Herd. Ihre Mutter schürzt immer die Lippen, wenn sie ein Rezept liest; sie liest es zweimal laut vor, damit sie keine Fehler macht. Je trauriger Kylie sich fühlt, desto sicherer ist sie, daß sie nicht umkehren sollte. Sie hat den ganzen Sommer darauf gewartet, sich so zu fühlen, sie hat darauf gewartet, ihrer Zukunft zu begegnen, und nun wird sie nicht eine Sekunde länger warten, ganz gleich, wen sie zurücklassen muß.

»Wer ist schneller?« fragt Kylie und rennt los; sie hat schon einen großen Vorsprung, ehe Gideon sich an ihre Verfolgung macht. Kylie ist erstaunlich schnell, das war sie immer, aber jetzt scheint sie nicht einmal den Boden zu berühren. Gideon, der ihr nachläuft, fragt sich, ob er sie jemals einholen wird, aber natürlich wird er das, und sei es nur, weil Kylie sich am anderen Ende des Feldes ins Gras werfen wird, wo die hohen Ahornbäume tiefen Schatten spenden.

Für Kylie sind diese Bäume ein vertrauter Anblick, aber für jemanden, der in der Wüste lebt, für einen Mann, der gewohnt ist, meilenweit zu sehen, an Saguaro und purpurner Dämmerung vorbei, können diese Ahornbäume wie eine Fata Morgana wirken, die sich auf dem grünen Feld aus Hitzewellen erheben. In Tucson, Arizona, gibt es mehr Blitze als irgendwo sonst auf der Welt; wenn man in der Nähe der Wüste aufgewachsen ist, kann man den Verlauf eines Gewitters leicht anhand der Blitze vorhersehen; man weiß, wie lange man noch Zeit hat, um den Hund hereinzurufen, für sein Pferd zu sorgen und sich unter ein sicheres Dach zurückzuziehen.

Wie die Liebe sind Blitze niemals von Logik bestimmt. Unfälle passieren, und das wird immer so sein. Gary Hallet kennt zwei Männer, die vom Blitz getroffen wurden und überlebt haben, und an sie hat er gedacht, als er zur Stoßzeit über den Long Island Expressway fuhr, sich dann in einem Gewirr von Vorortstraßen seinen Weg suchte und an dem Feld vorbeikam, als er falsch vom Turnpike abbog. Gary ist mit einem dieser Überlebenden zur Schule gegangen, einem Jungen, der mit siebzehn vom Blitz getroffen wurde. Er trat aus dem Haus seiner Eltern, und als nächstes merkte er, daß er in der Einfahrt lag und zum indigoblauen Himmel hinaufstarrte. Der Feuerball war mitten durch ihn hindurchgefahren, und seine Hände waren so verkohlt wie ein gegrilltes Steak. Er hörte ein Klappern wie von Schlüsseln oder einer Trommel, und er brauchte eine Weile, bis er merkte, daß das Geräusch von seinen auf dem Asphalt zitternden Knochen verursacht wurde.

Dieser Junge schloß die High-School im gleichen Jahr ab wie Gary, aber nur, weil die Lehrer ihn aus Freundlichkeit seine Kurse bestehen ließen; er war ein großartiger Baseballspieler gewesen und hatte auf eine Chance in der Jugendmannschaft gehofft, doch jetzt war er völlig verwirrt und nervös; er weigerte sich, draußen auf dem Sportplatz Baseball zu spielen, aus Angst, die höchste Erhebung weit und breit zu sein, sollte der Blitz ein zweites Mal zuschlagen. Das war sein Ende; schließlich landete er in einem Kino, wo er Eintrittskarten verkaufte, Popcorn zusammenfegte und sich weigerte, Kunden ihr Geld zurückzugeben, wenn ihnen der Film nicht gefiel.

Der andere Mensch, der getroffen wurde, wurde dadurch noch stärker beeinflußt; der Blitz veränderte sein Leben radikal. Er hob ihn von den Füßen und wirbelte ihn herum, und als er wieder auf den Boden herunterkam, war er zu allem bereit. Dieser Mann war Garys Großvater Sonny, und er sprach tagtäglich davon, wie er von dem getroffen worden war, was er »Die weiße Schlange« nannte, bis zu seinem Tod im Alter von dreiundneunzig Jahren. Lange bevor Gary bei ihm wohnte, war Sonny draußen im Garten gewesen, wo die Pappeln wuchsen, und er war so betrunken gewesen, daß er das Gewitter nicht bemerkte. Trunkenheit war damals sein normaler Zustand. Er konnte sich nicht erinnern, wie es sich anfühlte, nüchtern zu sein, und er wollte es sich auch nicht vorstellen können.

»Da war ich«, erzählte er Gary, »und war mit meinen eigenen Dingen beschäftigt, als der Himmel herunterkam und mich schlug.«

Er schlug ihn und schleuderte ihn in die Wolken, und eine Sekunde lang hatte er das Gefühl, nie wieder herunterzukommen. Seine Kleider verbrannten auf dem Leib zu Asche, und wenn er nicht die Geistesgegenwart besessen hätte, in den schaumigen grünen Teich zu springen, in dem er zwei zahme Enten hielt, wäre er bei lebendigem Leib verbrannt. Seine Augenbrauen wuchsen nie wieder nach, und er brauchte sich auch nicht mehr zu rasieren, doch nach diesem Tag rührte er keinen Alkohol mehr an. Keinen einzigen Tropfen Whiskey. Kein einziges kleines, kaltes Bier. Sonny Hallet hielt sich an Kaffee, nie weniger als zwei Kannen starkes, schwarzes Gebräu täglich, und deswegen war er bereit, willens und fähig, Gary zu übernehmen, als seine Eltern sich nicht mehr um ihn kümmern konnten.

Garys Eltern meinten es nicht schlecht, aber sie waren jung und süchtig nach Schwierigkeiten und Alkohol; beide fanden viel zu früh den Tod. Garys Mutter war seit einem Jahr tot, als die Nachricht vom Tod seines Vaters eintraf, und noch am gleichen Tag ging Sonny zum Rathaus in der Stadt und erklärte dem Bezirksangestellten, sein Sohn und seine Schwiegertochter hätten sich umgebracht – was mehr oder weniger der Wahrheit entsprach, wenn man einen Tod durch Trunksucht als Selbstmord betrachtete –, und er wolle nun Garys gesetzlicher Vormund werden. Während Gary den Turnpike entlangfährt, muß er daran denken, daß seinem Großvater diese Gegend von New York nicht sonderlich gefallen hätte. Hier konnte man vom Blitz überrascht werden. Es gibt so viele Gebäude und verdecken das, was man sehen sollte, was nach Sonnys und auch nach Garys Meinung immer der Himmel zu sein hatte.

Gary arbeitet an einer vorläufigen Untersuchung, die der Staatsanwalt eingeleitet hat, in dessen Büro er seit sieben Jahren als Ermittler tätig ist. Davor hatte er einige falsche Entscheidungen getroffen – er war groß und schlaksig genug, um Basketball als Möglichkeit zu erwägen, aber obwohl er ziemlich hartnäckig war, besaß er doch nicht die rohe Aggression, die ein Berufssportler braucht. Am Ende ging er aufs College zurück, dachte an ein Jurastudium, entschied sich dagegen, so viele Jahre in geschlossenen Räumen zu studieren, und landete schließlich bei dem, was er ohnehin am besten konnte, nämlich Dinge herauszufinden. Im Unterschied zu einigen seiner Kollegen liebt er Morduntersuchungen, und zwar so sehr, daß seine Freunde ihn aufziehen und einen mexikanischen Truthahngeier nennen, einen Aasfresser, der nach Geruch jagt. Gary nimmt diese Scherze nicht übel und hat auch nichts dagegen, daß die meisten Leute behaupten, sie wüßten, warum er sich so für Tötungsdelikte interessiere; der Grund liege in der Familiengeschichte – seine Mutter starb an Leberversagen, und sein Vater hätte das vermutlich auch getan, wenn er nicht vorher ermordet worden wäre, drüben in Neumexiko. Der Bursche, der es getan hatte, wurde nie gefunden, und offen gesagt schien auch niemand ernsthaft nach ihm zu suchen. Doch es ist nicht die Vergangenheit, was Gary antreibt, ganz gleich, was seine Freunde denken. Vielmehr will er herausfinden, warum Menschen Dinge tun. Der entscheidende Faktor, der jemanden zum Handeln veranlaßt, kann verdammt schwer faßbar sein, aber man kann immer irgendein Motiv finden, wenn man ausdauernd genug sucht. Das falsche Wort, zur falschen Zeit gesagt, eine Waffe in der falschen Hand, die falsche Frau, die einen genau richtig küßt. Geld, Liebe oder Wut, das sind die Ursachen. Gewöhnlich kann man die Wahrheit oder jedenfalls eine ihrer Lesarten herausfinden, wenn man genügend Fragen stellt, wenn man die Augen schließt und sich vorstellt, wie es gewesen sein könnte, wie man reagiert hätte.

In dem Fall, an dem er arbeitet, ist das Warum eindeutig das Geld. Drei Studenten von der Universität sind tot, weil jemand so scharf auf Geld war, daß er ihnen Habichtskrautsamen und Stechapfel verkaufte, ohne sich einen Deut um die Konsequenzen zu scheren. Jugendliche kaufen alles, vor allem Jugendliche von der Ostküste, die nicht ihr ganzes Leben lang vor dem gewarnt worden sind, was in der Wüste wächst. Ein Samenkorn des Habichtskrauts macht euphorisch, es ist wie frei wachsendes LSD. Nur – zwei Samenkörner können einen umbringen. Es sei denn, das erste hat diesen Job bereits sauber erledigt, was bei einem der Jugendlichen der Fall war, einem Geschichtsstudenten aus Philadelphia, gerade neunzehn geworden. Gary wurde von seinem Freund Jack Carillo vom Morddezernat zugezogen, und er sah den Geschichtsstudenten auf dem Fußboden seines Zimmers im Studentenheim liegen. Der Junge hatte entsetzliche Krämpfe gehabt, ehe er starb; die ganze linke Gesichtsseite war schwarz und blau, und Gary meinte, keiner werde es als Verfälschung von Beweismitteln ansehen, wenn sie den Jungen ein bißchen schminkten, ehe seine Eltern ankamen.

Gary hat die Akte über James Hawkins gelesen, der seit zwanzig Jahren in Tucson Drogen verkauft. Gary ist zweiunddreißig und erinnert sich vage an Hawkins, einen älteren Jungen, über den die Mädchen zu flüstern pflegten. Nachdem er die High-School abgebrochen hatte, geriet Hawkins in verschiedenen Staaten in Schwierigkeiten, eine Zeitlang in Oklahoma, dann in Tennessee, ehe er in seine Heimatstadt zurückkehrte und wegen Sittlichkeitsdelikten eingesperrt wurde, die, zusammen mit den Drogen, seine Spezialität zu sein schienen. Wenn er sich nicht aus einer üblen Situation herauswinden konnte, war Hawkins dafür bekannt, daß er auf die Augen seines Gegners losging, und zwar mit dem schweren Silberring, den er trug und den er zum Zuschlagen und Herausdrücken benutzte. Er benahm sich, als könnte ihn niemand aufhalten, aber nun ist Mr. Hawkins' kriminelle Karriere so gut wie zu Ende. Der Zimmergenosse des Geschichtsstudenten hat ihn definitiv identifiziert – von den Schlangenlederstiefeln bis zu dem Silberring mit dem Kaktus und der Klapperschlange darauf –, und er ist nicht der einzige, der sein Foto herausgepickt hat. Sieben andere Studenten, die das Glück hatten, die bei ihm gekauften Drogen nicht einzunehmen, haben diesen Verlierer ebenfalls identifiziert, und damit sollte die Sache abgeschlossen sein – bloß, daß keiner Hawkins finden kann. Sie können auch die Freundin nicht finden, mit der er zusammenlebte, allen Erzählungen nach eine gutaussehende Frau, die Kellnerin in jedem auch nur halbwegs anständigen Restaurant der Stadt gewesen zu sein scheint. Sie haben die Bars überprüft, die Hawkins besuchte, und seine drei angeblichen Freunde befragt, doch seit Ende Juni hat ihn niemand mehr gesehen. Gary hat sich mit Hawkins' Leben beschäftigt und versucht, ihm auf die Schliche zu kommen. Er hat das Pink Pony besucht, Hawkins' Lieblingslokal, um sich zu betrinken, und er hat auf der vorderen Veranda des letzten von Hawkins gemieteten Hauses gesessen, weshalb er zufällig dort war, als der Brief ankam. Er saß auf einem Metallstuhl, die Füße auf das weiße Geländer der Veranda gelegt, als der Postbote zu ihm kam, ihm den Brief in den Schoß warf und das entsprechende Porto verlangte, denn irgendwo unterwegs war die Briefmarke verlorengegangen.

Der Brief war zerknittert und an einer Ecke zerrissen, und wenn der Umschlag nicht schon offen gewesen wäre, hätte Gary ihn einfach mit ins Büro genommen. Doch einem geöffneten Brief kann man schwer widerstehen, selbst jemand wie Gary, der in seinem Leben vielem widerstanden hat. Seine Freunde kennen ihn gut genug, um ihm kein Bier anzubieten, und sie wissen auch, daß sie ihn nicht nach dem Mädchen fragen dürfen, mit dem er gleich nach der High-School kurz verheiratet war. Sie tun es nicht, weil seine Freundschaft ihnen das wert ist; sie wissen, daß Gary sie niemals hinters Licht führen oder enttäuschen wird. Aber dieser Brief war etwas anderes; also gab er der Versuchung nach, und ehrlicherweise bedauert er das noch immer nicht.

Der Sommer in Tucson ist wirklich heiß, und es herrschten mehr als vierzig Grad, als Gary den an Gillian Owens gerichteten Brief las. Der Kreosotbusch, der neben dem Patio wuchs, platzte beinahe in der Hitze, aber Gary saß einfach da und las den Brief, den Sally an ihre Schwester geschrieben hatte, und als er damit fertig war, las er ihn noch einmal. Als die Nachmittagshitze endlich nachzulassen begann, lüftete Gary seinen Hut und nahm die Stiefel vom Geländer. Er ist ein Mann, der bereit ist, Risiken einzugehen, aber er besitzt den Mut, hoffnungslosen Unterfangen auszuweichen. Er weiß, wann er von etwas die Finger lassen muß und wann er etwas weiter versuchen kann, aber so wie jetzt hat er sich noch niemals gefühlt.

Bis Sonny vor zwei Jahren starb, hat Gary immer das Haus mit seinem Großvater geteilt, außer während seiner kurzen Ehe und während der ersten acht Jahre mit seinen Eltern, an die er sich aus schierer Willenskraft nicht erinnert. Doch von seinem Großvater weiß er noch alles. Er wußte, wann Sonny morgens aufstand, wann er schlafen ging, was er zum Frühstück aß – wochentags immer Weizenschrot, sonntags Pfannkuchen mit Melasse und Marmelade. Gary kann gut mit Leuten umgehen und hat die ganze Stadt voller Freunde, aber er hat noch nie das Gefühl gehabt, jemanden so zu kennen, wie er jetzt die Frau zu kennen glaubt, die diesen Brief geschrieben hat. Als habe jemand seine Schädeldecke geöffnet und mit einem Haken ein Stück seiner Seele erfaßt. Er ist so vertieft in die Worte, die sie geschrieben hat, daß jeder Vorübergehende ihn mit einem Finger vom Stuhl hätte stoßen können. Ein Truthahngeier hätte auf der Rückenlehne des Stuhls landen und ihm ins Ohr kreischen können, und Gary hätte trotzdem nicht reagiert.

Am gleichen Abend packte er seine Tasche. Seinen Freund Arno im Büro des Staatsanwalts ließ er wissen, er habe eine heiße Spur gefunden und werde Hawkins' Freundin nachspüren, aber das war natürlich nicht die ganze Wahrheit. Hawkins' Freundin war nicht diejenige, an die er dachte, als er den zwölfjährigen Sohn seines Nachbarn bat, jeden Morgen vorbeizukommen und Futter und Wasser für die Hunde hinzustellen, und als er seine Pferde hinüber auf die Ranch der Mitchells brachte, wo sie mit einer Gruppe Araber zusammen weiden würden, die viel schöner waren als sie selbst.

An diesem Abend war Gary auf dem Flughafen, um die Maschine um neunzehn Uhr siebzehn nach Chicago zu erwischen, und er verbrachte die Nacht auf einer Bank in O'Hare, wo er umsteigen mußte. Hoch in der Luft las er

Sallys Brief noch zweimal, und dann nochmals, als er in einer Imbißstube in Elmhurst, Queens, zu Mittag aß. Selbst als er ihn wieder gefaltet in seinen Umschlag schiebt und diesen tief in seine Jackentasche versenkt, geht ihm der Brief nicht aus dem Kopf. Ganze Sätze, die Sally geschrieben hat, fallen ihm dauernd ein, und aus irgendeinem Grund empfindet er ein ganz seltsames Gefühl von Akzeptanz, nicht für etwas, das er getan hat, sondern für das, was er vielleicht zu tun im Begriff ist.

Gary erkundigte sich an einer Tankstelle am Turnpike nach der Richtung und kaufte eine Dose kalte Cola, und trotz des falschen Abbiegens in der Nähe des Sportfeldes schafft er es, die richtige Adresse zu finden. Sally Owens ist in der Küche, als er vorfährt. Sie rührt in dem Topf Tomatensauce, als Gary um den Honda in der Einfahrt herumgeht, sich den davor geparkten Oldsmobile genau ansieht und dessen Nummernschilder aus Arizona mit den Zahlen in seiner Akte vergleicht. Sie gießt heißes Wasser und Nudeln in ein Sieb, als er an die Tür klopft.

»Moment«, sagt Sally in ihrer sachlichen, schlichten Art, und der Ton ihrer Stimme überrascht Gary zutiefst. Hier könnte er in Schwierigkeiten geraten, soviel steht fest. Er könnte in etwas hineinmarschieren, das er einfach nicht kontrollieren kann.

Als Sally die Tür aufmacht, schaut Gary in ihre Augen und sieht sich selbst kopfstehen. Er befindet sich in einem Teich aus grauem Licht, ertrinkend, zum drittenmal untergehend, und es gibt verdammt noch mal nichts, was er dagegen tun kann. Sein Großvater hat ihm einmal gesagt, Hexen würden einen so einfangen – sie wüßten, wie sehr die meisten Männer sich selbst lieben und wie tief sie sich hineinziehen lassen, nur für einen Blick auf ihr eigenes

Bild. Wenn du jemals Angesicht in Angesicht mit einer solchen Frau stehst, hat sein Großvater zu ihm gesagt, dann dreh dich um und lauf und betrachte dich nicht als Feigling. Wenn sie dir folgt, wenn sie eine Waffe hat oder deinen Namen schreit, als werde sie ermordet, dann pack sie rasch bei der Kehle und schüttle sie. Doch natürlich hat Gary nicht die Absicht, dem Rat seines Großvaters zu folgen; er hat vielmehr vor, für eine sehr lange Zeit weiterhin zu ertrinken.

Sallys Haar ist aus dem Gummiband gerutscht. Sie trägt Shorts von Kylie und ein schwarzes, ärmelloses T-Shirt von Antonia, und sie riecht nach Tomatensauce und Zwiebeln. Sie ist ziemlich ungeduldig, wie jeden Sommer, wenn sie für die Reise zu den Tanten packen muß. Sicher, sie ist schön, zumindest nach Gary Hallets Einschätzung, und er hat einen Knoten im Hals vom bloßen Anschauen. Er denkt bereits an die Dinge, die sie tun könnten, wenn sie zu zweit allein in einem Raum wären. Wenn er nicht aufpaßt, könnte er den Grund vergessen, warum er hergekommen ist. Er könnte einen dummen Fehler machen.

»Was kann ich für Sie tun?« Dieser Mann, der an ihre Tür gekommen ist und staubbedeckte Cowboystiefel trägt, ist mager und groß wie eine zum Leben erwachte Vogelscheuche. Sally muß den Kopf in den Nacken legen, um einen Blick auf sein Gesicht zu erhaschen. Nachdem sie gesehen hat, wie er sie anschaut, weicht sie zwei Schritte zurück. »Was wünschen Sie?« fragt Sally.

»Ich bin vom Büro des Staatsanwalts. Aus Arizona. Gerade mit dem Flugzeug angekommen. In Chicago mußte ich umsteigen.« Gary weiß, daß sich all das schrecklich dumm anhört, aber das träfe wahrscheinlich auf die meisten Dinge zu, die er in diesem Augenblick sagen würde.

Gary hatte kein einfaches Leben, und das sieht man seinem Gesicht an. Da sind tiefe Falten, für die er eigentlich noch zu jung ist; da ist eine Menge Einsamkeit, gleich da, wo jeder sie sehen kann. Es ist nicht seine Art, Dinge zu verbergen, und er verbirgt auch jetzt sein Interesse an Sally nicht. Tatsächlich traut Sally kaum ihren Augen. Besitzt jemand tatsächlich den Nerv, hier vor ihrer Tür zu stehen und sie so anzustarren?

»Ich glaube, da haben Sie sich in der Adresse geirrt«, sagt sie, und sie klingt nervös. Das liegt daran, weil seine Augen so dunkel sind, das ist das Problem.

»Ihr Brief kam gestern an«, sagt Gary, als sei er eigentlich derjenige, an den sie geschrieben hat, und nicht ihre Schwester.

»Ich weiß nicht, wovon Sie reden«, sagt Sally. »Ich habe niemals an Sie geschrieben. Ich weiß nicht einmal, wer Sie sind.«

»Gary Hallet«, stellt er sich vor. Er greift in seine Tasche und nimmt ihren Brief heraus, obwohl er es eigentlich haßt, ihn ihr auszuhändigen. Wenn sie bei der Spurensicherung diesen Brief untersuchten, würden sie überall seine Fingerabdrücke finden; er hat das Papier häufiger auseinander- und wieder zusammengefaltet, als er sich erinnern kann.

»Den habe ich an meine Schwester geschickt«, sagt Sally. Sie schaut den Brief an und dann ihn. Sie hat das komische Gefühl, daß ihr vielleicht mehr bevorsteht, als sie bewältigen kann. »Sie haben ihn geöffnet.«

»Er war bereits offen. Es muß bei der Post passiert sein. Sie wissen, wie da Dinge kaputtgehen.«

Während Sally fieberhaft überlegt, ob sie ihn als Lügner einstufen soll oder nicht, kann Gary spüren, wie sein Herz wie ein Fisch in seiner Brust herumschwimmt. Er hat davon gehört, daß das anderen Männern passiert ist. Gerade gehen sie noch ihren Geschäften nach, und plötzlich gibt es für sie keine Hoffnung mehr. Sie verlieben sich so heftig, daß sie nie wieder von den Knien hochkommen.

Gary schüttelt den Kopf, als könne das die Sache klären, aber es bewirkt nur, daß er doppelt sieht, daß für einen Augenblick zwei Sallys vor ihm stehen und beide ihn wünschen lassen, nicht in amtlicher Eigenschaft hierzusein. Er zwingt sich, an den Studenten zu denken. Er denkt an die blauen und schwarzen Flecken im Gesicht des Jungen und wie sein Kopf gegen das metallene Bettgestell und auf den Holzfußboden geprallt sein muß, während er sich in Krämpfen wand.

»Wissen Sie vielleicht, wo Ihre Schwester sein könnte?«

»Meine Schwester?« Sally kneift die Augen zusammen; vielleicht ist dies nur ein weiteres Herz, das Gillian gebrochen hat und das jetzt kommt, um Gnade zu flehen. Sie hätte diesen Burschen nicht für einen solchen Narren gehalten. »Sie suchen nach Gillian?«

»Wie ich schon sagte, ich arbeite für das Büro des Staatsanwalts. Es handelt sich um eine Ermittlung, die einen Freund Ihrer Schwester betrifft.«

Sally spürt etwas in ihren Fingern und Zehen, das ziemlich an Panik erinnert. »Was sagten Sie, woher kommen Sie?«

»Nun, ursprünglich aus Bixby«, sagt Gary, »aber ich bin seit fast fünfundzwanzig Jahren in Tucson.«

Es ist Panik, was Sally fühlt, soviel steht fest, und sie kriecht an ihrer Wirbelsäule hoch, breitet sich in ihren Adern aus, bewegt sich auf ihre lebenswichtigen Organe zu.

»Ich bin in Tucson aufgewachsen«, sagt Gary gerade. »Und ich halte die Stadt für den besten Ort der Welt.«

»Worum geht es bei Ihrer Ermittlung?« unterbricht Sally ihn, ehe Gary weiter über sein geliebtes Arizona schwärmen kann.

»Nun, es gibt da einen Mordverdächtigen, nach dem wir suchen.« Gary haßt es, die Worte sagen zu müssen. »Tut mir leid, Ihnen das zu sagen, aber sein Wagen steht da draußen in Ihrer Einfahrt.«

Ganz plötzlich ist Sally schwindlig. Sie lehnt sich an den Türrahmen und versucht zu atmen. Sie sieht Flecken vor ihren Augen, und jeder Fleck ist rot und heiß wie Asche. Dieser gottverdammte Jimmy läßt einfach nicht locker. Immer wieder kommt er zurück und versucht, jemandem das Leben schwerzumachen.

Gary Hallet beugt sich zu Sally nieder. »Alles in Ordnung?« fragt er, obwohl er aus ihrem Brief weiß, daß Sally nicht die Art Frau ist, die ihr Herz auf der Zunge trägt. Sie hat schließlich fast achtzehn Jahre gebraucht, bevor sie ihrer Schwester ein Stück ihrer Seele preisgab.

»Ich gehe rein und setz mich hin«, sagt Sally beiläufig, als wäre sie nicht im Begriff, ohnmächtig zu werden.

Gary folgt ihr in die Küche und sieht zu, wie sie ein Glas kaltes Leitungswasser trinkt. Er ist so groß, daß er sich unter der Küchentür bücken muß, und als er sich hinsetzt, muß er die Beine ausstrecken, damit seine Knie unter den Küchentisch passen.

»Ich wollte Sie nicht aufregen«, sagt er zu Sally.

»Sie haben mich nicht aufgeregt.« Sally fächelt sich mit der Hand Luft zu. Gott sei Dank sind die Mädchen nicht zu Hause, zumindest dafür muß sie dankbar sein. Wenn sie in all das hineingezogen würden, würde sie das Gillian niemals verzeihen, und auch sich selbst nicht. Wie konnten sie jemals denken, sie würden ungestraft davonkommen? Was für Idiotinnen, was für Schwachsinnige, was für Närrinnen sie doch waren! »Sie haben mich kein bißchen aufgeregt.«

Sie braucht ihre ganze Willenskraft, um die Nerven zu behalten und Gary anzusehen. Er erwidert ihren Blick unverwandt, so daß sie rasch zu Boden schaut. Man muß wirklich vorsichtig sein, wenn man in solche Augen blickt. Sally trinkt mehr Wasser und fächelt sich weiter Luft zu. In einer Situation wie dieser ist es am besten, normal zu erscheinen. Das weiß Sally aus ihrer Kindheit. Verrate nichts. Laß sie nicht wissen, was du tief innen fühlst.

»Kaffee?« fragt Sally. »Es gibt noch heißen.«

»Gern«, sagt Gary. »Wunderbar.« Er muß mit der Schwester reden, er weiß das, aber er muß sich nicht beeilen. Vielleicht ist die Schwester einfach mit dem Oldsmobile aus Tucson weggefahren, aber genauso wahrscheinlich ist, daß sie Hawkins' Aufenthaltsort kennt. Aber das kann warten.

»Ein Mordverdächtiger«, sagt Sally. »Das sagten Sie doch, oder?«

Sie hat eine so süße Stimme; es sind die Vokale Neuenglands, die sie nie ganz verloren hat, es ist die Art, wie sie nach jedem Wort die Lippen spitzt, als koste sie noch die allerletzte Silbe aus.

»James Hawkins.« Gary nickt. »Er scheint ein Freund Ihrer Schwester gewesen zu sein.«

»Aha«, sagt Sally bedächtig, denn wenn sie mehr sagt, wird sie schreien, sie wird Jimmy und ihre Schwester und jeden verfluchen, der jemals im Staate Arizona gelebt hat.

Sie serviert den Kaffee, setzt sich hin und beginnt darüber nachzudenken, wie zum Teufel sie sie aus dieser Lage herausholen soll. Sie hat schon die ganze Wäsche für die Reise nach Massachusetts erledigt. Sie hat den Wagen aufgetankt und das Öl nachsehen lassen. Sie muß ihre Mädchen hier herausholen, und daher muß sie sich eine wirklich gute Geschichte ausdenken: daß sie den Oldsmobile bei einer Auktion kauften oder daß ihn jemand auf einem Rastplatz zurückließ oder daß ihn jemand einfach mitten in der Nacht in ihrer Einfahrt abgestellt hat.

Sally schaut auf, bereit, mit dem Lügen zu beginnen, und da sieht sie, daß dieser Mann an ihrem Tisch weint. Gary ist zu groß, um in den meisten Situationen etwas anderes als linkisch zu sein, aber er kann sehr anmutig weinen. Er läßt es einfach geschehen.

»Was ist los?« fragt Sally. »Was ist passiert?«

Gary schüttelt den Kopf; es dauert immer eine Weile, bis er sprechen kann. Sein Großvater pflegte zu sagen, daß die Tränen aufsteigen, wenn man sie zurückhält, höher und höher, bis eines Tages der Kopf explodiert. Gary hat mehr geweint, als die meisten Männer jemals weinen werden. Er hat es bei Rodeos und in Gerichtssälen getan; er hat am Straßenrand gestanden und beim Anblick eines Falken geweint, den jemand vom Himmel geschossen hatte, ehe er aus seinem Lieferwagen eine Schaufel holte, um den Kadaver zu begraben. In der Küche einer Frau zu weinen ist ihm nicht peinlich. Er hat gesehen, wie sich die Augen seines Großvaters fast jedesmal mit Tränen füllten, wenn er ein schönes Pferd oder eine Frau mit dunklen Haaren sah.

Gary reibt sich mit einer seiner großen Hände die Augen. »Es ist der Kaffee«, erklärt er.

»Ist er so schlecht?« Sally trinkt einen Schluck, aber es ist einfach ihr üblicher Kaffee, der noch keinen umgebracht hat.

»Nein, nein«, sagt Gary. »Der Kaffee ist fabelhaft.« Seine Augen sind dunkel wie Krähenfedern. Er besitzt die Fähigkeit, jemanden durch die Art einzunehmen, wie er ihn ansieht, und in ihm den Wunsch zu wecken, weiter so angesehen zu werden. »Es passiert mir bei Kaffee immer. Er erinnert mich an meinen Großvater, der vor zwei Jahren starb und wirklich süchtig danach war. Er trank drei Tassen, bevor er morgens überhaupt die Augen aufmachte.«

Etwas stimmt nicht mit Sally. Sie kann eine Spannung im Hals, im Bauch und in der Brust spüren. So könnte sich ein Herzanfall anfühlen; soweit sie weiß, könnte sie binnen Sekunden bewußtlos auf dem Fußboden landen, mit kochendem Blut und siedendem Gehirn.

»Würden Sie mich eine Minute entschuldigen?« sagt Sally. »Ich bin gleich wieder da.«

Sie rennt nach oben in Kylies Zimmer. Gillian kam erst gegen morgen von Ben nach Hause, und da sie heute frei hat, wollte sie bis Mittag schlafen. Statt dessen werden nun die Läden geöffnet, und Sonnenlicht fällt in dicken, gelben Streifen ins Zimmer. Gillian krümmt sich unter dem Quilt; wenn sie sich still genug verhält, wird der Kelch vielleicht an ihr vorübergehen.

»Wach auf«, sagt Sally und rüttelt Gillian kräftig. »Jemand ist hier, der Jimmy sucht.«

Gillian richtet sich abrupt auf. »Hat er eine Menge Tätowierungen?« fragt sie und denkt an die letzte Person, von der Jimmy zuviel Geld borgte, einen Typ namens Alex Devine, von dem es hieß, er sei das einzige menschliche Lebewesen, das ohne Herz existieren könne.

»Wenn er doch nur welche hätte«, sagt Sally.

Die Schwestern starren einander an.

»Oh.« Gillian flüstert jetzt. »Es ist die Polizei, nicht? Mein Gott.« Sie tastet auf dem Boden nach dem nächstbesten Kleidungsstück.

»Er ist Ermittler des Staatsanwalts. Er hat den letzten Brief gefunden, den ich dir geschickt habe, und ist dir hierher gefolgt.«

»Das passiert, wenn man Briefe schreibt.« Gillian ist jetzt aus dem Bett gestiegen und zieht Jeans und eine beigefarbene Bluse an. »Du willst mit jemandem in Verbindung treten? Benutz das verdammte Telefon.«

»Er ist unten in der Küche«, sagt Sally.

»Mir egal, in welchem Zimmer er ist.« Gillian sieht ihre Schwester an. Manchmal ist Sally schwer von Begriff. Sie kapiert anscheinend nicht, was es bedeutet, in seinem Garten eine Leiche zu haben. »Was sollen wir ihm sagen?«

Sally greift sich an die Brust und wird bleich. »Vielleicht bekomme ich einen Herzanfall«, verkündet sie.

»Ach, großartig! Das hat uns gerade noch gefehlt.« Gillian streift ein paar Schlappen über und hält dann inne, um ihre Schwester zu betrachten. Normalerweise beklagt sich Sally nie. Sie kann die ganze Nacht im Badezimmer verbringen, von einem Magenvirus auf die Knie gezwungen, und beim ersten Morgenlicht fröhlich in der Küche stehen, um Fruchtsalat oder Blaubeerwaffeln zu bereiten. »Du hast eine Panikattacke«, entscheidet Gillian. »Reiß dich zusammen. Wir müssen nach unten und diesen verdammten Typ davon überzeugen, daß wir nichts wissen.«

Gillian fährt sich mit einem Kamm durchs Haar und geht dann zur Tür. Sie bleibt stehen, als sie merkt, daß Sally ihr nicht folgt.

»Nun?« sagt Gillian.

»Ich glaube nicht, daß ich ihn belügen kann«, sagt Sally.

Gillian geht geradewegs auf ihre Schwester zu. »Doch, das kannst du.«

»Ich weiß nicht. Vielleicht kann ich nicht dasitzen und einfach lügen. Es ist die Art, wie er einen ansieht...«

»Hör mir zu«, sagt Gillian. Ihre Stimme ist dünn und hoch. »Wir kommen ins Gefängnis, wenn du nicht lügst, also denke ich, daß du es schaffen wirst. Sieh ihn nicht an, wenn er mit dir redet.« Sie nimmt Sallys Hand in ihre. »Er wird ein paar Fragen stellen, und dann wird er nach Arizona zurückfahren, und alle werden glücklich sein.«

»Gut«, sagt Sally.

»Denk dran. Sieh ihn nicht an.«

»Okay.« Sally nickt. Sie denkt, sie könne es schaffen oder wenigstens versuchen.

»Tu einfach dasselbe, was ich tue«, sagt Gillian.

Die Schwestern versprechen sich das ernsthaft und schwören dann, daß sie die Sache gemeinsam durchstehen werden, bis zum bitteren Ende. Sie werden Gary Hallet einfache Fakten geben; sie werden weder zuwenig noch zuviel sagen. Als sie ihre Geschichte fertig haben und nach unten gehen, hat Gary seine dritte Tasse Kaffee ausgetrunken und kennt alle Gegenstände auf den Küchenregalen auswendig. Als er die Frauen auf der Treppe hört, wischt er sich mit den Handrücken über die Augen und schiebt seine Kaffeetasse weg.

»Hallo«, sagt Gillian.

Darin ist sie gut, soviel steht fest. Als Gary aufsteht, um sie zu begrüßen, streckt sie ihm die Hand hin, als sei diese Begegnung das Normalste auf der Welt. Aber als sie ihn wirklich ansieht, wird Gillian nervös. Dieser Bursche wird nicht leicht zu täuschen sein. Er hat eine Menge Dinge gesehen, eine Menge Geschichten gehört, und er ist klug. Das kann sie ihm ansehen.

»Wie ich höre, möchten Sie mit mir über Jimmy sprechen«, sagt Gillian. Ihr Herz fühlt sich an, als sei es zu groß für ihre Brust.

»Ich fürchte, ja.« Gary schätzt Gillian schnell ein – die Tätowierung an ihrem Handgelenk, die Art, wie sie einen Schritt zurücktritt, als er sie anspricht, als erwarte sie, geschlagen zu werden. »Haben Sie ihn in letzter Zeit gesehen?«

»Ich bin im Juli weggelaufen. Ich habe seinen Wagen genommen und bin losgefahren und habe seither nichts von ihm gehört.«

Gary nickt und macht sich ein paar Notizen, doch die Notizen sind nur Kritzeleien, lauter sinnlose Wörter. *Elfenbeinschnee,* hat er oben auf die Seite geschrieben. *Vielfraß. Apfelkuchen. Zwei und zwei sind vier. Liebling.* Er notiert irgend etwas, um auf seine Amtsgeschäfte konzentriert zu erscheinen. So können Sally und ihre Schwester ihm nicht in die Augen sehen und spüren, daß er Gillian nicht glaubt. Sie hätte nicht den Nerv, mit dem Wagen ihres Freundes durchzubrennen, und Hawkins hätte sie nicht so leicht davonkommen lassen. Er hätte sie eingeholt, ehe sie die Staatsgrenze erreichte.

»Vermutlich ein kluger Schritt«, sagt Gary leichthin, damit der Zweifel nicht in seiner Stimme mitklingt. Er greift in seine Jackentasche, nimmt Hawkins' Vorstrafenregister heraus und breitet es auf dem Tisch aus, damit Gillian es sehen kann.

Gillian nimmt Platz, um es sich genauer anzuschauen. »Donnerwetter«, sagt sie.

Jimmys erste Verhaftung wegen Drogen liegt so lange zurück, daß er nicht älter als fünfzehn gewesen sein kann. Gillian fährt mit dem Finger an einer Liste von Verbrechen entlang, die kein Ende nehmen; jedes Jahr werden die Delikte gewalttätiger, bis sie sich zu Kapitalverbrechen auswachsen. Als er wegen seiner letzten schweren Körperverletzung vor Gericht stand, lebten sie bereits zusammen, aber er hat sich nicht einmal die Mühe gemacht, das zu erwähnen. Soweit Gillian sich erinnern kann, hat Jimmy ihr gesagt, er fahre nach Phoenix hinauf, um seinem Vetter beim Umzug mit den Möbeln zu helfen, als er seinen Gerichtstermin hatte.

Sie kann nicht glauben, welche Idiotin sie in all diesen Jahren war. Über Ben Frye wußte sie nach zwei Stunden mehr als nach vier Jahren über Jimmy. Jimmy erschien ihr damals mysteriös und umgeben von tiefen Geheimnissen. Jetzt erscheint er nur als Dieb und Lügner, und sie hat das länger mitgemacht und stillgehalten, als man für menschenmöglich halten sollte.

»Ich hatte keine Ahnung«, sagt Gillian. »Das schwöre ich Ihnen. Die ganze Zeit habe ich ihn nie gefragt, wohin er ging und was er tat.« Ihre Augen fühlen sich heiß an, und als sie blinzelt, nützt auch das nichts. »Nicht, daß das eine Entschuldigung wäre.«

»Sie brauchen sich für Ihre Liebe nicht zu entschuldigen«, sagt Gary.

Diesen Ermittler wird Gillian ernst nehmen müssen. Er hat eine besondere Art, Dinge auf den Punkt zu bringen, die einen verblüfft. Bevor er sagte, Liebe sei keine Schuld, hat Gillian niemals darüber nachgedacht, daß sie vielleicht nicht für alles Schiefgegangene verantwortlich ist. Sie schaut zu Sally, um deren Reaktion zu prüfen, aber Sally starrt Gary an und hat einen komischen Ausdruck im Gesicht. Dieser Ausdruck macht Gillian Sorgen, weil er Sally so gar nicht ähnlich sieht. Wie sie dasteht, den Rükken gegen den Kühlschrank gelehnt, wirkt Sally viel zu verletzlich. Wo ist ihr Panzer, mit dem sie der Welt entgegentritt?

»Ich suche nach Mr. Hawkins«, erklärt Gary Gillian, »weil es so aussieht, als habe er giftige Pflanzen an mehrere Studenten verkauft, was zu drei Todesfällen führte. Er bot ihnen LSD an und lieferte ihnen dann die Samen von einigen stark halluzinogenen und hochtoxischen Kräutern.«

»Drei Todesfälle.« Gillian schüttelt den Kopf. Jimmy hatte ihr gesagt, es seien zwei gewesen. Er hatte gesagt, es sei nicht seine Schuld; die Jugendlichen seien gierig und dumm und versuchten, ihn um das Geld zu prellen, das ihm rechtmäßig zustand. Er konnte so gut lügen, und Gillian wird schlecht, wenn sie nur daran denkt, wie sie automatisch Jimmy glaubte und seine Partei ergriff. »Das ist ja schrecklich«, sagt sie jetzt zu Gary Hallet, und sie meint es ernst. »Entsetzlich.«

»Ihr Freund ist von mehreren Zeugen identifiziert worden, aber er ist verschwunden.«

Gillian hört Gary zu, aber sie denkt auch an früher. Der August in Tucson kann die Wüste auf über fünfzig Grad aufheizen. Es gab eine brütend heiße Woche, kurz nachdem sie sich kennengelernt hatten, in der sie und Jimmy das Haus nicht verließen – sie schalteten einfach die Klimaanlage auf höchste Stufe und tranken Bier und vögelten auf jede Weise miteinander, die Jimmy einfiel, was meist mit seiner schnellen Befriedigung zu tun hatte.

»Nennen wir ihn nicht meinen Freund«, sagt Gillian.

»Gut«, willigt Gary ein. »Aber wir würden ihn gern schnappen, bevor er noch mehr von diesem Müll verkauft. Wir wollen nicht, daß so etwas noch mal passiert.«

Gary sieht Gillian mit seinen dunklen Augen unverwandt an, so daß es schwer ist, wegzuschauen oder eine halbwegs glaubwürdige Geschichte zu erfinden. Vielleicht wußte diese Frau von den toten Studenten, vielleicht auch nicht, aber etwas wußte sie in jedem Fall. Das sieht Gary ihr an – er erkennt es an der Art, wie sie zu Boden starrt. Ihr Ausdruck ist schuldbewußt, aber vielleicht liegt das nur daran, weil sie diejenige war, zu der James Hawkins in der Nacht nach Hause kam, in der der Geschichtsstudent sich in Krämpfen wand. Vielleicht liegt es daran, daß sie soeben erkannt hat, wen sie die ganze Zeit Schätzchen genannt hat.

Gary wartet darauf, daß Gillian etwas sagt, doch es ist Sally, die den Mund nicht halten kann. Sie hat es versucht, sie hat sich gesagt, daß sie nicht reden wird, aber sie kann es einfach nicht. Oder vielleicht verspürt sie auch den Drang zu reden, weil sie Gary Hallets Aufmerksamkeit will. Vielleicht will sie sich genauso fühlen, wie sie sich fühlt, wenn er sich ihr zuwendet.

»Es wird nicht wieder passieren«, sagt Sally zu ihm.

Gary begegnet ihrem Blick. »Sie hören sich an, als seien Sie sich da ganz sicher.« Aber natürlich weiß er aus ihrem Brief, wie sicher sie ihrer selbst sein kann. *Etwas stimmt da nicht,* hatte sie an Gillian geschrieben. *Verlaß ihn. Nimm Dir eine eigene Wohnung, ein Haus, das nur Dir allein gehört. Oder komm einfach nach Hause. Komm gleich nach Hause.*

»Sie meint, daß Jimmy niemals nach Tucson zurückgehen wird«, sagt Gillian hastig. »Glauben Sie mir, wenn Sie hinter ihm her sind, dann weiß er das. Er ist dumm, aber er ist kein Idiot. Er wird nicht weiter Drogen in derselben Stadt verkaufen, in der Kunden von ihm gestorben sind.«

Gary nimmt seine Karte heraus und reicht sie Gillian. »Ich möchte Ihnen keine Angst machen, aber wir haben es da mit einem gefährlichen Mann zu tun. Ich würde es zu schätzen wissen, wenn Sie mich anriefen, falls er versucht, Kontakt mit Ihnen aufzunehmen.«

»Er wird keinen Kontakt mit ihr aufnehmen«, sagt Sally.

Sie kann nicht den Mund halten. Was ist mit ihr nur los? Das fragt Gillians Blick, und das fragt Sally sich selbst. Aber dieser Ermittler bekommt einen so besorgten Blick, wenn er sich auf etwas konzentriert; er hat ein Anliegen. Er ist die Art von Mann, die man nie wieder verlieren will, wenn man ihn einmal gefunden hat.

»Jimmy weiß, daß wir miteinander fertig sind«, verkündet Gillian. Sie steht auf und geht sich eine Tasse Kaffee holen, und dabei versetzt sie Sally mit dem Ellbogen einen Rippenstoß. »Was ist mit dir los?« flüstert sie. »Willst du vielleicht den Mund halten?« Sie wendet sich wieder an Gary. »Ich habe Jimmy ganz klar und deutlich gesagt, daß unsere Beziehung zu Ende ist. Deshalb wird er sich nicht mit mir in Verbindung setzen. Das ist vorbei.«

»Ich werde den Wagen beschlagnahmen müssen«, sagt Gary.

»Natürlich«, sagt Gillian liebenswürdig. Mit etwas Glück wird dieser Kerl in weniger als zwei Minuten verschwunden sein. »Nur zu.«

Gary steht auf und fährt sich mit der Hand durch das dunkle Haar. Man erwartet von ihm, daß er jetzt geht, das weiß er. Aber seine Füße sind schwer. Er möchte weiter in Sallys Augen schauen und tausendmal am Tag ertrinken.

Statt dessen erhebt er sich und trägt seine Kaffeetasse zum Spülbecken.

»Das machen wir schon«, sagt Gillian, die ihn verzweifelt loswerden will.

Sally lächelt, als sie sieht, wie vorsichtig er die Tasse und den Löffel abstellt.

»Wenn sich irgend etwas ergibt, ich bin bis morgen früh in der Stadt.«

»Es wird sich nichts ergeben«, versichert ihm Gillian. »Das können Sie mir glauben.«

Gary greift nach seinem Notizbuch und blättert darin. »Ich wohne im Hide-Away-Motel.« Er blickt auf und sieht nichts als Sallys graue Augen. »Jemand bei der Autovermietung hat es empfohlen.«

Sally kennt das Haus, es ist eine verwahrloste Absteige auf der anderen Seite des Turnpike in der Nähe einer Hühnerbraterei, die für ihre ausgezeichneten Zwiebelringe bekannt ist. Es könnte ihr nicht gleichgültiger sein, daß er in einem lausigen Motel wie diesem wohnt. Sie schert sich keinen Deut darum, daß er morgen abreist. Tatsächlich wird sie ebenfalls abreisen. Sie und ihre Mädchen werden hier herauskommen, sicher und wohlbehalten. Wenn sie früh aufstehen, könnten sie es bis Mittag nach Massachusetts schaffen. Sie könnten gleich nach dem Mittagessen die Vorhänge in den dunklen Zimmern der Tanten aufziehen, um etwas Sonnenlicht hereinzulassen.

»Danke für den Kaffee«, sagt Gary. Dann sieht er den halbverdorrten Kaktus auf dem Fensterbrett. »Der ist aber in einem traurigen Zustand, das kann ich Ihnen sagen.«

Letzten Winter schenkte Ed Borelli jeder der Sekretärinnen in der High-School einen Kaktus zu Weihnachten. »Stellt ihn auf eure Fensterbank und vergeßt ihn«, hatte Sally ihren Kolleginnen geraten, als diese sich über das Geschenk beklagten, und genau das hat sie selbst auch getan. Doch Gary erweist dem Kaktus große Aufmerksamkeit. Er hat diesen besorgten Blick und fummelt an etwas herum, das zwischen der Untertasse, auf der der Kaktus steht, und dem Topf klemmt. Als er sich wieder zu Sally und Gillian umdreht, sieht er so schmerzerfüllt aus, daß Sally im ersten Moment denkt, er habe sich in den Finger gestochen.

»Verdammt!« flüstert Gillian.

Es ist Jimmys Silberring, den Gary hochhält, und das verursacht ihm solchen Schmerz. Sie werden ihn anlügen, er weiß es. Sie werden ihm sagen, sie hätten diesen Ring nie zuvor gesehen, ihn in einem Second-hand-Laden gekauft, oder er müsse einfach vom Himmel gefallen sein.

»Hübscher Ring«, sagt Gary.

Weder Sally noch Gillian können sich das Ganze erklären, sie wissen bestimmt, daß der Ring an Jimmys Finger war und somit draußen begraben, und nun ist er da, in der Hand des Ermittlers. Dieser sieht jetzt Sally an; er wartet auf eine Erklärung. Warum sollte er auch nicht?

Sally spürt wieder, daß etwas in der Mitte ihrer Brust nicht stimmt, es fühlt sich an wie ein glühendheißer Stachel, wie ein Stück Glas, und sie kann nichts dagegen tun. Sie könnte diesen Mann nicht anlügen, und wenn ihr Leben davon abhinge; und da es davon abhängt, sagt sie kein Wort.

»Ach, sieh mal an«, sagt Gillian höchst erstaunt, was ihr leichtfällt, sie braucht gar nicht darüber nachzudenken. »Das alte Ding liegt da wahrscheinlich seit Jahren.«

Sally spricht noch immer nicht, aber sie lehnt sich mit ihrem ganzen Gewicht gegen den Kühlschrank, als brauche sie Halt.

»Stimmt das?« fragt Gary, der noch immer ertrinkt.

»Lassen Sie mich mal sehen.« Gillian geht geradewegs auf ihn zu, nimmt ihm den Ring aus der Hand und mustert ihn, als hätte sie ihn nie zuvor gesehen. »Nicht übel«, sagt sie und reicht ihn zurück. »Am besten behalten Sie ihn.« Das ist ein so guter Einfall, daß sie wirklich stolz auf sich ist. »Er ist viel zu groß für eine von uns.«

»Tja, toll.« Garys Kopf pocht. Scheiße. Scheiß auf alles. »Danke.«

Als er den Ring in die Tasche steckt, muß er sich eingestehen, daß Sallys Schwester in dieser Sache wirklich gut ist; vermutlich weiß sie ganz genau, was aus James Hawkins geworden ist. Mit Sally dagegen ist es eine andere Geschichte; vielleicht weiß sie nichts, vielleicht hat sie diesen Ring noch nie gesehen. Ihre Schwester könnte sie hintergehen, könnte Hawkins heimlich mit Geld und Lebensmitteln versorgen, während er in irgendeinem Kellerapartment in Brooklyn hockt und darauf wartet, daß die Hitze nachläßt.

Aber Sally sieht ihn nicht an. Sie hat ihr schönes Gesicht abgewandt, weil sie etwas weiß. Gary hat das schon früher gesehen, zahlreiche Male. Leute, die sich schuldig fühlen, denken, sie könnten sich vor ihm verstecken, indem sie ihm nicht in die Augen schauen. Sie fürchten, man könnte ihre Scham erkennen, könnte durch ihre Augen direkt in ihre Seele blicken, und in gewisser Weise haben sie recht.

»Tja, dann sind wir wohl fertig«, sagt Gary. »Es sei denn, Ihnen ist plötzlich etwas eingefallen, das ich wissen sollte.«

Nichts. Gillian zuckt mit den Achseln. Sally schluckt schwer. Gary kann förmlich fühlen, wie trocken ihr Mund ist, wie der Puls an ihrem Halsansatz pocht. Er ist nicht sicher, wie weit er gehen würde, um jemanden zu decken. Er war noch nie in dieser Lage, und er mag das Gefühl nicht, doch nun steht er an diesem feuchten Sommertag in einer fremden Küche in New York und fragt sich tatsächlich, ob er wegschauen könnte. Und dann weiß er plötzlich, daß er morgen nach Hause fliegen und diesen Fall an Arno übergeben wird. Er kann nicht einmal so tun, als werde sich herausstellen, daß alles in Ordnung ist: daß Hawkins sich stellen wird, daß Sally und ihre Schwester tatsächlich nicht wissen, wo er ist, und daß er selbst, Gary, anfangen wird, Sally zu schreiben. Wenn er es täte, wäre sie vielleicht nicht imstande, seine Briefe wegzuwerfen; sie würde jeden einzelnen immer wieder lesen müssen, genau wie er es tat, und ehe sie sich versähe, wäre sie verloren, genauso verloren, wie er es in diesem Moment zu sein scheint.

Da nichts von all dem passieren wird, nickt Gary und geht auf die Tür zu. Er hat immer gewußt, wann er beiseite treten und wann er am Straßenrand sitzen und auf das warten muß, was als nächstes passieren wird.

»Ich lasse den Oldsmobile bis Freitag abholen«, sagt Gary jetzt, aber er dreht sich nicht um. Er weiß nicht, daß Sally ihm ohne weiteres gefolgt wäre, wenn ihre Schwester sie nicht gekniffen und ihr zugeflüstert hätte, sich nicht von der Stelle zu rühren. Er weiß nicht, wie sehr dieses Ding in Sallys Brust schmerzt, aber das passiert, wenn man eine Lügnerin ist, und vor allem, wenn man die schlimmste dieser Lügen sich selbst erzählt.

»Tausend Dank«, flötet Gillian, und als Gary sich umdreht, sieht er nur noch die verschlossene Tür.

Für Gillian ist alles vorbei und erledigt. »Halleluja«, sagt sie, als sie in die Küche zurückkommt. »Den sind wir los.«

Sally beschäftigt sich bereits mit den Nudeln für die Lasagne, die inzwischen im Sieb erkaltet sind. Sie versucht, sie mit einem Holzlöffel voneinander zu lösen, aber es ist zu spät, sie kleben alle zusammen. Sie wirft das ganze Zeug in den Abfalleimer, und dann bricht sie in Tränen aus.

»Was hast du für ein Problem?« fragt Gillian. Solche Anlässe provozieren völlig vernünftige Leute, zu fluchen und sich Zigaretten anzuzünden. Gillian schaut in die Schublade, wo sie eine Extrapackung aufzubewahren pflegte, aber sie kann keine einzige Zigarette entdecken. »Wir sind ihn losgeworden, oder etwa nicht? Wir haben einen vollkommen unschuldigen Eindruck gemacht. Trotz des verdammten Rings. Ich sage dir, dieses Ding hat mir eine Heidenangst eingejagt. Aber wir haben diesen Ermittler trotzdem an der Nase herumgeführt, Liebes, und das haben wir gut gemacht.«

»Oh«, sagt Sally total angewidert.

»Ja, das haben wir! Wir haben es durchgezogen und sollten stolz auf uns sein.«

»Weil wir gelogen haben?« Sally reibt sich die tränenden Augen und die Nase. Ihre Wangen sind rot, sie schnieft wie verrückt, und sie kann dieses schreckliche Gefühl mitten in der Brust nicht loswerden. »Denkst du, darauf sollten wir stolz sein?«

»Meine Güte.« Gillian zuckt mit den Schultern. »Man tut, was man tun muß.« Sie schaut im Abfalleimer nach den verklumpten Nudeln. »Und was essen wir jetzt zu Abend?«

Da wirft Sally das Sieb durch den Raum.

»Du bist schlecht drauf«, sagt Gillian. »Du solltest deinen Internisten oder Gynäkologen oder jemanden anrufen und dir ein Beruhigungsmittel geben lassen.«

»Ich mache das nicht.« Sally ergreift den Topf mit Tomatensauce, die sie mit Zwiebeln und Pilzen und süßem Paprika gewürzt hat, und schüttet sie in den Ausguß.

»Gut.« Gillian ist zu allem bereit. »Du brauchst nicht zu kochen. Wir lassen uns etwas bringen.«

»Ich meine nicht das Abendessen.« Sally greift nach ihren Autoschlüsseln und ihrer Brieftasche. »Ich spreche von der Wahrheit.«

»Bist du nicht ganz bei Trost?« Gillian geht Sally nach und will sie zurückhalten.

»Wage es nicht, mich zu kneifen«, warnt Sally ihre Schwester.

Sally geht hinaus auf die Veranda, aber Gillian ist noch immer dicht hinter ihr und folgt ihr hinunter bis zur Einfahrt.

»Du wirst diesen Typ nicht besuchen. Du kannst nicht mit ihm reden.«

»Er weiß ohnehin Bescheid«, sagt Sally. »Hast du das nicht gemerkt? Hast du das nicht daran gesehen, wie er uns angeschaut hat?«

Der bloße Gedanke an Garys hageres Gesicht und all die darin gespiegelten Sorgen verschlimmert den Zustand ihrer Brust. Wenn das so weitergeht, wird sie einen Herzschlag oder Angina pectoris oder so etwas bekommen.

»Du kannst Gary Hallet nicht nachfahren«, sagt Gillian in beiläufigem Ton. »Wenn du das tust, landen wir beide im Gefängnis.«

»Ich habe mich bereits entschieden«, sagt Sally.

»Wozu? Zu seinem Motel zu fahren? Dich auf die Knie zu werfen und um Gnade zu betteln?«

»Ich muß, ja.«

»Du gehst nicht«, sagt Gillian.

Sally schaut ihrer Schwester fest in die Augen. Dann öffnet sie die Wagentür.

»Kommt nicht in Frage«, sagt Gillian. »Du fährst ihm nicht nach.«

»Willst du mir drohen?«

»Vielleicht.« Sie wird nicht zulassen, daß ihre Schwester ihre Zukunft zerstört, nur weil Sally Schuldgefühle wegen etwas empfindet, das sie nicht einmal getan hat.

»Ach, wirklich?« sagt Sally. »Und was genau willst du mir antun? Bildest du dir ein, du könntest mein Leben noch mehr ruinieren, als du es bereits getan hast?«

Verletzt tritt Gillian einen Schritt zurück.

»Versuch mich zu verstehen«, sagt Sally. »Ich muß das richtigstellen. Ich kann so nicht mehr leben.«

Es wird ein Gewitter geben, der Wind frischt bereits auf; Strähnen von Sallys schwarzem Haar wehen ihr ins Gesicht. Ihre Augen sind leuchtend und viel dunkler als üblich, ihr Mund ist rot wie eine Rose. Gillian hat ihre Schwester nie so außer sich gesehen. In diesem Moment wäre Sally bereit, sich von den Ästen des höchsten Baumes zu stürzen, überzeugt, zur sicheren Landung brauche sie im Fallen nur die Arme auszustrecken und mit einem ausgebreiteten Seidenschal die Luft einzufangen.

»Vielleicht solltest du warten.« Gillian probiert es mit ihrer liebenswürdigsten Stimme, mit der sie schon Strafzetteln wegen Geschwindigkeitsüberschreitung entgangen ist. »Wir können darüber reden. Wir können gemeinsam entscheiden.«

Aber Sally hat ihre Entscheidung bereits getroffen. Sie will nicht zuhören, steigt in ihren Wagen, und Gillian kann nur dastehen und zusehen, wie Sally wegfährt. Lange schaut sie ihr nach, zu lange, denn am Ende sieht sie nichts mehr als die leere Straße. Die hat sie schon früher gesehen. Die hat sie schon viel zu oft gesehen.

Man hat eine Menge zu verlieren, wenn man dumm genug ist, sein Herz an etwas zu hängen. Nun, Gillian hat das getan, indem sie sich in Ben Frye verliebte, und jetzt ist ihr Schicksal ihr aus den Händen geglitten. Es fährt in diesem Honda mit Sally dahin und kann jeden Augenblick platzen, und Gillian kann nichts tun als vorgeben, alles sei in Ordnung, als die Mädchen nach Hause kommen. Sie sagt, Sally sei ausgegangen, um Besorgungen zu machen, und bestellt Essen beim Chinesen oben am Turnpike; dann ruft sie Ben an und bittet ihn, es auf dem Weg zu ihr abzuholen.

»Ich dachte, es gäbe Lasagne«, sagt Kylie, während sie und Gideon den Tisch decken.

»Nun, die gibt es eben nicht«, teilt Gillian ihr mit. »Kannst du nicht Pappteller und Pappbecher nehmen, damit wir uns den Abwasch sparen?«

Als Ben mit dem Essen eintrifft, schlagen Kylie und Antonia vor, auf ihre Mutter zu warten, aber davon will Gillian nichts hören. Sie fängt an, Shrimps mit Nüssen und gebratenes Schweinefleisch mit Reis auszuteilen, Fleischfresserware, die Sally niemals auf ihrem Tisch dulden würde. Das Essen ist gut, aber es wird trotzdem ein unangenehmes Dinner. Alle machen sich Sorgen und sind nicht bei der Sache. Antonia und Kylie sind beunruhigt, weil ihre Mutter sich normalerweise nie verspätet, vor allem nicht an einem Abend, an dem noch gepackt werden muß, und beide fühlen sich schuldig, weil sie an ihrem Tisch Shrimps und Schweinefleisch essen. Gideon macht die Sache nicht besser; er übt sich im Rülpsen, und das macht alle außer Kylie völlig verrückt. Scott Morrison ist am schlimmsten; die Aussicht auf eine Woche ohne Antonia macht ihn total mürrisch. »Wozu?« ist heute abend seine Antwort auf ungefähr alles, auch auf »Möchtest du eine Frühlingsrolle?« oder »Willst du lieber Orangenlimonade oder Pepsi?« Schließlich bricht Antonia in Tränen aus und läuft aus dem Zimmer, als Scott auf die Frage, ob er ihr während ihrer Abwesenheit schreiben würde, ebenfalls mit »Wozu?« antwortet. Kylie und Gideon müssen Scott durch Antonias verschlossene Zimmertür hindurch verteidigen, und gerade als sie es geschafft haben und die beiden sich in der Diele küssen, entscheidet Gillian, genug sei genug.

Inzwischen hat Sally diesem Ermittler wahrscheinlich ihr Herz ausgeschüttet. Gillian denkt sich, daß Gary Hallet zum Minimarkt am Turnpike gegangen ist, der rund um die Uhr geöffnet hat, und einen Kassettenrecorder gemietet hat, damit er ihr Geständnis auf Band aufnehmen kann. Ausweglos in der Falle sitzend, bekommt Gillian eine schwere Migräne, gegen die Tylenol nichts ausrichten kann. Jede Stimme hört sich an wie Fingernägel, die über eine Schultafel kratzen, und sie erträgt auch nicht das kleinste bißchen Glück oder Freude. Sie kann es nicht ertragen, Antonia und Scott beim Küssen zu sehen oder zu hören, wie Gideon und Kylie sich gegenseitig necken. Den ganzen Abend weicht sie Ben aus, denn für sie ist Scott Morrisons Philosophie wirklich gültig: Wozu? Sie wird alles verlieren, und sie kann es nicht verhindern, also kann sie genausogut aufgeben und Schluß machen. Sie könnte ein Taxi rufen und aus dem Fenster klettern, ihre Habseligkeiten in einen Kopfkissenbezug gepackt. Sie weiß genau, daß Kylie in ihrer Sparbüchse genügend Geld hat, um ein Busticket durch das halbe Land zu kaufen. Das einzige Problem ist, daß sie dazu nicht mehr fähig ist. Sie hat jetzt anderes zu berücksichtigen; sie hat, ob sie es nun will oder nicht, Ben Frye.

»Jetzt ist für alle Zeit, nach Hause zu gehen«, erklärt Gillian.

Scott und Gideon werden mit dem Versprechen von Anrufen und Postkarten (für Scott) und Schachteln spezieller Karamelbonbons (für Gideon) nach Hause geschickt. Antonia weint ein bißchen, als sie zusieht, wie Scott in den Wagen seiner Mutter steigt. Kylie streckt die Zunge heraus, als Gideon vor ihr salutiert, und sie lacht, als er durch den feuchten Abend davonrennt mit seinen klobigen Armeestiefeln und alle Eichhörnchen aufweckt, die in den Bäumen nisten. Nachdem sie die Jungen los ist, wendet Gillian sich an Ben.

»Für dich gilt dasselbe«, sagt sie und wirft mit atemberaubender Geschwindigkeit Papierteller in den Abfalleimer. Das schmutzige Besteck und die Gläser hat sie schon in Seifenwasser eingeweicht, was bei ihrer üblichen Nachlässigkeit so ungewöhnlich ist, daß Ben allmählich argwöhnisch wird. »Los«, sagt sie zu Ben. Sie haßt es, wenn er sie so ansieht, als kenne er sie besser, als sie sich selbst kennt. »Die Mädchen müssen noch fertig packen und um sieben Uhr früh unterwegs sein.«

»Da stimmt doch was nicht«, sagt Ben.

»Was soll denn nicht stimmen«, sagt Gillian. Ihr Puls muß auf zweihundertzwanzig sein. »Alles bestens.«

Gillian wendet sich dem Spülbecken zu und richtet ihre

Aufmerksamkeit auf das Besteck, aber Ben tritt hinter sie, legt die Hände um ihre Taille und lehnt sich an sie. Er ist nicht so leicht zu überzeugen, und Gott weiß, wie hartnäkkig er sein kann.

»Laß doch«, sagt Gillian, aber ihre Hände sind seifig und naß, und sie hat Schwierigkeiten, ihn wegzuschieben. Als Ben sie küßt, läßt sie es geschehen. Wenn er sie küßt, kann er keine Fragen stellen. Nicht, daß es irgend etwas nützen würde, wenn sie zu erklären versuchte, wie ihr Leben früher war. Er würde es nicht verstehen, und das ist vielleicht der Grund, warum sie sich in ihn verliebt hat. Er könnte sich manche Dinge, die sie getan hat, gar nicht vorstellen. Und wenn sie mit ihm zusammen ist, kann sie es selbst auch nicht mehr.

Draußen im Garten wirft die Dämmerung purpurne Schatten. Der Abend ist noch drückender geworden, kein Vogel läßt sich mehr hören. Gillian sollte auf Bens Küsse achten, denn es könnten durchaus die letzten sein, aber statt dessen schaut sie aus dem Küchenfenster. Sie denkt daran, wie Sally dem Ermittler erzählt, was in ihrem Garten ist, ganz hinten, wohin keiner mehr geht, und dorthin schaut sie, während Ben sie küßt; deswegen nimmt sie endlich die Dornenhecke wahr. Die ganze Zeit hat keiner hingeschaut, während sie gedieh, und seit heute morgen ist sie um fast zwei Fuß gewachsen. Von Groll genährt wächst sie noch immer und windet sich in den Nachthimmel.

Gillian löst sich rasch von Ben. »Du mußt gehen«, sagt sie. »Jetzt gleich.«

Sie küßt ihn inbrünstig und verspricht alles mögliche, Liebesversprechen, an die sie sich nicht einmal mehr erinnern wird, bis sie das nächste Mal miteinander im Bett liegen und er sie ihr ins Gedächtnis ruft.

»Bist du sicher?« sagt Ben, verwirrt darüber, wie heiß und kalt sie ist. »Willst du nicht die Nacht bei mir verbringen?«

»Morgen«, gelobt Gillian. »Und übermorgen und überübermorgen.«

Als Ben endlich geht, als sie aus dem vorderen Fenster geschaut hat, um sich zu vergewissern, daß er wirklich fort ist, tritt Gillian auf den Patio und steht reglos unter dem trüben Himmel. Es ist die Stunde, in der die Grillen eine Warnung zu rufen beginnen; das herannahende Gewitter läßt ihr Zirpen schneller werden. Die Dornenhecke am hinteren Ende des Gartens ist sehr dicht. Gillian geht näher heran und sieht zwei Wespennester von den Zweigen hängen; ein beständiges Summen hängt wie eine Warnung oder eine Drohung in der Luft. Wie ist es möglich, daß diese Sträucher unbemerkt gewachsen sind? Wie konnten sie das zulassen? Sie hatten geglaubt, er sei fort, sie hatten es sich gewünscht, aber manche Dinge holen einen immer wieder ein, auch wenn man sicher ist, daß man sie endlich los ist.

Während sie dort steht, setzt ein feiner Nieselregen ein, und die Tatsache, daß Gillian ganz allein draußen ist und naß wird, ohne es anscheinend auch nur zu bemerken, veranlaßt Kylie, ihr zu folgen.

»O nein«, sagt sie, als sie sieht, wie hoch die Dornenhecke gewachsen ist, seit sie und Gideon auf dem Rasen Schach gespielt haben.

»Wir werden sie wieder abschneiden«, sagt Gillian.

Aber Kylie schüttelt den Kopf. Keine Heckenschere kann diese Dornen durchdringen, es würde nicht einmal einer Axt gelingen. »Ich wünschte, meine Mutter würde nach Hause kommen«, sagt sie.

Wäsche hängt auf der Leine, und sie wird bald durchnäßt sein, aber das ist noch das kleinere Problem. Die Dornenhecke sondert etwas Scheußliches ab, einen Dunst, den man kaum sehen kann, aber die Säume aller Laken und Hemden sind fleckig und schmutzig. Kylie ist vielleicht die einzige, die das sehen kann, aber jeder Fleck auf der sauberen Wäsche ist so dunkel wie Blut. Sie merkt jetzt, warum sie nicht fähig war, sich ihre Ferien vorzustellen, warum diese Leere in ihrem Kopf war.

»Wir werden nicht zu den Tanten fahren«, sagt sie.

Die Zweige der Hecke sind schwarz, aber wenn man genau hinsieht, erkennt man, daß die Dornen blutrot sind.

Als Antonia an die Hintertür kommt, sind auf dem Patio schon Pfützen entstanden. »Seid ihr verrückt?« ruft sie, und als Gillian und Kylie nicht antworten, nimmt sie einen schwarzen Regenschirm und läuft zu ihnen hinaus.

Ein Sturm von Hurrikanstärke ist vorhergesagt. Andere Leute in der Nachbarschaft haben die Nachricht bereits gehört und sind losgegangen, um Klebeband zu kaufen; versieht man damit x-förmig die Fensterscheiben, wird das Glas zusammengehalten, wenn der Wind daran rüttelt. Das Haus der Owens' jedoch läuft Gefahr, weggeblasen zu werden.

»Tolle Art, die Ferien zu beginnen«, sagt Antonia.

»Wir fahren nicht«, sagt Kylie zu ihr.

»Natürlich fahren wir«, beharrt Antonia. »Ich hab schon gepackt.«

Sie findet es heute nacht draußen wirklich unheimlich; fröstelnd betrachtet sie den dichtbewölkten Himmel, aber sie wendet den Blick nicht lange genug ab, um zu übersehen, daß ihre Tante nach Kylies Arm gegriffen hat und ihn festhält, als habe sie wirklich Angst. Antonia schaut in den hinteren Teil des Gartens, und da versteht sie. Da ist etwas unter diesen schrecklichen Dornenbüschen.

»Was ist das?« fragt Antonia.

Kylie und Gillian atmen ein bißchen zu schnell; Furcht steigt in Wellen von ihnen auf. Solche Furcht kann man riechen, sie ist ein bißchen wie Rauch und Asche, wie Fleisch, das einem Feuer zu nahe kommt.

Als Antonia einen Schritt auf die Büsche zugeht, zieht Kylie sie zurück. Antonia kneift die Augen zusammen, um besser sehen zu können. Dann lacht sie. »Das ist doch bloß ein Stiefel«, sagt sie.

Der Stiefel ist aus Schlangenhaut und gehört zu einem Paar, das fast dreihundert Dollar gekostet hat. Jimmy wäre niemals ins Western Warehouse gegangen. Er mochte teure Geschäfte und bevorzugte das Besondere.

»Geh da nicht hin!« sagt Gillian, als Antonia den Stiefel holen will.

Der Regen hat zugenommen und bildet jetzt einen richtigen Vorhang, grau wie eine Decke aus Tränen. An der Stelle, an der sie ihn begraben haben, sieht die Erde schwammig aus. Wenn man die Hand ausstreckte, könnte man vielleicht einfach einen Knochen herausziehen. Oder man könnte selbst heruntergezogen werden, tief hinein in den Schlamm, und man würde kämpfen und versuchen, Luft zu bekommen, aber es würde überhaupt nichts nützen.

»Hat eine von euch da hinten einen Ring gefunden?« fragt Gillian.

Die Mädchen zittern jetzt beide vor Kälte, und der Himmel ist schwarz. Man könnte denken, es sei Mitternacht. Man könnte denken, es sei unmöglich, daß der

Himmel jemals blau war wie Tinte oder wie die blauen Bänder, die Mädchen sich ins Haar flechten.

»Eine Kröte hat ihn ins Haus gebracht«, sagt Kylie. »Ich hatte ihn ganz vergessen.«

»Es war seiner.« Gillians Stimme klingt ganz fremd. Sie ist zu belegt und traurig und viel zu entfernt. »Jimmys.«

»Wer ist Jimmy?« sagt Antonia. Als Gillian ihr nicht antwortet, schaut sie zu der Dornenhecke, und da weiß sie es. »Er ist da hinten, nicht?« Antonia lehnt sich an ihre Schwester.

Wenn der Sturm so schlimm wird, wie die Meteorologen vorhergesagt haben, und der Garten überflutet wird, was dann? Gillian und Kylie und Antonia sind bis auf die Haut durchnäßt. Das Haar klebt ihnen an den Köpfen, und ihre Kleider werden sie in der Dusche auswringen müssen.

Der Boden bei den Dornenbüschen sieht schon löchrig aus, als sinke er ein oder, schlimmer, als werde er von Jimmy weggespült. Wenn er an die Oberfläche kommt wie sein Silberring, dann wird es vorbei sein mit ihnen.

»Ich will, daß meine Mutter nach Hause kommt«, sagt Antonia mit sehr kleinlauter Stimme.

Als sie sich endlich umdrehen und zum Haus laufen, quietscht der nasse Rasen unter ihren Füßen; also rennen sie noch schneller, als wären ihre Alpträume direkt hinter ihnen im Gras. Als sie im Haus sind, verschließt Gillian zweimal die Tür, zieht einen Stuhl heran und klemmt ihn unter die Türklinke.

Die dunkle Juninacht, in der Gillian in die Einfahrt gefahren kam, könnte hundert Jahre zurückliegen. Sie ist nicht mehr dieselbe Person wie bei ihrer Ankunft. Diese frühere Frau hätte bereits ihr Auto gepackt und wäre längst verschwunden. Sie wäre niemals geblieben, um zu sehen, was dieser Ermittler aus Tucson mit all dem anfangen würde, was Sally ihm erzählt. Sie wäre nicht einmal in der Nähe, und sie hätte auch keine Nachricht für Ben Frye hinterlassen. Sie wäre inzwischen schon durch halb Pennsylvania gefahren, mit laufendem, laut plärrendem Radio und vollem Benzintank. Sie würde sich nicht damit aufhalten, in ihren Rückspiegel zu schauen, keine Minute lang, nicht ein einziges Mal. Und genau das ist der Unterschied – einfach und klar. Die Frau, die jetzt hier ist, wird nirgendwo hingehen, außer in die Küche, um ihren Nichten zur Beruhigung einen Kamillentee aufzubrühen.

»Alles in bester Ordnung«, sagt sie zu den Mädchen. Ihr Haar ist wirr, ihr Atem abgehackt, und Wimperntusche läuft ihr in Streifen über die blasse Haut. Dennoch ist sie diejenige, die heute abend hier ist, nicht Sally, und sie schickt die Mädchen zu Bett und versichert ihnen, daß sie sich um alles kümmern wird. Kein Grund zur Sorge, sagt sie ihnen. Während der Regen herniederrauscht, während der Wind im Osten anschwillt, wird Gillian einen Plan entwerfen, und das wird sie tun müssen, da Sally ihr dabei nicht helfen kann.

Denn Sally, nicht mehr durch Logik im Gleichgewicht gehalten, ist heute abend schwerelos. Sie, die immer so vernünftig und besonnen war, verirrte sich, sobald sie auf den Turnpike fuhr. Sie konnte das Hide-Away-Motel nicht finden, obwohl sie schon tausendmal daran vorbeigefahren war. Sie mußte bei einer Tankstelle halten und sich nach dem Weg erkundigen, und dann hatte sie wieder diese Sache mit dem Herzen, und so ging sie in den Waschraum, um sich das Gesicht zu benetzen. Sie betrachtete ihr Spiegelbild in dem schmutzigen Spiegel über dem Becken und atmete einige Minuten lang tief ein, ehe sie wieder bei Kräften war.

Doch wie sich herausstellte, war sie doch nicht so gut bei Kräften. Sie sah die Bremslichter des Wagens vor ihr auf dem Turnpike nicht, und es kam zu einem kleinen Auffahrunfall. Jetzt hängt der linke Scheinwerfer ihres Hondas nur noch an einem Draht und droht jedesmal, wenn sie auf die Bremse tritt, völlig abzureißen.

Als sie endlich beim Hide-Away-Motel vorfährt, ist ihre Familie zu Hause mit dem Abendessen schon fast fertig, und der Parkplatz vor der Hühnerbraterei schräg gegenüber ist voll. Doch Sally denkt nicht an Essen. Ihr Magen fühlt sich an, als wäre er voller Schmetterlinge, und sie ist wahnsinnig nervös, was wahrscheinlich der Grund ist, warum sie sich zweimal das Haar bürstet, ehe sie aus dem Wagen aussteigt und zur Rezeption geht. Ölpfützen schimmern auf dem Asphalt, und ein einsamer Ahornbaum im einzigen Fleckchen nackter Erde erzittert jedesmal, wenn auf dem Turnpike Wagen vorbeirauschen. Auf dem Parkplatz stehen nur vier Autos, von denen drei ziemliche Rostlauben sind. Das am weitesten von der Rezeption entfernte erscheint Sally am ehesten Garys Auto zu sein – irgendein Ford, der wie ein Mietwagen aussieht.

Der Gedanke an ihn macht sie noch nervöser. Als sie in der Rezeption des Motels ist, rückt sie den Riemen ihrer Tasche auf ihrer Schulter zurecht und fährt sich mit der Zunge über die Lippen. Sie fühlt sich wie jemand, der sich plötzlich in einem Wald wiederfindet, von dem er nicht einmal wußte, daß er existierte, und weder die Wege noch die Richtungen kennt.

Die Frau hinter dem Schreibtisch telefoniert, und allem

Anschein nach könnte dieses Gespräch noch stundenlang dauern.

»Nun, wenn du es ihm nicht gesagt hast, wie konnte er es dann wissen?« sagt sie gerade mit absolut angewiderter Stimme. Sie greift nach einer Zigarette, und in diesem Augenblick sieht sie Sally.

»Ich suche Gary Hallet.« Nachdem Sally das verkündet hat, glaubt sie, daß sie wirklich verrückt sein muß. Warum sollte sie jemanden suchen, dessen Anwesenheit nur Schwierigkeiten mit sich bringen wird? Warum sollte sie den ganzen Weg hierher zurücklegen, wo sie doch völlig durcheinander ist? Sie kann sich überhaupt nicht konzentrieren, soviel steht fest. Sie kann sich nicht einmal an die Hauptstadt ihres Heimatstaates erinnern. Sie weiß nicht mehr, was mehr Kalorien hat, Butter oder Margarine, und sie erinnert sich nicht, ob Chrysippusfalter den Winter überleben oder nicht.

»Er ist ausgegangen«, sagt die Frau hinter dem Schreibtisch zu Sally. Und ins Telefon: »Einmal ein Trottel, immer ein Trottel. Das weißt du doch. Ich weiß, daß du es weißt. Die wirklich wichtige Frage ist – warum unternimmst du nichts dagegen?« Sie steht auf, die Telefonschnur hinter sich herziehend, nimmt einen Schlüssel von einem Haken an der Wand und reicht ihn Sally. »Zimmer 16«, sagt sie.

Sally weicht zurück, als habe sie sich verbrannt. »Ich werde einfach hier warten.«

Sally setzt sich auf die blaue Plastikcouch und greift nach einer Zeitschrift, aber es ist *Time,* und die Titelgeschichte heißt »Verbrechen aus Leidenschaft«, was im Moment wohl nicht die geeignete Lektüre ist. Sie wirft die Zeitschrift wieder auf den Couchtisch. Sie wünscht, sie hätte daran gedacht, sich umzuziehen, und trüge nicht noch immer dieses alte T-Shirt und Kylies Shorts. Nicht, daß es wichtig wäre. Nicht, daß es irgend jemanden interessierte, wie sie aussieht. Sie nimmt die Bürste aus der Tasche und bürstet sich ein letztes Mal das Haar. Sie wird es ihm einfach sagen, und damit wird der Fall erledigt sein. Ihre Schwester ist eine Idiotin – ist das etwa ein Verbrechen? Ihre Kindheit war schwierig, und als Erwachsene zog sie dann los und ruinierte die Dinge aus eigener Kraft, damit alles zusammenpaßte. Sally denkt daran, Gary Hallet das erklären zu wollen, während er sie anstarrt, und da merkt sie, daß sie hyperventiliert und so schnell atmet, daß die Frau hinter dem Schreibtisch sie im Auge behält, um sicherzugehen, daß sie nicht in Ohnmacht fallen wird.

»Laß mich eine Frage stellen«, spricht die Frau hinter dem Schreibtisch ins Telefon. »Warum bittest du mich um Rat, wenn du dann doch nicht darauf hörst? Warum machst du nicht einfach weiter und tust, was immer du willst, und läßt mich in Ruhe?« Sie blickt auf und wirft Sally einen langen Blick zu. Schließlich ist das eine private Unterhaltung, obwohl sie zur Hälfte an einem öffentlichen Ort stattfindet. »Sind Sie sicher, daß Sie nicht doch lieber in seinem Zimmer warten wollen?«

»Vielleicht warte ich einfach in meinem Wagen«, sagt Sally.

»Super«, sagt die Frau und unterbricht ihr Telefongespräch, bis ihre Intimität wiederhergestellt ist.

»Lassen Sie mich raten.« Sally nickt in Richtung auf das Telefon. »Ihre Schwester?«

Eine kleine Schwester draußen in Port Jefferson, die in den vergangenen zweiundvierzig Jahren ständig Ratschläge benötigte. Sonst hätte sie dauernd die Kreditkarte überzogen und wäre immer noch mit ihrem ersten Mann verheiratet, der sehr viel schlimmer war als der, den sie jetzt hat.

»Sie ist so egozentrisch, sie macht mich verrückt. Das kommt davon, wenn man die Jüngste ist und einen alle verhätscheln«, verkündet die Frau hinter dem Schreibtisch, die Hand über die Sprechmuschel des Hörers gelegt. »Sie wollen, daß man sich um sie kümmert und all ihre Probleme löst und danken es einem nie auch nur im geringsten.«

»Sie haben recht«, stimmt Sally zu. »Kommt daher, weil sie die Jüngsten sind. Darüber kommen sie anscheinend nie hinweg.«

»Wem sagen Sie das«, sagt die andere Frau.

Und was ist, wenn man die Älteste ist, fragt sich Sally, als sie nach draußen geht und an dem Automaten neben dem Büro stehenbleibt, um sich eine Diätcola zu nehmen. Sie steigt über die Ölpfützen mit den regenbogenfarbenen Rändern hinweg und geht zu ihrem Auto. Was ist, wenn man für immer in der Falle sitzt, jemand anderem sagen zu müssen, was er tun soll, und sich immer verantwortlich fühlt? Ob sie es zugeben mag oder nicht, das hat Sally getan, und sie hat es ihr ganzes Leben lang getan.

Bevor Gillian sich die Haare streichholzkurz schneiden ließ und alle Mädchen der Stadt es ihr gleichtaten, war ihr Haar so lang wie das von Sally, vielleicht sogar noch länger. Es hatte die Farbe von Weizen, ganz hell und fein wie Seide, zumindest wenn Gillian sich entschloß, es zu bürsten. Jetzt fragt Sally sich, ob sie vielleicht eifersüchtig war und deshalb immer an Gillian herummäkelte, wie unordentlich sie aussähe mit ihrem zotteligen Haar.

Und doch war Sally an dem Tag, an dem Gillian mit kurzgeschnittenem Haar nach Hause kam, schockiert. Gillian hatte Sally vorher nicht einmal zu Rate gezogen. »Wie konntest du dir das antun?« hatte Sally gefragt.

»Ich habe meine Gründe«, hatte Gillian gesagt. Sie hatte vor ihrem Spiegel gesessen und Rouge aufgetragen. »Und die buchstabiert man GELD.«

Und dann erzählte Gillian, mehrere Tage lang sei ihr eine Frau gefolgt und habe sie heute nachmittag endlich angesprochen. Sie habe ihr, Gillian, zweitausend Dollar in bar angeboten, wenn sie mit ihr in den nächsten Friseursalon gehen und ihr Haar abschneiden lassen würde. Diese Frau wolle sich daraus ein Haarteil anfertigen lassen, für Partys.

»Natürlich«, hatte Sally gehöhnt. »Als ob jemand, der alle Tassen im Schrank hat, das jemals tun würde.«

»Du glaubst nicht, daß jemand das machen würde?« hatte Gillian gesagt, in die vordere Tasche ihrer Jeans gegriffen und ein Bündel Geldscheine herausgezogen. Zweitausend Dollar, in bar. Gillian hatte breit gelächelt, und vielleicht hatte Sally dieses Lächeln einfach wegwischen wollen.

»Du siehst jedenfalls schrecklich aus«, hatte sie gesagt. »Wie ein Junge.«

Sie sagte das, obwohl sie sehen konnte, daß Gillian einen unglaublich hübschen Hals hatte, dessen bloßer Anblick erwachsene Männer zum Weinen bringen konnte.

»Ach, was macht das schon?« hatte Gillian leichthin gesagt. »Es wächst nach.«

Doch ihr Haar wurde nie wieder lang – es wuchs nicht weiter als bis auf ihre Schultern. Gillian wusch es mit

Rosmarin, mit Veilchen- und Rosenblättern und sogar mit Ginsengtee, aber nichts half.

»Das hast du davon«, hatte Sally verkündet. »Dahin führt Gier.«

Doch wohin hat es Sally gebracht, ein braves Mädchen zu sein? Es hat sie an diesem scheußlichen Abend auf diesen Parkplatz gebracht. Wer ist sie, um so selbstgerecht zu sein und so sicher, daß ihre Art die beste ist? Wenn sie darauf bestanden hätte, die Polizei zu rufen, als Gillian eintraf, wenn sie nicht wie immer die Sache in die Hand genommen und etwas unternommen hätte, wenn sie nicht geglaubt hätte, für alles – sowohl die Ursache als auch das Resultat – verantwortlich zu sein, dann säßen sie und Gillian vielleicht jetzt nicht in dieser Klemme. Es ist der Rauch, der vor vielen Jahren durch die Wände des Bungalows drang. Es sind die Schwäne im Park. Es ist das Stoppschild, das keiner bemerkt, bis es zu spät ist.

Sally hat ihr ganzes Leben damit verbracht, wachsam zu sein, und das erfordert einen gesunden Menschenverstand. Wenn ihre Eltern sie mitgenommen hätten, dann hätte sie das Feuer gerochen, da ist sie sicher. Sie hätte den blauen Funken gesehen, der auf den Teppich fiel und glitzerte wie ein Stern, und dann den ganzen Fluß von Sternen, glänzend und blau auf dem groben Teppich, bis alles in Flammen aufging. An dem Tag, an dem die Teenager betrunken in eines der Autos ihrer Väter stiegen, hätte sie Michael zurück auf den Gehsteig gezerrt. Hatte sie ihr Baby nicht vor den Schwänen gerettet, als sie es anzugreifen versuchten? Hatte sie sich seitdem nicht um alles gekümmert – um ihre Kinder und ihr Haus, um ihren Rasen und ihre Stromrechnung, um ihre Wäsche, die, wenn sie auf der Leine hängt, weißer ist als Schnee?

Die ganze Zeit hat Sally sich selbst belogen, sich gesagt, sie könne alles bewältigen; nun mag sie nicht mehr lügen. Eine weitere Lüge, und sie ist wirklich verloren. Eine weitere, und sie findet nie wieder ihren Weg zurück durch die Wälder.

Plötzlich ist sie sehr durstig. Ihre Kehle schmerzt richtig von den Lügen, die sie ihm erzählt hat. Sie möchte reinen Tisch machen, sie möchte alles erzählen, jemandem, der ihr dabei wirklich zuhört. Als sie Gary Hallet den Turnpike überqueren sieht, ein eingewickeltes Brathähnchen in der Hand, weiß sie, daß sie wegfahren könnte, ehe er sie erkennt. Aber sie bleibt, wo sie ist. Während sie beobachtet, wie Gary sich nähert, fährt eine Hitzelinie zickzackförmig unter ihre Haut. Sie ist unsichtbar, aber sie ist da. So ist das Verlangen: Es überrascht dich aus dem Hinterhalt auf einem Parkplatz und gewinnt. Jedesmal. Je näher Gary kommt, desto schlimmer wird es, bis Sally eine Hand unter ihr Hemd schieben und fest auf ihre Brust drücken muß, damit ihr Herz nicht aus ihrem Körper hüpft.

Nieselregen hat eingesetzt, und die Straßen sind rutschig, aber Gary scheint das nichts auszumachen. Seit Monaten gab es in Tucson nichts als blauen Himmel, und ein bißchen Regen stört Gary nicht. Vielleicht wird der Regen seine Gefühle heilen und irgendwie seine Sorgen wegwaschen. Vielleicht kann er morgen um fünf vor halb zehn das Flugzeug nehmen, der Stewardeß zulächeln und dann ein paar Stunden schlafen, ehe er ins Büro muß, um Bericht zu erstatten.

Durch seine Arbeit ist Gary darauf trainiert, Dinge zu bemerken, aber das, was er jetzt sieht, kann er nicht recht glauben. Teilweise liegt es daran, daß er Sally den ganzen Abend lang aus dem Augenwinkel gesehen hat. Er glaubte, sie an einem Fußgängerübergang am Turnpike zu erspähen, als er dort vorbeifuhr, dann erneut in der Hühnerbraterei, und nun ist sie schon wieder da. Vermutlich ist das alles eine Illusion, entspringt eher seinem Wunsch als der Wirklichkeit. Gary geht näher an den Honda bei dem Getränkeautomaten heran und kneift die Augen zusammen. Aber das ist tatsächlich Sallys Wagen, und sie sitzt hinter dem Steuer und hupt ihn an.

Gary öffnet den Wagenschlag, setzt sich auf den Beifahrersitz und schließt die Tür. Sein Haar und seine Kleidung sind feucht, und das verpackte Hähnchen ist dampfend heiß und riecht nach Öl.

»Ich dachte mir, daß Sie das sind«, sagt er.

Er muß seine Beine zusammenklappen, um in diesen Wagen zu passen; die Hähnchenpackung balanciert er auf dem Schoß.

»Es war Jimmys Ring«, sagt Sally.

Sie hatte nicht vor, gleich damit herauszuplatzen, aber vielleicht ist es egal. Sie starrt Gary an, um seine Reaktion zu sehen, aber er erwidert nur ihren Blick. Die Spannung zwischen ihnen ist so stark, daß es sich anfühlt, als wäre es im Wagen mindestens sechzig Grad heiß. Sally ist überrascht, daß sie nicht einfach in Flammen aufgeht.

»Also?« sagt sie endlich. »Wir haben Sie angelogen. Dieser Ring in meiner Küche gehört James Hawkins.«

»Ich weiß«, sagt Gary. Er klingt jetzt noch besorgter als zuvor. Unter gewissen Umständen wäre er einfach bereit, alles für Sally Owens aufzugeben. Er wäre vielleicht bereit, kopfüber in diesen Abgrund zu springen, den er herankommen fühlt, und niemals zurückzuschauen. Gary kämmt sich das nasse Haar mit den Fingern zurück, und für einen Augenblick riecht der ganze Wagen nach Regen. »Haben Sie schon zu Abend gegessen?« Er hebt die Hähnchenpackung hoch. Er hat auch Zwiebelringe und Pommes frites mitgebracht.

»Ich könnte nichts essen«, sagt Sally zu ihm.

Gary öffnet die Tür und stellt den Behälter nach draußen in den Regen. Der Appetit auf Hähnchen ist ihm definitiv vergangen.

»Vielleicht werde ich ohnmächtig«, warnt ihn Sally.

»Weil Sie wissen, daß ich Sie fragen muß, ob Sie oder Ihre Schwester wissen, wo Hawkins ist?«

Aber das ist eindeutig nicht der Grund. Sally ist heiß bis in die Fingerspitzen. Sie nimmt die Hände vom Steuerrad, damit kein Dampf unter ihrer Haut hervordringt, und legt sie in den Schoß. »Ich werde Ihnen sagen, wo er ist.« Gary Hallet sieht sie an, als würde das Hide-Away-Motel und der ganze Rest des Turnpike überhaupt nicht existieren. »Tot.«

Gary denkt darüber nach, während der Nieselregen auf das Dach des Autos fällt. Durch die Windschutzscheibe können sie nichts sehen, und alle Fenster sind beschlagen.

»Es war eher eine zufällige Sache«, sagt Sally jetzt. »Nicht, daß er es nicht verdient hätte. Nicht, daß er nicht das größte lebende Schwein gewesen wäre.«

»Er ging auf dieselbe High-School wie ich.« Gary spricht langsam, und seine Stimme klingt gequält. »Über ihn gab es immer schlimme Nachrichten. Die Leute sagen, er hätte auf einer Ranch, die ihn nicht für einen Sommerjob anheuern wollte, zwölf Ponys erschossen. Mit Kopfschuß, eines nach dem anderen.«

»Sehen Sie?« sagt Sally.

»Soll ich ihn also einfach vergessen? Ist es das, was Sie von mir verlangen?«

»Der tut jetzt keinem mehr weh«, sagt Sally. »Das ist das Wichtigste.«

In einem schwarzen Regenumhang gehüllt, ist die Frau von der Rezeption mit einem Besen herausgekommen und versucht, die Dachrinnen zu reinigen. Sally selbst denkt nicht an ihre Dachrinnen und fragt sich nicht, ob ihre Mädchen daran gedacht haben, die Fenster zu schließen. In diesem Augenblick ist es ihr egal, ob ihr Dach dem Sturm wird trotzen können.

»Es sei denn, Sie suchen weiter nach ihm«, fügt Sally jetzt hinzu. »Dann wird meiner Schwester weh getan, und mir auch, und alles für nichts und wieder nichts.«

Das ist die Art von Logik, gegen die Gary mit Argumenten nichts ausrichten kann. Der Himmel wird immer dunkler, und wenn Gary Sally anschaut, sieht er nur ihre Augen. Richtig und falsch sind irgendwie durcheinandergeraten. »Ich weiß nicht, was ich tun soll«, gibt er zu. »Anscheinend habe ich bei dieser ganzen Sache ein Problem. Ich bin nicht unparteiisch. Ich kann so tun, als wäre ich es, aber ich bin's nicht.«

Er sieht sie so an, wie er sie ansah, als sie ihm die Tür öffnete. Sally kann den Aufruhr in ihm spüren, und ihr ist klar, was er will.

Gary Hallet bekommt Krämpfe in den Beinen, während er in dem Honda sitzt, aber er rührt sich nicht von der Stelle. Sein Großvater pflegte ihm zu sagen, die meisten Leute hätten ganz falsche Vorstellungen. In Wahrheit kann man ein Pferd ans Wasser führen, und wenn das Wasser kühl genug ist, wenn es wirklich klar und süß ist, dann braucht man das Pferd nicht zum Trinken zu zwingen. Nun, heute abend fühlt Gary sich sehr viel mehr wie das Pferd als wie der Reiter. Er ist in die Liebe hineingestolpert, und nun steckt er fest. Er ist einigermaßen daran gewöhnt, nicht das zu bekommen, was er sich wünscht, und bis jetzt hat er das immer irgendwie verkraftet, aber nun fragt er sich, ob das vielleicht nur daran lag, daß er sich nichts allzu sehr wünschte. Jetzt tut er es. Er blickt hinaus auf den Parkplatz. Morgen nachmittag wird er wieder da sein, wo er hingehört; seine Hunde werden verrückt spielen, wenn sie ihn sehen, seine Post wird ihn in einem Häufchen vor seiner Vordertür erwarten, die Milch in seinem Kühlschrank wird noch nicht sauer sein. Der Haken ist nur, daß er nicht abreisen will. Er würde lieber hierbleiben, mit völlig verkrampften Beinen in diesem Honda; sein Magen knurrt vor Hunger, und sein Verlangen ist so stark, daß er nicht weiß, ob er gerade stehen könnte. Seine Augen sind brennend heiß, und er weiß, daß er es nicht verhindern kann zu weinen.

»Nein, nicht«, sagt Sally. Sie rückt näher zu ihm hin, angezogen durch die Schwerkraft, angezogen durch Kräfte, die zu kontrollieren sie sich gar nicht erst die Mühe zu machen braucht.

»Das passiert mir einfach«, sagt Gary mit dieser traurigen, tiefen Stimme. Er schüttelt den Kopf, angewidert von sich selbst. Dies ist ein Moment, in dem er fast alles andere lieber täte als weinen. »Beachten Sie es gar nicht.«

Aber sie beachtet es. Sie kann nicht anders. Sie wendet sich ihm zu, will seine Tränen abwischen, doch statt dessen schlingt sie die Arme um seinen Hals, und sobald sie das getan hat, zieht er sie enger an sich.

»Sally«, sagt er.

Das ist Musik, das ist ein Laut, der in seinem Mund vollkommen schön ist, aber sie will ihn nicht beachten. Seit der Zeit, die sie auf der Hintertreppe im Haus der

Tanten verbrachte, weiß sie, daß die meisten Männer lügen. Hör nicht zu, sagt sie sich. Es ist nicht wahr, daß er sein ganzes Leben lang nach dir gesucht hat, auch wenn er das gerade in dein Ohr flüstert. Sie sitzt jetzt auf seinem Schoß, das Gesicht ihm zugewandt, und seine Hände auf ihrer Haut sind so heiß, daß sie es nicht glauben kann. Sie kann auf nichts hören, was er ihr sagt, und denken kann sie schon gar nicht, denn dann würde sie vielleicht denken, daß sie mit dem hier besser aufhören sollte.

So muß es sein, wenn man betrunken ist, denkt Sally unwillkürlich, als Gary sie an sich drückt. Seine Hände sind auf ihrer Haut, und sie protestiert nicht. Sie sind unter ihrem T-Shirt, sie sind in ihrer Shorts, und noch immer stößt sie sie nicht weg. Sie will diese Hitze. Sie, die ohne Wegweiser und Landkarte nicht funktionieren kann, möchte sich genau in diesem Augenblick verlieren. Sie kann spüren, wie sie in seinen Küssen versinkt, sie ist zu allem bereit. So muß es sein, wenn man verrückt ist, schießt es ihr durch den Kopf. Das alles sieht ihr so wenig ähnlich, daß Sally verblüfft ist, als sie sich im beschlagenen Rückspiegel sieht. Diese Frau, deren dunkles Haar Gary gerade anhebt, damit er seinen Mund auf ihre Halsgrube pressen kann, könnte sich verlieben – wenn sie es zuließe.

Aber was würde es ihr bringen, wenn sie sich mit jemandem wie ihm einließe? Sie würde soviel fühlen müssen, und das ist nicht ihre Art. Sie konnte die armen, verwirrten Frauen nicht ausstehen, die an die Hintertür der Tanten kamen, und sie könnte es nicht ertragen, jetzt eine von ihnen zu sein, verrückt vor Kummer und dem, was manche Leute Liebe nennen.

Außer Atem zieht sie sich von Gary zurück; ihr Mund ist heiß, ihr restlicher Körper brennt. Sie hat es so lange geschafft, ohne dies auszukommen, daß sie das auch jetzt tun kann. Sie kann bewirken, daß sie erkaltet, von innen nach außen, und niemals zurückschaut. Das Nieseln läßt nach, aber der Himmel ist jetzt so schwarz wie Tinte. Man hört Donner, von Osten her.

»Vielleicht lasse ich Sie das tun, damit Sie die Ermittlungen einstellen«, sagt Sally. »Haben Sie je daran gedacht? Vielleicht bin ich so verzweifelt, daß ich mich jedem hingeben würde, Sie eingeschlossen.«

In ihrem Mund ist ein sehr bitterer und grausamer Geschmack, aber das ist ihr egal. Sie will diesen verletzten Ausdruck in seinem Gesicht sehen. Sie will dies beenden, bevor sie keine andere Wahl mehr hat. Bevor das, was sie fühlt, sich festsetzt und sie in der Falle sitzt wie diese Frauen an der Hintertür.

»Sally«, sagt Gary. »Du bist nicht so.«

»Ach, wirklich?« sagt Sally. »Sie kennen mich doch gar nicht. Sie glauben nur, mich zu kennen.«

»Das stimmt. Das tue ich, glaube ich«, sagt er, und weitere Argumente wird Sally von ihm nicht zu hören bekommen.

»Steigen Sie aus«, sagt sie zu Gary. »Steigen Sie aus dem Wagen.«

In diesem Moment wünscht sich Gary, er könne sie packen und zwingen, nur ein bißchen, bis sie nachgeben würde. Er würde sie gern gleich hier lieben, er würde sie gern die ganze Nacht lieben und sich um alles andere keinen Deut scheren, nicht hinhören, auch wenn sie sich wehren würde. Aber so ist er nicht und könnte es niemals sein. Er hat zu oft gesehen, was passiert, wenn ein Mann sich nur von seinen Hormonen regieren läßt. Das ist, als würde man sich Drogen oder Alkohol oder dem schnellen

Geld ergeben, das man einfach haben muß. Dennoch versteht er, warum Menschen nachgeben und tun, was sie wollen, ohne auf etwas Rücksicht zu nehmen. Sie schalten ihren Verstand aus, aber das wird er nicht tun, entgegen seinen wirklichen Gefühlen.

»Sally«, sagt er, und seine Stimme quält sie mehr, als sie je für möglich gehalten hätte. Es ist die Freundlichkeit, die sie entwaffnet, es ist das Erbarmen trotz allem, was geschehen ist und noch geschehen wird.

»Ich möchte, daß Sie aussteigen«, sagt Sally. »Dies ist ein Fehler. Es ist ganz falsch.«

»Es ist kein Fehler«, sagt Gary, aber er öffnet die Tür und steigt aus. Dann beugt er sich wieder hinunter, und Sally schaut geradeaus auf die Windschutzscheibe. Sie wagt es nicht, ihn anzusehen.

»Machen Sie die Tür zu«, sagt Sally. Ihre Stimme klingt wie Glas, ganz fragil. »Das ist mein Ernst.«

Er schließt die Tür, bleibt aber stehen. Obwohl sie nicht hinsieht, weiß Sally, daß er noch da ist. Aber es muß sein. Sie wird für immer fort sein, so weit weg wie möglich, unverletzt und unberührt. Sally tritt auf das Gas und weiß, wenn sie sich umschauen würde, würde sie ihn noch immer auf dem Parkplatz sehen. Aber sie blickt nicht zurück, denn wenn sie es täte, würde sie auch entdecken, wie sehr sie ihn will.

Gary sieht zu, wie sie wegfährt, und er steht noch da, als der erste Blitz den Himmel spaltet. Und er ist noch immer da, als der Ahornbaum auf der anderen Seite des Parkplatzes vor Hitze weiß wird; er ist nahe genug, um die elektrische Ladung zu spüren, und er wird sie noch auf dem ganzen Heimweg spüren, hoch oben am Himmel, unterwegs in Richtung Westen. Da er so knapp entronnen ist, ist es vollkommen verständlich, daß er noch immer zittert, als er den Schlüssel im Schloß seiner Zimmertür dreht. Nach Garys Auffassung ist der größte Kummer der, den man sich selbst bereitet, und er und Sally haben auf dem Parkplatz das gleiche gefühlt; der einzige Unterschied besteht darin, daß er weiß, was er vermißt, während sie keine Ahnung hat, was sie zum Weinen bringt, als sie den Turnpike hinunterfährt.

Als Sally nach Hause kommt, das dunkle Haar gelöst und mit vom Küssen wunden Lippen, wird sie erwartet. Gillian hat in der Küche gesessen, Tee getrunken und dem Donner gelauscht.

»Hast du mit ihm geschlafen?« fragt Gillian.

Die Frage ist sowohl völlig verblüffend als auch absolut normal, da sie von Gillian kommt. Sally muß sogar lachen. »Nein.«

»Schade«, sagt Gillian. »Ich dachte, es hätte dich erwischt. Du hattest diesen Blick in den Augen.«

»Du hast dich geirrt«, sagt Sally.

»Hat er dir wenigstens einen Handel vorgeschlagen? Hat er dir gesagt, daß er uns in Ruhe lassen wird?«

»Er muß darüber nachdenken.« Sally setzt sich an den Tisch. Sie fühlt sich, als habe sie jemand geschlagen. Der Gedanke, Gary nie wiederzusehen, senkt sich wie ein Umhang aus Asche über sie. Sie denkt an seine Küsse und die Art, wie er sie berührte, und sie fühlt sich, als sei ihr Inneres nach außen gestülpt. »Er hat ein Gewissen.«

»Was haben wir für ein Glück. Und es kommt noch schlimmer.«

Die ganze Nacht lang wird der Wind immer stärker werden, bis in der ganzen Stadt keine einzige Mülltonne mehr aufrecht steht. Die Wolken werden so hoch sein wie schwarze Berge. Im hinteren Garten, unter der Dornenhecke, wird die Erde sich in Schlamm verwandeln und dann in Wasser, einen Tümpel aus Enttäuschung und Reue.

»Jimmy wird nicht begraben bleiben. Zuerst der Ring, dann ein Stiefel; ich will gar nicht daran denken, was als nächstes herauskommen wird. Sie haben es im Radio gesagt; der Sturm, der auf uns zukommt, wird schlimm werden.«

Sally rückt ihren Stuhl näher an den von Gillian heran. Ihre Knie berühren sich. Ihre Herzen schlagen im exakt gleichen Rhythmus, wie immer bei Gewitter. »Was sollen wir tun?«

Es ist das allererste Mal, daß sie Gillian um Rat fragt, und zum allererstenmal macht Gillian das, was Sally in solchen Situationen tut. Sie atmet tief ein und ist erstaunt, daß es so sehr viel weniger weh tut, es laut auszusprechen.

»Ruf die Tanten an«, sagt Gillian zu Sally. »Jetzt gleich.«

Am achten Tag des achten Monats treffen die Tanten mit einem Greyhound-Bus ein. In der Minute, in der der Fahrer aus dem Bus springt, sorgt er dafür, daß ihre Koffer als erste aus dem Gepäckabteil entladen werden, obwohl der größere der beiden so schwer ist, daß er ihn kaum bewegen kann und sich fast eine Zerrung holt, als er ihn aus dem Fach hebt.

»Immer mit der Ruhe«, sagt er zu den anderen Mitreisenden, die sich vordrängen, um ihre Koffer als erste zu erhalten, und ignoriert sie einfach. »Ich möchte nicht, daß Sie warten müssen, meine Damen«, sagt er zu den Tanten.

Die Tanten sind so alt, daß man ihr Alter unmöglich schätzen kann. Ihr Haar ist weiß, und ihre Rücken sind gebeugt. Sie tragen lange schwarze Röcke und Schnürstiefel aus Leder. Obwohl sie Massachusetts seit mehr als vierzig Jahren nicht mehr verlassen haben, schüchtert das Reisen sie ganz und gar nicht ein. Sie wissen, was sie wollen, und fürchten sich nicht, das deutlich zu sagen, weshalb sie die Beschwerden der anderen Passagiere ignorieren und den Fahrer anweisen, den größeren Koffer vorsichtig an den Straßenrand zu stellen.

»Was haben Sie denn da drin?« keucht der Fahrer. »Eine Tonne Ziegelsteine?«

Die Tanten halten sich nicht mit einer Antwort auf; sie haben wenig Verständnis für geistlosen Humor und sind nicht an höflicher Konversation interessiert. Sie stehen an der Ecke in der Nähe der Bushaltestelle und winken ein Taxi herbei; sobald eines vorfährt, sagen sie dem Chauffeur genau, wohin er fahren soll – sieben Meilen den Turnpike entlang, an der Mall und den Einkaufszentren, am chinesischen Restaurant und dem Delikatessenladen und der Eisdiele vorbei, in der Antonia den ganzen Sommer gearbeitet hat. Die Tanten riechen nach Lavendel und Schwefel, eine beunruhigende Mischung, und vielleicht ist das der Grund, warum der Taxifahrer ihnen die Tür aufhält, als sie vor Sallys Haus ankommen, obwohl sie sich nicht die Mühe machen, ihm ein Trinkgeld zu geben. Die Tanten halten nichts von Trinkgeldern und haben das nie getan. Sie sind der Überzeugung, daß man das verdient, was man wert ist, wenn man seinen Job richtig macht. Deswegen sind sie schließlich hier.

Sally hatte angeboten, sie an der Bushaltestelle abzuholen, aber davon wollten die Tanten nichts hören. Sie meinten, sie kämen sehr gut allein zurecht und hätten ein besseres Gefühl für einen Ort, wenn sie sich ihm langsam näherten. Der Rasen ist naß vom Regen der letzten Nacht, und die Luft ist still und drückend wie immer vor einem Gewitter. Ein Dunstschleier hängt über den Häusern und Schornsteinen. Die Tanten stehen in Sallys Einfahrt zwischen dem Honda und Jimmys Oldsmobile, und die schwarzen Koffer stehen neben ihnen. Sie schließen die Augen, um ein Gefühl für den Ort zu bekommen. Die Spatzen in den Pappeln schauen interessiert zu. Alle Spinnen hören auf, ihre Netze zu weben. Der Regen wird nach Mitternacht beginnen, darüber sind die Tanten sich einig. Er wird herunterrauschen wie ein gläserner Fluß. Er wird fallen, bis die ganze Welt aussieht wie aus Silber und auf den Kopf gestellt. Man kann solche Dinge spüren, wenn man Rheuma hat oder so lange lebt wie die Tanten.

Drinnen im Haus fühlt Gillian sich ganz zappelig, so wie es Menschen unmittelbar vor einem Blitzschlag ergeht. Sie trägt alte Bluejeans und ein blaues Baumwollhemd; ihr Haar ist ungekämmt wie bei einem Kind, das sich weigert, sich für den Besuch feinzumachen. Doch der Besuch ist trotzdem angekommen; Gillian kann seine Gegenwart spüren. Die Luft ist so feucht wie Schokoladenkuchen – und zwar von der guten Sorte, der, der ohne Mehl hergestellt wird –, und der Deckenleuchter im Wohnzimmer hat zu schwanken begonnen. Gillian schiebt die Vorhänge beiseite und schaut hinaus.

»O mein Gott«, sagt sie. »Die Tanten stehen in der Einfahrt.«

Draußen ist die Luft noch dicker, wie Suppe, und hat einen gelben, schwefligen Geruch, den manche Leute recht angenehm finden, andere aber als so widerlich erleben, daß sie ihre Fenster zuschlagen und die Klimaanlage auf höchster Stufe laufen lassen. Gegen Ende des Nachmittags wird der Wind stark genug sein, um kleine Hunde in die Luft zu heben und Kinder von Schaukeln zu wehen, doch einstweilen ist er nur eine leichte Brise. Linda Bennett nebenan ist gerade in ihre Einfahrt gekommen; sie trägt eine Tüte mit Lebensmitteln und winkt den Tanten mit der freien Hand. Sally hat erwähnt, daß vielleicht irgendwelche alten Verwandten zu Besuch kommen würden.

»Sie sind ein bißchen verschroben«, hatte Sally ihre Nachbarin gewarnt, aber für Linda sehen sie aus wie reizende alte Damen.

Lindas Tochter, die früher Jessie hieß und sich jetzt Isabella nennt, rümpft die Nase – in der sie jetzt drei Silberringe trägt –, als rieche sie etwas Verfaultes. Sie schaut hinüber und sieht, wie die Tanten Sallys Haus mustern.

»Wer sind die alten Fledermäuse?« fragt die sogenannte Isabella ihre Mutter.

Ihre Worte werden über den Rasen getragen, und jede böse Silbe fällt mit einem Plumps in Sallys Einfahrt. Die Tanten drehen sich um und sehen Isabella mit ihren hellen grauen Augen an, und während sie das tun, spürt Isabella etwas Eigenartiges in ihren Fingern und Zehen, eine so bedrohliche und fremde Empfindung, daß sie ins Haus rennt, sich ins Bett legt und sich die Decken über den Kopf zieht. Es wird Wochen dauern, bis dieses Mädchen ihrer Mutter oder sonst jemandem wieder freche Antworten gibt.

»Sagen Sie mir Bescheid, wenn Sie während Ihres Besuches irgend etwas brauchen«, ruft Linda Sallys Tanten zu, und aus irgendeinem Grund fühlt sie sich dabei besser als seit Jahren.

Sally ist neben ihre Schwester getreten und klopft jetzt an die Fensterscheibe, um die Tanten auf sich aufmerksam zu machen. Die Tanten blicken auf und blinzeln; als sie Sally und Gillian auf der anderen Seite der Scheibe erspähen, winken sie, wie damals, als die Mädchen auf dem Flughafen in Boston ankamen. Sally jedoch hat das Gefühl, als würden zwei Welten zusammenstoßen, als sie die Tanten in ihrer eigenen Einfahrt sieht. Ebensogut könnte ein Meteor neben dem Oldsmobile eingeschlagen oder eine Sternschnuppe über den Rasen geflogen kommen.

»Los«, sagt Sally zu Gillian und zupft sie am Ärmel, aber Gillian schüttelt den Kopf.

Es ist achtzehn Jahre her, seit Gillian die Tanten das letzte Mal gesehen hat, und obgleich sie nicht so sehr gealtert sind wie sie selbst, war ihr nicht klar, wie alt sie tatsächlich waren. Sie dachte an sie immer gemeinsam, wie an eine Einheit, und jetzt sieht sie, daß Tante Frances fast zwanzig Zentimeter größer ist als ihre Schwester und daß Tante Bridget, die sie immer Tante Jet nannten, tatsächlich aussieht wie eine kleine, plumpe Henne, die man in schwarze Röcke und Stiefel gesteckt hat.

»Ich brauche Zeit, um das zu verarbeiten«, sagt Gillian.

»Du solltest dazu höchstens zwei Minuten brauchen«, sagt Sally, als sie nach draußen geht, um die Tanten willkommen zu heißen.

»Die Tanten!« schreit Kylie und ruft oben nach Antonia, die heruntergerannt kommt, zwei Stufen auf einmal nehmend. Die Schwestern stürzen auf die geöffnete Tür zu und sehen dann, daß Gillian noch immer am Fenster steht.

»Komm«, fordert Kylie sie auf.

»Geht nur«, winkt Gillian ab. »Ich bleibe hier.«

Kylie und Antonia eilen hinaus in die Einfahrt und stürzen sich auf die Tanten, kreischen und lachen und wirbeln die beiden alten Frauen herum, bis alle völlig außer Atem sind. Als Sally anrief und das Problem im Garten erklärte, hörten die Tanten aufmerksam zu. Dann versicherten sie, sie würden den Bus nach New York nehmen, sobald sie Futter für die letzte verbleibende Katze bereitgestellt hätten, den alten Kater Elster. Die Tanten haben ihre Versprechen stets gehalten, und das tun sie noch immer. Ihrer Meinung nach gibt es für jedes Problem eine Lösung, wenn das Ergebnis vielleicht auch nicht so sein mag, wie man ursprünglich erhofft oder erwartet hat.

So hatten die Tanten beispielsweise nie damit gerechnet, daß ihr eigenes Leben durch einen einzigen Anruf mitten in der Nacht völlig verändert werden würde. Das geschah vor vielen Jahren; es war Oktober und kalt, und in dem alten Haus herrschte Zugluft. Die Tanten hatten ihren festen Zeitplan, an den sie sich sklavisch hielten: Sie machten morgens ihren Spaziergang, lasen dann, schrieben in ihre Tagebücher und aßen zu Mittag – jeden Tag Brei aus Pastinaken und Kartoffeln, Nudelauflauf und als Nachtisch Apfelkuchen. Am Nachmittag hielten sie ihr Schläfchen, und ihrem Gewerbe – falls jemand an die Seitentür kommen sollte – gingen sie in der Dämmerung nach. Das Abendessen nahmen sie immer in der Küche ein, weiße Bohnen und Toast, Suppe und Crackers, und die Beleuchtung war stets trübe, um Strom zu sparen. Jede Nacht stellten sie sich der Dunkelheit, denn sie konnten niemals schlafen.

Ihre Herzen waren an dem Abend zerbrochen, als diese

beiden Brüder über den Rasen des Stadtparks liefen; sie waren so plötzlich und endgültig zerbrochen, daß die Tanten sich nie wieder gestatteten, sich überraschen zu lassen, nicht vom Blitz und schon gar nicht von der Liebe. Gelegentlich gingen sie zu einer Versammlung des Stadtrates, wo ihre strenge Gegenwart leicht eine Abstimmung beeinflussen konnte, oder besuchten die Bibliothek, wo der Anblick ihrer schwarzen Kleidung selbst die ungehobeltsten Buchausleiher veranlaßte, sich still zu verhalten.

Die Tanten glaubten, ihr Leben und ihr Schicksal genau zu kennen. Daher waren sie überzeugt, nichts werde sich mehr bis zu ihrem eigenen, ruhigen Tod im Alter von zweiundneunzig und vierundneunzig Jahren ereignen. Aber man kann sein eigenes Schicksal niemals vorhersagen. Die Tanten haben sich nicht vorstellen können, daß eine kleine, ernste Stimme mitten in der Nacht anrufen und alles durcheinanderbringen würde. Das war das Ende von Pastinaken und Kartoffeln. Statt dessen gewöhnten die Tanten sich an Erdnußbutter und Gelee, Graham-Crackers und Buchstabensuppe, Mallomar-Kekse und M&M. Wie eigenartig, daß sie so dankbar waren, sich mit Windpocken und Alpträumen herumschlagen zu müssen. Ohne diese beiden Mädchen hätten sie niemals mitten in der Nacht barfuß durch den Flur laufen müssen, um zu sehen, welche von beiden ein Magenvirus hatte und welche fest schlief.

Frances tritt auf die Veranda, um das Haus ihrer Nichte besser beurteilen zu können.

»Modern, aber sehr hübsch«, verkündet sie.

Sally spürt einen Anflug von Stolz. Das ist so ungefähr das höchste Kompliment, das Tante Frances jemals aussprach, und Sally ist dankbar dafür, denn sie kann es brauchen. Sie war die ganze Nacht wach, denn jedesmal, wenn sie die Augen schloß, sah sie Gary so deutlich, als sei er da neben ihr am Küchentisch, im Sessel, im Bett. Gary Hallet berührt sie auch in diesem Moment, er hat seine Hände auf ihr, als sie sich hinunterbeugt, um den Koffer ihrer Tanten aufzuheben.

»Laßt uns die Koffer hineintragen.«

Doch Sally muß schockiert feststellen, daß sie dieses Gepäckstück kaum heben kann. Etwas darin klappert wie Perlen oder Ziegelsteine oder vielleicht sogar Knochen.

»Für das Problem im Garten«, erklärt Tante Frances.

»Aha«, sagt Sally.

Tante Jet hakt sich bei Sally unter. Es gab einen Sommer, kurz nachdem Jet sechzehn geworden war, als zwei Jungen aus dem Ort sich ihretwegen das Leben nahmen. Einer band Eisenstangen an seine Füße und ertränkte sich; der andere starb auf den Eisenbahnschienen außerhalb der Stadt durch den Zug um zehn Uhr zwei nach Boston. Von allen Owens-Frauen war Jet Owens die schönste, aber sie bemerkte es nicht einmal. Sie zog Katzen menschlichen Wesen vor und wies jeden Mann ab, mit Ausnahme des Jungen, der zusammen mit seinem Bruder im Stadtpark vom Blitz getroffen wurde. Manchmal, spät in der Nacht, hören Jet und Frances beide das Lachen dieser durch den Regen rennenden und in die Finsternis stolpernden Jungen. Ihre Stimmen sind noch immer jung und voller Erwartung, genauso, wie sie in dem Augenblick klangen, als sie vom Blitz gefällt wurden.

Jetzt hatte Tante Jet einen schwarzen Stock mit einem Rabenkopf als Griff und wird von Arthritis geplagt, aber sie beklagt sich niemals darüber, wie ihr Rücken sich anfühlt, wenn sie am Ende des Tages ihre Stiefel aufschnürt.

Jeden Morgen wäscht sie sich mit der schwarzen Seife, die sie und Frances zweimal im Jahr herstellen, und ihr Teint ist noch fast makellos. Sie arbeitet in ihrem Garten und erinnert sich an den lateinischen Namen jeder Pflanze, die dort wächst. Dennoch vergeht kein Tag, an dem sie nicht an den Jungen denkt, den sie liebte. Es gibt keinen Augenblick, in dem sie sich nicht wünscht, die Zeit ließe sich zurückdrehen und sie könnte diesen Jungen nochmals küssen.

»Wir sind so froh, hierzusein«, verkündet Jet.

Sally lächelt ein schönes, trauriges Lächeln. »Ich hätte euch schon lange einladen sollen. Ich habe nicht gedacht, daß es euch gefallen würde.«

»Das zeigt einfach, daß du niemals etwas beurteilen kannst, indem du nur Vermutungen anstellst«, sagt Frances zu ihrer Nichte. »Deshalb wurde die Sprache erfunden. Sonst wären wir alle wie Hunde, die einander beschnüffeln, um herauszufinden, wo wir stehen.«

»Du hast vollkommen recht«, stimmt Sally ihr zu.

Die Koffer werden ins Haus geschleppt, was keine leichte Aufgabe ist. Die noch immer am Fenster wartende Gillian hat daran gedacht, durch die Hintertür wegzulaufen, damit sie sich nicht der Kritik an ihrem ruinierten Leben stellen muß. Doch als Kylie und Antonia die Tanten ins Haus führen, steht Gillian noch an genau der gleichen Stelle, das helle Haar aus dem Gesicht geweht.

Manche Dinge werden, wenn sie sich verändern, nie mehr so wie früher. Schmetterlinge beispielsweise und Frauen, die zu oft den falschen Mann geliebt haben. Die Tanten schnalzen mit den Zungen, sobald sie diese erwachsene Frau sehen, die einmal ihr kleines Mädchen war. Sie legten vielleicht keinen Wert auf geordnete Essenszeiten und kümmerten sich nicht darum, ob immer saubere Kleider in den Kommoden waren, aber dennoch waren sie da. Sie waren diejenigen, an die Gillian sich in jenem ersten Jahr wandte, als die anderen Kinder in der Vorschule sie an den Haaren zogen und Hexenkind nannten. Gillian erzählte Sally nie davon, wie schrecklich das war, als die anderen sie verfolgten, und sie war damals erst drei Jahre alt. Es war peinlich, soviel wußte sie schon damals. Es war etwas, das man nicht eingestand.

Jeden Tag kam Gillian nach Hause und teilte Sally mit, sie habe einen schönen Nachmittag gehabt, habe gemalt und das Kaninchen gefüttert, das die Kinder traurig aus einem Käfig beäugte. Aber Gillian konnte die Tanten nicht belügen, wenn sie kamen, um sie abzuholen. Am Ende jedes Tages war ihr Haar wirr, und ihr Gesicht und ihre Beine waren verkratzt. Die Tanten rieten ihr, die anderen Kinder zu ignorieren – ihre Bücher allein zu lesen, ihre Spiele allein zu spielen und sofort die Lehrerin zu informieren, wenn jemand böse zu ihr war. Doch selbst damals glaubte Gillian, diese schreckliche Behandlung durch die anderen Kinder zu verdienen, und so petzte sie niemals. Sie versuchte, alles für sich zu behalten.

Dennoch merkten die Tanten, was da vor sich ging; sie sahen es am traurigen Hängen von Gillians Schultern, wenn sie ihren Pullover anzog, und daran, daß sie nachts nicht schlafen konnte. Die meisten Kinder wurden es schließlich leid, Gillian zu ärgern, doch es gab einige, die sie weiterhin quälten – die jedesmal, wenn sie in der Nähe war, »Hexe« flüsterten, Traubensaft auf ihre neuen Schuhe schütteten, in ihr helles Haar griffen und aus Leibeskräften daran zogen –, und das taten sie bis zur Weihnachtsparty.

Die Eltern aller Kinder besuchten die Party und brachten Kekse oder Kuchen oder Krüge voll mit Muskat bestreuter Eiermilch mit. Die Tanten kamen spät und trugen ihre schwarzen Mäntel. Gillian hatte gehofft, sie würden sich daran erinnern, eine Dose Schokoladenkekse oder vielleicht einen Kuchen mitzubringen, aber die Tanten interessierten sich nicht für solche Sachen. Sie gingen direkt auf die schlimmsten der Kinder zu – die Jungen, die Gillian immer an den Haaren zogen, und die Mädchen, die ihr dauernd Schimpfnamen nachriefen. Die Tanten brauchten keine Zaubersprüche oder Kräuter zu verwenden oder irgendwelche Strafen anzudrohen; sie standen nur neben dem Imbißtisch, und jedem einzelnen Kind, das gemein zu Gillian gewesen war, wurde auf der Stelle übel. Sie rannten zu ihren Eltern und wollten nach Hause gebracht werden, und dann blieben sie tagelang im Bett und zitterten unter wollenen Decken, so voller Reue, daß ihre Haut eine schwach grünliche Färbung annahm und den sauren Geruch verströmte, von dem ein schlechtes Gewissen immer begleitet wird.

Nach der Weihnachtsparty nahmen die Tanten Gillian mit nach Hause und setzten sie auf das Sofa im Salon, das samtene mit den hölzernen Löwenfüßen. Dann sagten sie ihr, Stöcke und Steine könnten Knochen brechen, doch Streiche und Schimpfnamen seien nur etwas für Dummköpfe. Gillian hörte sie, aber sie hörte nicht richtig zu. Sie maß dem, was andere Leute dachten, zuviel Wert bei, und ihrer eigenen Meinung zuwenig. Die Tanten haben immer gewußt, daß Gillian manchmal Hilfe braucht, um sich zu verteidigen. Während sie sie mustern, sind ihre grauen Augen hell und scharf. Sie sehen die Falten in Gillians Gesicht, die jemand anderer vielleicht nicht bemerken würde, und können erkennen, was ihre Nichte durchgemacht hat.

»Ich sehe schrecklich aus, stimmt's?« sagt Gillian. Ihre Stimme klingt brüchig. Vor einer Minute noch war sie siebzehn und kletterte aus dem Fenster ihres Zimmers, und nun ist sie hier, ganz verbraucht.

Die Tanten schnalzen lauter mit den Zungen und kommen, um Gillian zu umarmen. Gillian ist so überrascht, daß sich ihrer Kehle ein Schluchzen entringt. Man muß den Tanten zugute halten, daß sie ein oder zwei Dinge gelernt haben, seit sie von einem Tag auf den anderen zwei kleine Mädchen großzuziehen hatten. Schließlich haben sie *Oprah* gesehen, und sie wissen, was passieren kann, wenn man nicht zu seiner Liebe steht. Ihrer Meinung nach ist Gillian schöner denn je, doch die Owens-Frauen waren immer für ihre Schönheit bekannt, genau wie für die törichten Entscheidungen, die sie in jungen Jahren trafen. In den zwanziger Jahren war ihre Kusine Jinx, deren Aquarelle im Museum of Fine Arts zu finden sind, zu halsstarrig, um auf irgend jemanden zu hören; sie betrank sich mit Champagner, warf ihre Satinschuhe über eine hohe Steinmauer, tanzte dann die ganze Nacht auf zerbrochenem Glas und konnte nie wieder gehen. Die geliebteste aller Großtanten, Barbara Owens, heiratete einen Mann mit einem unglaublichen Dickschädel, der sich weigerte, Strom oder fließendes Wasser im Haus zu haben, und behauptete, solche Dinge seien überflüssig. Ihre Lieblingskusine, April Owens, lebte zwölf Jahre lang in der Mojave-Wüste und sammelte Spinnen. Und obwohl sie das niemals glauben würde, sind die Falten in Gillians Gesicht das Schönste an ihr. Sie verraten alles, was sie durchgemacht hat und wer genau sie tief innen ist.

»Nun«, sagt Gillian, als sie aufhört zu weinen und sich mit den Händen die Augen wischt. »Wer hätte gedacht, daß ich so gefühlsduselig werde?«

Die Tanten setzen sich hin, und dann schenkt Sally jeder von ihnen ein Glas Gin Tonic ein, was sie immer zu schätzen wissen und besonders gern haben, wenn es Arbeit gibt.

»Reden wir über den Burschen im Hintergarten«, sagt Frances. »Jimmy.«

»Müssen wir das?« ächzt Gillian.

»Ja«, sagt Tante Jet bedauernd. »Nur kleine Dinge über ihn. Zum Beispiel – wie ist er gestorben?«

Antonia und Kylie schütten Diätcola in sich hinein und lauschen hingerissen. Die Härchen auf ihren Armen richten sich auf; das könnte wirklich interessant werden.

»Ich glaube nicht, daß wir das vor den Kindern besprechen sollten«, sagt Sally.

Sie hat eine Kanne Pfefferminztee auf den Tisch gestellt, zusammen mit einer angeschlagenen Tasse, die ihre Töchter ihr zum Muttertag geschenkt haben und die immer ihre liebste war. Sally hat den ganzen Tag keinen Kaffee trinken können; selbst der bloße Geruch von Kaffee rief ihr Gary so deutlich vor Augen, daß sie hätte schwören können, er säße an dem Tisch, an dem Gillian heute morgen Wasser durch den Filter goß. Sie ist sicher, daß nur der Koffeinmangel sie so apathisch macht. Aber da ist noch mehr. Sie war heute ungewöhnlich ruhig, was sowohl Antonia als auch Kylie auffiel. Sie wirkt so anders. Nicht nur trägt sie ihr schwarzes Haar offen statt zusammengebunden, sie sieht auch traurig aus und sehr weit fort. Antonia und Kylie haben das Gefühl, daß die Frau, die einst ihre Mutter war, für immer verschwunden ist.

Die Kinder sind sicher, tot umzufallen, wenn sie nicht zuhören dürfen; sie können es einfach nicht aushalten.

»Mutter!« betteln sie.

Nun, sie sind beinahe Frauen, und dagegen kann Sally gar nichts tun. Also zuckt sie mit den Schultern und nickt Gillian zu.

»Nun«, sagt Gillian, »ich vermute, ich habe ihn umgebracht.«

Die Tanten tauschen einen Blick. Ihrer Meinung nach ist das etwas, wozu Gillian nicht fähig ist. »Wie?« fragen sie. Schließlich ist das das Mädchen, das kreischte, wenn es barfuß auf eine Spinne trat, das beinahe ohnmächtig wurde, wenn es sich in den Finger stach und blutete.

Gillian gibt zu, daß sie Nachtschatten benutzt hat, eine Pflanze, die sie als Kind immer verachtete und sogar für Unkraut zu halten vorgab, damit sie sie auszupfen konnte, wenn sie den Garten der Tanten jäten mußte. Als die Tanten nach der Dosis fragen, die sie benutzt hat, und Gillian sie ihnen nennt, nicken die Tanten erfreut. Genau wie sie dachten. Wenn die Tanten etwas kennen, dann Nachtschatten. Diese Dosis würde keinen Foxterrier töten, von einem Mann ganz zu schweigen.

»Aber er ist tot«, sagt Gillian, verblüfft zu hören, daß ihre Medikation ihn nicht umgebracht haben konnte. Sie wendet sich an Sally. »Ich weiß, daß er tot war.«

»Definitiv tot«, bestätigt Sally.

»Nicht durch deine Hand.« Frances könnte sich ihrer Sache nicht sicherer sein. »Nicht, wenn er kein Backenhörnchen war.«

Gillian umarmt die Tanten, denn das Urteil hat sie mit Hoffnung erfüllt. Das ist in ihrem Alter eine alberne und lächerliche Sache, vor allem an diesem schrecklichen

Abend, aber es ist Gillian egal. Besser spät als nie, so sieht sie das.

»Ich bin unschuldig«, weint Gillian.

Sally und die Tanten tauschen einen Blick; da sind sie sich nicht so sicher.

»In diesem Fall«, fügt Gillian hinzu, als sie ihren Gesichtsausdruck sieht.

»Was hat ihn umgebracht?« fragt Sally die Tanten.

»Es könnte alles gewesen sein.« Jet zuckt mit den Schultern.

»Alkohol«, schlägt Kylie vor. »Über Jahre.«

»Sein Herz«, bietet Antonia an.

Frances verkündet, daß sie ebensogut mit diesen Vermutungen aufhören können, da sie nie erfahren werden, was ihn umgebracht hat, daß aber trotzdem eine Leiche im Garten liegt, und deshalb haben die Tanten ihr Rezept mitgebracht, um alle scheußlichen Dinge loszuwerden, die man in einem Garten finden kann – Schnecken, Blattläuse, die blutigen Überreste einer von ihren Rivalen zerrissenen Krähe oder die Art von Unkraut, die so giftig ist, daß man sie nicht mit der Hand auszupfen kann, nicht einmal angetan mit dicken Lederhandschuhen. Die Tanten wissen genau, wieviel Kalk man der Lauge zusetzen muß, viel mehr, als sie nehmen, wenn sie ihre schwarze Seife kochen, die dem Teint von Frauen besonders wohl bekommt. Seifenstücke der Tanten, in klares Zellophanpapier gewickelt, werden jetzt in Reformhäusern in Cambridge und in mehreren Spezialitätengeschäften an der Newbury Street verkauft, und das hat nicht nur ein neues Dach für das alte Haus eingebracht, sondern auch ein neues Badezimmer.

Zu Hause benutzen die Tanten immer den großen gußeisernen Kessel, der in der Küche steht, seit Maria Owens das Haus gebaut hat, doch hier werden sie mit Sallys größtem Spaghettitopf auskommen müssen. Die Zutaten müssen dreieinhalb Stunden kochen, und so ruft Kylie, die immer fürchtet, jemand bei Del Vecchio's werde die Stimme jener Närrin erkennen, die vor einer Weile eine Unmenge Pizzas zu Mr. Fryes Haus liefern ließ, trotzdem dort an und bestellt zwei große Portionen Pizza.

Die Mischung auf dem Herd beginnt Blasen zu werfen, und als der Botenjunge eintrifft, ist der Himmel ganz dunkel, obwohl unter der dicken Wolkenschicht ein perfekter weißer Mond steht. Der Botenjunge klopft dreimal und hofft, daß Antonia Owens, die einmal in Algebra neben ihm saß, an die Tür kommen wird. Statt dessen ist es Tante Frances, die ihm öffnet. Die Manschetten ihrer Ärmel sind staubig von all der Lauge, die sie abgemessen hat, und ihre Augen blicken kalt.

»Was ist?« fragt sie den Jungen, der allein aufgrund ihres Anblicks die Pizza erschrocken an seine Brust drückt.

»Ich liefere die Pizza«, stammelt er.

»Ist das dein Job?« will Frances wissen. »Essen ausliefern?«

»Genau«, sagt der Junge. Er glaubt, Antonia im Haus zu sehen, jedenfalls ist da jemand mit schönem, rotem Haar. Frances starrt ihn an. »Stimmt, Madam«, korrigiert er sich.

Frances greift in ihrer Rocktasche nach der Geldbörse und zählt achtzehn Dollar und dreiunddreißig Cents ab, einen Preis, der für sie gleichbedeutend mit Wegelagerei ist. »Nun, wenn das dein Job ist, dann erwarte kein Trinkgeld«, sagt sie zu dem Jungen.

»He, hallo, Josh«, ruft Antonia, als sie kommt, um die Pizza entgegenzunehmen. Sie trägt einen alten Kittel über ihrem schwarzen T-Shirt und ihren Leggings. Ihr Haar ist bei all der Feuchtigkeit gelockt, und ihre blasse Haut sieht cremig und kühl aus. Der Botenjunge ist unfähig, in ihrer Gegenwart ein Wort zu sprechen, obwohl er, als er ins Restaurant zurückkommt, eine gute halbe Stunde von ihr redet, bis das Küchenpersonal ihm sagt, er solle den Mund halten. Antonia lacht, als sie die Tür schließt. Was immer sie verloren hatte, sie hat etwas davon zurückgewonnen. Anziehungskraft, das begreift sie jetzt, ist ein psychischer Zustand.

»Pizza!« verkündet sie, und alle setzen sich zum Essen hin, obwohl die Mischung der Tanten, die auf dem hinteren Brenner des Herdes kocht, einen schrecklichen Gestank verbreitet. Der Sturm rüttelt an den Fensterscheiben, und jetzt hört man die Art von Donner, die den Boden erzittern lassen kann. Ein heftiger Blitz, und das halbe Viertel ist ohne Strom. Überall in den Häusern an der Straße suchen die Leute nach Taschenlampen und Kerzen oder gehen schlafen. Aber der Sud der Tanten köchelt noch immer auf dem hinteren Brenner.

»Das ist Glück«, sagt Tante Jet, als auch bei ihnen die Lampen ausgehen. »Wir werden das Licht in der Dunkelheit sein.«

»Hol eine Kerze«, schlägt Sally vor.

Kylie holt die Kerze vom Regal neben dem Spülbecken. Als sie am Herd vorbeikommt, hält sie sich die Nase zu.

»Junge, das stinkt vielleicht«, sagt sie über die Mischung der Tanten.

»Soll es auch«, sagt Jet erfreut.

»Tut es immer«, stimmt ihre Schwester zu.

Kylie kehrt an den Tisch zurück, stellt die Kerze in die Mitte und zündet sie an, so daß sie ihre Abendmahlzeit fortsetzen können, aber das Läuten an der Tür läßt alle innehalten.

»Hoffentlich ist das nicht wieder der Botenjunge«, sagt Frances. »Dem werde ich aber was erzählen!«

»Ich gehe hin.« Gillian steht auf, geht zur Tür und öffnet sie.

Draußen auf der Veranda steht Ben Frye. Er trägt einen gelben Regenmantel und hat eine Schachtel mit weißen Haushaltskerzen und eine Laterne bei sich. Sein bloßer Anblick läßt Gillian einen Schauer den Rücken hinunterrieseln. Die ganze Zeit hat sie sich, jedesmal wenn er mit ihr zusammen war, vorgestellt, daß Ben sein Leben aufs Spiel setzt. Bei ihrem Glück und ihrer Vorgeschichte würde bestimmt alles schiefgehen, was schiefgehen könnte. Sie war sich sicher, daß jeder, der sie liebte, unter einem schlechten Stern stand, aber nun ist sie sich nicht mehr so sicher. Sie beugt sich aus der Tür und küßt Ben Frye auf den Mund. Sie küßt ihn so gut, daß er ein für allemal weiß, daß er aus dieser Sache nie wieder herauskommen wird.

»Wer hat dich eingeladen?« sagt Gillian, aber sie hat die Arme um ihn gelegt; sie hat diesen zuckrigen Duft, den jeder, der ihr zu nahe kommt, unwillkürlich bemerkt.

»Ich hab mir Sorgen um dich gemacht«, sagt Ben. »Sie mögen dieses Ding einen Sturm nennen, aber in Wirklichkeit ist es ein Hurrikan.«

Heute abend hat Ben Buddy allein gelassen, um mit den Kerzen herzukommen, obwohl er weiß, welche Angst das Kaninchen vor Donner hat. Das passiert, wenn er Gillian sehen möchte; er muß auf der Stelle losgehen und es einfach tun. Dennoch ist diese Spontaneität für ihn so ungewöhnlich, daß es dabei jedesmal leise in seinen Ohren klingelt, obwohl er sich nicht darum kümmert. Wenn Ben nach Hause kommt, findet er dann unweigerlich ein zerfleddertes Telefonbuch oder seine Lieblingslaufschuhe mit abgefressenen Sohlen, doch das ist es ihm wert, jetzt hier zu sein.

»Geh, solange du noch kannst«, sagt Gillian zu ihm, »meine Tanten aus Massachusetts sind hier.«

»Prima«, sagt Ben, und ehe Gillian ihn daran hindern kann, ist er im Haus. Gillian zupft an den Ärmeln seines Regenmantels, aber er läßt sich nicht aufhalten. Die Tanten haben ernste Geschäfte zu erledigen; sie werden außer sich geraten, wenn Ben in der Annahme in die Küche stürmt, er werde zwei reizende alte Damen kennenlernen. Sie werden von ihren Küchenstühlen aufstehen und mit den Füßen aufstampfen und ihn mit ihren kalten grauen Augen mustern.

»Sie sind gerade erst angekommen und erschöpft«, sagt Gillian. »Das ist keine gute Idee. Sie mögen keine Gesellschaft. Und außerdem sind sie alt.«

Aber Ben Frye beachtet das gar nicht. Warum sollte er auch? Die Tanten sind Gillians Familie, mehr braucht er nicht zu wissen. Er marschiert schnurstracks in die Küche, wo Antonia, Kylie und Sally bei seinem Anblick zu essen aufhören und ihre Köpfe in Richtung der Tanten drehen, um deren Reaktion festzustellen. Ben nimmt von ihrer Angst ebensowenig Notiz wie von dem intensiven Geruch, der von dem Topf auf dem Herd ausgeht. Täte er dies, würde er wohl annehmen, daß der Geruch von einem besonderen Reinigungs- oder Fleckentfernungsmittel herrührt oder daß sich vielleicht irgendein kleines

Tier, ein junges Eichhörnchen oder eine alte Kröte, unter den Treppenstufen zum Sterben zusammengerollt hat.

Ben Frye geht geradewegs auf die Tanten zu, greift in den Ärmel seines Regenmantels und zieht einen Strauß Rosen heraus. Tante Jet nimmt sie erfreut entgegen. »Wunderschön«, sagt sie.

Tante Frances reibt ein Blütenblatt zwischen Daumen und Zeigefinger, um festzustellen, ob die Rosen echt sind. Sie sind es, aber das bedeutet nicht, daß Frances sich so leicht beeindrucken läßt.

»Sonst noch Tricks?« fragt sie mit einer Stimme, die das Blut eines Mannes leicht zu Eis erstarren lassen kann.

Ben lächelt sein schönes Lächeln, das Gillian von Anfang an weiche Knie bekommen ließ und das die Tanten nun an die Jungen erinnert, die sie einst kannten. Er greift hinter Tante Frances' Kopf, und ehe sie sich versehen, hat er aus der Luft einen saphirfarbenen Chiffonschal gezaubert, den er nun Tante Frances präsentiert.

»Das kann ich nicht annehmen«, sagt Frances, aber ihr Ton ist nicht mehr ganz so kühl wie zuvor, und als niemand hinschaut, schlingt sie sich den Schal um den Hals. Die Farbe ist für sie perfekt; ihre Augen sehen wie Seewasser aus, still und graublau. Ben zieht sich einen Stuhl heran, nimmt ein Stück Pizza und fängt an, Jet nach ihrer Reise auszufragen. In diesem Augenblick gibt Frances Gillian ein Zeichen, sich zu ihr hinunterzubeugen.

»Mit dem da darfst du's dir nicht verderben«, sagt sie zu ihrer Nichte.

»Ich hab auch nicht die Absicht«, sagt Gillian.

Ben bleibt bis elf, macht einen Schokoladenpudding zum Dessert und zeigt dann Kylie und Antonia und

Tante Jet, wie man ein Kartenhaus baut und mit einem einzigen Atemstoß einstürzen läßt.

»Diesmal hast du Glück gehabt«, sagt Sally zu ihrer Schwester.

»Du glaubst, daß es Glück war?« Gillian grinst.

»Ja«, sagt Sally.

»Ganz und gar nicht«, sagt Gillian. »Es war Übung.«

In diesem Augenblick legen beide Tanten gleichzeitig die Köpfe schräg und geben tief aus dem Hals ein leises, schnalzendes Geräusch von sich, so leise, daß jemand, der nicht genau hinhört, es für den schwarzen Ruf einer Grille oder das Seufzen einer Maus unter den Dielenbrettern halten könnte.

»Es ist Zeit«, sagt Tante Frances.

»Wir haben Familienangelegenheiten zu besprechen«, sagt Jet zu Ben, als sie ihn zur Tür begleitet.

Tante Jets Stimme ist immer liebenswürdig, doch der Ton ist so bestimmt, daß keiner wagen würde, ihr nicht zu gehorchen. Ben greift nach seinem Regenmantel und winkt Gillian zu.

»Ich rufe dich morgen früh an«, erklärt er. »Ich komme zum Frühstück rüber.«

»Verdirb's dir nicht mit diesem«, sagt Tante Jet zu Gillian, nachdem sie die Tür hinter Ben geschlossen hat.

»Werd ich auch nicht«, läßt Gillian sie wissen. Sie geht zum Fenster und wirft einen Blick in den hinteren Garten. »Es ist schrecklich da draußen.«

Draußen reißt der Wind Schindeln von den Dächern, und jede Katze der Nachbarschaft hat verlangt, ins Haus gelassen zu werden, oder sich zitternd und maunzend in einer Fensternische zusammengerollt.

»Vielleicht sollten wir warten«, meint Sally unsicher.

»Bringt den Topf nach hinten«, sagt Tante Jet zu Kylie und Antonia.

Die Kerze in der Mitte des Tisches wirft einen kreisförmigen Lichtschein. Tante Jet greift nach Gillians Hand. »Wir müssen uns jetzt um die Sache kümmern. Den Umgang mit einem Geist schiebt man nicht auf.«

»Was meinst du mit Geist?« sagt Gillian. »Wir wollen dafür sorgen, daß die Leiche begraben bleibt.«

»Fein«, sagt Tante Frances. »Wenn du es so sehen willst.«

Gillian wünscht sich, sie hätte wie die Tanten auch einen Gin Tonic getrunken. Statt dessen schluckt sie den letzten Rest des kalten Kaffees, der seit dem späten Nachmittag in einer Tasse auf dem Küchentresen gestanden hat. Morgen früh wird der Bach hinter der High-School so tief sein wie ein Fluß; die Kröten werden sich flacheres Gelände suchen müssen, und die Kinder werden sich, ohne lange nachzudenken, in das warme, trübe Wasser stürzen, obwohl sie ihre Sonntagskleider und noch Schuhe anhaben.

»Okay«, sagt Gillian. Sie weiß, daß ihre Tanten über mehr als einen Leichnam reden; es ist der Geist des Mannes, der sie verfolgt. »Also gut«, sagt sie und öffnet die Hintertür.

Antonia und Kylie tragen den Topf in den hinteren Garten. Der Regen ist so nahe, daß sie ihn in der Luft schmecken können. Die Tanten haben bereits dafür gesorgt, daß ihr Koffer draußen am Rand der Dornenhecke steht. Sie halten sich dicht nebeneinander, und wenn der Wind ihre Röcke bewegt, gibt der Stoff ein seufzendes Geräusch von sich.

»Das löst auf, was einmal Fleisch war«, sagt Tante Frances und gibt Gillian ein Zeichen.

»Ich?« sagt Gillian und tritt einen Schritt zurück, aber da ist kein Platz. Sally steht dicht hinter ihr.

»Also los«, sagt Sally zu ihr.

Antonia und Kylie halten den schweren Topf. Der Wind ist so stark, daß die Äste der Dornenhecke peitschend nach ihnen ausschlagen, als wollten sie sie verletzen. Die Wespennester schwingen hin und her. Es ist eindeutig an der Zeit.

»O Mann«, flüstert Gillian Sally zu. »Ich weiß nicht, ob ich das kann.«

Antonias Finger sind weiß von der Anstrengung, den Topf nicht fallen zu lassen. »Der ist wirklich schwer«, sagt sie mit zittriger Stimme.

»Glaub mir«, sagt Sally zu Gillian. »Du kannst.«

Sally weiß jetzt ein für allemal, daß sie sich selbst in Erstaunen versetzen kann durch die Dinge, die zu tun sie bereit ist. Da sind ihre Töchter, die Mädchen, für die sie so gern ein normales Leben gehabt hätte, und sie läßt es zu, daß sie über einem Häufchen Knochen stehen und einen Spaghettitopf halten, der größtenteils mit Lauge gefüllt ist. Was ist mit ihr passiert? Wo ist die rationale Frau, auf die die Leute sich jeden Tag verlassen konnten? Sie kann nicht aufhören, an Gary zu denken, sosehr sie es auch versucht. Sie hat sogar im Hide-Away-Motel angerufen, um festzustellen, ob er abgereist ist, und er ist abgereist. Er ist fort, und hier steht sie und denkt an ihn. Letzte Nacht hat sie von der Wüste geträumt. Sie hat geträumt, die Tanten hätten ihr einen Zweig vom Apfelbaum in ihrem Garten geschickt, und er blühe ohne Wasser. In ihrem Traum konnten die Pferde, die Äpfel von diesem Baum gefressen hatten, schneller laufen als alle anderen, und jeder Mann, der von dem Apfelkuchen aß, den Sally mit diesen Äpfeln gebacken hatte, würde ihr für immer gehören.

Sally und Gillian nehmen den Mädchen den Topf ab, und Gillian hält die Augen geschlossen, als sie den Topf kippen und die Lauge ausgießen. Die feuchte Erde zischt und wird heiß; als die Mischung tiefer in den Boden sikkert, steigt Dunst auf. Er hat die Farbe von Reue, die Farbe gebrochener Herzen, das Grau der Tauben und des frühen Morgens.

»Tretet zurück«, sagen die Tanten zu ihnen, denn die Erde hat zu kochen angefangen. Die Wurzeln der Dornenbüsche werden von der Mischung aufgelöst, genau wie Steine und Käfer, Leder und Knochen. So schnell sie können, weichen sie zurück, aber trotzdem passiert etwas unter Kylies Füßen.

»Verdammt«, ruft Sally.

Unmittelbar unter Kylies Füßen bewegt sich der Boden am stärksten, fällt in sich zusammen und gleitet nach unten wie bei einem Erdrutsch. Kylie spürt es, sie weiß es, aber sie ist wie erstarrt. Sie fällt in ein Loch, sie fällt schnell, aber Antonia streckt die Hand aus, packt sie am Hemd und zieht. Antonia reißt Kylie so fest und schnell zurück, daß sie hört, wie sie sich den Ellbogen verrenkt.

Die Mädchen stehen da, außer Atem und zu Tode erschrocken. Ohne es zu merken, hat Gillian sich an Sallys Arm geklammert; noch tagelang danach wird Sally die Abdrücke ihrer Finger auf der Haut haben. Jetzt treten alle zurück. Sie tun es schnell. Sie tun es, ohne daß man es ihnen sagen müßte. Ein Faden blutroten Dampfes steigt von der Stelle auf, an der Jimmys Herz gelegen haben mußte, ein kleiner Tornado von Groll, der sich auflöst, als er an die Luft tritt.

»Das war er«, sagt Kylie über den roten Dampf, und tatsächlich können sie Bier und Stiefelwichse riechen und fühlen, wie die Luft heiß wird. Und dann nichts mehr. Überhaupt nichts. Gillian weiß nicht, ob sie weint oder ob der Regen eingesetzt hat. »Er ist wirklich weg«, sagt Kylie zu ihr.

Trotzdem haben die Tanten in ihrem größten Koffer zwanzig blaue Steine mitgebracht, Steine, die Maria Owens vor mehr als zweihundert Jahren in das Haus in der Magnolia Street brachte. Steine wie diese bilden den Weg im Garten der Tanten, aber neben dem Gartenschuppen lagerten noch zusätzliche Steine, genug, um jetzt an der Stelle, wo einst der Flieder wuchs, eine kleine Steinterrasse anzulegen. Nun, da die Dornenhecke nur noch Asche ist, fällt es den Owens-Frauen leicht, einen Kreis von Steinen zu verlegen. Die Terrasse ist nicht elegant, aber doch groß genug, um einen kleinen gußeisernen Tisch und vier Stühle aufzustellen. Ein paar von den kleinen Mädchen aus der Nachbarschaft werden sich darum reißen, dort Teepartys abhalten zu dürfen, und wenn ihre Mütter lachen und fragen, warum diese Terrasse besser sei als ihre eigene, werden die kleinen Mädchen darauf bestehen, daß die blauen Steine Glück brächten.

So etwas wie Glück gibt es nicht, werden ihre Mütter ihnen sagen. Trinkt euren Orangensaft, eßt euren Kuchen, haltet eure Party in eurem eigenen Garten ab, und doch, jedesmal, wenn ihre Mütter ihnen den Rücken zukehren, werden die kleinen Mädchen ihre Puppen und Teddybären und ihr Puppenporzellan zur Terrasse der Owens' schleppen. »Viel Glück«, werden sie flüstern, wenn sie mit ihren Täßchen anstoßen. »Viel Glück«, werden sie sagen, wenn über ihnen am Himmel die Sterne aufgehen.

Einige Leute sind sich sicher, daß es auf jede Frage eine logische Antwort gibt. Für sie gibt es eine Ordnung der Dinge, die auf empirischen Nachweisen beruht. Doch was könnte es in Wirklichkeit sein außer Glück, daß der Regen erst einsetzt, als die Arbeit getan ist? Die Owens-Frauen haben Schlamm unter den Fingernägeln, und ihre Arme schmerzen vom Verlegen der schweren Steine. Antonia und Kylie werden heute nacht gut schlafen, ebenso wie die Tanten, von denen man weiß, daß sie von Zeit zu Zeit unter Arthritis leiden. Sie werden die ganze Nacht durchschlafen, obwohl auf Long Island an zwölf Stellen der Blitz einschlagen wird. Ein Haus in East Meadow wird bis auf die Grundmauern niederbrennen. Ein Surfer drüben in Long Beach, der sich immer nach hohen Wellen gesehnt hat, wird vom Blitz getroffen werden. Ein Ahornbaum, der seit dreihundert Jahren auf dem Sportplatz wächst, wird in zwei Hälften gespalten werden und mit einer Kettensäge gefällt werden müssen, damit er nicht auf die Jugendmannschaft stürzen kann.

Nur Sally und Gillian sind wach und beobachten das aufziehende Gewitter. Sie machen sich trotz des Wetterberichts keine Sorgen. Morgen werden überall auf den Rasen Äste liegen, und die Mülltonnen werden die Straße heruntergerollt sein, aber die Luft wird mild und blau sein. Sie werden draußen frühstücken und Kaffee trinken können, wenn sie wollen. Sie werden dem Zwitschern der Spatzen lauschen können, die kommen werden, um Brotkrumen zu erbetteln.

»Die Tanten schienen nicht so enttäuscht zu sein, wie ich gedacht hatte«, sagt Gillian. »Von mir.«

Jetzt rauscht der Regen hernieder; er wäscht die blauen Steine im Garten so sauber, daß sie aussehen wie neu.

»Sie wären dumm, wenn sie enttäuscht gewesen wären«, sagt Sally und schlingt ihren Arm um ihre Schwester. Sie glaubt, daß sie vielleicht wirklich meint, was sie gerade gesagt hat. »Und die Tanten sind ganz bestimmt nicht dumm.«

Heute nacht werden sie sich auf den Regen konzentrieren und morgen auf den blauen Himmel. Sie werden ihr Bestes tun, aber sie werden immer die Mädchen sein, die sie einst waren, in schwarze Mäntel gekleidet, durch das Herbstlaub auf dem Heimweg zu einem Haus, in dem niemand durch die Fenster herein- und auch keiner hinausschauen konnte. In der Dämmerung werden sie immer an die Frauen denken, die für die Liebe alles zu tun bereit waren. Und trotz allem werden sie feststellen, daß diese Tageszeit ihnen die liebste ist. Es ist die Stunde, in der sie sich an alles erinnern, was die Tanten ihnen beigebracht haben. Es ist die Stunde, für die sie am dankbarsten sind.

Am Außenrand der Stadt gibt es rotgewordene Felder, und Bäume sind gekrümmt und schwarz. Reif bedeckt die Wiesen, und aus den Schornsteinen steigt Rauch. Im Park, dem eigentlichen Mittelpunkt der Stadt, stecken die Schwäne die Köpfe unter die Flügel, um es warm zu haben. Alle Gärten sind zur Ruhe gebettet, außer dem hinter dem Haus der Owens'. Dort wachsen Kohlköpfe, wenn auch einige davon an diesem Morgen geerntet und mit Bouillon gekocht werden. Die Kartoffeln sind schon ausgegraben, gekocht und zerstampft, und nun werden sie mit Salz, Pfeffer und Zweigen des neben dem Tor wachsenden Rosmarinbuschs gewürzt. Die Servierschüssel aus Steingut ist ausgespült und trocknet auf dem Abtropfbrett.

»Du nimmst zuviel Pfeffer«, sagt Gillian zu ihrer Schwester.

»Ich denke, ich weiß, wie man Kartoffelbrei macht.« Sally hat ihn schließlich die letzten zwölf Jahre für jedes Thanksgiving-Dinner zubereitet. Sie weiß ganz genau, was sie tut, selbst wenn die Küchenutensilien altmodisch und ein wenig rostig sind. Doch nun, da Gillian eine so veränderte Frau ist, erteilt sie natürlich freigebig Ratschläge, selbst wenn sie nicht weiß, wovon sie redet.

»Mit Pfeffer kenne ich mich aus«, beharrt Gillian. »Das ist zuviel.«

»Nun, und ich kenne mich mit Kartoffeln aus«, sagt Sally, und damit ist für sie die Sache erledigt; schließlich wollen sie um drei Uhr das Dinner servieren.

Gestern abend sind sie angekommen. Ben und Gillian schlafen oben im Dachzimmer, Kylie und Antonia teilen sich Gillians ehemaliges Zimmer, und Sally hat ihr altes Zimmer, das Schlafzimmer oben neben der Hintertreppe. Die Heizung ist kaputt, also haben sie alle alten Federbetten hervorgeholt und in jedem Kamin Feuer angezündet und dann den Heizungsmann angerufen, Mr. Jenkins, damit er kommt und repariert, was immer nicht funktionieren mag. Und obwohl es Thanksgiving-Morgen ist und er keine Lust hat, seinen behaglichen Sessel zu verlassen, wußten alle, daß er bis Mittag da sein würde, als Frances mit ihm telefonierte.

Die Tanten beklagen sich ständig, es sei zuviel Unruhe im Haus, aber wenn Kylie und Antonia sie packen, auf die Wangen küssen und ihnen erklären, sie liebten sie sehr und würden sie immer lieben, dann lächeln sie. Man hat den Tanten gesagt, daß sie sich keine Sorgen zu machen brauchen, weil Scott Morrison den Bus von Cambridge aus nehmen wird; er wird nämlich einen Schlafsack mitbringen und auf dem Fußboden des Wohnzimmers kampieren, und sie werden kaum merken, daß er da ist, was auch für die beiden Zimmerkameraden gilt, die er mitbringen wird.

Die einzig verbliebene Katze ist der Kater Elster, der so alt ist, daß er nur noch aufsteht, um sich zu seiner Futterschüssel zu begeben. In der restlichen Zeit liegt er zusammengerollt auf einem eigenen Seidenkissen auf einem der Küchenstühle. Eines seiner Augen kann er überhaupt nicht mehr öffnen, doch mit dem anderen fixiert er den Truthahn, der auf einer Steingutplatte mitten auf dem alten Holztisch abkühlt. Buddy wird oben in der Dachkammer festgehalten – Ben ist bei ihm und füttert ihn mit den letzten Karotten aus dem Garten der Tanten –, da man weiß, daß Elster früher zwischen den Kohlreihen junge Kaninchen zu fangen und zu verschlingen pflegte.

»Daran brauchst du gar nicht erst zu denken«, sagt Gillian zu dem Kater, als sie ihn den Truthahn beäugen sieht, doch kaum hat sie sich umgedreht, nimmt Sally ein Stückchen von dem weißen Fleisch, das sie selbst niemals essen würde, und füttert Elster damit.

Die Tanten lassen sich gewöhnlich an Thanksgiving aus dem Supermarkt gegrillte Hähnchen liefern. In einem Jahr gaben sie sich mit tiefgekühlten Truthahngerichten zufrieden, in einem anderen pfiffen sie auf den Feiertag und aßen einen schönen Rostbraten. So wollten sie es vielleicht in diesem Jahr wieder halten, als die Mädchen anriefen und darauf bestanden, für den Feiertag alle zu ihnen zu kommen.

»Ach, laß sie doch kochen«, sagt Jet zu ihrer Schwester, die das Klappern und Scheppern von Töpfen und Pfannen nicht ausstehen kann. »Sie haben ihren Spaß.«

Sally steht am Ausguß und spült den Kartoffelstampfer, denselben, den sie als Kind benutzte, als sie darauf bestand, nahrhafte Abendmahlzeiten zu bereiten. Sie kann durch das Fenster in den Garten schauen, wo Antonia und Kylie hin und her laufen und die Eichhörnchen vertreiben. Antonia trägt einen von Scott Morrisons alten Pullovern, den sie schwarz gefärbt hat, und er ist so groß, daß es aussieht, als habe sie lange, wollene Hände, wenn sie mit den Armen die Eichhörnchen verscheucht. Kylie lacht so sehr, daß sie sich auf den Boden setzen muß. Sie zeigt auf ein Eichhörnchen, das sich nicht von der Stelle rührt, einen alten Großpapa, der Antonia ankreischt, da er dies als seinen Garten betrachtet und die Kohlköpfe, die sie geschnitten haben, den ganzen Sommer und Herbst bewacht hat.

»Die Mädchen sind entzückend«, sagt Gillian, als sie neben Sally tritt. Sie wollte eigentlich noch ein bißchen über den Pfeffer streiten, aber sie läßt die Sache auf sich beruhen, als sie den Ausdruck auf dem Gesicht ihrer Schwester sieht.

»Sie sind ganz erwachsen«, sagt Sally in ihrem sachlichen Ton.

»Ja, richtig«, sagt Gillian spöttisch. Die Mädchen jagen den Eichhörnchenopa im Kreis herum. Sie kreischen und fallen sich in die Arme, als er plötzlich auf das Gartentor springt und auf sie herabschaut. »Sie machen wahrhaftig einen sehr reifen Eindruck.«

Anfang Oktober erhielt Gillian endlich Nachricht vom Büro des Staatsanwalts in Tucson. Mehr als zwei Monate lang hatten die Schwestern gewartet, was Gary mit der Information machen würde, die Sally ihm gegeben hatte; sie waren zu jedermann, außer zueinander, mürrisch und distanziert gewesen. Dann endlich kam ein eingeschriebener Brief von Arno Willams. James Hawkins, schrieb er, sei tot. Die Leiche sei draußen in der Wüste gefunden worden, wo er sich monatelang versteckt gehalten hatte; in einer Art betrunkenem Stupor sei er in sein Lagerfeuer gerollt und bis zur Unkenntlichkeit verbrannt. Sie hätten ihn nur daran erkannt, daß sie, als er ins Leichenschauhaus gebracht worden sei, seinen silbernen Ring entdeckt hätten, der zwar etwas angeschmolzen sei, den sie aber Gillian zuschickten, zusammen mit einem beglaubigten Scheck über achthundert Dollar aus dem Verkauf des beschlagnahmten Oldsmobile, da Jimmy sie bei der Anmeldung des Wagens als einzige nahe Angehörige angegeben hatte, was mehr oder weniger der Wahrheit entsprach.

»Gary Hallet«, hatte Gillian sofort gesagt. »Er hat diesen Ring irgendeinem Toten angesteckt, der nicht identifiziert werden konnte. Du weißt, was das bedeutet, oder?«

»Er wollte nur dafür sorgen, daß Gerechtigkeit geübt wird, und das ist ja auch geschehen.«

»Er ist total verknallt.« Gillian hatte nicht lockerlassen wollen. »Und du auch.«

»Würdest du bitte den Mund halten?« hatte Sally gesagt.

Sie weigerte sich, an Gary zu denken, aber irgend etwas stimmte mit ihr nicht. Ihr Herz schlug unregelmäßig, mal zu schnell, mal zu langsam.

Gillian hatte verständnislos den Kopf geschüttelt. »Du weißt es wirklich nicht? Diese Art Herzanfälle, die du hast? Das ist Liebe«, hatte sie gekräht. »So fühlt sie sich an.«

»Du spinnst«, hatte Sally gesagt. »Bilde dir bloß nicht ein, alles zu wissen, denn ich kann dir sagen, daß du nicht alles weißt.«

Aber es gab eine Sache, die Gillian sicher wußte, und darum heirateten sie und Ben Frye am darauffolgenden Samstag. Es war eine kleine Feier im Rathaus, und sie tauschten keine Eheringe, aber sie küßten sich vor dem Standesbeamten so lange, bis sie gebeten wurden zu gehen. Diesmal fühlt sich das Verheiratetsein für Gillian anders an.

»Beim viertenmal wirkt der Zauber«, sagt sie zu Leuten, die sie nach dem Geheimnis einer glücklichen Ehe fragen, aber natürlich weiß sie es besser. Sie weiß jetzt, wenn man sich bei der ganzen Sache nicht selbst verliert, dann besitzt man hinterher doppelt soviel Liebe wie am Anfang; an diesem Rezept gibt es nichts zu rütteln.

Sally geht zum Kühlschrank, um etwas Milch für das Kartoffelpüree zu holen, obwohl sie sicher ist, daß Gillian ihr sagen wird, sie solle statt dessen Wasser nehmen; in letzter Zeit ist sie so besserwisserisch. Sally muß mehrere zugedeckte Gefäße beiseite schieben, und dabei fällt ein Deckel von einem flachen Topf.

»Schau mal da«, ruft sie Gillian zu. »Sie machen es noch immer.«

In dem Topf befindet sich das Herz einer Taube, von sieben Nadeln durchstochen.

Gillian tritt neben ihre Schwester. »Da wird über jemanden ein Bann verhängt, das steht fest.«

Vorsichtig legt Sally den Deckel wieder auf den Topf. »Ich frage mich, was aus ihr geworden sein mag.«

Gillian weiß sofort, daß sie von dem Mädchen aus dem Drugstore redet. »Ich dachte immer an sie, wenn etwas schieflief«, sagt sie. »Ich wollte ihr immer schreiben, um ihr zu sagen, es täte mir leid, daß ich an diesem Tag all diese Sachen zu ihr gesagt habe.«

»Vermutlich ist sie aus einem Fenster gesprungen«, meint Sally. »Oder sie hat sich mit einer Wäscheleine erhängt.«

»Laß es uns herausfinden«, sagt Gillian. Sie stellt den Truthahn oben auf den Kühlschrank, wo Elster ihn nicht erreichen kann, und schiebt den Kartoffelbrei zusammen mit einem Topf Kastanienfüllung zum Warmhalten in den Ofen.

»Nein«, sagt Sally. »Wir sind zu alt, um jemandem nachzuspionieren.« Aber sie läßt sich mitziehen, zuerst zum Garderobenschrank, wo sie zwei alte Parkas nehmen, und dann aus der Haustür.

Sie eilen die Magnolia Street entlang und biegen in die Peabody Street ein. Sie gehen am Stadtpark vorbei, wo immer der Blitz einschlägt, und steuern geradewegs auf den Drugstore zu. Sie kommen an mehreren geschlossenen Geschäften vorbei – Metzger, Bäcker, Reinigung.

»Er wird geschlossen sein«, sagt Sally.

»Bestimmt nicht«, meint Gillian.

Doch als sie ihn erreichen, ist der Drugstore dunkel. Sie starren durch das Fenster auf die Reihen von Shampoos, auf das Regal mit den Zeitschriften und die Theke, an der sie so viele Colas getrunken haben. Heute ist alles geschlossen, doch als sie gerade gehen wollen, entdecken sie Mr. Watts, der mit zwei Pies aus Süßkartoffeln aus der

Wohnung über dem Drugstore kommt; seit Ewigkeiten gehört das Geschäft seiner Familie.

»Die Owens-Mädchen«, sagt er, als er Sally und Gillian erblickt.

»Frag ihn«, sagt Gillian.

Sie halten Mr. Watts auf, obwohl seine Frau bereits beim Auto wartet und ihm Zeichen gibt, sich zu beeilen. »Was ist aus diesem Mädchen geworden? Dem, das auf einmal nicht mehr geredet hat?«

»Irene?« sagt er. »Sie ist in Florida. Sie ist gleich nach dem Tod ihres Mannes im letzten Frühjahr dorthin gezogen. Ich habe gehört, daß sie schon wieder verheiratet ist.«

»Sind Sie sicher, daß wir über dieselbe Person reden?« fragt Sally.

»Ja, ja, Irene«, versichert Mr. Watts ihnen. »Sie hat ein Café unten in Highland Beach.«

Gillian und Sally laufen den ganzen Weg nach Hause. Sie lachen beim Laufen, so daß sie ab und an innehalten müssen, um wieder zu Atem zu kommen. Der Himmel ist grau und die Luft rauh, doch das stört sie nicht im geringsten. Trotzdem bleibt Sally plötzlich stehen, als sie das schwarze Tor erreichen.

»Was ist?« sagt Gillian.

Es kann nicht sein, was Sally denkt. Was sie denkt, ist, daß sie Gary Hallet draußen im Garten sieht, über die Kohlköpfe gebeugt, und das kann einfach nicht sein.

»Nun sieh doch, wer da ist«, sagt Gillian erfreut.

»Sie haben es getan«, sagt Sally. »Mit dem Taubenherzen.«

Gary richtet sich auf, als er Sally sieht, eine Vogelscheuche im schwarzen Mantel, die nicht sicher ist, ob sie winken soll oder nicht.

»Haben sie nicht«, sagt Gillian zu Sally.

Doch Sally ist es egal, daß Gillian Gary vorige Woche angerufen und gefragt hat, worauf in aller Welt er denn warte. Es spielt keine Rolle, daß er die Adresse der Tanten auf einen blauen Zettel geschrieben hat, den er dreimal faltete und in die Jackentasche schob, oder daß er diese Adresse immer mit sich herumtrug, seit er mit Gillian telefonierte. Als Sally den blauen Plattenweg entlangläuft, ist es ihr vollkommen egal, was die Leute denken oder was sie glauben. Schließlich gibt es einige Dinge, die Sally Owens genau weiß: Streue verschüttetes Salz immer über deine linke Schulter. Pflanze Rosmarin an deinem Gartentor. Gib Pfeffer an dein Kartoffelpüree. Pflanze Rosen und Lavendel, damit sie dir Glück bringen. Verliebe dich, wann immer du kannst.

JUNGE AUTORINNEN BEI GOLDMANN –

Freche, turbulente und umwerfend komische Einblicke in die Macken der Männer und die Tricks der Frauen

43750

43518

43608

43569

GOLDMANN